中国作家协会网络文学研究院（杭州）重点学术扶持项目

中国网络文学研究名家论丛 | 夏　烈　主编

直面网络文学现场

▷ 周志雄　著

宁波出版社

杭州出版社

"中国网络文学研究名家论丛"组委会

顾 问 陈崎嵘 臧 军 曹启文 应雪林
主 任 沈旭微
副主任 唐龙尧 夏 烈 袁志坚 尚佐文
委 员 肖惊鸿 叶 凯 何晓原 马 季 陈曼冬

主 编 夏 烈
编 委 徐 飞 陈金霞 钱登科 田 璐 俞丽芸

序 一

且为网文鼓与呼

陈崎嵘

历经二十余年的蓬勃生长与大浪淘沙,中国网络文学为普罗大众所接纳、熟知和欢迎,成为一种谁也无法忽视的世界级文化现象。

网文忆,最忆是杭州。这里有三秋桂子、十里荷花,更有百名大神、数个首创。在社会各界大力支持下,中国作家协会网络文学研究院、中国网络作家村、中国网络文学周,先后落户杭州白马湖畔。一时云蒸霞蔚,风生水起。

自然不能说这三块金字招牌发挥了多么巨大的作用。在笔者看来,它们的主要意义在于首创,在于拓展人们对于网络文学认知的阈值。

当然,作用还是有些的。譬如,中国作家协会网络文学研究院聘请了一批专家学者,坚持不懈地开展网络文学研究,并取得了一系列成果。"中国网络文学研究名家论丛"的推出,即是佐证。

收入此辑的9种研究专著，撰写者都是国内多年坚持网络文学研究，并为业界所广泛认可的专家学者。长期以来，他们跟踪中国网络文学的发展流变，直面网络文学现场，将自己的目光聚焦于网络文学和网络作家，从而清晰地勾勒出中国网络文学发展的历史与态势；他们将中国网络文学放到新世界、新世纪、新时代、新文坛、新媒体、新技术的大格局中，加以观察、比较、互鉴，得出关于中国网络文学性质、特质、价值、意义、成因的判断，认定中国网络文学是新型的人民文学，或许可使中国网络文学扬名立万；他们剖析千百部网络文学作品和千百名网络作家，从历史文化传统、神话知识谱系、外国魔幻奇幻因素影响、当下中国读者阅读审美习惯诸方面，梳理出中国网络文学的类型化、男频女频世界、超长文本、金手指和异能、网络文学共同体等的合理性、可持续性，为业界注入信心与动能。

需要说明的是，上述研究专著，并不是中国作家协会网络文学研究院研究成果的全部，还有几位被聘专家的专著，因各种原因而未被列入；它们更不是全国网络文学研究成果的集大成，而只是网络文学理论评论大海中几朵绚丽的浪花，是网络文学理论评论森林里几束翠绿的枝叶。但笔者依然认为，这些成果对于中国作家协会网络文学研究院乃至中国网络文学界，仍是一个可喜的收获，对于当前网络文学创作与研究亦有所裨益。

笔者并不认为我国网络文学的研究状况已令人满意。恰恰相反，笔者曾在多个场合反复阐述网络文学理论评论滞后于网络文学创作实践的观点，竭力呼吁加强网络文学研究队伍建设，强化网络文学研究工作，继续充分发挥中国作家协会网络文学研究院及其他研究基地、研究中心的作用。尤其要探索网络文学的网上评论，开辟"网来网去"的路径。研究者要"下海冲浪"，在创作现场与作者、网民互动,积极扮演"战地记者",尝试进行"现场直播"。也许,那样的网络文学评论与研究,更接"地气""人气""网气",更有可能受到网络作家和网民读者的欢迎。

我们有理由期待,并祝贺"中国网络文学研究名家论丛"的编辑出版。

2022 年 5 月

(本文作者为中国作家协会网络文学委员会主任、中国作家协会网络文学研究院院务委员会主任,中国作家协会书记处原书记、副主席。)

序 二

集结与开放
序"中国网络文学研究名家论丛"

夏 烈

"中国网络文学研究名家论丛"是位于杭州的中国作家协会网络文学研究院立项扶持的重点学术项目。2020年启动,历时两年,第一批成果9种即将付梓。作为丛书主编,照例要写几句。

首先,是关于这一丛书的起心动念。作为中国网络文学二十余年场域内的一分子,除了与广大的网络作家、产业平台乃至粉丝受众时相交流、共同成长以外,我更多的时间是在与网络文学研究、评论界的同道们聚首、开会、评审、撰稿。可以说,面对网络文学这个"一时代之文学"的大势新潮,高校文科、作协、文联以及相关文化单位的文学研究者、批评家逐渐从三三两两到小股的轻骑兵,再到今时今日蔚然生动的集团军——中南大学欧阳友权教授领衔的湘派,北京大学邵燕君教授领衔的京派,山东大学黄发有教授领衔的鲁派,安徽大学周志雄教授领衔的徽派,南京师范大学何平教授或者苏州大学汤哲声教授领衔的苏派,自然还有杭州师范大学的我和单小曦教授领衔的浙派。其余如厦门大学黄鸣奋教授,中国社会科学院陈定家教授,中国作家协会网络文学中心何弘主任、肖惊鸿研究员,鲁迅文学院王祥研究员,中国作家协会网络文学研究院马季研究员,首都师范大学许苗苗教授,等等。在时代的波澜涌起和文科知识分子的勇毅开拓中,网络文学的研究评论渐成声势,结成一片绚烂的花果园,此既可谓顺势而为、终有小成,亦可谓念念不忘、必有回响。而如果按照我所提出的中国网络文学"场域理论"讲,文科知识分子由此也基本构成了一种力量,在网络文学的发展矩阵中多少占有一股博弈与合作的话语权,他们从理解、参与入手,贯注着所主张的人文价值和审美价值,提倡网络文学的精品化和经典化。对于这些因时而起,富有学术敏感力和打破舒适区、主动迎接挑战的奠基者,我一直就想策划那么一人一册的一套丛书。

是宁波出版社的总编辑袁志坚兄主动找了我。在他之前,也有一些意向合作方,但或因我的怠懒,或因合作条件过于亏欠作者而作罢。袁兄以现当代文学专业的当行本色来劝服我合作一把,我才觉得应鼓足勇气落实实施。之后申报给中国作家协会网络文学研究院,获批了重点项目。这些成了我邀请各位师友的背景、靠山。所以,感谢这些合作方的领导,更感谢第一辑送来书稿的作者,以及那些当下虽无成稿却答应俟之将来的作者们。我深深觉得,网络文学研究评论在学界文坛走来不易,同行者之间的互相鼓励支撑是最可宝贵的财富,这一时代赋予的新的学术共同体还有待我们之间的大力合作、建设、砥砺、珍惜。

其次,是想说说"研究名家"的命名。这对于网络文学研究评论来讲还算新鲜。除了上述讲到的二十余年来渐成声势的一批代表人物,这个"研究名家"的命名,还跟当下网络文学研究评论界已然涌现的"三代"学人群体有关。也就是说,在网络文学研究评论现场,大致形成了具有传帮带传统的三个年龄代际学人的在场,他们共同构建起研究队伍的金字塔结构,从客观上、体制上完成着长幼有序、渐成学统规模的"名家"体系。比如黄鸣奋、欧阳友权从文艺理论学科介入,白烨从现当代文学史、文学评论介入,汤哲声延续前辈范伯群先生从通俗文学介入,等等,他们都是"50后"学人,构成了第一代网络文学研究队伍;陈定家、邵燕君、马季、王祥、黄发有、肖惊鸿、何平等是"60后",夏烈、周志雄、许苗苗、庄庸、单小曦、禹建湘、杪椤、房伟、黎杨全、乔焕江等是"70后",黄平、丛治辰等是"80后"(80初),他们基本构成了第二代网络文学研究队伍;吉云飞、肖映萱、李强、王玉玊、高寒凝等是"90后",是正在迅速崛起的第三代网络文学研究队伍——正是这样的"三代"学人的构成与建设,为我们及时、必要地推动中国网络文学研究名家论丛做了时间上、思想上、结构上的准备。也是在这个意义上,我们希望这套丛书是开放性的,逐渐加入和整合"三代"甚至未来的网络文学学人队伍,包括海外网络文学研究(汉学界)以及网生网络文学评论家的名家之作。

目前第一辑的9种,分别是白烨的《新世纪文坛与新媒体文学》、黄鸣奋的《人工智能与网络文艺》、王祥的《人类神话:网络文学神话学研究》、周志雄的《直面网络文学现场》、夏烈的《故事与场域:以网络文艺为中心》、陈定家的《有无之间:网络文学与超文本研究》、马季的《中国网络文学简史》、肖惊鸿的《网络文学的两个世界:男频和女频名作比较》、庄庸的《网络文学青创爆款方法论》。他们运用了各种理论武器,并将视野扩及网络文学的内部研究和外部研究乃至更广泛的网络文艺、人类文学艺术的生态研究——只有这样，才能更好地认识、理解和发展、建构不断变化中的"一时代之文学"，但他们的共同点也是明确的：扎根网络文学场域，从网络文学的文本、现象、特点出发讲话，将网络文学放诸传统 — 当下 — 未来的三维、四维、多维结构中交流构想，力求不空论、不强制、不故陋，展卷阅读之中能够感受到研究者、评论家们丰富的学术兴奋点和饱满的思想乐趣。此外，这也可以看作是一次当下学院派（含协会派）网络文学研究代表人物的集结。

中国网络文学是有文化根的当代创作，也是充满民间性、未来性和国际性的文化厚壤。二十余年的创作长廊至今依然拥有巨大的创作活力、市场活力、传播活力和阐释活力，容得下更多的研究者、评论家如蜂子般勤奋采集与酿蜜，这是时代文学气象赐予时代学人的崭新乐土，可圈可点、可赞可弹、可庄可谐，更可以出名家而卓然为峰 ——"海到尽头天是岸，山至高处人为峰"。习近平总书记对哲学社会科学界讲，要"真正把做人、做事、做学问统一起来"[1]，坚持做好一个时代的文学工作，相信也能实现山高人为峰的理想境界。此与同行共勉！

是为序。

2022 年 6 月

（本文作者为中国作家协会网络文学研究院副院长，杭州师范大学文化创意与传媒学院教授、博士生导师。）

---

[1] 习近平：《习近平在哲学社会科学工作座谈会上的讲话》，《中国教育报》2016 年 5 月 19 日，第 1 版。

目　录

上　篇　网络文学观潮

网络文学是新型的人民文艺 …………………………… 003
网络文学的现实主义形态 ……………………………… 022
网络文学 IP 热的思考 …………………………………… 039
网络言情小说的文化意蕴 ……………………………… 065
构建中国网络文学评价体系 …………………………… 084

中　篇　网络文学的传承

网络小说与金庸小说 …………………………………… 099
兴盛的网络武侠玄幻小说 ……………………………… 106
通俗文学版图中的网络小说 …………………………… 120
网络小说与中华文化传承 ……………………………… 142
网络叙事与文化建构 …………………………………… 155

下　篇　对话网络作家

网络文学需要降速、减量、提质 —— 管平潮访谈录 …………181
网络文学大神是怎样炼成的 —— 网络作家风凌天下访谈录　226
网络作家的情怀与风骨 —— 网络作家飞天访谈录 …………264
"读者的趣味就是我的写作方向" —— 网络作家蜘蛛访谈录　295
"我的小说是写给女性读者看的" —— 阿彩访谈录 …………324

参考文献 ……………………………………………………342

上 篇

网络文学观潮

网络文学是新型的人民文艺

近年来,在政策引导、文学网站激励和市场拉动等多重合力作用下,现实题材创作成为中国网络文学新趋向,出现了一批积极关注现实民生,描写各阶层、各行业生活的作品。这些作品在历史发展进程中展现日益强大的中国形象,自觉讴歌党、讴歌祖国、讴歌人民、讴歌英雄,彰显时代精神正能量,呈现出鲜明的主流化倾向。中国网络文学的成绩是我国改革开放经济成就的文化表征,有鲜明的时代印记;中国网络作家紧跟时代发展的步伐,以生动的语言、好看的故事、感人的形象创作出了人民喜闻乐见的多种类型网络文学作品,满足了人民日益增长的精神文化需求。

一

中国网络文学的主流化潮流是一场自上而下的运动,是网络文学告别野蛮生长,自觉向规范、秩序转变的积极结果。这类似于二十世纪三十年代的"革命文学",五十年代至七十年代的"社会主义现实主义文学"。当然在今天,网络文学的这股主流化思潮没有革命文学那样鲜明的主张和旗帜,自上而下的宣传、引导、激励也并非"领导出思想、群众出生活、作家出技巧"式的行政直接干预,而是在充分尊重文学创作规律的前提下,鼓励作家关注宏大题材,弘扬主旋律,扬正气,树新风。

二十一世纪初的十年,网络文学是民间性的、边缘化的、商业化的。这个时期,政府对网络文学的管理还停留在一般的关注及工作联系层面上。2008年,在中国作家协会指导下,中文在线旗下的17K小说网与《长篇小说选刊》杂志社联手承办"网络文学十年盘点"活动,评选出10部最佳作品和10部人气最高作品,人气无疑也反映了作品的商业价值。2009年7月,中国作协建立全国网络文学重点园地工作联席会议制度。一批作家开始因为作品的市场反响火爆引起文坛关注,然后陆陆续续加入各地作协及中国作协。2010年6月,唐家三少加入中国作协。2011年,茅盾文学奖修改评奖条例,允许公开出版的网络小说参与评选。从2011年至今的第八、第九、第十届茅盾文学奖虽然每届都有网络文学作品参赛,但从严格意义上说并无网络文学作品获奖。金宇澄在弄堂网上连载的《繁花》获第九届茅盾文学奖,但金宇澄是《上海文学》的编辑,《繁花》不是商业机制下产生的有中国特色的类型网络小说。2011年,移动应用成为新的阅读渠道,网络文学的读者数量和作品数量又攀新高。2012年,网络作家富豪榜第一次发布,网络作家作为高收入群体引起人们的关注。同时,那几年,茅盾文学奖得主麦家的那句"网络文学99.99%是垃圾"通过媒体广为发酵。网络文学发展面临的矛盾是:一方面市场火爆,另一方面文学界对网络文学的评价并不高,"网络文学垃圾说"盛行。

2014年是中国网络文学发展的历史拐点。2014年4月,全国"扫黄打非"工作小组办公室、国家互联网信息办公室、工业和信息化部、公安部联合实施"净网行动",新浪读书频道在整顿中被关停。7月,中国作协在北戴河召开全国网络文学理论研讨会,讨论如何建立网络文学评价体系,如何对网络文学进行管理和引导。2014年10月,习近平总书记主持召开文艺工作座谈会并发表讲话,明确提出:"要适应形势发展,抓好网络文艺创作生产,加强正面引导力度。"[1]2015年,中国作协推出中国网络小说排行榜,国家新闻出版广电总局开始组织开展优秀网络文学原创作品推介活动。这些举措为网络文学的发展做出了正面引导。在评榜、推优机制中,网络文学的价值导向得到强调,如上榜作品不能涉黄、涉黑,申报作品必须接受涉黄、涉政等敏感词的检测。国家新闻出版广电总局的优秀网络文学作品评审明确提出要以"国家规格、大众审美、政府标尺、网络特质"为标准,引导网络文学坚持以人民为中心的创作导向,把社会效益放在首位,把提高内容质量作为作品生命线。

2014年12月,为落实习近平总书记在文艺工作座谈会上的讲话精神,国家新闻出版广电总局在《关于印发〈关于推动网络文学健康发展的指导意见〉的通知》中明确提出:"各地区、各有关部门要充分认识促进网络文学健康发展的重要意义,加强组织领导,采取有力措施,扎实推进各项工作,不断引导网络文学践行社会主义核心价值观,弘扬真善美,传播正能量。"2016年7月,中国作协网络文学委员会、中国音像与数字出版协会数字阅读工作委员会联合发出《网络文学行业自律倡议书》,明确主张:"坚持培育和弘扬社会主义核心价值观。弘扬社会主义核心价值观,体现中国精神,是网络文

---

[1]《习近平在文艺工作座谈会上的讲话》,《人民日报》2015年10月15日,第2版。

学的根本属性，也是衡量网络文学价值的基本标准。网络文学界要高扬爱国主义旗帜，传递中华民族共同的理想追求。要以高度文化自信，传承和弘扬中华优秀传统和中华美学精神，讴歌真善美，发挥正能量，推出更多人民喜闻乐见的优秀作品，坚定人们对美好生活的憧憬和信心，鼓舞中国人民为实现中华民族伟大复兴中国梦而团结奋斗。"[1] 这份倡议书通过文学网站下发到网络作家手中，积极引导网络文学主旋律创作。

2015年、2016年，中国作协先后组织网络作家"重走抗战路""重走长征路"。2017年、2018年，团中央、中国作协在井冈山举行全国青年网络作家高级培训，对网络作家进行革命传统及爱国主义精神教育，各地作协也积极开展红色教育活动。2019年，湖北省组织网络作家"深入生活、扎根人民暨南水北调采风行"、赴陕甘宁革命根据地采风等，带领网络作家接受革命传统教育，重温革命历史，激发他们创作的社会责任感；四川省网络作协组织"网络作家重走长征路"，带领网络作家走进雅安、汶川、平武等地震灾区和马尔康、松潘、北川、南充嘉陵等贫困地区，感受时代变化，结集出版网络作家采风作品《苍溪味道》《平武行》《印象嘉陵》《旺苍行记》等。

2019年，《文艺报》开设网络文学专刊，重点评介《大国重工》《浩荡》《大国航空》等主流化价值观鲜明的作品。中国作协网络文学中心主任何弘在发刊词中说："高质量发展网络文学，必须以习近平新时代中国特色社会主义思想为指导，把讲好中国故事，表达主流文化、弘扬社会主义核心价值观作为表现的重点，把利用网络传播的新特点创造新的叙事样式作为发展的基础，努力创作出体现

---

[1]《网络文学行业自律倡议书》，《文艺报》2016年7月22日，第1版。

时代精神的网络文学精品,创造时代的文学高峰,为中华民族伟大复兴中国梦的实现做出自己应有的贡献。"[1]文学网站也积极行动起来,推动网络文学领域正能量的创作,如阅文集团已先后组织四届现实主义网络文学征文大赛,有《大国重工》《朝阳警事》《上海繁华》等一系列主流化作品获奖,产生了良好的社会影响。

近几年来,网络作家受到的国家关注明显增加,网络作家的形象越来越正面。2016年底,参加第九届作代会的唐家三少说:"5年前,中国作协八大召开时,我作为唯一一名网络作家代表参会,当时最直观的感觉就是举目无亲。在中国作协和北京作协领导们的关心和支持下,我有幸成为第一位网络作家全委。5年后的第九届作代会上,我看到了近30位网络作家的身影,全委数量也达到了8位……"[2]2018年,与其他行业精英一样,优秀网络作家受到了政府的重视,网络文学作家蒋胜男当选为全国人大代表,唐家三少(张威)当选为全国政协委员,静夜寄思(袁锐)当选为重庆市人大代表,血红(刘炜)当选为上海市人大代表,管平潮(张凤翔)当选为浙江省政协委员,阿菩(林俊敏)当选为广东省政协委员,晴了(段存东)当选为贵州省政协委员,梦入洪荒(寇广平)当选为河北省政协委员,跳舞(陈彬)当选为江苏省政协委员,我吃西红柿(朱洪志)当选为江苏省政协委员,匪我思存(艾晶晶)当选为湖北省政协委员,我本纯洁(蒋晓平)当选为广西政协委员;2018—2019年,匪我思存当选为湖北省作协副主席,夜神翼(陈杰)当选为成都市作协副主

---

[1] 何弘:《守正道 创新局 出精品——"网络文学专刊"发刊词》,《文艺报》2019年1月28日,第5版。

[2] 唐家三少:《勇于创新,推动网络文学发展》,《文艺报》2016年12月23日,第3版。

席,阿菩当选为广东省作协副主席。至此,曾经被称为"网络写手"的一群人成为真正的"人民作家",他们中的佼佼者成了我国重要的文学创作力量,他们开始参政、议政,开始活跃在中国的政治舞台上,时代赋予了他们创作的使命感和责任感。

与纯文学作家相比,网络作家的政治意识更加自觉,国家给予了网络作家地位和荣誉,他们通过自己的创作获得了经济上的回报,同时也获得了社会的认可。网络作家唐欣恬说:"身为网络作家,我们更会将弘扬主旋律、传播正能量视为己任。使命在肩,时不我待,愿我们都能成为网络文学新辉煌的创造者和见证者。"[1] 从仙侠转向写现实题材的何常在说:"我开始关注现实题材,因为这样的作品不仅能与当下生活同频共振,也可以挖掘、思考社会问题,让网络文学承载更丰富的时代精神与文化内涵。"[2] 综上可见,中国网络文学的主流化倾向既是自上而下引导的结果,也是网络文学作家积极担当历史使命、寻求社会认同的结果。

二

从网络文学的文学传统来看,网络文学主要面向大众,是一种娱乐性的通俗文学。通俗文学多以故事性吸引读者,少有关于价值观的探讨,而是宣传读者普遍认同的价值观,且多用刘半农所说的"积极教训"。"通俗小说应该是一种知识(包括自然科学和社会科

---

[1] 唐欣恬:《植根现实土壤,书写无愧于人民的网络文学精品力作》,《文艺报》2019年7月24日,第6版。
[2] 肖煜、张晓华:《让网络文学激情拥抱"现实"》,《河北日报》2019年12月2日,第6版。

学)的载体,普及知识、认识规律,借以开启民智。……这些作品颂扬人与人之间博大的爱和对事业、理想的孜孜追求,通过艺术形象感染、打动读者,把关于人类、自然、社会、生命的知识在不知不觉中传达给读者,古往今来,许多读者都是通过孙悟空、诸葛亮、关羽、武松等艺术形象来学习爱与恨、是与非、善与恶、美与丑的观念,提高认识和审视历史、人生的本领的。"[1]网络文学响应国家号召,书写宏大的时代命题,弘扬社会主义核心价值观,积极承担社会责任,这是与网络文学的特点相适应的,网络文学的主流化的实绩主要体现在如下方面。

一、网络文学积极地拥抱时代,塑造改革时代的英雄,歌颂顽强拼搏、勤劳智慧的中国人民,弘扬时代正气。《大国重工》(齐橙)、《大国航空》(华东之雄)、《至高使命》(梦入洪荒)、《浩荡》(何常在)、《复兴之路》(Wanglong)书写时代的伟大变革,积极地讴歌人民、讴歌英雄、讴歌祖国、讴歌时代。齐橙的《大国重工》描写了改革开放以来中国重工业从弱到强,从引进国外产品到向国外输出产品的发展历程,反映了我国国力不断增强,民族自豪感和自信心不断提升的历史巨变。华东之雄的《大国航空》讲述了我国航空工业发展中一个年轻试飞员的成长故事,塑造了勇于为祖国航空事业献身的军人形象。梦入洪荒的《至高使命》描写扎根基层的青年人积极为社会做贡献,做新时代奉献者的故事。何常在的《浩荡》由年轻的大学生在深圳创业发展的故事,切入互联网行业、房地产行业等领域,反映了"深圳速度"背后创业者创业的艰辛历程。Wanglong的

---

[1] 谢昕、羊列容、周启志:《中国通俗小说理论纲要》,文津出版社1992年版,第92页。

《复兴之路》讲述了国企在改革中的困境与复兴的艰难曲折，塑造了新型的改革者形象，从制度层面反思国企改革的症结，描绘了中国式的企业发展之路。

二、网络文学积极书写爱国主义主题。丛林狼的小说《最强特种兵》中龙国、华夏国都是指我国，倭寇、北极熊、山姆国都有明确的指向，在这样的故事设定中，小说有着爱国主义的精神格调，给人以民族主义的共鸣。小说充满积极向上的调子，对爱情的忠贞、战友的深情、亲人的回报、个人内在潜力的充分挖掘，这些积极的思想倾向无疑有很好的社会效应。《战神之王》(丛林狼)的爱国主义主题非常清晰，这是小说中的句子："军人就应该为国去拼杀，去战斗，心中有义，无所畏惧。""龙国不缺热血青年，不缺有识之士，只要国家需要，责无旁贷，义无反顾，龙国热爱和平，但也不怕战争，不怕敌人，哪怕敌人无比强大，也没人愿意低头屈膝，这是一个国家的尊严，更是龙的传人血脉中的自强不息。""大丈夫有所为，有所不为，军人就应该迎难而上，无所畏惧，以一颗战士的心坦然面对一切强敌和困难，而不是知难而退。"这些直抒胸臆的文字让主人公的形象更加高大，让人感受到红色革命文学的回声，这无疑与近年来国家对网络小说的引导有关。

三、网络文学积极关注社会现实变革，书写备受关注的乡村振兴、支教等现实题材。《幸福不平凡》(青安)、《稔子花开》(莫贤)、《芳菲乡的振兴》(上官诗经)讲述脱贫攻坚战的故事。《芳菲乡的振兴》是2018年全国网络文学重点园地工作联席会议重点扶持作品，小说主人公积极投身乡村振兴建设，扎根基层，走群众路线，帮助农村困难户解决生活困难，体现出强烈的社会责任感。《明月度关山》(舞清影521)、《大山里的青春》(罗晓)、《枫林远歌》(画早)、

《在希望的田野上》(张书勇)讲述了年轻的大学毕业生到贫困山区支教的故事。这些年轻人积极面对生活困难，在艰苦的环境里经受锻炼，获得精神的成长和蜕变；他们勇于奉献，关注留守儿童，帮助贫困山区脱贫致富。小说着力描写人性的光辉和青春的风采，展现了当代青年投身建设祖国时代洪流的精神风貌。

四、网络文学积极关注传统文化领域。2018年，阅文集团发布"中国传统文化IP"，并启动"梨园计划"，尝试以打造现代IP的方式重塑新世纪京剧魅力；"大运河文化征文"掀起关于传承千年文化、弘扬时代精神的书写热潮，涌现了《静静的运河》(李季彬)、《运河青云梦》(卫易)、《通惠河工》(翟鹏延)、《运河码头》(房忆雪)等优秀作品。《俗艺大师》(就为活着)呈现了非物质文化遗产"二人转"的独特魅力；《传国功匠》(陈酿)弘扬工匠精神，讲述德艺双馨的"非遗"工匠故事；《相声大师》(唐四方)展现中国传统曲艺，以相声艺术为主，涉及口技、评书、大鼓等；《华簪录》(悠南桑)将民间手工艺制作融入天下之争的故事之中，详细介绍首饰制作技艺。这些作品将中国传统文化融入精彩的故事之中，对传播中国传统文化起到了积极推动作用。

五、网络文学积极关注现实变革，讲述颇有时代气息的现实故事，面向现实困难，寻求解决方案，书写年轻人的成长历程，传递乐观、积极生活的正能量。《二胎囧爸》(李开云)、《老妈有喜》(蒋离子)以二孩政策实施后，中国家庭所面临的选择和矛盾为中心讲述温暖的家庭故事，风格清新，充满喜剧气息；《全职妈妈向前冲》(清扬婉兮)以三个女性的故事，反映了当下职业女性所面临的压力和困境，写出了人生的复杂况味，展现积极、健康的爱情观和人生观；《糖婚》(蒋离子)书写"80后"夫妻所遭遇的情感危机，并由婚恋故事拓展到家庭婆媳关系、子女教育等问题,透视不同代际人群价值观的冲突,表现了直面生活矛盾,寻求相互理解与沟通解决之道的积极价值导向;《白纸阳光》(月壮边疆)讲述社区工作者为居民排忧解难的温馨故事,积极探讨管理的新模式,书写平常人、身边事,充满积极的生活情调;《上海繁华》(大地风车)书写外地农民子弟在上海的奋斗历程;《粮战》(洛明月)为农业专家点赞;《中国铁路人》(恒传录)刻画了中国铁路建设者的光辉形象;《朝阳警事》(卓牧闲)中的社区民警心系群众、积极作为,在平凡的工作岗位上干出不平凡的成绩。

三

　　近年来国家提倡网络小说写现实题材,从网络作家的社会身份来看,写现实题材是网络作家的优势。要写出优秀作品,需要扎根人民、扎根生活,相比专业作家,网络作家来自不同的行业,他们有丰富的生活底子,他们讲述的行业故事比专业作家更深入、更专业、更有可读性。秦明是法医,他的《法医秦明》系列故事为读者揭开了法医行业的秘密,给读者以专业知识的享受;齐橙是经济学博士,他掌握了我国改革开放以来经济发展的大量资料,他在《大国重工》中对我国重工业设备引进、创新的技术介绍专业程度非常高,被称为工业"硬核"文;郭羽、刘波是互联网领域的企业家,他们创作的《网络英雄传》系列小说讲述了我国当代互联网创业者的创业之路,写出了这个群体的生活样态与精神风貌,塑造了一群民族脊梁式的精英人物,是讴歌新时代、讴歌祖国、讴歌人民、讴歌英雄的作品。阿耐是企业高管,对中国改革开放以来的经济发展变革的历史有深入的理解,她的小说《大江东去》以编年体的形式写出了改革开放以来集体经济、个体经济、国有经济、外资经济等多种经济形式在我国的发展历程。这些优秀网络作家扎根现实,扎根人民,他们用精彩的中国故事来表现我国社会发展变革的历史与现实,让读者在愉悦的阅读中有所思、有所获。

"时运交移,质文代变",一个时代有一个时代的文学。法国的丹纳认为,种族、时代、环境决定一个时代的精神文化面貌。中国改革开放的时代主题是发展——人民生活水平与幸福指数不断提高,人民安居乐业,个人自我实现的环境越来越好。网络小说中以升级爽文为核心的文学趣味,自信、乐观、向上的精神风貌,是时代精神的折光。习近平总书记在2014年10月15日文艺工作座谈会上的讲话中指出:"应该用现实主义精神和浪漫主义情怀观照现实生活,用光明驱散黑暗,用美善战胜丑恶,让人们看到美好、看到希望、看到梦想就在前方。"[1]网络文学的总体格调是明亮的、向上的、理想主义的,是应历史潮流而生的。

网络文学的理想主义格调,是由网络文学的性质决定的。网络文学面向广大的人民读者群体,是大众文化,与美国大片、日本动漫、韩国的电视剧相类似,充满了理想主义色彩。

美国大片歌颂亲情和友情,宣扬爱、自由、勇敢、坚强、乐观,对个体的尊重,对英雄的崇拜,充满了浓郁的人文关怀。中国网络小说的常见情感结构是通过艰苦的努力,主角最终实现自己的人生理想,成为时代有为青年。好莱坞是造梦工厂,好莱坞电影是高度类

---

[1]《习近平在文艺工作座谈会上的讲话》,《人民日报》2015年10月15日,第2版。

型化的,那些有情人终成眷属的故事,以勇气和才智去面对苦难的平民英雄故事是符合大众审美期待的,中国网络文学中的理想主义气质和英雄主义情怀与之非常相似。

日本动漫作品有较强的人文情怀,崇尚坚韧、尚勇的武士道精神,倡导团队合作,有体育竞技类、探险类、魔幻异能类等类型。日本动漫主流是少年动漫和少女动漫,符合青少年读者的心理需求,如《灌篮高手》《火影忍者》等为代表的少年成长类作品,《全职猎人》为代表的魔幻异能类作品。《圣斗士星矢》《网球王子》《航海王》等作品展现了爱和情义,正义战胜邪恶,教会了青少年如何成长。我国网络文学的青春文化特色也非常鲜明,主角的成长是常见主题。日本动漫不只是停留在娱乐大众层面的商业产品,还表达作者对世界、人生的思考,赋予作品哲学深度,一些追求韵外之旨的优秀中国网络文学作品也是如此。

中国网络小说在价值观与艺术手法上与韩剧有诸多相通之处。《嫉妒》《人鱼小姐》《大长今》《来自星星的你》《太阳的后裔》等韩剧蕴含儒家文化,珍视亲情、友情、爱情,坚守真善美,推崇仁义礼智信,信守忠孝仁爱。韩剧剧情紧张,制作精良,逻辑完整,风格温馨,不乏幽默、新奇,能紧紧地抓住观众;韩剧富于现代气息,文化混杂,兼具东方文化的韵味与西方文化的时尚感;韩剧制作精良,在灯光、场景、道具、音乐、台词等方面追求艺术的美感,营造浪漫的气氛,非常好看;韩剧精心挑选演员,配上精美的服饰、精致的妆容,人物偶像化,在气质、人格和才华方面都能吸人眼球。韩剧在制作方面的经验已经为中国网络IP剧所借鉴,比如近年来口碑颇好的网络文学IP剧《琅琊榜》《芈月传》《三生三世十里桃花》等在制作上就体现出华美的韩剧风格。中国网络言情小说在故事情节的设置上,如复杂的矛盾展开、唯美的爱情故事,与韩剧也有异曲同工之妙。

对欧美、日本、韩国来说,其大众文化的输出,既是一种经济行为,也是一种宣扬价值观的文化行为。从精神的深度来说,我国网络小说与现代以来的小说传统是不同的,网络小说在价值观上不做探讨,而是宣传被人民所广泛接受、认同的价值观:玄幻武侠小说中的除暴安良、刻苦修炼;言情小说中追求有尊严的爱情,有情人终成眷属;青春校园小说中的开朗乐观、勤奋上进;历史小说中个人的能动性与聪明才智的发挥。这种积极、正向的理想主义价值观包含修身、齐家、治国、平天下的儒家文化理想,功成身退的道家哲学,也蕴含现代文学倡导的民主、自由、平等、博爱、独立等价值观。这与富强、民主、文明、和谐,自由、平等、公正、法治,爱国、敬业、诚信、友善的社会主义核心价值观是相通的。在一些网络历史小说中,写到外族入侵,常有"犯我中华者,虽远必诛"的爱国基调,这并非写作者的刻意为之,而是一种爱国情感的自觉流露。

习近平总书记在 2014 年 10 月 15 日的文艺工作座谈会上的讲话中指出:"一部好的作品,应该是经得起人民评价、专家评价、市场检验的作品,应该是把社会效益放在首位,同时也应该是社会效益和经济效益相统一的作品。"[1] 网络文学是直面读者的文学,对作者来说,如何吸引读者,是必须要考虑的,但同时又要兼顾作品的精神导向和艺术品格,人民群众所喜闻乐见的作品不是简单迎合读者需求的作品,而是既要通俗易懂,又要让读者有所提高。如习总书记所说,"低俗不是通俗,欲望不代表希望,单纯感官娱乐不等于精神

---

[1] 《习近平在文艺工作座谈会上的讲话》,《人民日报》2015 年 10 月 15 日,第 2 版。

快乐"。[1] 从作品的阅读效果来说,优秀网络文学需要雅俗共赏。

网络小说中有个概念,叫作读者的黏性原则。在如何抓住读者,如何讲述精彩的中国故事上,网络小说别开生面。在网络文学领域,想象力被称为"脑洞"。网络玄幻小说吸收了中国古代神魔小说、西方奇幻小说、现代科幻小说关于世界的想象,四海八荒、异域太空、上天入地、人鬼神、水族花族精灵族等共生,各种门派、各种神奇的修炼功法体系与现代科技熔于一炉,让人叹为观止。穿越小说将时空打乱,重新审视历史,让生命重生,弥补前世的人生缺憾。同人小说、游戏小说、无限流小说融通世界大众文化作品进行重构,展现了开放的世界视野和神奇的想象力。

四

在黄子平、陈平原、钱理群的《论"二十世纪中国文学"》一文中,作者将二十世纪中国文学的总体风格概括为"以'悲凉'为基本核心的现代美感特征"[2]。与此不同的是,中国网络小说的总体风格是豪放、乐观、昂扬的。这既是文学追求上的不同——中国现代文学是启蒙的文学,是沉重而忧郁的,而网络文学是让人快乐的,是明朗而积极的;同时也是时代气象的反映——中国现代文学处在国家命运焦灼的历史环境中,而网络文学处在中国改革开放国力日益增强,人民生活水平不断提升的历史新时代。阿耐在《大江东去》的题

---

[1] 《习近平在文艺工作座谈会上的讲话》,《人民日报》2015年10月15日,第2版。
[2] 黄子平、陈平原、钱理群:《论"二十世纪中国文学"》,《文学评论》1985年第5期,第3页。

记中说:"我有幸生活在一个前所未有的变革时代。"网络文学的主流化倾向是时代赋予网络小说的特征,也是网络文学积极书写时代精神面貌的体现。书写生活的光明面、积极面,以积极的态度面对生活的困难,战胜困难,迎来生活的美好结局,以升级、成长、主角进步的爽文模式书写英雄,成就英雄梦想,网络小说中乐观、昂扬的精神风貌表达了中国年轻人对美好生活的向往。

中国网络小说的主流化与新中国成立后十七年文学时期的小说主流化有类似之处,小说书写宏大的历史命题,要表现政治正确的意识立场,但网络小说的类型、题材要丰富得多。与十七年文学面对的问题相似的是,网络小说如何处理主题先行、光明结局与揭示深层社会矛盾的关系,即如何平衡政治性与艺术性的问题。

优秀的网络小说在美学特点上,具有梁启超所说的浅而易解、乐而多趣[1]的特点,不仅有愉悦读者的作用,也有提升读者的作用,不仅给人精神上的正能量,也给人文学上的审美享受,主要体现在如下方面。

一是向人情事理深处拓展。《老妈有喜》是一部文笔细腻的作品,小说在几个家庭的不同人物之间展现生活的矛盾,将人情事理表现得纤细入微。作者入世很深,通晓人情世故,小说既呈现了复杂、胶着的原生态生活现状,又着力书写人物积极面对生活、寻求问题解决方案的态度。《枫林远歌》对人情事理的描写极其通透,小说通过一个身患绝症的大学生到乡村支教的故事,描写了两个年轻大学生之间的爱情,小说温情、细腻,人物心理拿捏得当,以悲剧性的

---

[1] 梁启超:《论小说与群治之关系》,见王锺陵主编《二十世纪中国文学史论文精粹·小说戏曲卷》,河北教育出版社2001年版,第3页。

结局写出了人物的精神光芒,作者熟悉儿童心理,描写了乡村文化及乡村儿童的心理世界,故事含蓄凝练,超越了一般的爽文。

二是向知识性拓展。《大国重工》《材料帝国》《网络英雄传》《大国航空》等小说的作者做了扎实的功课,作品建立在调查研究的基础上,阅读小说能让读者了解行业知识,读后让人大开眼界,同时也获得精神的启迪。在写行业文方面,网络作家比纯文学作家更有优势,他们各自来自不同的行业,有丰富的行业经验和社会经验,因为身在其中,他们为写小说所做的调查研究往往非常深入。阿耐是浙江一家企业的高管;阿菩是暨南大学文艺学博士;管平潮是日本国立情报学研究所博士;郭羽、刘波是成功的企业家;齐橙是北京师范大学的副教授、中国社科院的工业经济研究所博士,也是工厂子弟出身。

三是在语言表达、文化意蕴、小说结构、人物形象塑造等方面向纯文学学习,在保证小说好看的前提下,努力提升小说的内涵,探索精品化创作道路。《楚河汉界》(灰熊猫)以历史史实为基础,展开合理的想象,对人性的丰富性进行了深入的探索,既写出了项羽的英雄气概,也表现了刘邦智慧的一面,颠覆了传统文学中刘邦的"小人"形象。《朝天阙》(姞文)以南京的朝天宫为背景,写南京的历史,塑造了大儒王守仁的形象,充满文化气息。《无缝地带》(李枭)结构严谨,心理描写细腻,文笔老到,故事逻辑丝丝入扣,被称为最具有纯文学气质的网络小说。

从文化内涵的表达来看,网络小说中正能量的表达常常是直抒胸臆的,这些表达会形成小说主旨句,融化在故事中,给读者精神的力量感。读者首先是在消费故事,在娱乐中潜移默化地接受了作者所寄托的思想与情怀。天衣有风的《凤囚凰》想传递给读者一个道理：要做堂堂正正的人。小说中人物容止对自己说："我的生死,我的爱恨,皆是我自己抉择,我不后悔,也不痛苦,这是我自己选择的道路,我不需要怜悯,亦没必要动摇,生也是我,死也是我,胜固欣然,败也从容。"这句话打动了很多读者。《明朝那些事儿》第一部中有这样一句话："即使日后身处绝境,亦需坚守,万勿轻言放弃!"这句话让很多读者驻足回味。在缪娟的《翻译官》的结尾,有一段在网上广为流传的话："我从小身处逆境,无论遭遇怎样的困难、意外和不公平,我没有哭过;我使尽全力,逆流而上,努力地学习和工作,每每筋疲力尽,心中失望的时候,我没有哭过;当远走他乡,忍受孤独,失去挚诚的朋友,被亲爱的人误解远离的时候,我没有哭过;即使在所拥有的幸福,握在手中的爱情如千钧悬于一发,即将失去的时候,我没有哭过。而此时,我的心,被辛酸和狂喜的情绪同时占据,我在电话的一侧用力地点头,却说不出话来,只觉得,有泪水夺眶而出,滚烫地流在脸上。"天下归元在《风倾天阑》的后记中写道："寓教于乐,是我推崇的文化传播方式。教育如此,写作亦如此。我希望在文中,关于我个人教育理念的渗入过程,能对一些已经为人父母,或者即将为人父母的读者,产生良性的影响,让他们或有思考,或有对照,如此,或许某一个孩子,就能被我从万恶的兴趣班里稍稍拯救。"那些并不高深的道理融化在好看的故事中,产生润物无声的阅读效应。

网络小说对读者的认识帮助非常大。一些高中生读者看了《翻译官》之后,去报考翻译专业,成为专业的翻译人才;浙江师范大学将《网络英雄传之黑客诀》作为维护国家网络安全主题教育材料供学生阅读。并不是所有的纯文学作品都适合中小学生阅读。苏童曾在一次演讲中说,他在家里把他的小说《米》藏了起来,不让自己的女儿看到,不想让自己的女儿认为父亲竟是这样一个"龌龊的家伙"。在莫言获得诺贝尔文学奖之后，众多中学生因为媒体的宣传和老师的推荐，开始阅读莫言的作品，然而他们真切地感到莫言的小说读不进去。这当然不是要否认这些文学作品的价值，而是说，道德含混的故事并不适合低龄的青少年读者。网络文学是纯文学的有益补充，那些是非分明的价值判断，有情有义的故事主角，有情人终成眷属的结局，自强自立的励志成长，更有益于青少年的精神成长。《择天记》（猫腻）是个人向死而生的故事，不畏艰险，毫无退路，有的只是一颗勇往直前的心。好的网络小说带动的是读者的情绪，风凌天下在一次访谈中谈到，网络小说是一种情绪小说，要让读者跟随自己的节奏，要调动读者的情绪，热血文就要让读者热血沸腾。

优秀网络小说与一般网络小说的区别在于，作品意蕴、格调、题材、故事的创新性与时代性，故事内在逻辑的合理性，人情事理的练达，细节、场景、对话描写的精彩程度，人物形象的独特性，语言的美感等方面的差异。优秀网络小说既让读者看得爽，又让读者在阅读中有领悟，有感动，获得精神的提升，获得审美的享受。而那些以情色、黑幕、暴力描写来博得读者眼球的作品，迎合的是读者的低级趣味，那些宣扬丛林法则，跟风、套路化的故事让读者倒胃口，情节违反人情事理，表达缺乏美感，即使一时获得一些读者，最终必然会随着时间的推移而被扫进历史的垃圾堆。一些作品以改革开放四十年为背景，标题很大，但笔力达不到，内涵单薄，内容空洞；一些作家文学修养不够，生活积累不够，写作用心不够，将故事变成了单纯的时代精神的传声筒，作品缺乏艺术感染力。从文学的创作规律来说，优秀的网络文学作家一定是扎根人民、扎根生活的，他们有良好的艺术素养、开阔的文学视野，热爱人民、热爱时代、热爱生活，孜孜以求、精益求精,才能创作出无愧于时代的优秀作品,将网络性、思想性、文学性进行有机的融合。阿耐创作《大江东去》,郭羽、刘波创作《网络英雄传》系列,蒋离子创作《老妈有喜》,都在这一点上做出了可贵的探索。

网络文学的现实主义形态

近年来,在文学网站及国家网络文学主管部门的倡导下,现实题材的网络文学作品越来越多。由阅文集团主办的首届网络原创文学现实主义题材征文大赛,自2015年至今已举办了五届。在前三届中,首届有《复兴之路》《相声大师》《二胎囧爸》等作品获奖,第二届有《大国重工》《明月度关山》《朝阳警事》《宝妈万岁》《写给鼹鼠先生的情书》等作品获奖,第三届有《上海繁华》《中国铁路人》《规培医生》《戏法罗》等作品获奖。2015年以来,国家新闻出版广电总局组织开展年度优秀网络文学原创作品推介活动,将优秀作品分为"现实组""幻想组",评选办法中明确提出鼓励反映现实生活,具有现实关怀和富有责任意识的作品。2018年3月,由中国作协网络文学委员会、上海市新闻出版局、上海市作家协会、阅文集团联合主办的"中国网络文学20年20部优秀作品"评选中,《第一次的亲密接触》《大江东去》《致我们终将逝去的青春》《繁花》《复兴之路》《全职高手》六部现实题材作品入围。2019年2月25日,2018年度优秀网络文学原创作品推介活动入选作品揭晓,《网络英雄传Ⅱ:引力场》《明月度关山》《大山里的青春》《白纸阳光》《写给鼹鼠先生的情书》等作品名列其中,涉及公安干警、底层百姓、山区支教、社区管理、精准脱贫、物流行业、民间乐手等现实题材。

"现实主义是按照生活的实际存在的样子反映生活,这样一个解释好像许多人都不否认。生活的实际存在的样子,并不只是生活的外貌,同时还包含有它的内在意义。这样,现实主义就不仅要求细节的真实,而且还要求本质的真实。"[1]如果以是否"按照生活的实际存在的样子反映生活"为标准,网络文学大体可以分为幻想类和现实类,玄幻、仙侠、科幻、穿越、无限流等网络小说类型属于前者,都市、校园、职场、军事、侦探等网络小说类型属于后者。网络作家通常日更数千字,多写想象的故事,提倡网络文学写现实题材具有特别的意义。那么,网络文学写现实与传统的纸媒文学写现实有何不同?本文试就这个问题做些探讨。

一、网络文学的时代精神气质

丹纳的《艺术哲学》认为,文学受"种族、环境、时代"的影响,一个时代的文学是时代精神的折光,时代精神直接影响一个时代的文学。网络文学在中国兴起、发展、繁盛,有特殊的中国时代语境。网络文学为什么在中国这么火爆?中国的互联网不是最发达的,中国的互联网普及率也不是最高的,但为什么只有中国的网络文学形成了世界上独有的繁荣景象?

从文学与现实的关系来说,中国网络文学最直接的推动力来自现实的变革,改革开放以来经济发展取得的成就为网络文学的繁盛提供了土壤。优秀网络文学作品是接地气的,这些作品引发了读者

---

[1] 何其芳:《文学艺术的春天》,作家出版社1964年版,第131页。

对现实的关注,让人通过语言的描绘重新认识现实生活。《第一次的亲密接触》让人知道"网恋"的存在,知道了原来可以通过互联网交友,以一种特别的方式实现心灵的沟通,网络聊天是那样有趣,网恋可以找到心灵的伴侣。这篇小说的价值也体现在,轻松、幽默、戏谑的网络聊天语言冲击了固有的文体样式,让人惊呼小说原来还可以这样写。《成都,今夜请将我遗忘》是写给二十世纪七十年代生人的一部作品,它以主人公陈重("沉重"的谐音,喻示一代人的精神沉重)的故事写出了在二十世纪九十年代经济大潮中,一批纯洁的文学青年被金钱、欲望腐蚀,在尔虞我诈的环境中丢失了自我,迷失了人生的方向。通过他们大学后与大学中的状态对比,小说唤起了一代人的情感记忆。理想的失落、人性的堕落、个人奋斗的成功与精神生活的糜烂,以及衰败破落的都市气息是一个时代转型的表征。理想主义失落在二十世纪末并非什么新鲜的话题,但这篇网络小说以更开放的笔调和更鲜活的现场感,戳中了一代读者的痛点与泪点。

  文学以形象的方式表现现实,通过人物的情感、命运呈现现实中人所面对的问题,读者在阅读中以自身的生活经验与作品碰撞,可以从中认识现实、思考现实、改变现实。五四时代"文学研究会"的主张是文学是为现实、为人生服务的,一批革命青年因为阅读五四新文学走出家庭,走上革命道路,找到了人生的方向。赵树理称自己的小说是问题小说,被确立的"赵树理方向"的意义在于用文学的方式干预现实。网络小说接续了问题小说对现实的关注,这种朴素的直面生活现状的小说带有鲜明的时代印迹,如镜子一样照出了形形色色的社会现象:《蜗居》中的高房价问题及"二奶现象",《杜拉拉升职记》中职场新人如何应对职场挑战的问题,《七年之痒》中的婚姻"七年之痒"现象,《失恋33天》中年轻人如何面对失恋的问题,《致我们终将逝去的青春》中的青春恋爱挫折问题,《裸婚》《欢乐颂》中年轻人在都市的生存困境,《山西煤老板》中煤矿老板违规开采的问题,《大国重工》中中国重工业如何突破发展困境的问题,《明月度关山》中的留守儿童、乡村脱贫等问题,《网络英雄传》中国内互联网企业如何做强做大、迎战外资企业的问题。这些作品的题材多来自现实,有些还是根据作者的亲身经历写成,作品直面现实困境并提出解决方案。

网络文学是改革开放的产物,理解网络文学,首先要理解我国改革开放的时代精神。"改革开放初期我们是极端贫穷的国家,1978年的时候我们人均收入只有155美元,比当时撒哈拉沙漠以南世界最穷的非洲国家平均1/3还不到,所以是极端贫穷的国家。"[1] 从1978年到2017年,我国国内生产总值按不变价计算增长33.5倍,年均增长9.5%,平均每8年翻一番,远高于同期世界经济2.9%左右的年均增速,我国经济总量由世界第十一位跃居世界第二位。2017年,我国国内生产总值折合12.3万亿美元,占世界经济总量的15%左右,比1978年提高13%左右,近年来我国对世界经济增长的贡献率超过30%。我国人均国民总收入由1978年的200美元提高到2016年的8250美元,成功由低收入国家跨入中等偏上收入国家行列。[2] 经济基础决定上层建筑,中国经济的成功是中国人民"撸

---

[1] 林毅夫:《经济发展需要有效的市场和有为的政府》,2013-11-22, https://cul.qq.com/a/20131120/014058.htm.

[2] 国家统计局:《改革开放40年中国GDP增长33.5倍 年均增长9.5%》,2018-08-27, http://finance.sina.com.cn/roll/2018-08-27/doc-ihifuvph9590158.shtml.

起袖子加油干"的结果,如果要总结改革开放40年的时代精神风貌,独立自强、勤奋努力、积极进取、不畏苦难、开拓创业应是其中的要义。中国网络小说让读者在轻松的故事中获得对现实生活的了解,主人公在一路升级、成长的故事中收获"成功",这与中国高速发展、变强的时代节奏是契合的,与众多个体经过自己的努力,不断改善生活,获得更高质量的人生状态是一致的。从小说的阅读效应来说,这样的故事无疑对读者是有激励作用的,以主人公成长、升级为基本故事构架的网络小说几乎都可以当作励志故事来读。

在一些历史形态的小说中,主人公穿越到过去,女主角在相对复杂的环境中生存,一路成长,享受各种宠爱,男主人公承担历史使命,开疆拓土,建功立业。这些小说在内容上是非现实的,但在隐喻的层面上,是时下中国社会关系及大众情绪的折射。面对竞争激烈的现代社会和日益错综复杂的社会关系,个人需要学会生存处世,需要寻找发展的空间。宫斗小说、官场小说、职场小说中隐含了社交关系学、心理学及生存哲学等,历史穿越小说隐含了个人渴望成功、渴望实现理想的心态。这是一个充满机遇和挑战的时代,是一个讲述成功故事的时代,人们需要财富和成功,需要理想与激情,也需要勇气和努力,而这正是中国网络小说的总体基调。

二、高于现实还是低于现实?

经典的现实主义理论有一个著名的命题,就是小说要写典型环境,要塑造典型人物,要表现时代的总体真实。现实主义是否有力度,要看是否能表现更深刻的现实矛盾。现实主义作品应该比现实生活更高、更集中、更典型、更有概括力,要穿透表层现实,直逼现实的真相。

说到现实主义作品对生活的反映,有些作品尽管一时影响很大,但往往受时代观念的制约,未能深刻地去表现现实,而停留在用时代观念去解释现实的表层。一些二十世纪中国文学作品就是这样的,所写的往往是简化的现实,或者是被观念过滤的现实,缺乏现实主义的深度。《山乡巨变》《创业史》等对农业合作化道路的描写揭示了历史转型期的社会状态,艺术上也取得了较高的成就,所产生的巨大社会效应有其历史的必然性。但历史的发展表明,农业合作化道路并不是一条有利于生产力解放的道路,以现代的观点来看这些作品又有其局限性。姚雪垠写《李自成》花了42年,态度非常严谨,小说建立在大量历史史料的基础上,最终的结果仍然是"一卷不如一卷"[1],未能超越时代政治的局限,把李自成的起义军写成了"红军"革命军队。新时期以来,伤痕小说、反思小说、改革小说等对中国社会生活的急切介入,是一种政治时代"惯性写作"的延续,缺乏对社会矛盾的深层开掘,缺乏文化厚度。学者许子东通过研究二十世纪八九十年代的50部"文革"题材的小说认为,以《芙蓉镇》为代表的"文革"历史小说基本都停留在简单的官方对"文革"的否定和善恶有报的故事层面,并未超出"好人蒙冤""好人为坏人所迫害"这样的基本意义层,并未有更深刻的社会历史剖析。[2]

现实主义的深度,需要作家从社会生活实际出发,直面生活的矛盾,写出历史的必然性,敢于正视生活的复杂性,而非简单跟着

---

[1] 刘再复、刘绪源:《刘再复谈文学研究与文学论争》,《文汇月刊》1988第2期,第2–7页。

[2] 许子东:《为了忘却的集体记忆——解读50篇"文革"小说》,三联书店2000年版,第168–179页。

固有观念走。网络小说偏重趣味性、可读性,更注重娱乐化,相对是轻盈的,而非沉重的,少有以悲剧性的故事来表现现实的沉重,少有将笔力放在对现实的深层开掘上,但并不是说网络文学就没有现实深度。网络文学的现实深度呈现的方式常是片段的、细碎的、零散的,通过细节和总体感触及历史的真实面,触及生活表象之下的"规则"。

《侯卫东官场笔记》讲述了年轻人侯卫东在官场一路进步,不断晋级的故事。侯卫东的升迁是"阳光的",符合"正道"的,小说没有过多的官场黑幕的披露,人物故事展示了中国官场的"明规则"与"潜规则",是中国式人情、外交、谋略的呈现,让读者看到"聪明人"如何运用这些社会规则获得成功。刘再复认为以《红楼梦》《西游记》为传统的文化是中国的"原形文化","中国原形文化精神是热爱'人'、造福人的文化精神,是婴儿般的具有质朴内心的精神",而以《三国演义》《水浒传》等为代表的作品是中国"伪形文化"的体现,其表现是杀人,打着替天行道的旗号无法无天,把天真变质为粗暴与凶狠,耗尽心术、权术与阴谋。[1] 马尔克斯认为:"一个作家的伟大政治贡献在于不回避他的信念,也不回避现实,而是通过他的作品帮助读者更好地懂得什么是他自己的国家、他所在的大陆、他所处的社会的政治现实和社会现实。"[2] 刘再复从文化伦理的角度出发,认为"伪形文化"需要批判,但从反映现实的层面看,"伪形文化"也是现实生活的一部分,"原形文化"与"伪形文化"共存是现实生活的

---

[1] 刘再复:《原形文化与伪形文化》,《读书》2009 年第 12 期,第 39-48 页。
[2] [哥伦比亚] 加西亚·马尔克斯:《与略萨谈创作》,申宝楼译,见吕同六主编《20 世纪世界小说理论经典(下)》,华夏出版社 1995 年版,第 143 页。

常态。网络小说作家在这种中国式的人情关系学中加进了许多当代元素,《侯卫东官场笔记》中的侯卫东通过自己的努力,化解外力的阻挠,一步步成功、变强,一方面靠的是个人才华、勤奋、品行、境界,另一方面靠的是好运、奇遇、处事得当,与刘再复批判的作为权谋术的"伪形文化"不完全相同,这也是网络小说超出中国古典小说之处。

现实主义深度还包括直面现实中的重大问题,触及深层的社会矛盾。《大江东去》《大国重工》等网络小说关注的是社会重大题材,如何写出历史的深度?《大江东去》以宏阔的历史视野,以编年体的方式对改革开放的历史道路进行全景式的呈现,小说讲述了以雷东宝为代表的集体经济经营者,以梁思申为代表的外资经济经营者,以宋运辉为代表的国有企业经营者,以杨巡为代表的个体经济经营者在企业发展过程中所遇到的障碍与挫折,以及经济改革的阵痛与艰难的起飞。小说采用巴尔扎克式批判现实主义的写法,以中国社会经济百科全书式的视野,以饱满的社会生活细节、跌宕起伏的人物命运,重新回望审视中国改革开放的历史道路,具有强烈的现实关怀和历史感。《大国重工》写出了四十年改革开放中国重工业领域引进、转化、学习、生产、出口工业装备的发展过程,再现了中国企业昂扬向上的风貌。小说以扎实的专业知识为基础,展现中国工业发展的历史过程,在经济、技术、管理、外交等多个领域都有相当出色的专业的描写。这部网络小说还很难说触及了社会的深层矛盾,因为它对改革中所遇到的艰难险阻,各种制度上的障碍,传统惯性的限制等还着墨不多,但仍不可低估其直面重大题材的意义。

电视剧《人民的名义》是优秀的反腐题材作品,电视剧播出后好评如潮,正在于作品敢于揭露生活的矛盾,且力度较大,反映官员和商人如何勾结侵吞国家资产,官二代如何利用父辈的政治力量通过经商获得特权捞取不义之财,反腐斗争如何艰难,官员如何培植自己的亲信,优秀青年如何被官场名利腐蚀最终走上了不归路。网络小说《蜗居》揭露了高房价带来的社会问题。普通的工薪族要在上海买一套房,是何其艰难,但市政府的秘书长宋思明通过手中的权力接受开发商的贿赂,出手大方,送一套房给年轻的女大学生海藻,让海藻做自己的情人。这个故事背后的钱权交易链披露了社会现实的黑幕,地方官员和开发商相互勾结抬高了房价,普通的工薪族要实现自己的"蜗居"梦想得奋斗很多年,年轻的女大学生成为政府官员的猎色目标,在精心设计的圈套和利益的诱惑下,难以抵抗。

三、人性的真实与现实的真实

网络文学的另一现实主义形态是,故事是在想象的世界中发生的,有明显的虚构性,故事所发生的环境、人物的异能、故事的离奇都不是"生活实际的样子",但这类文学仍然是"现实主义"的,因为这类作品以变形的方式隐喻了现实的秩序,表现了人性的真实,彰显了人类的梦想与力量。

在中国传统神魔小说中有关于天上、地下、人间三界的想象,西方奇幻小说中有关于人族、矮人族、精灵族、翼族的世界设定,这是一个超越现实的想象世界。妖魔鬼怪、神仙、天帝、阎王、龙王都不是人,但他们具有人的情感,他们所在的世界与人间等级社会是相似的。神魔、玄幻小说的故事或许很荒诞,但作品蕴含的情感很真实,小说写出了读者心中所想,让读者产生了心灵的共鸣。《西游记》中孙悟空的故事显然是非现实的,孙悟空一个筋斗云十万八千里、七十二般变化、火眼金睛的本领是虚拟的,但这部小说隐喻了一个人人生的过程:从孩童时代的叛逆,到被秩序所驯化后回归正道,经过九九八十一难才修得正果。小说中的妖怪多是有背景的,在孙悟空要将他们正法的时候,就有背后的主人出来将他们救走,这正是世间权力秩序的隐喻。在唐僧师徒最后一难中,佛祖座前的尊者阿傩、伽叶向唐僧师徒要"人事",方能取得真经,这也是颇有现实讽喻意义的。时至今天,孩童阅读《西游记》,仍能从孙悟空降妖伏魔的故事中学得勇敢、聪明、担当等品质,这部书是有现实教育意义的。与古典神魔小说、西方奇幻小说相比,网络小说的"脑洞"更大,网络玄幻小说融通西式奇幻、中国仙侠、古典神话乃至未来科技的各种元素,穿越小说打乱历史时空让今人进入历史之中重建世界,二次元小说则是以游戏、动漫的设定元素来虚拟场景、人物和故事,这些作品从故事架构和形式设定上无疑都是虚构的,但其意蕴是非常有现实感的。

网络小说的现实感来自读者的心理需求,各种幻想故事反映了人性的基本层面,如对友情、爱情的渴望,对建功立业、个人价值实现的追求,等等。《三生三世十里桃花》写的是一个虚幻的故事,作品设定天族、翼族、狐族共存世间,一个人的生命有前生今世,这也是中西方众多幻想文学对世界的一种想象设定,小说在这样的设定中讲述了一个荡气回肠的爱情故事,即便是天族太子要实现自己的爱情梦想,也要经历三生三世的磨难。《花千骨》是一个仙侠故事,故事的背景是四海八荒的假定世界,小说的故事核心是师徒恋。女主角爱上自己的师父,要面对世俗的挑战,要经历很多的劫难,付出了全部的心血,形成"爱我的,为我而死,我爱的,一心想要我死"这样的困境,这种"虐恋"背后隐含的意义是人生天地间有太多的身不由己，一个人为了自己的爱情，付出多少都是值得的。

网络穿越小说中主角从现代穿越到古代，用先知先觉的优势进行新的人生设计，建功立业或者改变历史，这些情节看起来很荒诞，很可笑，其现实感在于：人生难免充满遗憾，如果生命可以重来，就应该珍惜，应该有所作为，如果一个人能先知先觉，就可以获得更大的成功，甚至可以重写历史。故事是虚构的，但作家的态度无疑是严肃的，如弗洛伊德所说："作家的所作所为与玩耍中的孩子的作为一样。他创造出一个他十分严肃地对待的幻想的世界 —— 也就是说，他对这个幻想的世界怀着极大的热情 —— 同时又把它同现实严格地区分开来。"[1]按照小说的作者和读者性别，穿越小说分为男性穿越小说和女性穿越小说，男性穿越小说有《新宋》《回到明朝当王爷》《篡清》《重生之神级学霸》等，女性穿越小说有《梦回大清》《步步惊心》《末世朱颜》《木槿花西月锦绣》《知否知否应是绿肥红瘦》等，两种不同性别倾向的穿越小说对应的是不同性别的愿望。男性穿越小说中男性穿越后可以凭借对历史的先知，将后世的科学知识应用于前世，成功地开疆拓土，成就一世功名，最后功成身退。《回到明朝当王爷》中的杨凌穿越后，人生一路开挂，成功由一名秀才步步晋级为一位王爷；《篡清》中的主角徐一凡利用富国强兵的文韬武略，改变了甲午海战中中国失利赔款的历史，最终继承大统；《重生之神级学霸》中的杨锐通过穿越后重生，由学渣变成了学霸。女性穿越小说中的现代女性穿越后可以演绎荡气回肠的爱情故事，或实现个人抱负。《末世朱颜》中主角欧心妍穿越后成为慈禧太后，

---

[1] [奥地利]西格蒙德·弗洛伊德：《弗洛伊德论美文选》，张唤民、陈伟奇译，知识出版社1987年版，第29页。

此"慈禧"非历史上的慈禧，她成功地将颓势中的中国挽救回来，通过政治改革，发展现代的军工业，成功地制造了先进的武器，建立了清朝强大的军队，在八国联军侵华战争中成功地捍卫了国家的利益，将洋人打败，改变了历史的走向。

根据弗洛伊德的研究："那些评价不高的长篇小说、传奇文学和短篇小说的作者，他们拥有最广泛、最热忱的男女读者群。首先，这些小说作者的作品中有一个特征不能不打动我们：每一部作品都有一个主角作为兴趣的中心，作家试图用一切可能的手段使他赢得我们的同情，作者似乎把他置于一个特殊的神的保护之下。"[1] 弗洛伊德所说的这种情况与网络小说非常类似，网络小说与《水浒传》《三国演义》《西游记》之类的古典小说不同的是，它是以主角为中心的现代个人成长小说，通俗小说中常见的"主角光环"定律被网络小说突出强化运用，如果说人性中有自私、阴险、嫉妒、狭隘等阴暗面，也有包容、博爱、积极、勤奋、努力、勇敢等光明面，在现代文学中，作家将不可告人的人性秘密展示给读者，揭示人性深处天使与魔鬼的搏斗，而网络文学如众多通俗文学一样，褒扬的是人性的光明面，在正义与邪恶的搏战中，正义一定会战胜邪恶，主角成长的道路上遇到的重重困难一定会被克服。从文学的社会效应来说，网络文学产生的是积极的社会效应，让读者在虚拟的故事中获得积极的精神体验，让人向善、向美、向上，让读者的心智更健全、更健康。

以主角为中心的网络小说给读者树立了理想的人的形象，这个理想的人具有如下特征："以一种大体上对社会有益的方式，战胜

---

[1] ［奥地利］西格蒙德·弗洛伊德：《弗洛伊德论美文选》，张唤民、陈伟奇译，知识出版社1987年版，第34页。

他所面临的任务和困难",是一个"社会感已经发展到了相当高度的人",是一个"根据社会法则来玩生活游戏的人",具有"培养一种与他人的深刻伙伴关系"的能力,是一个"健全的人"[1]。这样的人物角色带给读者的影响是积极的、正面的,读者阅读这样的故事容易成为一个乐观的人。"乐观的儿童往往充满自信,相信自己能够轻易地解决所遇到的问题。在这样的情形之下,他长大后就会具有这样的性格特征,即认为解决生活中的各项任务显然都在他的能力范围之内。在这种情况下,我们看到这个个体发展出来的是勇气、豁达、坦诚、责任感、勤奋等。"[2] 尊师重道、兄友弟恭、除暴安良、奋发自强、迎难而上等价值倾向在网络小说中普遍存在,与那些探讨价值观和展示人性复杂性的纯文学小说相比,网络小说作品有更大、更积极的现实效应。

四、"大众文"与"小众文"

从文学的写法上说,文学总是在规范和异端的冲突中发展。如上文所分析的,网络文学是迎合读者阅读快感机制的文学,网络文学在写法上接受、极化了通俗文学的常用手法,诸如主角光环定律、金手指、一波三折的故事、娱乐化的语言、各种人物原型及故事"梗"的融入等等。这些写法增加了网络小说的可读性,让网络小说变得更吸引人。但从文学表现现实来说,这些程式化的套路影响了现实

---

[1] [奥地利] 阿尔弗雷德·阿德勒:《理解人性》,方红、郭本禹译,北京师范大学出版社 2016 年版,第 14 页。
[2] [奥地利] 阿尔弗雷德·阿德勒:《理解人性》,方红、郭本禹译,北京师范大学出版社 2016 年版,第 9 页。

主义的深度。文学是社会生活的反映,优秀的网络作家总是从现实出发,能积极地打破套路,深入到社会生活的深处,表现历史的必然逻辑。如果说套路化的网络小说是"大众文",那么那些打破套路、立足写实的作品就是"小众文"。"大众文"跟着读者的爽点走,"小众文"也并非不要爽点,但更注重作品自身的品质,对现实既用望远镜,也用显微镜,既有情节的精心设计,也不乏微波细浪式的心理描摹。

为有效地吸引读者,"大众文"对生活现实的反映融在奇观化的故事之中,因为着眼于娱乐性,现实的复杂性被作品触及,但并没有被撕开。叶炜的小说《山西煤老板》揭示了山西煤老板违规生产,与政府官员相勾结,在利益面前为所欲为的罪恶发家史。这种手眼通天,金钱与权力的勾兑故事,正是社会改革发展历史进程中行业的黑暗真相。舞清影在《恋上男主播:我是你的眼》中,揭露了很多现实的问题,诸如非法占地进行建筑开发,农民工返乡班车遇暴力查扣等。作品中的这些情节是片段式的存在,也是新闻故事化的。蜘蛛的《十宗罪》似乎与西方电影《七宗罪》颇有相似之处,小说引用了雨果的《悲惨世界》中的段落,但总体上看,小说只是片段式的凶杀案件故事展示,没有对社会问题展开深入的剖析,也没有从宗教角度进行人性的探讨。

如果说"大众文"是紧张、激烈的奇观故事,采用升级、开挂、走向辉煌等套路,那么"小众文"则是平和的、缓慢的、反套路的,深入生活细节深处,借助纯文学手法的滋养,对现实的反映更见深度。"大众文"的典型是在起点中文网的收费模式之下形成的以读者阅读快感机制为核心的网络小说,"小众文"有些是在非收费模式下出现的,如在榕树下、天涯、豆瓣等平台发表的非收费阅读网络小说,有些是在收费网站上有意识突破现有套路、积极创新的网络小说。"小众文"面向的是那些更有文学情怀、更挑剔的网络读者。

《请你原谅我》2007 年发表于晋江文学城，曾入围第五届鲁迅文学奖备选作品，后被陈凯歌拍成电影《搜索》。这是一部只有 9 万多字的中篇小说，小说触及了记者行业的黑幕：拿红包，唯利是图，不关注事实真相，不顾是非曲直，以舆论引导、控制人们的言论，缺乏道德底线。一个不让座事件被媒体炒作，引发网络暴力，又衍生出"小三"传闻，对当事人构成了严重的精神伤害，炒作事件的记者反而升迁了。网络舆论在记者的推波助澜下成为杀人的帮凶，一个正直的、清白的人被舆论逼死，构成戏剧性的讽刺。小说以人文主义的立场对时代、对人性进行的有力批判引人深思。在环环相扣的故事中，小说通过细腻的心理分析，揭示了个人性格形成与个人经历及家庭背景间的关系，是一部有现实深度的优秀作品。

《百年家书》是"中国网络小说排行榜"上榜作品，女主角穿越到抗战前，作为近代历史的亲历者，带领我们去见证那个年代，热血的、悲怆的、可憎的，人民的颠沛流离、山河破碎以及残山剩水的萧条，让人亲眼看看那个年代的人怎么活，怎么赢，又是怎样死去，书中人物鲜明得仿佛活在眼前。作者搜罗了大量历史资料，忠于历史的面目，小说不刻意抹黑或者美化战争年代的敌我形象，其中活泼轻松的语言、插科打诨的片段让人读来感觉非常有趣。《百年家书》的主人公黎嘉骏没有如《末世朱颜》的主人公欧心妍那样去改变历史进程，而是选择做个历史的旁观者，去见证，去反思这段悲怆的历史，给那些在黑暗年代里挣扎着追求光明的人以崇高的敬意。

《回到过去变成猫》是一部类似卡夫卡《变形记》的作品，主角郑叹一觉醒来，从人类变成一只黑猫，过上了猫的生活。但小说并非要表现现实的荒诞,而是写郑叹每天吃饱喝足后出去闲逛,观览人们千姿百态的生活,经历各种有趣的事。小说借由猫的视角以一种冷静观察的方式描绘了广阔的社会生活画面,包括大学老师、高干子弟、普通老百姓及社会各阶层人物,如郑叹帮助过的研究生、中学生、小学生,在乡下救出的小九,在回楚华市路上帮助过的阿金等人的生活状态,具有强烈的人文关怀。小说还展现了人与宠物之间关系的变化,以非人类视角呈现了人类生活的另一面,以温情的基调抚慰读者的心灵,以舒缓的叙事笔调写出了观察生活、品味生活的悠闲与惬意。

从上文的分析看,《请你原谅我》《百年家书》《回到过去变成猫》是"小众文"的代表,在写法上各不相同。"小众文"也有网络小说的阅读趣味,但其意义在于反套路,"小众文"推动了网络小说生态的多样化。从文学与现实的关系上看,网络小说中的奇观化故事,各种聪明的"成功人士"无疑是虚构的、理想化的,"小众文"遵从现实本来的样子,从生活的实际出发,以平常心写平常的人和事,打破虚幻的假象,让人在阅读中感受生活的滋味,这正是网络文学打破商业机制,向传统文学借鉴的积极努力。二十世纪八十年代,先锋文学在语言和形式的实验中探讨文学怎么写,最终使这种探讨进一步升华的是对现实的回归,先锋精神和先锋文学手法融入广阔的现实主义道路中,从而带来中国当代长篇小说在艺术上的成熟。网络小说在与读者互动和成熟的商业机制推动下,形成了一套符合读者阅读快感机制的写法,当这种融通通俗文学与网络文化的写作技法用于现实描绘的时候,必然会形成我们所看到的既有很强的可读性,也有较强的现实意义的作品。从这个意义上说,网络文学书写现实,不仅仅是自上而下的引导,也是网络文学内部寻求创新和突破的必由之路，是网络文学面对读者"喜新厌旧"的必要自我更新。当然我们也应看到网络小说写现实题材的局限性，以爽文的形式写现实，笔力不在对现实的深度开掘上，幻想大于现实，作品对现实的反映难免是浮光掠影的，对现实矛盾的处理也多是糖醋现实主义的，这是网络作家们应该思考面对的。

网络文学 IP 热的思考

近年来,网络文学 IP 剧、IP 游戏、IP 动漫频频出现在公众视野里,如果说文学产业化是网络文学 IP 热的外在推动力的话,那么内容生产、媒介传播和受众选择等方面的优势则是其出现的内在原因,文学在产业化道路中生成的新型文学关系是探析网络文学 IP 热原因的重要切入点。从理论上探讨国内方兴未艾的网络文学 IP 热对优化网络文学产业发展的生态环境,推进网络文学良性发展无疑具有重要的现实意义。

一、网络文学的内容优势

为什么传统文学没有像网络文学那样在产业化道路上出现产业链内部相互打通的 IP 热?我们看过四大名著的影视转化,看过《雷雨》的舞台剧,除少量以《三国演义》等作品改编的游戏外,新上线的网络游戏或手机游戏很少是以传统文学作品为内容源开发的。忽略游戏、动漫等文艺形式的改编,就算只看文学与影视间的转化,传统文学改编的影视剧作品,影响较大的如 2014 年的《红高粱》和

2015年的《平凡的世界》，在收视率和网播量上与网络文学IP剧也是相差甚远。《平凡的世界》播出期间收视率在0.8左右徘徊，同年播出的网络文学IP剧《花千骨》全国平均收视率达到2.75，收官时的网络播放总量更是高达200亿。多次夺下收视冠军的《红高粱》平均收视率为1.55，收官时的网络播放总量却仅有22亿。[1]传统文学的思想艺术内涵不容置疑，但在文化产业领域相较于风生水起的网络文学却又明显处于下风，其中的原因值得我们深思。

相较传统文学，网络文学的受众更广。以文学期刊为主要阵地的当代文学通常被视为精英文学，它的读者圈子相对较小，一部作品问世后，除学术界的专家学者和高校相关专业的学生有兴趣阅读外，普通大众少有人问津。而网络文学就是另一番境况了，网络文学作品依托强大的线上和移动平台的优势，迅速在普通大众之间传播，加上文学网站的营销策略——向网络或手机用户自动推荐作品以吸引他们由潜在的读者转化为该作品真正的读者，使得一部网络文学作品的读者量远远高于传统文学作品。

网络文学吸引IP开发的"制胜法宝"是其自身内容的优势。丰富的网络小说类型中有一块令游戏开发商异常兴奋的领域，即游戏类网络小说。网络小说中以电子游戏为题材的作品被称为游戏小说，这类小说的写作具有鲜明的"游戏化"特质，如"角色化、属性

---

[1] 具体数据参考以下文章：《收视率作怪，〈平凡的世界〉收视不同"命"》，《北京日报》2015年3月18日，http://www.xinhuanet.com/book/2015-03/18/c_127592627.htm；《〈花千骨〉复兴周播剧市场 IP产业链布局初见成效》，艺恩观察，2015-09-15，http://www.entgroup.cn/Views/26167.shtml；《文学经典作品为何不再成为影视剧本的首选？》，国搜头条，2017-3-24，http://toutiao.chinaso.com/cm/detail/20170324/1000200033029161490346138 94985.

化的人物设置""升级流的小说架构""虚拟化、影视化——便于游戏化的小说场景"[1]等,为网络游戏的改编提供了优秀的创意和脚本。在游戏小说的发展过程中出现了一类网络小说,这类小说主要以分享游戏心得体会为目的,用文字表达现实中玩家玩游戏时所体验不到的一些感受,这类小说被称为网游小说。网游小说通过故事情节展现游戏各个维度的趣味性,从而在无形当中增加游戏对读者的吸引度,它的出现弥补了网络游戏在某些方面无法满足玩家的体验空缺,可谓网络游戏的必要补充,代表作品有火星引力的《网游之修罗传说》等。除专门的游戏类型的网络小说外,凡是具备"游戏化"特质的网络文学作品都可以进行游戏形式的开发,这主要是一些玄幻、修仙、武侠、仙侠类小说,如《诛仙》《择天记》《斗破苍穹》《莽荒纪》等都是成功的网络小说改编网游案例。

　　网络文学作品的类型化成为其区别于传统文学吸引 IP 改编的重要原因,而 IP 的开发又反过来强化了网络文学的类型化特征,网络文学作者有意让玄幻、游戏类的作品适合改编成游戏,就会在写作的时候刻意调整写作,将一部作品完全按照一份游戏脚本的设置进行构思;抑或将穿越、言情、都市类的作品写成影视剧本,这样的创作增大了作品被选中进行 IP 开发的概率,如此网络文学的类型化写作与 IP 的开发形成一个"互惠互利"的共生循环圈。网络小说与影视和电子游戏的共生折射出网络文学在产业化机制下的适应性和趋利性。凡事皆有两面性,网络文学作家积极适应的背后却隐藏着无法保证作品质量、创新又充满阻力的困扰,不少作家为了迎合

---

[1] 杜程:《电子游戏影响下的网络文学新现象》,广州大学 2015 年硕士学位论文。

IP开发的需求而重复前辈们的"套路",导致网络小说同质化严重的现象,要文学性还是要"IP值"成为网络文学不得不面对的问题。

网络小说吸引IP开发的另一个重要的特征在于作品集中化的矛盾冲突,不管是传统文学还是网络文学在改编成IP剧时都要先被改编成剧本。剧本的基本特征是:浓缩地反映现实生活,集中地表现矛盾冲突,以人物台词推进戏剧动作[1]。影视剧要求有戏剧性,好的影视剧肯定是一场好戏,戏剧性是吸引观众的制胜法宝[2],这就要求原著作品在创作时要注意增强故事情节的戏剧性。如何增强情节的戏剧性?两种常见的技巧便是制造矛盾冲突和设置悬念。针对作品中的矛盾冲突,美国电影理论家约翰·霍华德·劳逊有独到的认识:"戏剧的基本特征是社会性冲突——人与人之间、个人与集体之间、集体与集体之间、个人或集体与社会或自然力量之间的冲突;在冲突中自觉意志被运用来实现某些特定的、可以理解的目标,它所具有的强度应足以导致冲突到达危机的顶点。"[3]可以说"冲突说"既是戏剧的基本特征也是戏剧创作的本质。简单来看,故事情节的好看与否全在于矛盾冲突的设计和安排,平铺直叙的剧本引不起观众们的注意力,矛盾越尖锐,冲突越强烈,剧本才会越好看。既然矛盾冲突是剧本创作的关键,以悬而未决的矛盾冲突引起观众的关注,便是悬念的设置——剧本戏剧化的重要技巧。人类天生具有强烈的好奇心,而悬念的设置正是为了满足他们窥探的欲望,读者或者观众进入作品设置好的情境中后,对故事情节的发展以及

---

[1] 童庆炳:《文学理论教程》,高等教育出版社2008年版,第195页。

[2] 涂彦:《电视剧的戏剧性研究》,中国传媒大学出版社2011年版,第1页。

[3] [美]J·H·劳逊:《戏剧与电影的剧作理论与技巧》,中国电影出版社1989年版,第213页。

人物命运的走向开始十分关切并产生心理紧张，从而"非看下去不可"。传统文学作品自然也少不了矛盾冲突和悬念设置，但是网络文学特殊的生存境遇和生产方式使其在戏剧性表达上更强烈、更具有代表性。网络小说的生命力在于读者的点击率，网络作家要想让自己的作品获得较高的点击率必须坚持每天更新。文学网站的连载小说通常会设置普通章节和VIP章节，网站会先发布免费的普通章节来吸引读者，然后再转到VIP收费章节，刺激读者付费阅读。并不是所有小说都可以成为连载付费小说。为了提高点击率，网络作家常在章节设计和故事情节上大做文章，以吸引读者的注意力。网络作家蜘蛛在一次演讲中说："一个心理学家曾经做过一个调查工作，人在阅读的时候每看三千字左右就会产生一次阅读疲劳，我在设置每一章节的时候大约就是三千字，在产生第一次疲劳时就结束这一章，然后留下一个吸引读者悬念的结尾。下一章也是三千多字，一个故事大约五章，那就是一万五千多字。一本书十六七万字。"[1] 这种写作模式和悬念设置形成的作品整体风格是大起大伏、节奏快、爽点多，而网络小说的这种风格又恰好贴合了影视剧改编的戏剧性冲突特点，由此改编过来的影视剧情节密集，故事推进极快，令观众大呼痛快。

以阿耐的作品《欢乐颂》为例。小说《欢乐颂》于2010年在晋江文学城连载，好评如潮，由小说改编的同名电视剧在2016年4月播出。小说《欢乐颂》主要讲述了欢乐颂小区22楼五个不同家庭出身、不同工作职业和不同价值观的女孩子的工作、爱情、友情和生活故事。《欢乐颂》里的五个女孩子都有各自的烦恼，小说的魅力就在

---

[1] 根据蜘蛛2016年4月28日在山东师范大学的演讲录音整理。

于不断为五个女孩设置重重障碍,让她们在矛盾冲突中认清世界、认清自己,而五个女孩也都在此起彼伏、接二连三的挫败和烦恼中不断成长、不断强大起来。小说的情节非常密集,几乎几章就有一个小矛盾、一个小问题,十几章就有一个小高潮,令读者处在冲突的旋涡中不能自拔。改编后的电视剧超高的点击量与原著作品集中化的矛盾冲突是分不开的。

网络文学在内容上的娱乐性较传统文学要强很多,这是其吸引IP开发的又一大优势。网络文学面向普通大众,因此娱乐功能就显得尤为重要。在消费时代,文学作品出现了较大的变化,主要体现为:趣味取代意味、欲望取代愿望、快感压倒美感、煽动取代感动、技术僭越艺术,从"育人"转向"娱人"。[1]在这种情况下,网络小说的思想性和文学性减弱了,不追求有深度的叙事模式,侧重于追求群众趣味,注重消遣性和娱乐性,为迎合大众文化诉求而增添了喜剧性、类型人物、恐怖、暴力、科幻、悬疑、游戏、推理等元素。

以《盗墓笔记》为例,作品中融合了惊悚、悬疑、枪械、暴力、格斗等元素,还将推理元素融入悬疑的故事情节中,使读者和影迷们大过"烧脑"瘾。《盗墓笔记》中介绍了西南地区少数民族的风俗习惯,有关张家古楼的神秘故事叙述中,穿插了大量的历史典籍知识,满足了读者的考据瘾。而对于永生主题的表达充满悬疑,西王母的人蛇共生、万奴王的蜕变、禁婆的演化和变异、青铜门后的终极等问题疑点重重,"稻米们"(《盗墓笔记》粉丝群体的称谓)纷纷发帖对小说中的悬疑之处进行"终极揭秘",如2011年网友暖和狐狸在新浪

---

[1] 蔡毅:《价值之变——消费时代文学现象观察》,中国书籍出版社2012年版,第88页。

博客中曾发布《盗墓笔记之最终的大谜团》[1]，就是通过作品中留下的种种线索和伏笔，对故事情节中的小细节进行推理、脑补，给予它合乎逻辑的解释和预测，从而掀起了一股有关《盗墓笔记》谜团的推理热潮。读者们享受的是寻求答案的过程而不是答案本身，他们大胆假设，小心求证，在放松身心的同时，运用已有知识体系，动用智慧，用一种严肃的态度去对待和解释一部娱乐性网络文学作品，这对于扩大网络文学的社会效应无疑有重要作用。

二、媒介杂交的娱乐转型

网络文学IP热的出现从根本上说与网络媒介相关，网络媒介改变了人的娱乐方式。追溯先人们日常生活的娱乐方式，从先秦礼乐文化中的"钟鸣鼎食"，魏晋南北朝的"歌舞百戏"，到唐代的赋诗书画，宋代《醉翁亭记》中的"射者中，弈者胜"，再到《红楼梦》中贾母寿辰表演的《满床笏》《白蛇传》，近现代的看报、听唱片，最后到当代的电视、电影、电子游戏，不同的休闲文化艺术方式折射出不同历史时期的社会特点。从中国古代到明清时期，大众的娱乐方式不外乎歌舞戏曲、投壶射箭，尽管种类多样但实质却完全相同，形式是简单的口耳相传或肢体动作，要求身体必须在场，行动者的参与程度非常高。互联网的出现引起的变化像珍妮纺纱机让世界迎来了工业革命一样，它所带来的文明远远超越了机械复制时代的理性和刻板，整个中国社会仿佛脱胎换骨，大众的娱乐方式主要转为在网络

---

[1] 暖和狐狸：《盗墓笔记之最终的大谜团》，http://blog.sina.com.cn/s/blog_4d78be2b0100rte5.html.

上看电视、看电影、玩游戏,不管在何时、身处何地,所有人都可以足不出户地观看到同一部影视剧。在这样的情况下我们再回到最初的假设,如果没有网络,网络文学 IP 开发就不可能成立,那么为什么在网络文学诞生初期,未出现像今天这样如火如荼的 IP 开发热?问题的实质在于,互联网带来的媒介革命仅仅是一次"牛刀小试",真正的"革命力量"在于互联网与各种媒介的"杂交"。

当我们满足于互联网让我们足不出户便知天下事的便利时,媒介革命又不以人的意志为转移地发生了。这一次的媒介革命虽然并未诞生新的技术,仅仅是在互联网基础上的延伸,但声势浩大,丝毫不亚于谷登堡时代降临时的气势,而且它完美地阐释了麦克卢汉"任何媒介的'内容'都是另一种媒介"[1](如电报的内容是印刷,印刷的内容是文字,文字的内容是言语)的理论。这一次的媒介革命是由不同媒介的融合和杂交带来的,于是我们看到电影、电视、广播、游戏分别和互联网杂交后出现了数字电影、移动电视、网络剧、数字广播和网络游戏等网络视听新媒体平台,无线电接收机与网络杂交后出现了智能手机,手机与游戏杂交后又出现了手机游戏。众多的媒介与网络融合以后都重新塑造了"它们所触及的一切生活形态",全家人不用盯着一台电视为看什么电视节目而吵得不可开交,个人也不必担心因加班过晚而错过了电视剧的哪一集,所有的难题都可以通过网络与各种媒介杂交诞生的"网络视听新媒体平台"得到完美解决。网络视听新媒体平台将大众的娱乐休闲时光从电视台规定播放时间的支配下解放出来,转为主动决定和选择想看的节目以

---

[1] [加]马歇尔·麦克卢汉:《理解媒介——论人的延伸》,何道宽译,商务印书馆 2000 年版,第 34 页。

及看的次数和时间。除此之外,新媒体平台对游戏的影响也尤其明显。以前的游戏是"人为设置的场景,旨在容许很多人同时参与他们自己团体生活中某种有意义的模式"[1]。游戏机出现以后人们摆脱了客观环境的束缚,转为对着一个冰冷的机器疯狂角逐。如今的电子游戏、网络游戏、手机游戏更是允许世界各地的玩家通过输入几个固定的编码在其中 PK 或者合作,构筑出游戏娱乐场域的"集体狂欢",极大摆脱了身体在场的原始游戏模式的束缚。

媒介杂交会释放出新的力量和能量,正如原子裂变和聚变会释放巨大的核能一样,现如今的媒介革命使得"'最受宠'的艺术样式不再是需要抽象转译的'文字的艺术',而是各种感官可以深度卷入的'形象的艺术',比如 ACG"[2](ACG 指动画、漫画、游戏)。虽然网络文学的传播载体不同于传统的纸媒文学,但是其本质仍然是抽象转译的文字艺术,它和纸媒时代的畅销书大同小异。或许我们会疑惑,着迷于"形象的艺术"的大众是否还会花心思去读一篇上百万字的网络文学作品?网络文学要失宠了吗?

事实上,当我们还在为网络文学的前景担忧时,网络文学已经以其超强的适应性和创新性契合了媒介杂交带来的新趋势,既然不再是为大众宠爱的文学样式,那就"转型"为受宠的文艺样式提供创意的内容基地。网络文学作为互联网时代的产儿,可以被视为与网络最为"亲近"的文学样式,它在创作中区别于传统纸媒文学的种种特征使它在为网络时代的文艺样式提供内容源上有着先天的优势,

---

[1] [加]马歇尔·麦克卢汉:《理解媒介——论人的延伸》,何道宽译,商务印书馆 2000 年版,第 303 页。
[2] 邵燕君:《"媒介融合"时代的"孵化器"——多重博弈下中国网络文学的新位置和新使命》,《当代作家评论》2015 年第 6 期,第 181–191 页。

于是我们看到越来越多的ACG和影视剧改编自网络文学作品，出现了网络文学的IP热。

当发现网络文学可以被选作内容源拿去开发成各种艺术形式的作品后，网络作家意识到其深层原因正是媒介杂交的力量。"两种媒介杂交或交汇的时刻，是发现真理和给人启示的时刻，由此而产生新的媒介形式。"[1]文学这种文字媒介在创作过程中融合另一种媒介的优势所带来的巨大力量早已被历史见证。诗人叶芝在创造文学效果时运用了农民的口头文化；詹姆斯·乔伊斯的小说《尤利西斯》借用了查理·卓别林的电影主题；艾略特则在其创作中利用了爵士乐和电影的形式，交融的威力在他的《荒原》和《斯维尼·阿加尼斯特》中达到了顶峰……于是出于媒介杂交的巨大放大效应，网络作家在创作过程中对其他媒介手法的借鉴也是不遗余力，表现在悬疑侦探类作品中尤为明显。一些网络作家常常运用电影特写的手法将神秘恐怖的细节放大，以恐怖悬疑小说作家蜘蛛为例，在他的《十宗罪》中，一些恐怖的特写镜头被描写得十分逼真，如《刺猬少女》中被铁签穿过左臂的巫毒娃娃项链，《逐臭之夫》里鲍珂珂的惨不忍睹的死亡现场，《畜生怪谈》里那张血淋淋的"鲜血笑脸"……这些表现手法与恐怖电影中的特写镜头十分相似，作家蜘蛛在接受采访时也提到过自己非常喜欢看恐怖电影，这样的描写方式可以瞬间吸引读者眼球，同时也便于影视转化。除了借鉴电影的特写手法，网络作家对电视剧的时空剪辑艺术的运用也非常普遍。以顾漫的《何以笙箫默》为例，小说并没有像传统小说那样严格遵循人物、环境、故事情节的三

---

[1] [加] 马歇尔·麦克卢汉：《理解媒介——论人的延伸》，何道宽译，商务印书馆2000年版，第91页。

要素,按照故事的起因、经过、高潮、结局展开叙事,《何以笙箫默》的叙事更加随意化,小说采取何以琛和赵默笙二人大学时相处场景的碎片化描述,比如赵默笙千方百计追问何以琛的联系方式,赵默笙陪何以琛上课而不幸遭到教授的提问,赵默笙举起相机拍坐在树下安静读书的何以琛……男女主角之间的甜蜜爱情就在一个个"回忆片段"中一点点传递给读者,增强了作品的感染力。

媒介杂交对IP开发的影响还表现在推动IP产品的丰富性和提高IP的拓展性上。首先,用户不仅可以看到电视台正在播出的影视剧,还可以通过媒介融合下诞生的网络视听新媒体平台如土豆、优酷等观看一些网络自制剧。网络自制剧由在线视频网站独家定制,仅仅在互联网平台播放,如爱奇艺出品的《盗墓笔记》是由网络文学改编过来的播放量极高的网络自制剧。其次,媒介的融合能更为有效地提高IP的拓展性,这与新媒体平台即时性、互动性强的特点是分不开的。在视听新媒体平台下播出的网络剧的IP拓展性远远超过传统电视剧,IP的几种开发形态如游戏、动漫、电影和有声读物,在国内最为成熟的是电影和游戏市场,传统电视剧受受众群体的限制,其IP很难转化为电影和游戏,但是网络剧的受众群体更多的是年轻人,相比传统电视剧,它的IP转化价值更为强劲。以即时性、互动性、个性化为主要特征的新兴媒体能以最快的速度,最大限度地将网络上的信息传递给用户。网剧《花千骨》一经播出,其超高的播放量吸引观众成为《花千骨》的粉丝,同名手游同时上线,手游的人物形象按照《花千骨》演员形象设计,利用腾讯视频页面作为分发渠道,借助网剧的热度,很大一部分网剧粉丝同时转向手游,单月流水超过两亿,网剧和手游相互促进,获得了双赢。同样的原因,在电影市场,《煎饼侠》就是利用网剧《屌丝男士》IP制作,取得了三天内票房突破四亿的成绩。

　　IP开发通过媒介杂交所带来的影响是一把充满诱惑又布满危险的双刃剑，对于IP作品来说，无论电视还是电影，它可以让其在最短的时间内成为一种"现象级"产品，从车水马龙的大都市传遍寻常巷陌。麦克卢汉在分析媒介杂交所带来的威力时借用了《纽约时报》书评中的大字标题"畅销书使好莱坞明星荡气销魂"，他说："只有在畅销书中担任角色的那种诱惑，才能吸引电影明星，使他们离开海滩，搁下科幻小说和自我修养的教程。"[1] 媒介杂交的"造星功能"在如今的网络文学IP热下尤为明显。一部改编自畅销网络文学作品的影视剧所释放出的力量是在网络文学和影视剧两种媒介杂交下产生的，它可以让剧中的男女主角在一夜之间红遍大江南北，也可以让一个一线明星于朝夕间跌入人生谷底。"造星"如此，"IP孵化"更是如此。精品IP的优质开发在媒介杂交的基础之上所带来的收益将是一个天文数字，一部优秀的网络文学作品配合专业的游戏、影视、动漫等开发团队，最终形成的IP产业链将会带来积极的"多米诺骨牌效应"。相反，盲目逐利、粗制滥造下的IP开发带来的只能是IP资源和经济资本的浪费，麦克卢汉将媒介杂交的能量视为一种"危险的关系"再贴切不过了。对于IP开发各个环节的行动者来说，"to be or not to be"理所当然成为其开发过程中所时刻权衡的关键所在。

---

[1]　[加] 马歇尔·麦克卢汉：《理解媒介——论人的延伸》，何道宽译，商务印书馆2000年版，第89页。

三、受众群体的选择

"大众文化不是因为大众,而是因为其他人而得其身份认同的,它仍然带有两个旧有的含义:低等次的作品(如大众文学、大众出版商以区别于高品位的出版机构)和刻意炮制出来以博取欢心的作品(如有别于民主新闻的大众新闻,或大众娱乐)。"[1]文化研究家雷蒙·威廉斯有关大众文化研究的这段话被广为引用,网络文学从诞生以来的不被"主流文学界"所承认到被"指定为通俗文学"并"置于'高雅文学/通俗文学'的等级制度下,在原有的文化秩序内接受管理"[2],其从属于通俗文学的身份地位逐渐得以确定,现如今由网络文学IP热而来的影视、游戏等文化产品作为"博取欢心"的娱乐方式而为大众所广泛接受,网络文学及其衍生品逐渐成为大众文化的重要组成部分。

不同于葛兰西的文化霸权理论和法兰克福学派对文化工业的批判,约翰·费斯克将大众文化解读成一整套抵制压迫的系统和手段并格外强调消费者的力量,其中对消费者力量的重视源于文化产业的两种经济模式:金融经济和文化经济。"在文化经济中,流通过程并非货币的周转,而是意义和快感的传播"[3],原来的"商品化的受众"成为生产者,而电视节目转化为一个文本,"一种具有潜在意

---

[1] 陆扬、王毅:《大众文化与传媒》,上海三联书店2000年版,第12页。

[2] 李敬泽:《网络文学:文学自觉和文化自觉》,《人民日报》2014年7月25日,第24版。

[3] [美]约翰·费斯克:《理解大众文化》,王晓珏、宋伟杰译,中央编译出版社2001年版,第33页。

和快感的话语结构"[1],商品化的受众通过观看电视节目而生产出不同的意义、快感和心理满足。在金融经济系统中,产业注重的是自己的经济利益,而文化经济系统中大众追逐的利益与产业生产者的利益又迥异,这也正是所谓大投资、大制作的文化产品未必能够收回成本的原因所在。大众文化消费不能简单地等同于商品的买卖,为此费斯克得出结论:"文化商品想要流行,就必须满足相互抵牾的需要。""任何一种商品,它赢得的消费者越多,它在文化工厂现有的流程中被再生产的可能性就越大,而它得到的经济回馈也就越高。因此它必须诉诸大众的共同之处,并否定社会差异。"[2]因为大众在流通着意义和快感的文化经济系统中的生产力量足以成为一种关乎文化商品成败和文化产业兴衰的革命力量,文化商品想要流行就必须诉诸大众的共同之处,而具有"消费者"和"意义生产者"双重属性的大众对文化商品拥有一定的辨识力,他们会根据自己的标准选取其中一部分而淘汰掉另外的部分。换句话说,文化商品想要流行就必须满足消费者在选择商品时的标准,如此才能够让大众在商品"消费"的过程中生成意义和快感。网络文学及其衍生品之所以能够成为一系列"流行的文化商品",源于其契合了费斯克指出的消费者在筛选过程中辨识文化商品的三个标准:相关性、符号生产力和消费模式的灵活性。

有关消费群体的分类各式各样,笔者在此以约翰·费斯克的"大众文化迷"为标准将消费群体划分为"粉丝群体"和"路人群体"

---

[1] [美]约翰·费斯克:《理解大众文化》,王晓珏、宋伟杰译,中央编译出版社2001年版,第33页。
[2] [美]约翰·费斯克:《理解大众文化》,王晓珏、宋伟杰译,中央编译出版社2001年版,第34页。

两种类型。所谓粉丝群体即费斯克笔下的"大众文化迷","大众文化迷是过度的读者"[1],其与路人群体的差别仅仅是程度上而非性质上的差别,在这里我们用"粉丝群体"这个称呼代替"大众文化迷"。粉丝群体在筛选文化商品时的关注点主要集中在第二个标准,即"符号生产力"上。粉丝群体在其所着迷和不着迷的东西或人之间划下了一道不可逾越的鸿沟,并能够在最短的时间内辨识出何种商品能够让他们生产出不一样的快感和意义,他们很清楚自己所处的"社会效忠从属关系"并直言不讳,选择了某种商品也就选择了对应的从属关系,正是这份"主动的、热烈的、狂热的、参与式的"投入决定了粉丝群体在生产力上的特殊性。以《盗墓笔记》的原著粉为例,原著粉在《盗墓笔记》中建构的快感和意义远远超越"路人群体",我们经常看到"稻米"们在贴吧或微博、博客等社交平台发表自己对于小说或IP剧的看法,企图以此方式弥补原创"文本"中省略或隐藏的动机和结果,从而扩展了文化商品的解释空间。2015年的8月17日,"稻米"们纷纷前往长白山旅游景区赴《盗墓笔记》中提到的"十年之约",这一行动体现出粉丝群体作为生产者的强大特性。《盗墓笔记》中提到,老九门中的人必须轮流前往长白山守候"青铜门后的秘密",以十年为期更换一次。2005年理应轮到吴邪去守候十年,与吴邪感情深厚的张起灵代其去了长白山,并约定十年以后即2015年8月17日,吴邪去长白山青铜门接替张起灵的守门任务。小说中的虚构承诺被"稻米"们所重视,他们按照书中承诺的来替吴邪履行诺言,而长白山就成了危险重重、神秘莫测的小说

---

[1] [美]约翰·费斯克:《理解大众文化》,王晓珏、宋伟杰译,中央编译出版社2001年版,第173页。

世界与现实世界的交点,其快感就在于"稻米"们能够把自己投射到吴邪的形象之中,在于能够把一个普通的虚构故事情节转化为具体的、具有现实意义的"文本"。"稻米"们的行为折射了粉丝群体的消费特点,他们在选择文化商品时,对于那些令自己着迷的商品无论如何都会去"消费",这里的消费既可以是有金钱在场,也可以是无金钱在场的。这种消费方式更多意义上是鲍德里亚所说的"符号消费"。在粉丝群体中,一切令他们着迷的文化商品都是象征着社会身份、社会地位和文化差异的符号,他们消费的是商品表现出来的各种社会差异,并通过消费过程来证明自己的社会从属关系,于是消费活动中就渗入了文化的、感性的因素,消费呈现明显的非理性倾向。网络文学 IP 的开发商选取的潜在 IP 都是拥有庞大受众基础的网络文学作品,利用粉丝们在"符号消费"上的非理性来保证其收益。对于一部自己喜欢的作品,无论其被以何种方式、何种形态呈现在市场上,粉丝们都会主动而又狂热地前去"捧场、买单",他们关心的是其能从文化商品中解读、生产出的意义和快感,而非此文化商品本身所具有的实际意义。IP 的开发商对粉丝群体的此种消费心理的巧妙利用不仅体现在网络文学作品的选择上,还体现在对开发团队或角色的挑选上。以 IP 剧《三生三世十里桃花》为例,其中的"粉丝群体"不仅包括了网络作家唐七的读者粉丝、《三生三世十里桃花》的原著粉,还有演员杨幂、赵又廷、迪丽热巴等明星的粉丝群以及曾经导演过《花千骨》《微微一笑很倾城》等火热 IP 剧的导演林玉芬的忠实粉丝们。有粉丝群体的保驾护航,IP 开发商们的顾虑会少很多。因为他们清楚,每一款 IP 产品,无论是 IP 游戏还是 IP 剧,被开发出来后,总有一部分人不约而同地积极投入"消费",不管此 IP 剧或者 IP 游戏是否真值得"消费",粉丝群体的"符号消费"

心理着实降低了网络文学 IP 开发的投资风险。

对于那些"不太过分的大众读者"[1]来说,在这里我们将其统称为"路人群体",他们在筛选大众文化商品时的"辨识标准"相比"粉丝群体"就理性多了。各式各样的文化商品充斥在市场中,令"路人群体"眼花缭乱,不同于"粉丝群体"有着明确的目标,他们在选择文化商品时参照的标准主要是费斯克所说的"相关性"和"消费模式的灵活性"。消费者所选中的商品必定与其自身的社会生活经验有某种程度上的关联性,他们通过探索和感受这些相关点来生产出相应的快感和意义。以网络游戏为例,网络游戏是具有相关性的,游戏玩家通过操纵屏幕上上演的叙事可以获得解压的快感,同时还可以根据自己的意愿更改、影响游戏中的叙事内容,尽管影响程度不可能超出游戏设计者所预先设定的几种固定模式,但是游戏玩家在游戏中获得的快感要远远超出观众在观看电视剧时获得的快感。除此之外,游戏的相关性还体现在"它的结构能够与社会体制发生关联"[2],因为在游戏世界里的胜利能够让玩家获得在"社会上永远得不到的报偿与承认",此时的快感是一种胜利者的喜悦和兴奋。"相关性"的筛选标准告诉我们:"要成为大众的,一个大众的文本必须能够在各式各样的社会语境中,对于各式各样的读者具有相关点。因此,它本身必须具有多元的意义,任何一种解读方式必须是有条件的,因为它必须被它解读的社会条件所决定。相关性要求意义的

---

[1] [美]约翰·费斯克:《理解大众文化》,王晓珏、宋伟杰译,中央编译出版社 2001 年版,第 174 页。

[2] [美]约翰·费斯克:《理解大众文化》,王晓珏、宋伟杰译,中央编译出版社 2001 年版,第 166 页。

多元化与相对性,拒绝封闭性、绝对性和普遍性。"[1]网络文学 IP 改编过来的各种 IP 产品因其类型的多元化而具有提供多元化意义的潜力,各式各样的 IP 剧、IP 游戏、动漫、舞台剧包括周边衍生产品,因为强大的资源库使其在面对"路人群体"的筛选时能"应付自如"。以改编自辛夷坞的同名小说《致我们终将逝去的青春》的 IP 电影为例,作为导演的处女作,《致我们终将逝去的青春》收获 7 亿票房可以说是出乎意料了。对于这部电影,更多的观众看的是一种匆匆逝去的青春时光,剧中的故事情节足以勾起大部分人有关青春年少时光的回忆,郑微初进大学校园时的天真无畏,对林静长达十几年的苦苦暗恋,倒追陈孝正时的"死皮赖脸",与初恋陈孝正在一起时的甜蜜以及分手后的撕心裂肺和无奈颓废,毕业后初进职场的青涩稚嫩,然后在挫折和失败中一步步走向成熟⋯⋯在这些故事情节中,观众们可能会建构出无限的相关性:自己初进大学校园时的天真、第一次恋爱时的甜蜜、分手后失恋的痛苦、毕业后参加工作的心酸等,所有的回忆被这些情节勾起,而这些情节也正是电影契合观众心理的相关点所在,观众看的不仅是一部电影,他们怀念的是逝去的青春。其实"相关性"的筛选标准与大众的兴趣爱好有某种程度上的相似性,有人喜欢言情类型的作品,有人喜欢玄幻类型的作品,还有人喜欢家庭伦理剧,那是因为不同的人能从不同的文本中建构出与自己社会生活经验相对应的联系,并且能从此联系中生产出快感,他们关注的是文本在日常生活中的使用潜力,而以 IP 开发为代表的文化商品在其生产过程中就应该提供尽可能多的切入点,这也

---

[1] [美]约翰·费斯克:《理解大众文化》,王晓珏、宋伟杰译,中央编译出版社 2001 年版,第 167 页。

即费斯克所强调的"意义的多元化"[1]。

"消费模式的灵活性"是说消费者诚然无法决定文化商品的生产，但可以选择商品的消费，即消费者们在"使用"文化商品时拥有充分的自主权。马斯洛的需求层次理论表明，人的需要可以划分为生理需要、安全需要、社交需要、尊重需要和自我实现的需要五个从低到高的层次。这五个层次的需要大体可以归结为生理需要和精神需要两大类。随着经济的快速发展，人们的生活水平不断提高，低层次的生理需要逐渐得到满足，高层次的精神需求也就愈加强烈和多元化。高压、紧张、快节奏的现实令工作完或学习完的人们处于一种自我耗尽的状态，从而逐渐形成追求轻松、娱乐的心理诉求，以此来摆脱来自家庭、学习、工作等方面的压力。网络文学 IP 的开发涉及多个领域，从原著作品到影视剧、游戏、动漫、舞台剧、音乐等各种产品样式，消费者可以选择最适合自己社会文化位置和需求的消费内容和消费方式。

四、网络文学 IP 热的意义

网络文学 IP 热的经济意义在于提高我国文化产业的国际竞争力。在文化产业全球化发展的大背景之下，我国的网络文学采取了"引进来"与"走出去"相结合的策略，不仅将优质的网络文学对外出版，充分利用互联网和新媒体的优势，将影视化、游戏化了的网络文学 IP 有效地输出，使得二十一世纪以后中国网络文学作品逐渐风

---

[1] ［美］约翰·费斯克：《理解大众文化》，王晓珏、宋伟杰译，中央编译出版社 2001 年版，第 167 页。

靡东亚和东南亚，成功拓宽了对外文化交流的渠道，同时又积极引进优质IP，与世界各国的文化产业深度合作，为泛娱乐产业提供优质的内容资源，实现网络文学IP价值的最大化。

优质网络文学IP的输出在促进网络文学的传播、推动中国文化走出去的历史趋势中承担着重要角色。网络文学的版权输出在中国当代文学的对外译介中占有举足轻重的地位。晋江文学城在2011年签订了第一份越南文版权合同，2012年又签订了《花千骨》的泰文版权合同，2013年该书在泰国刚上市就被抢购一空。越南是中国网络文学输出的重要地区，仅晋江文学城这一网站便向越南输出了约200部作品的版权。截至目前，晋江文学城已经同国外多家出版社的合作方开展合作，通过晋江代理出版的中文图书，发行地已经延伸至越南、泰国、新加坡等地。除此之外，我国网络文学的影响还辐射到北美等地。2014年创建的网站Wuxia World（武侠世界）致力于翻译仙侠和玄幻类题材的网络小说，其中第一部被翻译成外文的作品是我吃西红柿的玄幻小说《盘龙》。2015年1月，知名中国网络文学英文翻译站点Gravity Tales在美国创立。2017年8月，阅文集团海外门户起点国际正式宣布与Gravity Tales达成合作，双方将协力推动中国网络文学海外传播迈向正版化、精品化。网络文学IP的对外输出能够改善中国的国际舆论环境，提升中国在其他国家人民心中的形象，传播中华文化，增进各国友谊，同时还可以推动我国网络文学走向成熟。

网络文学IP热的文化意义还体现在提高大众认知能力上。互联网进入中国以来，推动着大众生活发生了翻天覆地的变化，在电视、电影、电子游戏、动漫等多种娱乐形式的"洗脑"下，整个社会似乎正在走向"沉沦"，游戏被视为"电子海洛因"，"娱乐至死"的忧虑也曾一度弥漫在大众文化的消费过程中,然而媒介发展变革至今的现实社会却告诉我们,大众并未沦陷,"娱乐至死"也仅仅是杞人忧天。纵使多媒体平台媒介传播下的大众文化良莠不齐、鱼龙混杂,但不能否认的一个事实却是,现在青少年儿童的认知能力和认知水平远远超越了二十世纪八九十年代的青少年儿童。大众的认知能力在不断提升,各式各样的娱乐形式极大丰富了大众获得间接经验的途径和渠道,大众文化对人们认知能力的提高和价值观的形成有着不可磨灭的作用,这种听起来似乎是夸大其词的作用可以从霍尔的"解码理论"以及麦克卢汉的"冷热媒介"研究中得到解释。霍尔的"解码理论"可以被看作是在费斯克的文化经济理论基础上的深入研究,大众在文化经济领域的意义和快感生产被霍尔视为"解码阶段",即消费者对文化商品所要传达的意义和价值进行"解码",消费者的解码立场又被霍尔分为三种模式:支配 — 霸权立场、协商代码或协商立场、对立码。不同的消费者对同一个文化商品所持有的观点和态度迥异,其"解码"消费的结果也是千差万别。以电视剧为例,电视播放的内容如果观众看不懂,无法"解码",无法获得"意义",那么此文化产品就没有被观众消费。文化商品的传播并非从生产者到消费者的简单过程,其意义和快感也并非传送者传递的,而是接受者生产的,这就说明了一个非常重要的问题:大众消费者并不是被动的接受者,他们的"解码过程"是一个积极主动的思维过程。对于文化商品中传达的消极因素,如肮脏、低劣、暴力、色情、亵渎的言行等,消费者可以选择"对立码"的立场。我们应该相信大众有自我选择的标准和辨识优劣的能力。

  霍尔的"解码理论"证明了大众消费者并非单纯的文化商品意义的被动接受者,而是能够"解码"和生产意义的主动加工者。我们不能用精英文化的标准苛求大众文化,因为精英文化不管在思想内容还是艺术形式方面本来就不是大众文化所能"匹敌"的。大众文化之所以"大众",正是因为它的通俗性。大众文化中难免会有瑕疵和消极因素,这是我们难以彻底消除掉的,重要的是我们如何"解码"这些消极因素并主动接受那些积极因素。史蒂文·约翰逊在《坏事变好事——大众文化让我们变得更聪明》一书中阐释了其研究的"睡眠者曲线",即"最被人蔑视的大众娱乐(电子游戏、暴力电视剧、青春情景剧)结果证明是有营养价值的"。[1]这种说法似乎有悖于常识,但是麦克卢汉的"冷热媒介"理论或许对理解以网络文学IP产品为代表的大众文化中的积极元素如何提升大众认知能力有所帮助。

麦克卢汉将电影、收音机、照片等视为热媒介,将电话、电视、卡通画和言语视为冷媒介,冷热媒介的区别在于媒介为大众提供的信息的多少。"热媒介只延伸一种感觉,并使之具有'高清晰度'。高清晰度是充满数据的状态。""热媒介要求的参与程度低;冷媒介要求的参与程度高,要求接受者完成的信息多。"[2]以电话为例,电话为使用者传递的仅仅是碎片化的言语,其他信息非常匮乏,接受者必须投入较高参与度才能填补或补充电话所留下的空白。作为大众文化一部分的网络文学IP产品并非仅仅是提供娱乐的文化产品,其IP剧、IP游戏、IP动漫的载体都属于冷媒介,大众在"消费"这些文化商品时需要付出认知、投入精力以"解码"文化商品所传递的信

---

[1] [美]史蒂文·约翰逊:《坏事变好事——大众文化让我们变得更聪明》,苑爱玲译,中信出版社2006年版,第25页。

[2] [加]马歇尔·麦克卢汉:《理解媒介——论人的延伸》,何道宽译,商务印书馆2000年版,第51-52页。

息和意义。以 IP 剧为例，现在的电视剧在情节复杂度上远远高于二十世纪的电视剧，这就需要观众在观看电视剧时，思维跟随多条线索游走，并且十分清楚电视剧中错综复杂的故事情节。此外电视剧中还有一些故意不被泄露或者故意混淆观众视听而弄得十分含混的信息，这种情况下观众不仅要投入剧情的发展，还要经历积极主动的分析"解码"过程，以填充和解释剧情中所掩藏的关键信息，这种填充过程正是一系列复杂的思维活动过程。相比传统的娱乐形式"阅读"来看，现在大众对 ACG 形象艺术的追求并非认知上的一种直线式下降，相反，因为 ACG 所提供的信息中有巨大留白需要大众投入较高的耐心以"解码"和"填充"，大众投入其中的程度和思维活动往往要超过传统的阅读。

除电视剧需要读者"填补"空白、分析复杂线索外，最能体现调动大众思维活动、促使大众积极主动参与的文化商品是游戏。不管是网络游戏、手机游戏还是其他电子游戏，都曾被大众视为电子海洛因，然而这种被大家尤其是家长们所嗤之以鼻的文化商品却在培养游戏玩家的思维力等方面起着积极的作用。如今的电子游戏已经不像几十年前的游戏那样简单、低级，游戏玩家玩游戏的过程是聚精会神地解决难题和障碍以实现游戏目标的过程。玩家首先必须对游戏任务十分熟悉，然后在一系列指令中挖掘游戏潜藏的逻辑，采用"嵌套式"思维方式，同步对付多个难题。这些难题之间有着逻辑连贯性而非混乱无序，游戏玩家需要洞察其中的逻辑关系，权衡轻重。除此之外，游戏页面闪烁不停的图像与音乐和文字层层混合在一起，如何从混杂的界面迅速搜索出对自己完成游戏任务有用的信息是十分考验游戏玩家反应能力和应变能力的，玩家必须把混乱视为审美体验，"寻找游戏世界的秩序与意义，并做出种种决定来营造那个秩序"[1]。

媒介杂交的力量让我们处在被花花绿绿、各式各样的娱乐方式所包围的时代,对形象化的艺术商品的追求远远超越了需要抽象转译的文字艺术,网络文学 IP 的开发蔚然成风,多媒体视听平台上满是各种各样的 IP 剧、IP 游戏、改编动漫,孩子从一出生便被多种文化商品所包围,文化商品对大众尤其是青少年儿童的心理结构的塑造和认知能力的提高有着不容忽视的影响。大部分人害怕看到孩子们玩网络游戏上瘾,或者痴迷于动漫,或者深陷电视剧情无法自拔,却忽略了各种娱乐方式中的积极因素。任何事物都具有两面性,我们应该把关注的焦点放在如何引导大众主动接受其中的积极因素以使其在大众文化领域健康发展,而非一味地抵制,甚至质疑其存在的意义,这不仅是对待网络文学 IP 热的正确态度,同样也是对待大众文化的理性态度。

结 语

据网络剧数据分析营销平台骨朵传媒的不完全统计,2016 年有近 300 个 IP 改编剧项目运作。但是,现状是目前能顺利实现转化的不到 1/5。[2] 这就是所谓 IP 囤积。17K 小说网创始人刘英在接受采访时提到过 IP 囤积的弊端,一些企业将 IP 囤积视为一种竞争策略,花钱买下一个版权是为了堵别的企业的路子,它不开发,别的企业

---

[1] [美]史蒂文·约翰逊:《坏事变好事 —— 大众文化让我们变得更聪明》,苑爱玲译,中信出版社 2006 年版,第 36 页。
[2] 刘珍妮:《IP 神话破灭,内容创作归位》,搜狐财经,2017-01-03,http://www.sohu.com/a/123318290_460436.

也无权开发,拥有 IP 所有权以后开始各种操作,将手中的 IP 炒热,等到这个 IP 火爆以后再高价卖出。这对授权方来说是很不利的,授权方期待版权售出以后的开发成果,但不承想自己的版权仅仅是投资方的一种竞争筹码。这种 IP 囤积现象不仅损害了授权方的利益,同时也有可能使一个优质 IP 错过开发的良好时机而被市场埋没,造成文化资源的浪费。

IP 之所以被称为"IP",一个很重要的原因是它在受众心中不仅仅是一种存在形态,而是已经成为一个突破形态限制、自带话题属性的标识,这种标识可以辐射到多个领域。拿漫威公司开发的一系列"超级英雄"电影来说,在人们心中钢铁侠已经不仅仅局限于银幕上的角色了,它已经深入人心,人们心甘情愿为与之相关的产品或消费买单。然而,我国的 IP 开发很多也是改编自时下热门网络小说,反响却批评多过褒奖。像《致青春 2:原来你还在这里》豆瓣评分 4.2(2022 年 3 月数据),电影《微微一笑很倾城》豆瓣评分 4.9(2022 年 3 月数据),很多类似的 IP 剧,原著是火热的网络小说,又有当红影星为作品提供可靠的粉丝保障,但还是沦为了一部部"烂片",一个个具有开发潜力的 IP 被生生毁掉。

越来越多的国产 IP 片成为"挨批片",究其原因还是 IP 开发的质量不过关。在资本裹挟下的 IP 改编,极有可能因为急于套现而粗制滥造。电影《盗墓笔记》一经播出就被观众吐槽"五毛钱特效",导演李仁港表示:"全片两千多个特效镜头,只给了三个月时间做。三个月就是三个月的效果,五个月就是五个月的效果。"[1] 其实,IP 开

---

[1] 袁云儿:《没品质,IP 片成"挨批片"》,《北京日报》2016 年 8 月 31 日,第 12 版。

发应以比原创作品更"用心"的心态去做,在一部优质的 IP 剧中融入电影或游戏等元素,用精细的指标去赢得观众的喜爱,这将是一个漫长的过程。好莱坞拍一部大制作的 IP 电影从筹备到后期,至少要两三年,那些在短时间内急于求成的 IP 开发显然是难以成功的。在萧鼎告欢瑞世纪侵权一案中,《诛仙》的版权于 2017 年的 7 月底到期,欢瑞世纪在 3 月份便公布要拍网络大电影的讯息,如果萧鼎没有发布声明,网络电影如期拍摄,在短短四个月时间内完成的作品口碑会如何,大家可想而知。

相比美国的《钢铁侠》系列、英国的《哈利·波特》系列,日本的《航海王》《火影忍者》以及其他影响力辐射全球的超级 IP,我国的网络文学 IP 发展才刚刚起步。尽管网络文学 IP 开发风生水起,但优质 IP 仍凤毛麟角,更别提能够影响全球的超级 IP 了。我国网络文学 IP 开发制作的历史尚短,在行业规范、经营环境、制作水平等方面还有待提升,但相信假以时日,一定会有更多的优质作品问世,毕竟我们有强大的网络文学内容基地,有蒸蒸日上的经济发展作为后盾,更重要的是,网络文学 IP 产业符合时代发展的需要,势头强劲。

网络言情小说的文化意蕴

作为网络类型文学的一种,相比传统都市言情小说,网络都市言情小说在内容上以对都市男女婚恋生活的细致描摹展现了现代人的精神面貌;在题材上具杂糅性,体现为言情与职场、侦探、异能等多元素的结合,形成了总裁文、高干文、娱乐圈文等诸多言情新类型,拓展了言情小说的表现范围;在内在精神上张扬都市文化、青年亚文化、网络文化,反映了当代年轻人的欲望渴求及生命状态。对其的研究可透视网络小说在联结时代、表达现实方面所能发挥的功能。

一、网络时代的真爱故事

网络都市言情小说主要受到港台言情小说的影响,继承了港台言情小说专注于描写爱情的模式,但与港台言情小说产生的时代背景不同,网络都市言情小说受时代、娱乐文化影响,是新世纪消费文化与网络媒介结合的产物。网络都市言情小说的时代性突出表现在题材的日渐丰富,内容上为言情而言情的叙事模式及对网络时代爱情心理的揭示上。

第一,题材的日渐丰富。娱乐圈、电竞、侦探、科幻等元素不断融入言情小说中,演绎出"言情+X"的多样模式。事实上,在几乎所有类型小说中,如侦探、科幻、武侠,言情都能被作为一种万能的元素融入创作中,但其中的重点并非言情;而网络都市言情小说中"言情+X"类的小说则以言情为根,以讲述爱情故事为主要线索。这属于葛红兵所说的"兼类小说","兼类是一种小说类型特征为主导,兼具另一种小说类型的部分特征,本质上还是属于该小说类型。"[1] 娱乐圈、电竞、侦探等元素往往作为言情故事的发生背景进入小说,该类小说的吸引人之处在于其包含除言情外的其他"私货",如娱乐圈里的钩心斗角、电竞行业的职业规则、侦探破案的过程等,满足了读者对特殊行业的猎奇心理。兼类小说的发展源于网络作者试图在类型化、模式化的文本创作中探索自我风格的尝试,也是该类型小说发展成熟的趋向。代表作者如丁墨,其不断尝试将言情与侦探、科幻叠加,创作了《如果蜗牛有爱情》《他来了,请闭眼》《他与月光为邻》等作品,独特的写作风格使其在竞争激烈的网络都市言情小说市场迅速脱颖而出。

第二,为言情而言情的叙事模式。网络都市言情小说在内容方面的一大特点是为言情而言情的叙事模式,这受制于言情题材本身的局限,也受到网络写作手法的影响。言情小说在情节方面有先天的弱点,与玄幻、武侠小说所能延展的丰富空间不同,其只能围绕"纯情—变情—纯情"[2] 的模式展开,男女主角的情感进展是作品的唯一线索,如何在有限的模式内使爱情故事以更吸引读者的面目

---

[1] 葛红兵:《小说类型学的基本理论问题》,上海大学出版社2012年版,第188页。

[2] 汤哲声:《中国现代通俗小说思辨录》,北京大学出版社2008年版,第213页。

呈现出来是主要的叙事动机。为增加情节的表现力,网络作家们往往会选择以传奇化的写作手法为故事"加料"。其中,常用的两种手法是困境的设置与"金手指"。困境的设置即是为发展顺利的感情故事设置障碍,比如相爱之人面临父辈的矛盾纠葛、身份地位的悬殊差异、家族商业利益的困扰、第三者的插足、遭遇绝症／车祸／失忆等。而"金手指"则是以一种神奇的、不问现实逻辑的问题解决方案来扭转故事的走向,从而使主角突破困境,解决问题。如《何以笙箫默》中当何以琛与赵默笙的感情陷入不知何去何从的处境时,何以琛以突然带赵默笙去领结婚证的方式将二人"捆绑"在了一起;《翻译官》的结尾在程家阳与乔菲的感情仍得不到来自程家人的祝福时,借助程父与程家阳在海外遇险这一特殊情况,使程母做出了接纳乔菲的决定;《寻找爱情的邹小姐》中借邹七巧记忆的突然恢复而使故事有了圆满的结局,使有情人终成眷属。如果说困境的设置是以情节上的跌宕来增加故事表现力,那么"金手指"的运用则是触及读者"爽点"的一种叙事策略。这是一种融合了浪漫主义的夸张及网络小说的 YY(意淫)的表现手法。此种手法在网络都市言情小说中运用较多,满足了读者期待看到大团圆结局、欣赏完美爱情故事的心理。

第三,对网络时代爱情心理的揭示。在具体的爱情心理的揭示上,网络都市言情小说的描摹则更为细致,参照网友根据行文风格将言情小说分为甜文、虐文、宠文的分类方式,可将网络都市言情小说中的爱情心理总结为以下几种:甜、宠、虐、感伤。典型的甜文如顾漫、丁墨的系列小说。"甜"指向主人公爱情的轻松甜蜜及带给读者的如同吃糖般的阅读享受。该类小说的特征为:以男女主人公的甜蜜爱情为叙事的重心,无虐点或虐点很少;由极富萌点、笑点的日常场景串联起叙事,情节简单,具片段化、场景化特点;语言浅白、幽默、风趣。在顾漫的小说《杉杉来吃》中,小职员薛杉杉因给封家大小姐封月输血一事,而与总裁封腾结识,被封腾以权力逼迫,为其挑菜,在其办公室准备 CPA 考试,替其挡酒,杉杉的呆萌与封腾的腹黑演绎出的是宛如小白兔与大灰狼的抗争中各种极富萌点与笑点的画面,在逗笑读者的同时更给读者以如沐春风般的甜蜜爱情享受。小说受到日本纯爱动漫、中国台湾小清新电影等的影响,也源于当下大众市场上的文艺娱乐化、消费化。在大众市场上,此种情节弱化、浅白幽默的作品也非常火爆,如电影《失恋 33 天》《人在囧途之泰囧》及各种爆笑网络剧。该类作品以逗笑观众、让观众开心为主要目的,而并不追求思想内涵的表达,其所建构的超越现实的情感乌托邦为大众读者提供了逃避现实重压的空间。再如"宠",宠文指男女主角一方对另一方非常宠溺,或双方互相宠溺的一类小说,在网络都市言情小说内部,其在题材上对应霸道总裁类小说,如《霸道总裁爱上我》《总裁在上我在下》《老婆乖乖让我宠》等。该类小说以男主对女主的宠爱为主,男主多为身份高贵、挥金如土、无所不能、性格冷酷的纨绔子弟,毫无来由地爱上女主,进而逼迫女主与其同居、结婚,给予女主强势的、无理由的宠爱,使女主无法离开自己。在《试婚 100 天:夜少,轻轻宠》中,女主苏沫与男主夜擎的相识始于一场约定的假结婚,夜擎却以婚姻之名给予苏沫宠爱,帮其化解危机,进而赶走情敌宫傲。宠文的盛行在于男主无所不能的强大满足了女性对男性的终极幻想,正如流传于网络上的观点:"女人对男人的终极幻想就是你牛到俯瞰整个地球但是眼里只有我一个,霸道总裁手握全球 3/4 的经济命脉,但是从不开会从不管理经济事务,整天琢磨的就是'哎哟,这个磨人的小妖精'。"

而虐文则指专注于书写悲惨爱情的一类小说，其偏爱"重"叙事，情节较为复杂，人物的性格也呈现出非单纯化、单一化的特点，多是男女主角相爱却不了解心意或不得在一起，爱情面临来自家庭/出身/命运/误会/疾病等的阻力。在匪我思存的小说《寻找爱情的邹小姐》中，男主苏悦生与女主邹七巧原为情侣，且有一孩子，只因邹七巧失忆，苏悦生选择将所有隐瞒，将邹七巧作为情人供养，二人分手、互相伤害、再相遇，直到邹七巧恢复记忆，与苏悦生再在一起。这部小说的"虐"点，一在于男女主角相爱相杀，一波未平一波又起的爱情故事；二在于其以悬念、伏笔及预先借其他人物之口说出真相的方式吸引读者代入，让读者进入故事，化身小说中的一个非重要人物，去看男女主角的故事演变过程，并为主角的不幸遭遇而感叹、落泪。虐文追求的是对极致情绪的表达，如爱而不得、因误会而彼此伤害、因爱而牺牲等，受到琼瑶小说、韩剧和港台家庭伦理剧的影响较大。感伤类小说的代表作有辛夷坞的系列小说及张嘉佳的《从你的全世界路过》，特点是：一、情节虽略为曲折但多以人物的重新相聚、释怀为结局，同时书写爱情的温暖与伤痛面，展现爱情带给个体的成长；二、语言优美，主打煽情牌，具感动人心的效果；三、代入感强，易引起读者自我检视。该类小说略带文气的表达、极力在伤痛中发掘温暖的叙事方式，使其具有突出的疗救人心的效果，既使读者在伤感的故事中落泪，又能让他们在一往无前的人物身上获得面对现实的勇气。辛夷坞的暖伤小说讲述青春年少的个体长大后面临爱情抉择的故事，其人物大多坚强、富有个性，故事令人感动，而人物在成长过程中的变化则更令人心疼，如《原来你还在这里》中的莫郁华苦苦暗恋周子翼数十年，在陪伴喜欢的人的过程中她同样明白了成长的含义，众多网友在莫郁华身上看到爱情里的勇气与力量，将其称为最令自己感动的人。需要指出的是，甜、宠、虐、感伤等爱情心理不仅仅作用于小说中的人物，读者的阅读、接受也是享受该种心理的一个过程，如阅读甜文可享受到甜蜜的爱情感受，阅读虐文则有了亲历轰轰烈烈的爱情传奇的感受。其表达的是一种张扬的、极致的情绪，人们不必隐藏自己的哀伤、快乐，反而追求情绪的最大化释放，并在想象中实现对现实缺憾的弥补。这反映了网络时代人们的情感心理变化，也印证了网络小说的青春文化属性。

网络都市言情小说对爱情故事的重度处理与网络小说先天的游戏性、娱乐性相关，其拒绝深度的表达，拒绝主体的探索，而更愿意在有限的空间里尽情渲染，抒发自我情绪，表达自我感觉。这一特征在玄幻、穿越等网络类型小说中都有体现。这受到网络文化与网络创作方式的影响，同样也决定了文本的通俗、浅白性。与之相对，在大众市场上，言情故事也受到热烈追捧，如根据网络言情小说所改编的影视剧在市场上的成功，以真爱、情感为主题的大众综艺节目的流行，有研究者将其统称为"泛爱情时代的真爱文本"[1]。该类文本的流行是否表明当下时代人们对真爱日渐重视？正如那些反映现实的电视剧，如《蜗居》《裸婚时代》会引起人们的强烈共鸣般，现实生活中关于"剩女""裸婚""单身"等话题的热议，无不反映着爱情正成为日渐远去的童话。"人在种种现实性的世界之外，也还需要一个虚拟的世界，用它来弥补现实人生中的不足，用它来慰藉心

---

[1] 高翔：《泛爱情时代的真爱乌托邦——论真爱文本的生产与分裂》，《北京社会科学》2016年第6期，第39-46页。

灵的缺憾。"[1]"真爱文本"的流行在于其真爱叙事恰好触及了大众的情感结构，回应了大众对真爱的渴求。有研究统计中国单身人口已达2亿，"真爱文本"虽对解决现实的婚恋问题并无帮助，但其所具备的功能是，为读者提供了释放现实婚恋压力、表达情感渴求的空间。在对"真爱文本"的阅读、接受中，个体的精神追求、个体在爱情中的价值以另一种方式得到实现。

二、空间书写与网络都市言情小说

葛红兵认为，小说类型化的发展源于经济发展所导致的社会阶层的分化，网络都市言情小说的发展与网络、城市及在此催生下的都市年轻一代的趣味相关。所谓都市年轻一代，即在城市工作、生活的年轻人，他们大多从事脑力劳动，拥有自给自足的生活，以阶层来划分，隶属于都市白领阶层。这一群体也是网络都市言情小说的主要人物形象及小说主要的阅读、接受者。陈晓明认为，"'城市文学'与城市的兴起相关，而城市不只是因为地理面积的扩大，建筑群的扩张，更重要的是要有一种城市生活方式，要有城市独特的人群。"[2] 城市与其主体之间有怎样的关系，城市空间如何建构了主体的自我意识，其在网络都市言情小说中有何种表现？这些都离不开对网络都市言情小说的叙事空间的分析。

网络都市言情小说中的空间书写首先体现在对城市空间的选

---

[1] 孔范今：《舍下论学：关于文学》，《山东师范大学学报》2017年第2期，第3页。

[2] 陈晓明：《城市文学：无法现身的"他者"》，《文艺研究》2006年第1期，第17页。

择上。从地域角度看,小说中涉及的城市有两类,一是直接选取现实中的城市,多为北京、上海、深圳、武汉、成都等国内一二线大城市;二是虚构的城市,如《欢乐颂》中的海市、《何以笙箫默》中的A城、辛夷坞小说中的G城。作为小说的三要素之一,环境有着与人物、情节同等重要的作用,并作为一种叙事元素影响人物的活动、情节的发展。由此,两类小说的叙事内容也迥然相异。前一类多出现于现实类的言情小说中,表现当代都市生活的生存焦虑,涉及住房、婚恋、家庭伦理等现实问题,城市作为被批判、被解构的对象,影射现实,其中的城市形象既是经济繁荣的象征也是罪恶、堕落的根源。慕容雪村的《成都,今夜请将我遗忘》借对成都的描写展现欲望与物质交织下的人性堕落,"夜色中的成都看起来无比温柔,华灯闪耀,笙歌悠扬,一派盛世景象。不过我知道,在繁华背后,这城市正在慢慢腐烂,物欲的潮水在每一个角落翻滚涌动,冒着气泡,散发着辛辣的气味,像尿酸一样腐蚀着每一块砖瓦、每一个灵魂。"[1]在网络小说中,海市、A城、G城,以随意的符码取代现实生活中的真实城市,源于对现实的回避或为更方便展开叙事。在小说中出现的是每个城市都会有的景观,林立的高楼、昏黄的路灯、混杂交织的人群,城市的独特性、个性消失。但不可否认,此种书写更为真实地反映了现代大都市的混杂、复杂性,正如鲍德里亚认为的,消费社会的一大特征是拟像与真实间的距离消失。"超真实与日常生活之间的界限被夷平,拟像被当作现实,现象被当作本质,人类变得麻木、简单。"[2]

---

[1] 慕容雪村:《成都,今夜请将我遗忘》,天涯论坛,http://bbs.tianya.cn/post-culture-48701-1.shtml.

[2] 焦雨虹:《消费文化与都市表达——当代都市小说研究》,学林出版社2010年版,第77页。

具体到城市内部空间,出现于小说中的空间形象主要有以下三类:一是夜总会、酒吧、餐厅、酒店、咖啡馆、商场等与现代消费文化有关的消费空间;二是公司、工厂等与现代理性文化相关的职场空间;三是房子、家庭类的私人空间。消费空间具明显的现代性,其往往是陌生人相聚的地点,"展现的是城市空间丰富、异质、混乱、迷失的一面"[1]。《翻译官》中的程家阳与乔菲先后在两个不同的空间,即学校与"倾城"夜总会相遇,并在豪华酒店的套房中借一场交易相知,当二人的关系走向稳定,乔菲曾经的陪酒女身份也成为程家阳拒绝她的主要原因。"夜总会"这一空间既是二人相遇相知的起点,也扮演了其感情路上最大的障碍者。在诸多涉及暧昧关系的小说中,叙事者都将男女主人公最初相遇的地点安排在了夜总会,如《佳期如梦》《人生若只如初见》。夜总会所承载的游戏、狂欢性也使爱情带上了消费的色彩。《人生若只如初见》中赵子默与江修仁在夜总会的聚会中经朋友介绍认识,最初不过是在不同的饭局中见面,直到产生感情,二人也始终是以游戏、玩味的态度来对待这份随机的感情。将消费空间所内含的游戏性特质与主角的行为方式相连,使空间在一定程度上参与了叙事。除此之外,第二类空间,即现代职场空间在网络都市言情小说中也是出现频率较高的。许多小说中男女主角以同事、上下级的关系出现于同一职场空间中。作为体现竞争、合作、创造等现代职业精神的空间,职场具鲜明的工具理性特点。不同于职场类小说所设定的同事间不准恋爱的规则,网络都市言情小说对职场爱情给予了最大限度的包容。此类小说中男性

---

[1] 张丽萍:《身份·叙事·关系——对新世纪现实题材网络小说的文化分析》,山东师范大学2014年硕士学位论文,第24页。

多以女性的前辈/上级的身份出现,作为女性的引导者而存在,如《翻译官》中乔菲说道:"是程家阳改变了我的想法。那天的会议,他可真是神气……"[1]在欣赏了程家阳的翻译后,乔菲坚定了做翻译的信心。而在以后的工作中,程家阳也以前辈的身份给予了乔菲很多指导。在丁墨的小说《如果蜗牛有爱情》《他来了,请闭眼》中男女主角的上下级身份均为爱情的顺利展开提供了很多方便,与发生于消费空间的暧昧感情不同,职场空间的感情追求的是心灵的契合与对异性的欣赏。而第三类空间,即私人空间,在网络都市言情小说中展现出更复杂的含义。其一方面是承载爱和归属的空间,如在许多小说中男女主人公居住的房子都是二人爱情的见证、发生地,《佳期如梦》中孟和平将以往与尤佳期共同居住的房子买下并在失意时重回那里寻找往日的温暖,《和空姐同居的日子》中陆飞与冉静感情的升温源于二人开始同居;另一方面房子也是影响男女主人公情感走向的主要因素,在反映现实问题的小说中,房价高涨,恋人间因无力解决居住问题而导致感情的破裂,《裸婚》中童佳倩因无法忍受与刘易阳父母共同居住的现实而提出离婚,最终的喜剧结局则源于一家人搬到了更大的房子中而带来的居住问题的解决。由此可以看出,都市空间不仅作为人物活动的背景而存在,而且作为一种文化和心理符号直接参与了小说的叙事,其决定了叙事内容的展开,影响人物的行为方式,及爱情的发生与发展。

与此同时,另一类空间,即校园空间在网络都市言情小说中也时有出现。不同于此在的都市空间,其一般作为一种回忆空间存在,即在回忆主角的校园恋情时出现,并形成与都市空间的对照。

---

[1] 缪娟:《翻译官》,咪咕阅读,http://www.cmread.com/u/book/369516745。

网络都市言情小说多以二十多岁刚由校园走入社会的年轻男女为主角，为遵循对人物成长轨迹的描绘，小说在对都市恋情的叙述中也往往加入对过往校园生活的回忆，其内容或是男女主角自校园时代便相识，经历分离并再度相聚，或是回忆男女主角一方的校园恋情。校园空间与都市空间的同时存在展现了都市恋情与校园恋情的迥异之处。在顾漫的小说《何以笙箫默》中，男女主角经历7年的分离后再度相聚，人物的性格也呈现出相应的转变，曾经开朗活泼的赵默笙在面对深爱的男主何以琛"要不要回到我身边"的请求时，选择了逃避，大学时的主动、积极与7年后在异国他乡经历人生变故后的怯懦形成对比。小说在现时叙事的过程中不时插入对二人大学恋情的描述，校园恋情的浪漫、纯真与重新相聚过程中的逃避、试探、猜疑相互对照，表现了都市人面对爱情的艰难。其中，校园恋情体现出鲜明的纯情、美好性，而都市恋情则因掺杂了物质、欲望、生存选择等因素，变得更为复杂。在此种叙事过程中，年轻人所面临的由校园到都市的复杂心理转变得以完整呈现；而对自我生命经历、情感体验的书写也使年轻人在对小说的阅读、接受中极易寻找到共通的生命感慨与成长共鸣。同时，对校园回忆叙事的偏爱，也反映出网络都市言情小说的叙事主体所普遍具有的青春怀旧意识，穿插于都市言情中的校园恋情无疑能唤起人物、读者对纯真学生时代的怀念。通过怀旧叙事，将小说中的人物与读者、叙事主体相连，小说营造了文本内外共通的怀旧感。其潜在的逻辑是以对过去的追忆来对抗现在的时空，逃避现实的焦虑。

网络都市言情小说的繁荣贴合当下社会中国由乡村向城镇转型的现实，"中国城市走在超速现代化的路上，成为一个建构和摧毁同时并存的空间，都市民众的感性受到眼花缭乱的强刺激，民众正承受着强烈的远大于波德莱尔时期的'震惊'体验。"[1]都市空间的混杂及快节奏的生活使得现代人的生命感受发生变化,生活于都市中的年轻人一方面承受都市快速发展所带来的碎片化景观,日益体会到"陌生人社会"的冷漠,另一方面也面临着与父辈间的文化断裂。作为伴随都市发展及网络繁荣成长起来的一代,他们对当下的社会转型有更为深刻的生命体察,而网络则为其提供了表达自我、争夺话语权的空间。网络都市言情小说,这一由同龄人书写同龄人生活,给同龄人看的小说以其青春色彩,对一代人所拥有的共同生活体验、成长体验的展现在读者中引起了共鸣。

三、通俗女性主义的表达

从性别角度看,网络都市言情小说的写作者、阅读者均以女性居多,这也使得该类型小说在一定程度上体现出鲜明的女性特征。比如,在对男性人物的塑造上,网络都市言情小说中的男主形象多是集帅气、才气、财富、深情等诸多特点于一身的完美人物,霸道总裁、具高超个人能力的青年才俊或纨绔子弟占据了男主角形象的大部分。以《何以笙箫默》中的何以琛为例,其长相"英俊不凡,气宇轩昂",吸引了众多女性追随;在金钱上,他为业内顶尖律师,收入颇丰;在爱情上,他对待感情从一而终,执着等候赵默笙七年,且在与赵默笙重新相聚后以自己的方式保护、宠爱她,给予其无微不至的关怀。诸多优点的集合使何以琛成为一个完美符号的象征,该人物

---

[1] 王海洲:《当代中国城市电影研究》,见杨远婴主编《中国电影专业史研究·电影文化卷》,中国电影出版社2006年版,第105页。

为作者的理想化、夸大化处理。但作为文学上的审美角色,其却实现了以典型人物来吸引读者注意、给读者留下深刻印象的效果。正如网络上流传有"万年修得陆励成,亿年修得何以琛"的说法,"何以琛"已成为女性读者口中白马王子的符号代称,其指向的是理想而忠诚的伴侣。这反映了网络都市言情小说中的男性形象塑造策略,即展现以满足女性审美为目的的完美化、理想化人物。与之相对,网络都市言情小说中的女性形象则多以都市女白领为原型,在身份上,普遍为生活在城市中的普通青年,拥有高学历、高收入及自我谋生能力,而少有非富即贵的家庭背景;在性格上,她们则大多善良、单纯。"叙述者对异性的叙事总是一种'想象性'的叙述,而对同性的叙述大多是'经验性'的。"[1]此种组合基于网络时代女性对传统男尊女卑两性关系的突破,及对自我性别意识的表达,对亲密关系的探索。网络都市言情小说的一大意义也在于为大众女性提供了言说自我性别权利的空间,影响、塑造了大众女性的性别观念。

第一,对传统二元对立性别关系的突破及对灰姑娘爱情故事的改写。传统小说中两性关系具鲜明的二元对立特征,即男性的地位高于女性,男性总是阳刚、威武、理性、有能力的,而女性则是阴柔、软弱、感性、无能的,如古代言情小说中纨绔少爷爱上美貌妓女、富家公子爱上平民女子的故事。从表面上看,网络都市言情小说中平凡女性与理想男性的故事组合与此相似,均借鉴了童话中的灰姑娘故事原型。但网络都市言情小说中的爱情讲述与灰姑娘故事有着本质上的区别。在童话故事中,灰姑娘因为在舞会上结识王子而摆

---

[1] 周志雄:《性别文化视野中的小说情爱叙事》,《山东师范大学学报》2006年第6期,第26页。

脱了被继母虐待的命运,其背后隐含的意义是女性可以通过与男性之间的爱情来获得财富、地位,继而改变命运,而这是那个时代女性谋生的唯一出路。灰姑娘式爱情发生的文化背景是传统父权制社会中男尊女卑,女性毫无地位,也没有能力去谋生的社会现实,由此女性不得不作为男性的寄居者存在,通过获得爱情来改变命运,张爱玲式为谋生而谋爱的小说即具此种色彩。但在网络小说兴起的时代里,社会环境已发生明显变化,传统社会中男尊女卑的现象已有明显改善,女性不再是等待男性来拯救的灰姑娘,而是拥有自我谋生能力的现代知识女性,并与男性处在同一社会阶层。因此,其对爱情的追逐更多是在寻求幸福的层面,由此区别于灰姑娘的功利式爱情。此外,在灰姑娘的故事中,灰姑娘能获得王子青睐的主要原因是其在华美衣服、漂亮水晶鞋包装下展现出的美丽外表,即美貌;在灰姑娘式的言情小说中,美貌多被视为女性获取财富、地位的砝码。这是一种不对等的交换,将女性物化,而将男性视为女性的拯救者,预设了女性在爱情中的依附地位。在网络都市言情小说中女性虽也多具貌美的特征,但吸引异性的首要条件往往是性格上的独特魅力,如小说中既有性格温和、坚强独立的传统型女孩,也有雷厉风行的"女汉子",呆萌可爱的小白女,以及霸气御姐、高冷腹黑女等。比如辛夷坞小说的女主多是温柔坚强型,即使在身份地位上不如男主,也以追求自尊、平等的态度来对待爱情,由此赢得了男主角及读者的尊重。再如,小说中常见的小白型女主往往会以乖巧、单纯、可爱的性格受到青睐。

第二,女性意识的世俗化表达。网络都市言情小说以女性在爱情中的独立地位而区别于灰姑娘式的爱情,但与灰姑娘的故事中对男性地位、权力的强调相同,网络都市言情小说中的男性也均是有能力、有资本的理想男性。在对男性的塑造上延续传统角色,是否意味着尽管女性已有了充分的自我意识,但仍在无意识重复父权文化体制中对男性的崇拜与依赖?显然并非如此。在现代都市社会,我们往往以收入的多少作为衡量个体事业成功、社会地位的主要标准。2011年社科院发布的《商业蓝皮书》定义月收入6000元以上的收入群体为中产阶级,现实生活中人们也往往以拥有社会资本的多少作为区分富二代与穷二代、钻石男与凤凰男的标准。世俗观念中仍延续传统的男性要负责赚钱养家、照顾女性的观念,而对女性的要求则相对较少。网络都市言情小说对男性的要求即是现实观念的一种反映。对现实中的女性读者来说,优秀的男性必然是能力超群,能在商业化的社会中凭借一己之力获得财富与权力的。此为女性的自我诉求与世俗审美相结合的产物,而非仅仅来自对金钱、权力的崇拜或对男性的依赖。为淡化这种世俗色彩,小说在强调男性所拥有的资本的同时,也往往对男性的个人魅力,如勤奋努力、正直善良、聪明睿智等加以突出。在顾漫、缪娟、丁墨的小说中,帅气多金的男性均具有个人才能方面的突出优点。并且,理想男性形象也往往是完美爱情的保证,理想男性所拥有的资本、权力也能使其在爱情中较易获得成功,因此,网络都市言情小说对理想男性的塑造反映了一种混合了传统与现代、世俗审美与女性意愿的女性性别诉求。

第三,对亲密关系的探索。吉登斯在《亲密关系的变革》中以"纯粹关系"来表述亲密关系,强调两性之间是一种对等的、伙伴式的合作关系。网络都市言情小说对这种理想的亲密关系做出了探索,表现在文本的书写及对读者的影响上。历来浪漫之爱被认为只对女性具有影响,而男性的生活天地在于向外部的拓展,追求事业上的成功。在网络都市言情小说中男女在爱情上的这种先天差异正趋向于削弱,即双方均以一种平等的态度来对待感情,共同探索如何构建和谐的两性关系。相比传统言情小说,网络都市言情小说在爱情心理、感觉的刻画上更为细致,更为真实地书写了男女主人公面对爱情时的种种反应,如恋人间的小情绪,男性在爱情里的等待与坚守,女性对自尊、平等的要求,爱情里的试探、猜忌等。爱情不仅作用于女性,也作用于男性。吉登斯指出浪漫之爱的第一个特征是"自由",此处的"自由"与自我认同相连,即"浪漫之爱设想了某种自我审视的方式。如:我觉得别人怎样?别人觉得我怎样?我们的感情是否足够'深厚'……"[1]在《翻译官》《何以笙箫默》《佳期如梦》中,男性在爱情中均经历了一个自我审视的过程,如《翻译官》中的程家阳在认识乔菲之后,对自己和父母所拥有的富裕生活首次产生了怀疑,当由金钱、身份所导致的差异成为横亘在二人感情路上的最大障碍时,二人以积极的努力进行突破,并在此过程中获得了更深层次的精神交流。此外,在网络都市言情小说中,恋爱模式也由以往的三角恋、婚外恋等畸形恋爱模式向一对一的模式转变。为方便情节的展开、戏剧冲突的呈现,言情小说往往会安排对主角爱情造成阻碍的一定数量的配角,但不同于琼瑶小说中多人相互纠缠的恋爱状态,网络都市言情小说中的配角往往以主角前任或追求者的身份出现,且戏份较少,而少有三人同时恋爱的故事。《第三种爱情》中年轻律师邹雨与致林集团总裁林启正相爱,而同时林启正因生意缘故需与另一富家女江心瑶联姻,但小说叙述的重点是邹雨与

---

[1] [英]安东尼·吉登斯:《亲密关系的变革——现代社会中的性、爱和爱欲》,陈永国、汪民安等译,社会科学文献出版社2001年版,第53页。

林启正在重重障碍下的爱情故事。

网络都市言情小说的写作者多为受过高等教育的现代知识女性,其写作并非仅仅出于对物质利益的追求,更出于表达、分享的动机,其中融会着现实的情感体验、性别体验。历来女性被认为是爱情的牺牲者,传统小说中女性无法平衡事业与爱情,女性为家庭放弃理想,女性为爱情牺牲事业的故事比比皆是,网络都市言情小说中既拥有独立生存能力又享受幸福爱情的现代知识女性的出现即是对此的改写。它试图去掉传统文化加诸男性与女性身上的刻板性别印象,而更加强调女性作为独立个体的存在,以此追求两性间的和谐亲密关系。在此方面,网络都市言情小说做出的探索值得肯定。同样,文本传达的性别观念对大众女性读者也有着深刻的影响。徐艳蕊认为,网络言情小说为女性提供了从自身视角来讨论生活、工作和社会现实的平台,其意义在于"为这些性别政治议题提供了平台,并起到了议程设置的作用"[1]。网络读者在阅读完小说后往往会在网站上作品的评论区、论坛或百度贴吧、微博等公共空间中就作品内容及自身现实展开讨论,甚至有读者自己写文,写小说的番外或以自己的视角重新讲述故事。小说中的爱情不仅成为她们自我生活的投射,甚至影响、塑造了她们对爱情、两性关系的重新定义。如在百度贴吧"何以笙箫默吧"中,有读者继续书写何以琛夫妇的番外,也有读者从何以琛的视角及为应晖正名的方式重新讲述故事,或回顾年少时光,谈论对爱情的新理解。徐艳蕊将女性读者的这种在网络上对自我性别观、爱情观的表达称为"通俗女性主义",

---

[1] 徐艳蕊:《媒介与性别:女性魅力、男子气概及媒介性别表达》,浙江大学出版社2014年版,第93页。

由此区别于以往局限于精英阶层,以西方女权思想为指导的女性表达。对女性读者来说,网络都市言情小说为她们提供了表达性别权利的空间,在这种对性别的拆解——再生产中,体现出反抗、重构父权制的努力。与文学史上由精英阶层及国家发动的自上而下的女性解放运动不同,这是一种自主的、由普通女性发起、参与的自下而上的女性表达。根据 CNNIC(中国互联网信息中心)第 38 次调查报告,截至 2016 年 6 月,中国网民男女比例为 53∶47,与同期全国人口男女比例基本一致,其中 80% 的女性网民年龄在 35 岁以下。[1] 由此可看出,网络都市言情小说有着基数庞大的女性读者,小说中所塑造的和谐两性关系也必将对其产生潜移默化的影响,在对小说的阅读、讨论中,她们也获得了性别言说的机会。

结　语

书写网络时代的真爱故事,展现现代都市与人的复杂关系,表达通俗女性主义,为网络都市言情小说区别于传统都市言情小说的典型特征。受到都市文化、青年亚文化、网络文化、大众流行文化等的影响,其在内容与形式上的创新丰富了言情小说这一类型小说的生命力。

不可否认,网络都市言情小说在创作上存在一些缺陷,如格局的狭窄、内容的浅白、过度的模式化,这也成为该类型小说被诟病的主要原因。但同样需要看到的是,网络都市言情小说在表达当代年

---

[1] 《2016 中国女性网民研究》,百度文库,2016-12-27,https://wenku.baidu.com/view/615dada4e43a580216fc700abb68a98271feac37.html。

轻人的情感体验方面有着不可忽视的作用。网络小说是大众参与的舞台,其将数量巨大的写作者与阅读者囊括在内,为他们提供表达自我生命理想、情感诉求、青春情绪的空间。网络都市言情小说那好看而不失温度的故事,在故事中所传达的真爱渴求、性别观念无疑会潜移默化地影响读者。有很多读者曾表示,他们是在网络都市言情小说的陪伴中成长的,言情小说中一个个温暖、感人的故事曾给予其最初的爱情启蒙。"80后""90后"是当下网络小说的主要阅读群体,他们是面临文化转型的一代,对青春、成长有更为深刻的感受,因此书写这一代人爱情故事的网络都市言情小说更易以其青春色彩赢得读者的认同。作为有着数量广泛的阅读群体的类型小说,在畅销的维度上,网络都市言情小说已获得相当程度的成功。同样,在对网络都市言情小说的研究中,我们也不应过分苛责其缺陷,而应给予更多包容,发掘其在表达现实、表达大众话语方面的功能,为该类型小说的发展提供更大的空间。

构建中国网络文学评价体系

一、为什么要建立网络文学评价体系

笔者从事网络文学研究十余年,每每碰到这样的问题:为什么这个作家是网络作家,另一个作家不是网络作家?网络文学和非网络文学到底有什么区别?榕树下、BBS论坛时代有一个基本的概念,网络文学是那些在互联网上首发的原创的文学作品,这里的关键词是"网络首发""原创"。但这个概念并没有解除人们的疑惑,2000年张抗抗参加"网易中国网络文学奖"评选活动,她对网络文学的印象是:"即便是一些'离经叛道'的实验性文本,同纯文学刊物上已发表的许多'前卫'作品相比,并没有'质'的区别。"[1]榕树下网站所采用的作品分类方式是诗歌、小说、散文(没有戏剧),这是传统文学的体裁分类法。此前的海外华文文学网站,也是传统文学写作的"上网"。强调在网络上首发的文学作品是网络文学,并没有清晰地说明网络文学与传统文学的区别。有些走传统文学道路的写作者,所写的作品在纯文学期刊体系下一时无法发表,转

---

[1] 张抗抗:《有感网络文学》,《作家》2000年第5期,第10-11页。

身求助于网络,获得了网络人气,获得了各种好评,并重新引起传统文学期刊的关注,这样的作家似乎并不认同自己的网络作家身份。作家宁肯就是这样的例子。他的《蒙面之城》投了很多家刊物都石沉大海,后来在"新浪读书"上走红,引发强烈反响,迅速引起传统文学期刊的关注,最终在《当代》杂志分上、下两期刊出,在编者按中,还把这部作品称为是"'网络文学'同'非网络文学'比肩的标志"。此后,《蒙面之城》获"《当代》文学拉力赛"总冠军、"第二届老舍文学奖"优秀长篇小说奖。另一个突出的例子是金宇澄。他的《繁花》获得了第九届茅盾文学奖,这部作品最初是在上海的弄堂网上刊发的。宁肯和金宇澄并不是时下所说的网络作家,他们的作品也不是典型的网络文学,宁肯和金宇澄的例子说明网络文学和传统文学之间没有清晰的界限,网络只是一个发表的平台,但问题好像并不是这么简单。

时下网络文学突出的特点是网络性。在网络上发表,在线更新,和读者进行互动,形成相应的粉丝读者群,根据读者的阅读趣味调整写作,并通过读者的付费阅读获得收入的文学作品就是网络文学。但这样的定义依然是有漏洞的。早期在BBS论坛上发表的《第一次的亲密接触》在线并未获得收入,早期的三大网络奇书《小兵传奇》《飘邈之旅》《诛仙》也没有在线获得收入,还有很多在贴吧、论坛及一些文学网站上发表作品的未能获得收入的写作者,他们创作的是不是网络文学?当然是网络文学。这些写作者虽然没有直接获得在线阅读的收入,但通过实体书出版,或通过作品转化成的其他形式产品获得了收入。这些作家的作品与宁肯的《蒙面之城》的区别是,前者是在线完成的,是有读者意见参与的,是在和读者的互动中完成的,而后者只是将已完成的作品直接放在网上,是没有网络性的。

　　网络文学的定义是相对的，犹如"什么是美"是一个难题，文化有数百种定义，概念总是难以对现实形态做出严密的界定。事实上，所有的概念都不是人为规定的，而是在现实发展中约定俗成的。网络文学的概念之所以能成立，是基于在网络上写作的群体数量巨大，业余写作者有两千余万人，网站注册写作者有数百万人，网络文学的读者有3亿人，占网民的40%以上，据统计，2016年网络文学所涉及的经济总量将达到100亿元[1]，网络文学带动了文化产业的发展，形成了文学创作、网络游戏、电影、动漫、电视剧的IP一体化运营产业链。在这样的文学发展现实下，最有中国特色的网络文学就是那些在各大商业文学网站上刊发的包括玄幻、职场、校园、历史、盗墓、穿越、科幻、军事等在内的各种类型小说。

　　网络文学是在互联网媒介上发展起来的，是一种新兴的大众文学，注重商业化、娱乐化等特点，与传统文学是有差异的。在各种文学评奖中，网络文学与传统文学同台竞技，遇到了尴尬的局面。如2011年第八届茅盾文学奖修改了评奖条例，允许公开出版的网络小

---

[1]　2014年9月23日《人民日报海外版》黄盛的文章《网络文学经典化路上有了"加油站"》中说："目前有2000多万人先后在网络上发表过作品，注册网络写手多达200万。"2016年3月艾瑞咨询发布的《2016年中国网络文学行业研究报告》的数据显示，阅文旗下平台拥有400万作者。中国互联网络信息中心（CNNIC）2016年7月公布的《第38次中国互联网络发展状况统计报告》显示，2016年6月我国网络文学用户规模为3.07亿，占网民总数的43.3%。2016年7月5日《南方都市报》李冰如的文章《网络文学IP走红　百度趁势赚完美世界数亿?》中说，"2016年网络文学产值将达到100亿元"。2016年10月23日，由上海网络作家协会主办，上海作家协会与静安区文化局共同倡议的"陕西北路网文讲坛"上，阅文集团总经理杨晨认为："网络文学100亿元的规模可能被远远低估。"

说参与评奖,这是网络文学作品首次被允许参加国家大奖的评选,有几部网络文学作品参赛,但最佳成绩是李晓敏的《遍地狼烟》止步42强。评委们发现以传统文学的评价标准来看网络文学,网络文学的思想性和艺术性显得还不足,分量还不够。有评委提出,应设立单项的网络文学奖。网络文学为什么要单独设奖?这是因为网络文学与传统文学不在一个层面上,如果说传统文学是"厚重"的,那么网络文学就是"轻逸"的;传统文学是精英的,网络文学是大众的;传统文学是作者的文学,网络文学是读者的文学;传统文学注重思想性和探索性,网络文学注重娱乐性和趣味性。如果用传统文学的评价标准来评价网络文学,难免隔靴搔痒不得要领,构建网络文学评价体系的设想自然应运而生。

网络文学发展评价体系是面对网络文学发展的现实提出的对策,是针对目前网络文学研究所遇到的问题提出的构想。这一设计也是近年来理论界的呼声。近年来,《人民日报》《光明日报》《文艺报》《博览群书》等报刊刊发理论文章呼吁建构网络文学理论体系,中国作协副主席陈崎嵘提出,要"撰写出中国网络文学的《文心雕龙》和《人间词话》",为网络文学"寻觅一盏灯"[1]。2014年7月,中国作协在北戴河召开全国网络文学理论研讨会,会议论文结集为《网络文学评价体系虚实谈》出版。有网络作家结合自己长期以来进行网络文学写作的经验,认为传统文学的评价体系虽然完备,但在很多方面仍不能与网络文学相适应,为新兴的网络文学打造与之相匹配的网络文学评价体系势在必行。

---

[1] 陈崎嵘:《呼吁建立网络文学评价体系》,《人民日报》2013年7月19日,第24版。

是否应该为网络文学建立一个独立的评价体系？如何建立网络文学的评价体系？这是颇受学术界争议的问题。反对建立独立评价体系的人认为，文学就是文学，文学的评价体系就是网络文学的评价体系，优秀文学的标准就是网络文学的标准，不需要另外去建立什么体系。这个观点似乎不无道理，但对于网络文学的发展毫无意义。在中国网络文学发展的历史进程中，精英知识分子相对是缺位的，网络文学的评价主要来自网民，网络文学创作者与接受者的及时互动主要在粉丝群中。优秀传统文学的评价标准是文学的思想性、艺术性、创造性，而网络文学是直面受众的，要让人开心，满足读者的精神想象，这和传统文学有很大的不同。用传统文学的标准无法评判网络文学的高下优劣，网络文学的评价体系应从网络创作的实践中来。通过网络在线传播，产生了巨大的社会积极效应的作品，兼顾审美艺术性和创造性的网络文学作品就是好作品。俄国学者哈利泽夫的《文学学导论》将文学分为高雅文学、大众文学、消遣文学，这与我们通常对文学的分类有很大不同。在哈利泽夫看来，大众文学是没有多少艺术修养的读者认可的文学，消遣文学介乎高雅文学与大众文学之间，谈不上有多少艺术的独创性，却能探讨自己国家和时代的问题，能回应当代人，有时甚至能回应子孙后代的精神需求和智力需求，能表现"小时段"的思想风尚，"小时段"的关切与忧心。[1]按照哈利泽夫的分类，网络文学的主流应是大众文学和消遣文学，消遣文学虽没有多少艺术的独创性，但对社会发展有巨大的意义。具体来说，网络文学有其自身的特点和规律，只能深

---

[1] ［俄］瓦·叶·哈利泽夫：《文学学导论》，周启超、王加兴、黄玫、夏忠宪译，北京大学出版社2006年版，第176—180页。

入作品之中,深入网络文学创作现场之中去体悟和总结。

　　认识到建立网络文学评价体系的迫切性之后,接下来的问题是如何构建网络文学评价体系。网络文学评价体系不是凭空而来,应对话当下网络文学的历史和现状,了解网络文学发展的规律,它应建立于传统文学评价体系的基础上,应对网络文学具有实践指导性。

二、评价网络文学的维度

　　网络文学的评价体系应系统地考评网络文学,应有相应的价值维度、理论维度、审美维度、文化维度、技术维度、接受维度、市场维度,既要注重评价的有效性和通约性,又要能在更高的层面上促进网络文学的发展。

　　网络文学的网络维度。网络文学突出的特点是网络文学在互联网上传播,在与读者的互动中产生,写作者身份芜杂,写作的人数多,网络平台、读者对作者有很大的影响,对网络文学的评价必须考量网络文学的网络性。BBS论坛、豆瓣网、天涯论坛、红袖添香、铁血网、起点中文网,不同的平台发文的特点是不一样的。网络文学在互联网上连载,形成不同趣味的读者群,带来相应的网络阅读现象。网络文学的影响力不在于艺术上的先锋性,而在其文化贡献上,它使众多的人通过相同或相似的兴趣爱好聚集在一起,以文学的形式交朋会友,网络文学的读者定位是比较清晰的,其文化认同比较高。这种文化群体本身的成分比较复杂,既有对现存已有文化的继承,也有英国文化学者所说的对专制的反抗,既有充满勃勃生气的青春文化,也有特有的青年亚文化。网络文学最重要的价值在于依托新媒体促使"文化转向",民众的创造力被解放出来,他们综合借用各种文化资源,参与时代的文化建构。仅仅对网络文学展开审美批判是不够的,甚至是无力的,只有将文化研究与文学作品分析相结合,认识其文化价值,才能更深刻地阐释其合理性。一种文化的价值在于其时代性,在于其衍生出新文化的可能性,网络文学的文化价值体系不是无源之水,而是来自多元的跨时代、跨民族文化传统和广阔的时代社会生活变革。

网络文学的思想性也体现在网络文化的影响上。网络文学与纯文学不同,中国的网络文学作家多是来自民间的写作者,面向的是大众读者,因此网络文学的思想性并不以对生活未知领域的探索见长,其世界观是相对明晰的,表现的多是通俗文学的常见主题,如善必胜恶,有情人终成眷属,承传仁、义、礼、智、信、忠、孝、悌、节、恕、勇、让等传统文化精神,对年轻读者的世界观具有形塑作用。但这并不是说网络文学没有思想的原创性,网络文学的思想探索性不是宏观哲学层面的探索,而是人物的感受、心得,往往体现在作者充满体悟性的神来之笔上,这在网上那些被读者们到处转载的流行"警句"上也有体现,那些"警句"有"心灵鸡汤"的意味,能给人一些启示,表达很俏皮,很幽默,适合大众的接受水平和精神需求。

网络文学的审美维度。网络文学最受诟病的就是作品注水,商业化,粗、俗、浅的作品多,文学价值不高。中国网络类型文学传承的是中外古今的通俗文学,从网络文学发展现状来看,网络阅读的门槛低,受众面广,形成快餐式的网络通俗文学阅读热。金庸的武侠小说,琼瑶、亦舒的言情小说,古代的话本小说,好莱坞的大片及各种类型的电影,国外的通俗小说等对中国网络文学影响很大。在通俗文学的视野中,通俗小说的手法,诸如悬念、主角光环、一波三折、奇遇、巧合等在网络文学中被强化。玛丽苏、杰克苏、爽、YY、金手指、开挂、垫脚石等网络文学中的常见手法并不是网络文学的独创,而是通俗文学手法的突出和放大。网络文学在结构、模式、语言系统等方面都有新的发展变革,其世界架构、人物创设、故事设定等有其自身的特点,应对其有深入的理论阐释。

考察网络文学的艺术传承是对网络文学创作规律的尊重,也是对网络文学所蕴含的新的审美因素的重新认识,这种考察评判将使网络文学在接续传统文脉、融通中外文学的道路上向更高的艺术层面迈进。网络文学带来了审美领域的新变化,在语言、结构、叙事上都有所创新,改变了二十世纪中国文学过于沉重的面貌,开创了一种新的叙事范型,出现了超文本、接龙式写作、多媒体文本、互动小说、超长篇、短信文学、直播帖、微博体等依托网络存活的新的文体形式。这些文体样式的审美规律是应深入研究的,它蕴含了未来文学的可能性形态。

网络文学的商业维度。网络文学不仅仅是文学,还是多样的文化产品,是文化产业的一部分。传统文学在市场流通,也是文化商品,也具有商业属性,但网络文学的商业属性更加鲜明,网络文学商业化已形成规模和相对成熟的模式。对一部有商业效应的优秀网络文学作品需要认真考量其商业效应是如何形成的,可总结的规律是什么;在推进打造网络文学IP产业链的新形势下,放眼世界文学产业,网络文学未来之路如何走。应对那些有良好社会效应,又有巨大商业价值的网络文学作品进行重点研究,对其不足和问题进行分析,对其成功经验进行总结。国内网络文学的产业化趋势,超越了既有网络文学的自在形态,更多地与商业资本、主流导向、媒介推手等多重力量缠绕在一起。只有通过对类型文学商业网站的运作机制的全面考察,通过对网络文学生产、传播和消费的整个流程的把握,才能实现对网络文学深层规律的准确判断。

网络文学的理论维度。二十世纪是一个文学批评的世纪,西方文学批评的方法体系在中国大地落地生根,借助这样的批评体系产生了很多重要的学术成果。美国学者艾布拉姆斯在《镜与灯》中总结了文学的四大要素:作品、作者、读者、世界。围绕四大要素产生了多种文论系统,如:围绕作品中心产生了形式主义批评、结构主义批评、后结构主义批评、符号学、叙事学、新批评等;围绕作者中心产生了传记批评、心理批评、精神分析批评等;围绕世界中心产生了社会历史批评、文化批评、新历史主义批评、女性主义批评、后殖民主义批评等;围绕读者中心产生了接受美学、读者反应批评、阐释学批评等。这些批评方法对研究网络文学当然也是适合的,如网络文学的传播特点、网络小说的叙事艺术、网络文学的符号学意义、性别视野中的网络穿越小说、网络文学的阅读接受等选题都是非常有学术意义的。所有的研究必须上升到理论的高度才是有价值的,这些理论对深入理解网络文学无疑是大有裨益的,在实践中应避免简单套用西方的文学理论来评价中国的文学现象,应有效借鉴,积极作为,进行理论的融合、提升和创造,从中国网络文学的实践出发,深入阐释中国网络文学的规律和特点,在此基础上,提出属于中国网络文学审美特点的学术概念。

三、建立网络文学评价体系的路径

中国的网络文学具有自己的特色,网络文学 VIP 收费阅读机制是一种创新机制,它激发了民众的创造力,使他们创作出巨量的网络文学作品。与国外数字技术广泛应用、通俗大众文化繁荣发展的现状相比，中国网络文学才刚刚起步，中国网络文学发展的空间是巨大的。网络文学的发展将是一场深刻的社会变革，将从多方面改变人们对文学的认识，将对未来社会走向和未来人们的精神结构产生重要影响。在国家对网络文学的引导下，网络文学生产企业越做越强，网络文学创作人员的总体素质不断提高，网络文学的国际化趋势增强，中国网络文学潮流一定会写入世界文学史册，中国网络文学的艺术实践也一定会催生出富有创造性的中国网络文学理论。当然理论不会自动生成，必须经过研究者的艰苦努力才能产生，如何实现这一目标呢？

评价网络作家应从认真阅读他们的作品出发，以文学的心灵感知、接近、理解网络作家。印象派的文学批评注重对作品的第一印象，强调批评是"灵魂与灵魂接触"的碰撞，批评活动应"把一颗活动的灵魂赤裸裸推呈出来，作为人类进步的明证"[1]。主张用自己的存在印证别人的存在，认为评论者是灵魂的冒险者，并在此基础上综合自己的观察和体会，展开理性分析。郭沫若认为文学批评家应具有"深厚的同情""敏锐的感受"和"丰富的知识"，"文艺是发明的事业，批评是发见（现）的事业。"[2] 网络文学评论对评论者也提出了这样的要求。对网络文学的阅读，可以参照网络粉丝读者的阅读评价，可以是研究者个体的阅读，也可以是小团队的分工阅读，还可以召开作家的作品研讨会，让更多的人参与阅读、讨论。目前网络文学创作的火爆情况与评论界的相对沉默形成了反差，这方面的工作

---

[1] 李健吾：《李健吾批评文集》，珠海出版社1998年版，第159页。
[2] 郭沫若：《批评与梦》，见严家炎编《二十世纪中国小说理论资料（第二卷）1917–1927》，北京大学出版社1997年版，第315页。

需要切实有力地推进。2016年,由中国文艺评论家协会青年委员会牵头主办的首届网络文艺评论大赛挑选了132篇优秀网络文学作品向学术界征集评论文章,就是一次非常有意义的学术活动,有助于推动形成网络文学创作和评论良性互动、互促发展的局面。

对网络文学总体发展状况进行调查,访谈重要的网络作家,对网络作家创作的动因、创作状态、艺术追求、经济效益、社会影响、写作计划、创作道路、写作困境等方面的情况开展调研,走进网络文学创作一线,获得一手资料。网络文学创作主体的素质参差不齐,身份情况复杂,对那些产生了重要影响的网络文学创作者进行访谈,是深入认识网络文学创作规律的基础。这方面的工作已引起学界的重视,山东师范大学网络文学研究中心已对三十多位网络作家进行了访谈,并出版《大神的肖像:网络作家访谈录》[1]。那些有着十年以上文学创作经历的人,有着身在其中的特殊感受,他们的创作道路中蕴含着网络文学创作的经验,其困境与局限也反映出网络文学创作的问题。网络文学创作是现时性、在场性的,采用访谈、对话的方式,将在网络文学内在研究上打开一个缺口。还应调研作家与读者互动的情况,考察贴吧、论坛、作品评论区、微信、微博、粉丝群等场域读者与作家的交流情况,调研作家作品的IP转化情况,深化对网络文学创作规律的理解。

通过阅读作家的作品,调查读者的阅读反应,对网络文学展开评价。从传统文学的角度看,网络文学有很多问题和不足,但网络文学实实在在的读者影响力不容忽视。到底哪些人是网络文学的接受者,网络文学到底在哪些方面吸引了读者,如何评价网络文学

---

[1] 周志雄等:《大神的肖像:网络作家访谈录》,山东人民出版社2015年版。

产生的社会影响等。要说清这些问题，应对网络文学的受众进行问卷调查，通过系列数据分析网络文学的接受规律。网络文学一直面临迎合读者、过度娱乐化的指责，但这只是问题的一面，深入探讨读者接受反应的心理机制，才能回答网络文学的功能、社会角色及社会价值等问题。现代社会快节奏的生活和工作压力，让人们身心疲惫，而网络文学通过娱乐的方式让人缓解紧张。网络文学是如何契合、满足读者需求的，读者反馈又是如何影响创作者的，这是探讨网络文学读者接受反应的重要课题。回到网络文学发展的历史中，那些引起巨大反响的网络文学作品有什么特点，不同形式、不同题材的作品对应哪些受众，网络文学作品的受众群有何历史性的变化，这其中的启示有哪些等，需要全面系统地对这些问题展开研究。早期成名的优秀网络文学作者已创作近二十年，艺术上日臻成熟，商业化的负面效应会影响作品的品质，对此应有严肃而深入的理解及批判，而不是简单对网络文学进行否定。

  网络文学题材丰富，形式多样，单一的研究方法难以涵盖复杂的研究对象，只有综合借用文学批评的研究方法才能有效解释网络文学。这些研究方法包含知人论世的中国传统研究方法，也包含现代创作心理学的精神分析方法；包含历史的评价，也包含美学的评价；包含创作类型学的研究，也包含新媒介与文学交融的透视；包含对作家作品的细读、分析，也包含对网络作家向编剧等身份转化的考量；包含对作家个性、气质和艺术风格的考察，也包含对作家商业效应和读者市场的分析。批判的武器不能代替武器的批判，这些方法的运用最终要落实到网络文学创作本身，方法的选择要有效地呈现不同网络文学的形态和特点，并着眼于推动未来更多优质网络文学作品的诞生。

"研究网络文学的难度比研究传统文学要大,对研究者主体素质提出的要求要高。"[1]在世界艺术史和人类文明史的历史高度上,在面向未来的艺术视野中,参照古往今来的文学体系,参照网络文学的文化传承,从网络文学的实践出发,对网络文学的现实效应发问,在已有研究的基础上,大视野、大融合,通过对网络文学的多维度透视,提出网络文学发展的核心理论概念,构建中国网络文学评价体系,及时总结中国经验和中国道路,实现研究的理论创新,并借此推动网络文学的健康发展,是需要学术界共同努力的。这要求研究者要有丰富的网络文学实践体验、敏锐的文学感悟力、独特的判断力,还要有饱满的学术热情、广博的学术视野和文化创新的能力,在知识、评判体系上要更新,要有能力就网络文学与时代文化发展展开深入的对话。

---

[1] 周志雄:《网络文学的发展与评判》,人民出版社2015年版,第329页。

中 篇

网络文学的传承

网络小说与金庸小说

具有中国时代特色的网络文学是通过网络连载,并借此获得收入的那些长篇网络小说。这些长篇网络小说与金庸小说一样,从文学的谱系上属于通俗文学。萧鼎、猫腻、江南、月关、沧月、高楼大厦等诸多网络作家的作品受金庸的影响明显,网络小说被网络读者称为爽文,已经形成了一套能有效吸引读者的叙事法则,这些法则在金庸小说中有生动的范例。诸如主角光环、主角成长升级、命运逆袭、配角衬托主角、曲折再三的故事结构等。作为爽文,网络小说中最常见的是英雄人物的成长故事,以主角为核心,几乎所有的人物、故事都围绕主角展开,主角历经各种奇遇,步步成长,不断获取胜利,达到人生巅峰。这种YY式的故事模式是当今中国网络小说吸引读者的基本法则。

金庸小说与网络小说的主角类似,多是成长型的少年英雄,因为其读者设定是相似的,都是处于社会底层的年轻人,出身很低的主角很容易让读者找到代入感。主角一路变强,成就梦想,给读者以情感体验,让人看到生活的希望。所谓爽,主要建立在主角练成神功,挫败对手,成功复仇,成为人生赢家的故事基础上。《射雕英雄传》中的郭靖,《神雕侠侣》中的杨过,《笑傲江湖》中的令狐冲,

《飞狐外传》中的胡斐,《倚天屠龙记》中的张无忌,《碧血剑》中的袁承志,《侠客行》中的石破天等都是少年英雄,他们在成长过程中经历了各种奇遇,或机缘巧合获得秘籍,或遇到高人指点,或获得高人的修为加身,练就一身武功,收获友情、爱情,成为"有为青年"。拿《射雕英雄传》中的主角来说,郭靖从小资质驽钝,学东西很慢,但勤奋刻苦,为人仗义,他的成长经历了各种挫折,但郭靖身上有"主角光环",好运围绕着他。"学渣"出身的郭靖与几位武林至尊人物关系不一般,机缘巧合之下,他成为北丐洪七公的徒弟、东邪黄药师的女婿、武学高人周伯通的结拜兄弟,学得降龙十八掌、九阴真经等上乘武学功夫,得到兵法奇书《武穆遗书》,娶了天下最聪明、漂亮的女子黄蓉,还得到成吉思汗女儿华筝的爱慕。小说以强对手反衬郭靖,金国小王爷杨康的人品、武功彻底败给郭靖,西毒欧阳锋的侄儿欧阳克在郭靖面前也一败涂地。

金庸的武侠小说被人称为"成人的童话",主角成长模式是现代小说观念的体现,与中国古典小说不一样。在《西游记》的故事中孙悟空也曾拜师学艺,习得七十二变化,拥有一身本领,但西行之路上孙悟空并无本领的增长,孙悟空西天取经的经历主要是降妖伏魔。《三国演义》中的关羽、张飞、赵云、诸葛亮等人的本领并没有发展变化,只是在故事的推移中不断地施展本领。除了本领的增强,金庸小说的主角在心智、情感上也由青涩转向成熟,郭靖成名二十年方始领悟到"侠之大者,为国为民",袁承志一腔热血在现实面前慢慢变得淡泊了,曾经放浪不羁的杨过变成持重成熟的一代大侠,恶人谢逊痛改前非自废武功皈依三宝。金庸小说描写了情感高度融合的现代爱情,他笔下的郭靖与黄蓉,杨过与小龙女,乔峰与阿朱,令狐冲与任盈盈,他们从相识、相知、相依至深情相恋,经历生死考验,曲折多磨难，但他们各自独立，又彼此依靠，共同成长，成为一生的精神伴侣。这种充满现代独立自由精神的爱情故事也成为网络小说的普遍设定，猫腻《庆余年》中的范闲与林婉儿，Priest《有匪》中的周翡与谢允，辰东《神墓》中的辰南与雨馨，就是这样共同成长、心意相通的神仙眷侣。

在英雄成长故事中，主角的起点不能太高，要一点点地垫高，让读者体会梦想实现的爽感。与金庸的小说相比，网络小说将人物的成长进行量化分级，主线更加清晰，旁逸斜出的故事枝节更少，阅读更轻松，更符合当今网络读者的阅读需求。成长升级模式被网络小说广泛使用在各种类型的作品之中。在玄幻小说中，经过拜师、进学院，通过秘籍、丹药、法器、修魔、修道、修武，普通人得以修炼成神，成为世间最强大的存在；在职场小说中，主角从职场小白向职场精英转变；在官场小说中，主角从基层到身居高位步步晋级；在穿越小说中，主角开疆拓土、建功立业，做强做大。为什么成长升级模式的故事在网络小说中如此盛行？一方面，改革开放以来，中国经济高速发展，社会发展日新月异，人们追求现实的成功；另一方面，网络小说的读者多是青少年，这种主角一步步成长的情节设置符合读者的阅读期待，可以赋予他们梦想，缓解现实焦虑。从小说的社会功能来说，成长小说是有为青年的成长故事，导向是积极正向的，具有励志小说的效果，主角的成长要依靠机缘，但他们都是善良、朴实、正直的人，通过艰苦卓绝的努力，他们成就了自己。

金庸的武侠小说多以宋、元、明等历史朝代为背景，中原为正统，金人、蒙古人、西域为异族，在此框架下想象虚构了一个江湖世界，这个江湖世界中有少林、武当、峨眉、崆峒、华山、昆仑、丐帮、明教等各种门派或组织，有黄河四鬼、江南七怪、全真七子、武当七侠等江湖人士，有降龙十八掌、九阴真经、一阳指、独孤九剑、化骨绵掌、乾坤大挪移、凌波微步等各种奇特的武功。网络小说比金庸的小说有更广阔的世界设定，网络玄幻小说的地图更大，这是一个融合了西方魔幻、东方仙侠、现代科幻的世界设定，包括不同的大陆和宇宙星际，人族、魔族、妖族、仙族共存，功法体系数据库化，具有现代科学量化的性质，较之金庸小说中靠武功秘籍推动人物成长，人物的强弱区分度更明晰，个人修炼的道路更加艰苦曲折，修炼的自觉性更强。金庸小说中的武林高手往往是万人敌，但郭靖面对蒙古大军一样无力回天，只有以身殉国；乔峰面对雁门关辽军的铁骑主动以死化解恩怨。而在网络玄幻小说中，修行高手成神成仙，个人可以轻易毁灭掉一个国家，甚至主宰世界的未来。从金庸小说到网络小说，由想象历史上的江湖世界到主动架构一个宏大的宇宙世界，主角由武林高手变成神，体现了个人创造世界、征服世界的决心和意志，与中国大国崛起的时代气象相一致。

金庸小说的各种故事设置及人物关系类型常被网络小说采用，作为"梗"融进故事内容。猫腻在《间客》的后记中写道："许乐逃离东林，在图书馆里遇邵家太子爷，不明身份相识，吃喝玩乐，是《鹿鼎记》。一个帝国人成为联邦英雄，然后身份被揭穿，是《天龙八部》。"《间客》中主角许乐面对的是《天龙八部》中乔峰的困境，乔峰身份的困境注定了他要做一个担当大义的人，但许乐比乔峰更强大，依靠个人之力可以挑战世间所有的不平和不公。萧鼎的《诛仙》中张小凡和林惊羽两个孤儿到青云门学艺，两人的个性、能力酷似《射雕英雄传》中的郭靖和杨康，一个憨厚，一个聪明，一个学艺进展缓慢，一个学艺进步很快，但命运钟情于勤能补拙的前者，各种机缘让张小凡成为主角。《天龙八部》中的段誉主动追求多个对象，《鹿鼎记》中韦小宝一夫七妻,成功男子"开后宫"的情节为女性读者所反感,但受男性读者欢迎,被众多的网络男频小说所采用,如《回到明朝当王爷》(月关)、《极品家丁》(禹岩)、《风姿物语》(罗森)、《终极警察》(静夜寄思)等作品中都不乏这种情节设置。《有匪》中"双刀分南北,一剑定山川;关西枯荣手,蓬莱有散仙"指的是五大高手,颇类似于《射雕英雄传》中的"东邪、西毒、南帝、北丐、中神通",影响了后辈年轻人的成长,后辈活在前辈的光芒之下。《有匪》的主角周翡身形小巧,练破雪刀太吃力,但机缘巧合,她接受了枯荣手段九娘的枯荣真气,内力大增,在江湖历练中,破雪刀终于练成了。这与郭靖练成九阴真经的过程有相似性,郭靖的九阴真经自机缘中得来,对九阴真经的消化经历了漫长的过程。《鹿鼎记》中韦小宝和康熙是少年的玩伴,这成为人物成长的金手指,网络小说《回到明朝当王爷》中的主角杨凌与正德皇帝的关系与此类似。其他如郭靖、杨过、张无忌、虚竹、令狐冲、韦小宝等"屌丝逆袭"的故事模式被网络小说广泛采用,他们逢凶化吉的超强运气成为网络小说的"主角光环"定律,网民评价韦小宝"不识字草民通杀黑白两道,得万贯家财娶娇妻七位",评价郭靖"娶正确的老婆、拜正确的师傅、做正确的事"。《诛仙》与金庸的《鹿鼎记》《倚天屠龙记》在正邪观念上颇为相似。《鹿鼎记》中的韦小宝亦正亦邪,《倚天屠龙记》中的赵敏弃邪投正,谢逊改邪归正,周芷若经历了由正入邪再归正的过程,韦小宝、赵敏、周芷若等形象让人正邪难辨;《诛仙》中的江湖名门正派青云门掌门道玄真人竟然是邪恶人物,而魔教"鬼王宗"掌门鬼王则有善良的一面。江南的《此间的少年》是戏仿金庸小说的同人文,作者借用金庸小说中的人物名字写当代校园生活,有金庸小说的神韵,充满青春朝气。

金庸小说对中国传统价值观的传承与网络小说形成了一条文脉上的连续。行侠仗义、以德立人、以理服人、邪不胜正、一诺千金、爱情自由、善恶有报、君子有道，这些价值观通过鲜活的人物故事得到了传承。金庸小说蕴含着儒家、道家、佛家思想，既有建功立业、快意恩仇的一面，也有率性而为、洒脱不羁、追求独立自由的情怀，有笑傲江湖的旷达和洒脱，也有儒道兼济、功成身退的人生理想。网络小说与金庸小说一样都是通俗小说，面对的是人性的基本层面，是对人性欲望的满足。个人目标的实现是第一层面，通过修炼武功，常人拥有了超人的力量，这种力量可以为个人复仇，如杨过、郭靖、袁承志都以个人的能力去面对家仇。但作为大英雄，郭靖信守的是民族大义，他身上体现了"侠之大者，为国为民"的情怀，超越了个人得失。杨过先前还执迷于复仇，但后来为郭靖襟怀坦荡的人格所感染，也成为一代大侠。金庸小说还塑造了一系列带有道家文化人格的人物形象：洒脱不羁的令狐冲，逍遥于江湖的老顽童，合奏《笑傲江湖》的刘正风、曲洋，功成身退的张无忌，这些人物超越了世俗的羁绊，鄙弃耍阴谋手段的朝堂斗争，有一种精神的高贵气质。网络小说《诛仙》中的张小凡经历了人生巅峰，最终的归宿是回到了草庙村，和陆雪琪在一起，过着平凡人的生活；猫腻的《将夜》中的宁缺承担了守护家园的重任，展现出惊人的能量和顽强的意志，战胜昊天，和桑桑一起过着夫唱妇随的日常生活。这种儒道兼济、功成身退的人格理想，与金庸小说一脉相承。

金庸小说为当代通俗小说争得了地位，几乎每一部金庸小说都被多次改编为影视剧，广为流传，对网络作家启示多多，以金庸小说为参照有利于提升网络小说的整体水平。金庸小说雅俗共赏，小说中可观之处甚多，像东海之中开满桃花的仙岛，"桃花影落飞神剑，碧海潮生按玉箫",以诗文入小说,充满诗情画意。郭靖背着黄蓉求一灯大师救命,遇渔、樵、耕、读四夫刁难,黄蓉机智化解,类似民间故事,充满谐趣,令人回味。金庸小说中的武功有很强的传统文化底色:九阳神功讲阴阳;凌波微步充满机巧和美感;双手互搏需要心思单纯的人才能练就;男女合练玉女心经须心意相通;石破天不识字,却根据石刻《太玄经》的笔意练就了神功,书法与武功相通。金庸习武,下围棋,懂美食、地理、民俗、医术,通晓诗词歌赋、琴棋书画、阴阳五行、奇门遁甲,他的小说中有很多闲笔,知识性强,这些内容与人物、故事高度融合,有浓郁的文化气息。金庸写段誉介绍茶花,有落第秀才、十八学士、十三太保、八仙过海、七仙女、风尘三侠、红妆素裹、抓破美人脸、鹦哥的毛等类型,似是胡诌,但又各有来历,令人赞叹。金庸是历史学家,写《射雕英雄传》,附录是关于成吉思汗和全真教的考证,所描写的成吉思汗西征的宏大场面,大部分符合史实,极为严谨。金庸作品中人物名字雅致,章节标题对仗工整,语言文字功底深厚,小说结构讲究,故事逻辑性强。金庸小说讲究变化,不重复自己,封笔后,又不断修改自己的作品,这种精益求精的写作态度值得网络作家学习。从综合文化修养上看,网络作家少有人能与金庸比肩,但网络小说传承了金庸,也发展了金庸,诸多玄幻小说吸收了游戏和幻想元素,更具世界性,拓展了武侠小说的内容,展现了更强大的想象力,在对外文化输出中,更能让欧美读者产生共鸣。从生产方式上看,金庸小说与网络小说都是连载性的小说,都是面向大众读者的。当今网络小说出现的各种问题,比如同质化、语言粗糙、缺乏高峰等,或许可以通过以金庸小说为鉴,向金庸学习找到一剂良方。

兴盛的网络武侠玄幻小说

  2016年1月27日,中国作家网公布了2015年中国网络小说排行榜,在这个榜单上的20部作品中,《奥术神座》《从前有座灵剑山》《紫阳》《修真四万年》《碎星物语》《巫神纪》《万古仙穹》《灭世之门》等超过三分之一的作品为武侠、玄幻、仙侠、科幻类网络小说。无独有偶,打开17K小说网和起点中文网,排在首位的小说类型也是武侠、仙侠、奇幻类。网络小说的类型当然不止有武侠玄幻类,也有都市、职场、青春、悬疑等类型,但毫无疑问,武侠玄幻类小说是最具代表性的中国当代网络小说类型,有些读者甚至将此类文学当作网络文学的代名词。为什么武侠玄幻类小说会成为网络文学的主流?这类小说的兴盛代表了网络文学怎样的发展趋势?本文主要以业界普遍赞誉的萧鼎的《诛仙》和猫腻的《将夜》两部小说来谈谈这个问题。《诛仙》写于2003年,被称为"后金庸时代的武侠圣经",实体书销售过百万册,2015年《将夜》获得首届网络文学双年奖金奖、腾讯书院文学奖,被誉为是"以'爽文'写'情怀'"[1]的佳作。

---

[1] 猫腻、邵燕君:《以"爽文"写"情怀"——专访著名网络文学作家猫腻》,《南方文坛》2015年第5期,第92-97页。

中篇　网络文学的传承

一

网络武侠玄幻类小说在中国的繁荣首先与网络小说的特质有关。网络小说与非网络小说的差别在哪里？首先在于发表平台的差异。二十世纪九十年代中文网络小说最早在国外发端，二十一世纪以来在国内繁盛，形成了超过百万人的庞大职业创作队伍，这与中国创造了一种新的网络小说生产机制密不可分。2003 年由起点中文网实践成功的 VIP 网上付费阅读模式，使网络写作者通过网络发表作品获得了收入，形成了网络发表与实体书出版、游戏改编、影视剧改编、漫画改编等多种写作版权并存的写作机制，网络写作进入商业轨道。随后商业巨额资本进驻文学网站：2004 年 10 月，盛大公司收购"起点中文网"，注入巨资，至 2008 年盛大相继收购了红袖添香、榕树下、晋江、小说阅读网、言情小说吧、潇湘书院等文学网站；2006 年 3 月，TOM 在线收购了"幻剑书盟"；2006 年 4 月，民营传媒集团"欢乐传媒"收购榕树下；2008 年，完美世界收购纵横中文网；2013 年 12 月，百度以 1.915 亿元人民币收购了纵横中文网；2015 年 1 月，腾讯并购盛大文学，形成了强大的阅文集团，吴文辉重执起点的牛耳。资本的进驻和商业的运作让起点中文网成为中国当代最有影响力的商业文学网站，十余年来，起点完成了网络造神运动。2002 年成立的起点中文网的前身是由一批爱好玄幻写作的作者在 2001 年 11 月发起成立的玄幻文学协会。武侠玄幻小说的繁荣显然与起点中文网的发文趋向分不开。中国网络作家富豪榜显示，2012 年至 2014 年的中国网络文学富豪榜的上榜作家多是写武侠、玄幻、仙侠类作品的，如唐家三少、天蚕土豆、血红、我吃西红柿、辰东、梦入神机、骷髅

107

精灵、月关、跳舞、高楼大厦等,他们都是在起点中文网的商业机制下"成神"的。

从武侠玄幻小说与读者的关系来看,网络武侠玄幻小说满足了读者的精神需求。有人统计过网络小说主要的读者群,多为18岁至35岁左右的年轻人。网络文学的读者首先应是一个网民,受过中学及以上的教育,其次他们处于人生的成长奋斗期,他们有梦想,要完成学业,要结婚、生子,要创业,要买房子,他们开始独立地面对人生的各种问题,在各种现实面前存在着普遍的迷茫和焦虑。阅读网络武侠玄幻小说是这些读者纾解紧张焦虑的一种很好的途径。有人说武侠小说是成人的童话,在面对现实的困境和焦虑时,武侠玄幻小说创设了一个想象的异界空间,让读者在其中自由地游弋,网络小说开创的探险流、升级流、凡人流模式非常契合读者的心理需求。网络作家青狐妖说:"现实当中我连房都买不起,所以我想在精神世界里富甲天下;现实当中做了二十年单身狗,精神世界里我要抱得美人归;现实当中我是弱鸟,连个小城管都能踹了我的摊子,精神世界里我得把城管队长虐成渣;现实当中姐买个衣服都抠抠搜搜、看看支付宝里是否还有二两散碎银子,精神世界里本宫得让皇帝宠着、王爷惯着、三公九卿跪在地上哆嗦着……"[1]面对这样的读者精神需求,升级流成为网络武侠玄幻小说普遍采用的形式,主人公的步步升级成为小说叙事的动力。有网络作家提出:"为了吸引年轻的普通人这个读者群体,主角的起步不能太高,允许有金手指、作弊器,让主角在平凡的生活中,拥有足够让他们不平凡的理

---

[1] 周志雄等:《大神的肖像:网络作家访谈录》,山东人民出版社2015年版,第366页。

由。"[1]武侠小说中拜师学艺、现实历练、逐步成长的模式被网络武侠玄幻小说普遍采用，个人能量和潜力在想象的世界中被激发。网络作家夏龙河认为："网络废柴类型的小说适应了人的心态，因为读这类小说的学生多，学生还没有成功，对未来有很多的憧憬，但也有很多的惧怕，这种类型的小说使他们心理得到一种满足：我现在什么都不是，类似于一个废柴的角色，然后读了小说之后就感觉自己慢慢变得强大了，好像他就是小说中的人物。"[2]这就是网络小说中的"代入感"，也是网络小说被称为"爽文"的根本原因。

　　武侠小说与玄幻小说、仙侠小说有何不同？在笔者看来，这主要体现在小说的世界构架和功法系统的不同，其总体的故事模式、叙事手法、人物塑造、价值取向并无太大的差别，这也是本文将二者放在一起来谈论的原因。网络小说作家高楼大厦认为："玄幻小说是武侠小说的放大版。"[3]现代小说中常见的成长模式被网络小说改造成一种"升级流"模式。《诛仙》诞生于2003年，其"升级流"体系还不是很清晰，主角张小凡修习的"太极玄清道"有"玉清、上清、太清"三重境界，但这几重境界在其修行过程中并不是重点，张小凡的强大源自他是唯一一个佛、道、魔兼修之人，也来自他的奇遇，他相继获得了噬血珠、玄火鉴、三眼灵猴、九尾狐等法宝。张小凡的修行境界的提升过程是被弱化的，他读了三卷天书，鬼王把毕生所学传给了张小凡，张小凡成了鬼王宗的副统领，这个过程非常简略，类似

---

[1] 千幻冰云：《别说你懂写网文》，黑龙江教育出版社2014年版，第10页。
[2] 周志雄等：《大神的肖像：网络作家访谈录》，山东人民出版社2015年版，第110页。
[3] 周志雄等：《大神的肖像：网络作家访谈录》，山东人民出版社2015年版，第42页。

电影中的闪跳，镜头一切换就是十年后。而写于 2011 至 2014 年的《将夜》的升级系统完备而清晰，修行之路被分为初境、感知、不惑、洞玄、知命五境，五境之上还有玄妙境界，玄妙境界又有天启和无距等。每个人的能力被相应的境界所量化，不同境界之间的力量对比悬殊非常大。小说开篇，主人公宁缺是被压得很低的不适合修行的"废柴"，但他却不断创造奇迹。宁缺的修行之路非常艰苦，小说对此花了大量的笔墨，宁缺是一步步地变得强大的，升级背后是沉重的代价，小说的节奏感非常鲜明。

　　这种升级流的模式其实也特别符合网络游戏的竞技精神，将人物的能力进行量化，让读者一目了然，清晰地表明人物每一步的成长都是艰苦修炼某种功法的结果，破境要经过实战的锻炼和长期的冥思苦修，才会在某个时刻悄然地到来。这种"修真"的成长经验被写作者有意地放大，成为奋斗的勇气和毅力，感召着阅读者，在这个层面上，以"升级流"为主要模式的网络玄幻武侠小说带给读者的影响是积极正向的。这也是以唐家三少的作品为代表的网络小白文能拥有这么广泛的读者群的原因，笔者曾就莫言作品的接受度在互联网上进行过调查，发现网络小说比莫言的小说更适合青少年阅读。

二

　　网络武侠玄幻类小说非常符合读者的阅读心理，能抓住读者，让读者看得很"爽"，好的网络小说"爽点"不断，这是在网络文学发展过程中写作者们充分利用网络平台积极借鉴、发展通俗小说的叙事艺术带来的结果。

网络小说作家黄孝阳认为,网上的中国玄幻小说有三个源头:一是西方的奇幻与科幻;二是中国本土的神话寓言、玄怪志异、明清小说以及诸多典籍;三是日式奇幻加周星驰无厘头加港台新武侠加动漫游戏。[1]网络玄幻武侠小说比金庸的小说更好看,这是因为网络小说站在温瑞安、古龙、金庸、梁羽生、黄易等武侠大师的肩膀上发展了武侠小说的写法。这首先体现在小说的内容上,网络武侠玄幻小说积极借鉴各种文学资源,展开了一个充满想象力的功法、魔法世界。从武功系统上来说,有《三国演义》式的中国式硬派武功,有《聂隐娘》《昆仑奴》式的灵异武功,有各种类似金庸小说中的天书、宝藏、武功秘籍、奇遇,有《封神演义》《西游记》式的仙侠、神魔武功,有以宇宙星空为背景的现代科幻元素,亦有兽人、精灵、矮人、恶魔体系的西式奇幻系统。《诛仙》中有正道,有魔派,有妖兽,有剑阵,有御剑飞行,有通人性的三眼灵猴,有可以变成人形的九尾仙狐,有还魂术,有各种法宝和奇特的佛、道、魔功法。《将夜》中有符法,有采天地之气的修炼功法,有取人首级于千里之外的飞剑,有上天入地的描写,有可以瞬间转换地点的无距境界,有带有符法和爆炸系统的强大元十三箭,有书院、道观、佛门、魔宗等不同派系。网络作家千幻冰云说:"以前都是自身修炼,达到天人合一破碎虚空。现在有人加入符咒,有人加入科技,有人加入超能力,有人加入宠物、幻兽,有人加入一些辅助手法。"[2]高楼大厦的小说《寂灭天骄》里所写的新武学是通过手术往人体内加入基因,或者植入小型机器、超级生物的内脏,甚至还能加入高科技动力源。将科技和武功结合

---

[1] 黄孝阳:《2006中国玄幻小说年选》,花城出版社2006年版,前言。
[2] 千幻冰云:《别说你懂写网文》,黑龙江教育出版社2014年版,第271页。

起来，对武功的描写是有发展的。在这个幻想的世界里，凡人通过修行，可以强大到无所不能，这种个人自我能力的膨胀更符合网络自由想象的精神。

功法体系的提升带来的是想象世界的扩大，极大地增加了小说的可读性，优秀的网络小说还在想象性的世界体系中隐喻了中国当下的社会现实关系。《将夜》中多次出现"谁的拳头大，谁就是道理"，主角宁缺要战胜那些外来的势力，要复仇，要主宰自己的命运，唯有比别人更强，在这些描写中，不难读出小说对当代世界强权政治的影射。青年学者庄庸认为，武侠玄幻小说为世界立法，"穿越现实，在幻想中重建人生、世界和秩序"。他认为《将夜》是一部有当下性立场的作品，作品隐喻了"中国式时代""中国 — 世界持续与普遍的紧张关系"，"不但是国外而且包含国内各阶层、各类型、各群体'文明的冲突'"，"新秩序重建，特别是国民意识形态和价值观念重塑"，"少年成长和成熟（担当责任）的过程，隐喻着大国在成长和成熟中寻找自我意识、身份和位置"。[1]这些分析，无疑是颇有眼力的。

网络小说中常见的手法是挖坑，所谓挖坑就是不断地造悬念，形成情节的张力，让读者追着读，欲罢不能。读者形成代入感后，会非常关心主角的命运。《诛仙》的开篇是张小凡和林惊羽所在的草庙村村民被人杀光了，他们成了孤儿，被送上青云山学艺。悬念是这个村子的人为什么会被杀光？是谁杀了村人？张小凡被普智僧人当成佛道兼修的实验品，他能实现普智"突破万年来长生不死的迷局"的心愿吗？林惊羽和张小凡上了青云山之后，张小凡因资质平

---

[1] 庄庸：《从新武侠到后玄幻时代：网络文学的三次"世界大战"》，《博览群书》2015年第11期，第40—46页。

常，修炼"太极玄清道"很慢，怎么办？在读者为张小凡担心的时候，他开始有奇遇，他同时修炼佛门"大梵般若"功法，在七脉会武上凭借法宝初试锋芒出了风头，张小凡的命运开始有了转折。但随之而来的是他要面对噬血珠的反噬，还要面对情感困境，他喜欢师妹田灵儿，与鬼王的女儿碧瑶结下了生死友谊，又与青云门美女陆雪琪互生情愫，他怎么办？小说在推进的过程中不断形成新的悬念，紧紧吸引着读者的注意力。

《将夜》中人物的命运感更强，开篇主角宁缺接受任务担任护送公主队伍的向导，一路险象迭出，他如何顺利到达长安？到了长安，他缺钱，如何顺利考进书院？他带着复仇的使命，而他的复仇对象非常强大，他能顺利复仇吗？他进了书院之后，不具备修行的身体条件，怎么办？小说不断地为主人公的进步设置障碍，然后又一步步地叙述每一个障碍是如何被跨越的。在宁缺终于当上了夫子的学生，变得越来越强大的时候，他被人认为是冥王在世间的儿子，成为天下人的公敌。随着故事的推进，小说揭秘宁缺不是冥王的儿子，但他的侍女桑桑竟然是冥王的女儿，宁缺怎么办？在宁缺所遇到的挑战中，他似乎一直处于弱势，无论是和隆庆比赛登山，还是正面挑战夏侯，都是以弱胜强，他是如何做到的？这个过程非常曲折，故事被充分展开，小说被拉长，也延展了读者的阅读快感。奇遇、拐点、揭秘，草蛇灰线，事情发展总在意料之外，却又在情理之中，情节的曲折、反转，被作者运用得出神入化。

网络小说中实现超越梦想的叙事设置被称为YY，主角为了实现自我的欲望而天然地具有出众的外表或强大的能力并因此一路顺风顺水被称为"玛丽苏/杰克苏"，主角利用规则之外的规则获得成功被称为"开外挂"，主角意外获得的法宝或奇遇被称为"金手指",这些手法在网络武侠玄幻小说中被广泛使用。《诛仙》中的张小凡幸运地成为普智大师选择的佛道兼修的传人,在进入青云山之前,获得"大梵般若"功法,获赠"噬血珠","噬血珠"与传说中焚炼阴灵厉魄数千载而成的无上邪物"摄魂"融合成一件奇怪的具有无比威力的武器,资质很平常的主角突然变得很强大。这一路的YY形成了小说的阅读爽点。《将夜》中的宁缺也是顺风顺水,他幸运地成为神符师颜瑟的传人,是长安城符阵的掌管人,是夫子的弟子,是昊天(桑桑)的丈夫,得到书痴莫山山的爱,他的主角光环把皇子隆庆比了下去,这个设置类似于郭靖这个笨小子把小王爷杨康和武二代欧阳克比了下去,符合众多读者的心理期待。当然YY的情节设置并不意味着主角的成功唾手可得,宁缺战胜了夏侯,以弱胜强,靠的是智谋和充分利用一切可用的条件。宁缺固然有不少奇遇,但他有着淳朴的心智,并通过艰苦卓绝的努力才获得成功。这种"珍惜机遇,发挥潜力"的叙事基调给读者的影响是积极正面的。

三

中国网络武侠玄幻小说,积极吸收了传统武侠小说的资源,并发展了传统武侠小说。网络武侠玄幻小说的创作者从小多是武侠小说爱好者,他们普遍受到金庸的影响。辰东"从小就喜欢看武侠小说,四五年级时就开始看。上大学之前,能找到的武侠小说,几乎读遍了"。[1]蔡智恒最喜欢的作家是金庸,高楼大厦读中专的时候把

---

[1] 葛亮亮、张文:《网络作家应担起更多责任》,《人民日报》2015年4月1日,第1版。

金庸的书全部看完了。[1]方舟子说"有华人处就有金庸,有网络处也有金庸",《网络金庸》的作者葛涛认为"金庸在网络世界中仍然是最受网友欢迎的作家"[2]。高楼大厦说:"我一直努力创作,就是希望能够像金庸老先生那样呢。"[3]江南以金庸小说的人物作为主角的同人小说《此间的少年》,2008年获得由中国作协指导,中国作家出版集团和中文在线主办的"网络文学十年盘点"第一名。沧月说:"我觉得武侠小说营造了一个英雄的世界,令年少的充满梦想的人非常向往。我也是一样。那时候总是想着从学习的重压下挣脱出来,可以云游四海,可以隐居深谷。对我影响最大的作品是《笑傲江湖》《天龙八部》,不过,我觉得《基督山伯爵》也是武侠小说,武侠小说的主要元素:复仇、夺权、爱情在那里面全部都具备了,只不过换成了西方的背景而已。大仲马是非常棒的讲故事高手,也是我的启蒙之师。"[4]网络小说作家穆旦枫说:"对我写作影响最大的首选梁羽生的《萍踪侠影录》,我也是标准萍迷。当然,金庸、古龙、倪匡的书也全看了,好多书看了不止一遍。"[5]网络作家萧瑾瑜说:"(在初中时)最喜欢金庸和古龙的作品。金庸的小说最喜欢的是《射雕英雄传》还有《天龙八部》。……在古龙的小说里,我喜欢《楚留香传奇》《陆小

---

[1] 周志雄等:《大神的肖像:网络作家访谈录》,山东人民出版社2015年版,第35页。

[2] 葛涛编选:《网络金庸》,人民文学出版社2002年版,第290页。

[3] 马君桐:《高楼大厦:生存状态恶劣是作者自己造成的》,《深圳晚报》2014年3月27日,第B10版。

[4] 舒晋瑜:《沧月:写武侠的女建筑师》,《中华读书报》2007年2与14日,第17版。

[5] 周志雄等:《大神的肖像:网络作家访谈录》,山东人民出版社2015年版,第287页。

凤传奇》还有《欢乐英雄》,推荐你们看一下。"[1] 猫腻曾捧读港台武侠小说,幻想自己也能写出这样的作品,与偶像比肩。[2] 从这些作家的自述中,我们可以清晰地看到以金庸小说为代表的新武侠小说对网络作家的全面影响。对于当代网络作家来说,他们的任务当然不是简单模仿金庸,而是沿着金庸的武侠小说道路继续向前。从整体上看,网络玄幻武侠小说在很多侧面体现出对金庸的继承和超越。

优秀的网络玄幻武侠小说继承了金庸小说的文化品格,不只是为读者提供一个充满爽点的故事,也寄托了作家的文化情怀和现实关怀。中华文化博大精深,源远流长,二十世纪末的文化热把人们对传统文化的热忱唤醒了,如何创造性地转换传统文化,发挥传统文化的当代价值,成为文学的重要主题。武侠小说是一种特别的中国文化形式,寄托着中国的侠义思想。网络玄幻武侠小说多以传统文化为依托,在幻想世界的架构中表达价值诉求。一位网友这样评价《佛本是道》:"这一部小说,我不得不说是神作,喜欢《西游记》的朋友请看这一部,喜欢《三国演义》的朋友请看这一部,喜欢《封神榜》的朋友请看这一部,喜欢中国神话历史的朋友请看这一部。也许只有这一部能将中国神话历史衔接得如此完美。同样的历史,不一样的角度。"萧鼎的《诛仙》以老子《道德经》中的"天地不仁,以万物为刍狗"为题眼,探究何为正道,何为天道,小说通过引用《山海经》中的段落,与中国文化相对接,表达作者对民族神话故事的敬意。

---

[1] 周志雄等:《大神的肖像:网络作家访谈录》,山东人民出版社 2015 年版,第 339 页。

[2] 郑周明、猫腻:《猫腻:我只有"希望作品常在"的情怀》,《文学报》2015 年 7 月 23 日,第 4 版。

武侠小说作家凤歌认为："武侠的优势在于综合性，与言情小说拼言情、与侦探小说拼悬疑、与玄幻小说拼幻想、跟纯文学拼人性，单项指标武侠绝对完败，不过武侠可以包容这些东西，调配得法就是上品。"[1]《将夜》就是这样的一部具有综合性的小说，它融合了武侠、玄幻、修真、宫斗、言情等多重网络小说的元素，在文化、人性、现代精神等多重维度上展开了深入的探索。猫腻因为《将夜》获得腾讯书院年度小说家奖，其授奖词中说："继金庸之后，猫腻继承和发展了中国现代类型小说的传统，其写作代表了目前中国网络类型小说的最高成就。"[2]

《将夜》是一个有宗教情怀和现实意义的故事，主角宁缺是一个非常闪光的人物形象，他遵从内心的愿望，一步步地做强做大。他有些"痞"性，很"无耻"，有些自私，有些无赖，很自我，很勇敢，很勤奋，又非常顽强。他很聪明，很有毅力，长于言辞，长于与人交往，做事"不吃亏"，似是一个"精致的利己主义者"。他似乎什么都不信，但又是一个有担当，有大爱，懂感情，有宇宙情怀的人。小说中如此描述他："他还没有修到传说中的魔宗不朽，但现在的他就是蒸不烂、煮不熟、捶不扁、炒不爆、响当当一粒铜豌豆，你可以战胜他，却很难杀死他，所以他又可以是一块甩不掉、撕不落、可以和你死缠烂打到海枯石烂的牛皮糖！"这个人物无疑超越了金庸小说中的"侠客"形象，既"可信"，又"可爱"。

网络武侠玄幻小说较之书面连载的武侠小说最大的不同是在

---

[1] 凤歌：《"武侠小说家的13堂课"第八课 凤歌微博教你写武侠》，《今古传奇》2011年第9期。

[2] 陈默：《猫腻：以"爽文"写"情怀"》，腾讯文化，2015-06-20，http://cul.qq.com/a/20150620/017553.htm.

线的即时互动,这导致网络小说读者可以通过在线交流了解作家的情感状态,网络作家也会自觉不自觉地把自己的现实经验,甚或生活状态写进作品,这在网络小说写作中被称为是"夹带私货"。传统的武侠小说中,人物多是不食人间烟火的,网络武侠玄幻小说不乏表现人物现实困境和人生情怀的描写。高楼大厦说:"社会始终在发展,每天的新鲜事会有很多,这些新鲜事都是我的灵感,因为每天都发生了不同的事情,各式各样的新闻,这些事情就足够你写很多东西,你可以把它改为玄幻版,身边各式各样的人,你可以把他们拿来做人物原型。"[1]

读读《将夜》中的这些段落:

只是觉得今天的阳光有些烈,而且长安城最近的空气不怎么好,不知道是哪家铁炉坊又在违规开工。

可为什么每个复仇故事的主角都必须是王子?难道门房和婢女生的儿子就没资格复仇?凭什么将军的儿子要活着,门房的儿子就要去死?凭什么我要去死?

人,或者卑劣,或者无耻,或者残忍,或者血腥,甚至比动物更卑劣无耻残忍血腥,但人,也可能美好、可能崇高。

第一段作者随意一笔,就写出了对当下中国生态环境破坏的批

---

[1] 周志雄等:《大神的肖像:网络作家访谈录》,山东人民出版社2015年版,第27页。

判。第二段叙述的是主角作为现代人的理性思考，表达的是现代民主思想。第三段是叙述者对人性的思考，与故事的内容联系起来，小说的思想性并不比纯文学作品弱。

在综合借鉴传统武侠小说的基础上，网络玄幻武侠小说也开启了新的写作模式，形成新的网络小说"流派"，诸如：洪荒封神流、星际寻宝流、都市仙侠流、历史仙侠流、回炉仙侠流、吃补药流、无限流、凡人流、种田流、随身流等新的形式。就整体的写作难度而言，VIP网络写作机制大大提高了网络写作者的技艺。高楼大厦说："以前一个创意可以写一本书，现在一个创意不够了，现在需要节奏，需要层次，需要主线大纲，需要前期主线大纲，需要中期主线大纲，大家都做得特别详细，现在大家已经从蛮荒写作渐渐变成系统写作。但是，仅仅只是有系统写作还是不够的。"[1] 这段话主要是针对网络小说写作的整体设计而言，而实际上一部优秀的网络小说，要有好的故事，有直面读者的能力，有优美的文笔，有思想的火花，有丰富的想象力，有文学情怀以及不断更的毅力。中国网络玄幻武侠小说的兴盛无疑是商业化机制带来的结果，但其价值和意义绝不是模式化、商业化的简单批评所能概括的，我们看到的是，在吸收借鉴的基础上，在讲述读者喜欢的好故事的同时，写出自己的创意和个性，写出我们的时代，这是那些优秀的网络小说家一直在努力的。

---

[1] 周志雄等：《大神的肖像：网络作家访谈录》，山东人民出版社2015年版，第25页。

通俗文学版图中的网络小说

中国网络文学发展到今天，其通俗文学色彩日益明朗。二十世纪末榕树下网站志在打造网络版的《收获》，以诗歌、小说、散文几大板块来给作品分类。二十一世纪以来，幻剑书盟、起点、17K、晋江、天涯、红袖添香等网站以青春、都市、武侠、玄幻、军事、历史、同人、耽美、悬疑、职场、盗墓、穿越等类型化的小说形成了火爆的阅读市场，通俗文学的态势开始形成。随着网络小说市场行情一路高涨，商业资本陆续进驻网络文学领域，网络小说影视改编、游戏改编的风潮日盛，近年来网络文学IP产业链雏形初步形成。如何评定网络文学的成就？网络文学能否承担起传承文化的历史使命？如果把网络文学放在我国通俗文学的发展脉络上看，可以说，网络小说是中国当代的通俗文学，网络小说的成就代表了中国当代通俗文学的成就，中国当代通俗文学的前景别有一番天地。

一、想象的娱乐故事

2015年，中国作协组织评选了中国网络小说排行榜，精品榜上榜的十部作品为：《奥术神座》（灵异穿越小说），《回到过去变成猫》

(都市重生小说),《木兰无长兄》(历史穿越小说),《匹夫的逆袭》(都市小说),《从前有座灵剑山》(穿越仙侠小说),《烽烟尽处》(历史传奇小说),《凤倾天阑》(历史穿越小说),《唐砖》(历史穿越小说),《紫阳》(仙侠小说),《女户》(历史文化小说)。从作品的题材和类别来看,这十部作品所写的大多是想象虚构的"异界"故事。这些小说体现了作家很重要的一种能力,就是想象力。

文学作品是作家和世界建立联系的一种方式,作家以怎样的视角和想象观世,世界便会在作家的笔下呈现出什么样子。网络小说多是通过想象虚构来写作的,它承续了古往今来的文学想象,满足了读者猎奇的心理。诸多网络小说构筑的是一个异邦的世界,一个架空的世界,一个"二次元"的世界,即超越现实的想象的世界,"二次元"有"假想""幻想""虚构""意淫"之意。网络小说的想象不是无源之水,而是古今各种文学想象的当代变体。在中国古代神魔小说中,《西游记》的世界分天上、地下、人间,天上有玉帝及各路仙人,地下有土地神,海中有龙王,人间世界有凡人和各种妖魔鬼怪。小说中孙悟空、猪八戒、沙僧、白龙马都不是凡身。《封神榜》中,武王伐纣的历史现实世界和姜子牙斩将封神的神仙世界融通在一起。其他如《八仙过海》《宝莲灯》《白蛇传》《搜神记》《聊斋志异》等民间传说、小说故事中,有凡人得道成仙、动物变成人身、转世投胎、灵异法术等各种想象。在西方神话、小说、民间故事中,有完整的神谱,包括超神、原始神、泰坦神族、奥林波斯众神、冥界众神等,有地狱、炼狱、天堂三界,有巨人、妖怪、魔族、矮人、精灵、人族共存的想象世界,有各种神术、法术等超自然的能力。在这个想象的世界体系中,文学作品虚构了各种关于宇宙起源、战争、探险、奇遇及人类爱恨情仇的奇异故事。在现代科技条件下,西方幻想文学虚构的世界向外太空蔓延，建立在飞船、现代通信技术、现代高科技武器的基础上，讲述机器人、克隆人、外星人、异族人与人族共存的世界中发生的各种神奇故事。如作家余华所说："差不多每一个民族都虚构了一个天上的世界，这个天上的世界与自己所处的人间生活遥相呼应，或者说是人们在自身的生活经验里，想象出来的一个天上世界。西方的神祇们和东方的神仙们虽然上天入地呼风唤雨，好像无所不能，因为他们诞生于人间的想象，所以他们充分表达了人间的欲望和情感，比如喜好美食、讲究穿戴等等，他们不愁吃不愁穿，个个都像大款，个个都是名人，同时名利双收。人间有公道，天上就有正义；人间有爱情，天上就有情爱；人间有尔虞我诈，天上不乏争权夺利；人间有偷情通奸，天上不乏好色之徒……"[1] 千百年来，这个想象的世界体系在文学家笔下妙笔生花，繁衍、生产出各种奇异变幻的故事，满足读者对世界的想象，承载各种情感的表达。

  网络通俗小说所建构的想象世界是古往今来文学想象的延伸。网络通俗小说吸收借鉴了中西方文学的想象传统，其想象是大胆而夸张的，它延伸了人对自身能力的肯定。在穿越故事中，人可以自由地穿越古今，开疆拓土，建功立业，跨年代和历史名人进行交往；在玄幻、仙侠小说中，人可以上天入地，掌握各种奇异的功法，跨越三界，强大到可以逆天而行，以个人能力改变世界的进程；在盗墓、寻宝故事中，面对各种奇异的现象和各种诡秘的自然力量，探墓者表现出不同凡响的身手和能力；在科幻小说中，人通过掌握各种新式的科技武器，与自身的武功修炼相结合，能修得非常强大的能力，自由穿梭于星际间，有各种奇遇和历险的经历。

---

[1]　余华等:《文学：想象、记忆与经验》，复旦大学出版社 2011 年版，第 2—3 页。

萧鼎的玄幻小说《诛仙》与古代的神魔小说有些类似，人物的功法能力主要取决于法宝，但又与自身的修为相关，修炼的功法体系又与现代武侠小说相似。小说虚构了一个青云门、天音寺、焚香谷、南疆、狐族、魔教、魔兽共存的幻想世界，讲述了正派与邪派的斗争，爱恨情仇的恩怨纠葛，故事曲折生动，读来趣味横生，颇有西方奇幻小说的味道。唐家三少的小说《光之子》将世界分为天舞大陆和里拨大陆，天舞大陆上有达路王国、修达王国和艾夏王国三个国家，其共同的敌人是来自里拨大陆的魔族和兽人族。元素魔法分为光、暗、水、火、地、风六系，魔法师分为不同的等级，魔法的修炼逐步晋级。魔法体系的设定是西式的，通过修炼、斗法、比武获得升级，有明显的武侠小说的元素。

网络小说中看似天马行空的想象，其实都有各种套路和元素在其中起作用。武侠小说是成人童话，玄幻小说是武侠小说的放大版，网络玄幻小说融合了中式神魔、武侠和西式奇幻、科幻，主角从凡人起步，借助功法体系和高科技，能上天入地，无所不能，一路升级，探宝打怪，充分满足读者的想象性自我实现。比较当下网络玄幻小说与《哈利·波特》《魔戒》《星球大战》《星际争霸》以及金庸、古龙、温瑞安、梁羽生、黄易等人的武侠小说的异同，比较《鬼吹灯》《盗墓笔记》与美国大片《夺宝奇兵》《木乃伊》故事的相似性，比较网络小说升级模式与网络游戏的关系，不难发现，各种通俗文学的元素在通俗小说中得到新的传承和使用，或借鉴，或模仿，或改造，或融合，结合时代的发展，触发读者的兴奋点，网络小说为读者制作了一道道想象的娱乐大餐。

米兰·昆德拉在谈《生命不能承受之轻》时谈到有三种小说：叙事的小说（如巴尔扎克、大仲马），描绘的小说（如福楼拜）和思索的小说。[1]昆德拉个人偏好思索的小说,他认为小说应教人思考,应有将小说和哲学结合的雄心。网络小说更接近于米兰·昆德拉所讲的叙事的小说,小说旨在为读者提供轻松好看的故事,着重考虑的是如何娱乐读者,这与古代通俗小说注重消遣娱乐也是一脉相承的。"夫小说者,乃坊间通俗之说,固非国史正纲,无过消遣于长夜永昼,或解闷于烦剧忧愁,以豁一时之情怀耳。"[2]因为要娱乐读者,小说遵从的美学趣味是"浅而易解,乐而多趣"。要达到这样的阅读效果,小说所写的都是非常之人,甚至是非人的奇事。"人不奇不传,事不奇不传,其人其事俱奇,无奇文以演说之亦不传。"[3]读者阅读这些虚构的奇异故事,猎奇心理得到满足,享受到摆脱现实自然力的束缚所带来的自由快感。穿越小说中的历史想象是一个现代人穿越到古代,利用现代知识,在古代如鱼得水,男性穿越到秦朝、宋朝、明朝建功立业,女性穿越到清朝做起了公主,自由周旋于多位男子之间,享受受宠被爱的感觉。盗墓小说将鬼故事、发财故事、探险故事、爱情故事、英雄传奇故事、悬疑故事组合在一起,高潮不断,达到娱乐读者的目的。

网络小说在网上发表,写作者通过网络搜索信息、寻找灵感,在网上读小说、看影视作品、与读者进行互动,学习借鉴更方便、快捷。因为小说的定位在于娱乐读者,首要考虑的是故事是否合乎读

---

[1] 吕同六:《20世纪世界小说理论经典(下)》,华夏出版社1995年版,第443页。

[2] 〔明〕佚名:《新刻续编三国志引》,见丁锡根编著《中国历代小说序跋集》,人民文学出版社1996年版,第935页。

[3] 〔清〕寄生氏:《争春园全传叙》,见丁锡根编著《中国历代小说序跋集》,人民文学出版社1996年版,第1595页。

者的口味,通过类型划分,通过粉丝群的分化,网络小说的读者定位清晰,读者和相应的粉丝群之间趣味趋同。根据不同的性别意识,针对男性读者有男频文,针对女性读者有女频文,武侠玄幻、铁血军事、探险盗墓是男性趣味的,穿越、言情小说是女性趣味的。题材类型也是针对不同的读者而设定的:青春校园类是写给在校中学生、大学生看的,职场类是写给那些走进职场的青年人看的,历史类、游戏竞技类、灵异幻想类、热血类、都市类、官场类,也都针对不同兴趣偏好的读者。

二、通俗故事的笔法

通俗小说亦有其叙事技巧,这些叙事技巧的合理运用会极大地增加作品的趣味性。在明清小说的评点中,脂砚斋把这些叙事技法称为"文章法",毛宗岗把它们视作"叙事法",金圣叹称之"文法",张竹坡谓之"笔法",这些技巧包含了故事叙述、结构、人物塑造等方面的内容。古代评论家们总结出72种通俗小说创作技法,包括开门见山法、未扬先抑法、小中见大法、避实就虚法、绝处逢生法、画龙点睛法、欲擒故纵法、烘云托月法、曲折翻腾法、草蛇灰线法、疏密相间法、横云断山法、金针暗度法、夹叙法、烘染法、层峦叠翠法等[1]。这些叙事的方法在网络小说中也常被采用,并借此产生了吸引读者的阅读效果。现代网络小说与传统通俗小说面向的读者群不一样,所使用的载体不一样,在如何吸引读者,如何抓住读者方面有相通

---

[1] 谢昕、羊列容、周启志:《中国通俗小说理论纲要》,文津出版社1992年版,第302页。

之处，也有借鉴发展的地方。以下就网络小说中常见的手法做些探讨。

"挖坑"法。在网络小说中，所谓"坑"，就是设置悬念，埋伏线索，在小说情节发展过程中，对悬念进行交代，对人物身世进行补充等，就是"填坑"。那些没有填的坑，有些是作者刻意不填，以悬念吸引读者往后看，有些是作者写作上的败笔，写着写着把前面的"坑"忘了，小说就结尾了，也就是"烂尾"。一般来说，"坑"就是将小说的结局隐藏起来，充分地吊足读者的胃口，让读者掉到"坑"里，期待看最后的结局。在古典小说中，故事的结局是越出人意料越好，毛宗岗认为，通俗小说情节应该"曲折再三"，"文章之妙，妙在猜不着"。[1]网络小说的写作也遵从这个"曲折再三"的原则。

> "臣夜观天象，发现有霸星初生，乃主后宫将有孕者，当生横扫六国，称霸天下之人。"
>
> 楚王商于章华台上，凝视阶下："唐昧，此言当真？"

这是网络小说《芈月传》的开篇。小说入题迅疾，楚国星象大家唐昧观察天象预言楚国将有霸星出世，楚王后宫里得宠的妃子莒姬的媵侍向氏有孕，被视为怀的是"霸星"，结果生下来却是一个女孩，楚王很愤怒，女婴被王后的人丢弃于河中，却幸运地漂流在荷叶之上，捡回了一条命。在"霸星"出世的过程中，执掌楚国后宫的王后对"霸星"的出世很敌视，设计要除掉"霸星"，故事因此变得复杂起

---

[1] 〔明〕罗贯中：《三国志演义》，〔清〕毛纶、〔清〕毛宗岗评改，山东文艺出版社1991年版，第147页。

来。在开篇的两章中，楚王的情绪经历了大喜—发怒—失望—接受天命几个阶段的变化，可谓是一波三折。此后，小说围绕芈月的命运，叙述了波澜曲折的故事，"霸星"后来的命运是小说最大的悬念，吸引读者读下去。

柯南道尔的侦探故事总是以杀人案开始，以侦破杀人案结束；包公故事总是以扑朔迷离的案件开始，以真相大白的公允断案结束；言情故事常以有情人相识、相恋开始，以他们经历磨难、坎坷，终成眷属结束。这种"设疑"的写法在网络玄幻、悬疑小说中被广泛使用，并被网络小说极化处理。如言情小说"有情人终成眷属"的故事，在网络小说中发展成为"虐恋"模式，《花千骨》中的师徒恋，千回百转，主人公死了几回又复活，看得让人虐心，小说在白子画与花千骨的爱恋之间设计了东方彧卿、杀阡陌、轩辕朗三人同时爱上花千骨的情节，为小说平添了许多曲折波澜，形成"爱我的，为我而死，我爱的，一心想要我死。我信的，背叛我，我依赖的，舍弃我"这样"错位"的局面。《琅琊榜》的故事围绕"复仇"的悬念展开，面对错综复杂的局面，小说通过丝丝入扣的叙述，一点点剥开真相，通过曲折多变的情节，展示主角的谋略智慧，让读者不觉沉浸其中。

在网络小说叙述结构上，设"悬念"常体现为一种"画卷式"写法，"一幅画打开一点，又打开一点，到最后一个整体的世界展现在你面前，你在顺着画卷一点点看的过程中就很自然被带入进去……"[1]这种结构手法，是对中国传统小说"散点透视"写法的发展，《儒林外史》《三国演义》《水浒传》等古典小说都采用过这种结

---

[1] 周志雄等：《大神的肖像：网络作家访谈录》，山东人民出版社2015年版，第30页。

构手法，其中隐含着一种艺术观念，是传统审美心理结构的对应物，体现了中国作家对艺术规律的共同理解。如在中国画中，往往没有固定的视点，可以根据作者的意图，移步换景，将景物摄入自己的画面。北宋张择端的名画《清明上河图》就采用了"散点透视"的手法，将北宋都城汴梁城内、城外的热闹景象多层次、立体地展现在观众面前。石昌渝认为《水浒传》的结构特点是："类似中国画长卷和中国园林，每个局部都有它的相对独立性，都是一个完整的自给自足的生命单位，但局部之间又紧密勾连，过渡略无人工痕迹，使你不知不觉之中转换空间。然而局部与局部的连缀又绝不是数量的相加，而是生命的汇聚，所有局部合成一个有机的全局。"[1]在高楼大厦的小说《武帝》中，开篇哥哥被打伤，到底怎么回事先不告诉读者，后来再提。故事不是简单的一条线下来，而是在叙述的线索中埋伏下新的线索，通过叙述者的叙述控制，留下悬念，在故事的推进中，再根据故事的发展自然地串起新的叙述，整体人物事件画卷式地一点点展开，紧紧抓住读者的注意力，只有通览了整部小说，才能抓住故事的全貌。

升级法。升级流小说在现代武侠小说中就是"拜师学艺"的模式，主人公跟随师傅学艺，闯荡江湖，巧遇各种机缘，习得各种武艺，最终成为一代强者。这种人物成长模式具有现代小说人物的特点，人物是动态的，本领是练就的，心智、能力是在磨炼中提升的，这与古典小说中人物形象的固化定型是不一样的。在网络小说中，作家往往会根据读者群的接受趣味，将主角设置为一个十几岁的少年，从平凡的生活开始，因为偶然的机遇开始拜师修真，慢慢精进，成为

---

[1] 石昌渝：《中国小说源流论》，三联书店1994年版，第340页。

一个领域里的泰斗式人物。修炼的功法体系，有武功，有魔法，有各种神术，为更清晰地呈现人物的本领，将修炼的境界进行明晰的分级，类似现代社会从小学、中学到大学、硕士、博士的升级体系，符合现代人对世界的理解和想象。这是草根残剑的作品《凡人修真传》的介绍："一个普通的凡人真的能修真成神吗？可以的，真的可以，我们缺少的只是一个机缘，给我们一个机会，我们同样可以修真成神。你相信吗？十二岁的井蓝第一次跟随父亲去村后的沃玛森林深处打猎，一不小心被金环蛇咬中，命悬一线，父亲无奈之下把不知名的清香野果喂给了井蓝，期待奇迹能够发生。连他自己也不知道，井蓝的生活却从这一刻开始改变，原本平凡普通的山中少年走上了一条与众不同的人生道路——修真成神之路。"这个概括道出了升级流网络小说的大体故事构架，小说中主人公一路机缘不断，这种机缘被称为"金手指"，一步步获得的成功，被称为"开挂"，一路"开挂"，最终成为最强的人物。

"爽点"与"系统写作"。作为通俗小说的网络小说，与传统的网络小说一样，追求情节、故事对读者的吸引力，要让读者看得"爽"。如何实现这种阅读效果？网络小说作家减肥专家在谈到爽点的时候说："我觉得，任何人都是需要'爽点'的。在好莱坞的电影中，往往会有一个游戏时间，就是让人看得特别轻松，到了终点以后才会向着'一无所有'的情节转化，然后再把困难的问题解决了。它一定要有一个游戏的过程，这个游戏实际上就是'爽点'，包括最后一无所有地解决也是一个'爽点'，只不过有的人觉得大杀四方很爽，有的人觉得有情感上的共鸣很爽，有的人觉得解决问题很爽，有人觉得情节和他预期的一样很爽，还有人觉得超出他的预期很爽。这个'爽'是一点错也没有，而且是必需的，我认为任何一个文学作品你必须有这么一个'爽度',没有'爽度'就无法诱惑别人看你的作品。只不过这个'爽'在传统文学里可能表现为'我要有深度',我认为这个深度也是一种'爽'。我现在欠缺的是怎样在结构设置上达到'爽'和我自己风格的统一,我现在写新书正在钻研这个。有的人写'白',虽然文字看起来还是那么'白',但是对'爽点'、节奏的把握已经是大师级了。写情节流的作者作品中的情节的曲折等也是在不断上升的,不去思考、不去提高是不行的。"[1]减肥专家概括的"爽"包含情节设置方面的技巧,也包括读者的阅读感受,要做一个优秀的网络作家,这些基本的写作技巧是必须掌握的。那些早期开始写作的网络小说作家已经写了十余年,阅读那些"大神"作家的作品,叙事的纯熟是显而易见的。网络作家高楼大厦将网络写作总结为"系统写作",他说:"以前一个创意可以写一本书,现在一个创意不够了,现在需要节奏,需要层次,需要主线大纲,需要前期主线大纲,需要中期主线大纲,真的大家都做得特别详细,现在大家已经从蛮荒写作渐渐变成系统写作。"[2]从"蛮荒写作"到"系统写作",这表明网络文学作为一门"技艺"的门槛已经越来越高。

三、网络小说的文化内涵

网络通俗小说是一种"轻小说",考虑的是如何迎合读者的口味,是以读者为中心的小说,就小说自身的艺术性而言,网络小说不

---

[1] 周志雄等:《大神的肖像:网络作家访谈录》,山东人民出版社2015年版,第184页。

[2] 周志雄等:《大神的肖像:网络作家访谈录》,山东人民出版社2015年版,第25页。

是"探索性"的,而是相对模式化的,是针对更广大的读者的欣赏水平的,网络小说受到读者的追捧,与小说故事本身的文化内涵有密切的关系。

鲁迅认为:"俗文之兴,当由二端,一为娱心,一为劝善,而尤以劝善为大宗。"[1] 网络小说作为当代的通俗小说,也承续了传统小说的"劝善"功能。网络作家风御九秋说:"中国文化的根源就是儒道,作为一个想要让传统作家看得起的网络作家,我必须静心深入细致地去研究某些东西,也就是说,我之所以要深入地研究,一来是良心,二来就是我不想让人认为网络文学里就没有好的作品。"[2] 在风御九秋的小说《紫阳》的后记感言中,作者说:"《紫阳》是我最满意的一本书,每写一章都有枯精伐髓的感觉,其中对阴阳万物以及为人在世的行事准则进行了详尽的论述,我不喜欢讲什么大道理,更不喜欢搞得自己跟个智者一样,之所以要煞费苦心地写这些,是出于善心,这种善心不是装模作样的善心,而是真心希望大家花了钱,能从书中借鉴到对自己有用的东西,能学会心存忠孝仁义,忠有点大,咱不说它,先说孝顺。"小说《紫阳》以西晋时期为历史背景,书中主角莫问拜入道门修得一身本领,下山后,除妖伏魔,成为一个对社会有益之人。故事阐释了道家文化的内涵,作者称自己所写的是"正统道术修行小说",小说中的道家文化包含做人的基本品格,修道过关考察的是信义、诚心、忠义、孝道、仁善、气度,修道的目的是"强自身,惠亲朋,泽天下",修道要修炼很多年,要吃得苦,还要有慧

---

[1] 鲁迅:《中国小说史略》,上海古籍出版社1998年版,第71页。
[2] 周志雄等:《大神的肖像:网络作家访谈录》,山东人民出版社2015年版,第214页。

根,修习的功课很多:"道家经典你们得会,打坐念经你们得学,堪舆之法要涉猎,医术丹药也要懂,强身武功自不必说,书写符咒和起坛作法也得耗去不少时。"小说中的修道与传统道家的思想有很大差别,混合了修习武功、修炼品行、学得济世救民的本领、实现自我价值等层面,主角从儒入道,再进入侠,最后成仙,集多重文化人格于一身。

  如果将西方的奇幻小说和中国的玄幻小说进行比较,就会发现,它们各自承载的文化传统是有差异的,在这里以托尔金的《魔戒》和猫腻的小说《将夜》为例来说明这个问题。两者同为幻想小说,所体现出的文化内涵有很大的不同。《魔戒》和《将夜》都是有关宿命的故事,《魔戒》的故事充满了西方宗教的色彩,弗罗多被动地卷入了销毁魔戒的任务之中,个人面对命运的安排,无力逃避,只有克服内心的恐惧,去迎接挑战。巫师甘道夫、爱隆、亚拉冈等人也被卷入这场伟大的任务之中,众人一起努力拯救世界。弗罗多和甘道夫都可以看作是耶稣的化身,他们承担了拯救世界的使命,带领一群人追求和平、正义,他们团结互助,富有牺牲精神,宿命、远征是西方文学中常见的主题,与西方文化有着内在的呼应关系。《将夜》也有宿命色彩,主角宁缺的侍女桑桑是冥王之女,他是神符师命定的传人,他命中注定要承担护卫长安城的责任,但小说对宁缺的宿命安排没有宗教色彩,宁缺的所为是自我与国家利益的一致,他一步步变强,最终拯救世界的担子落在他肩上,他无法推脱,这是网络小说的YY,与读者的"爽点"是一致的,其文化人格是中国儒家文化"修身、齐家、治国、平天下"式的。

  《魔戒》是一个带有原罪意味和基督色彩的故事。魔戒远征队不仅要面对外力的挑战,也有来自内心的搏斗,魔戒造成的欲望具有腐蚀人心的力量,魔戒腐蚀了曾经接触戒指的人,费诺、萨鲁曼和博罗米尔为之失去了生命,史麦戈和弗罗多都曾为之受到伤害,史麦戈受魔戒的诱惑变成了魔鬼,杀死了人,最终与魔戒同时毁灭。弗罗多战胜了内心的纠结,最终完成了销毁魔戒的使命,内心的善战胜了恶,隐喻了在恶的诱惑面前,选择才是最重要的。《将夜》中也有关于人性的议论:"人,或者卑劣,或者无耻,或者残忍,或者血腥,甚至比动物更卑劣无耻残忍血腥,但人,也可能美好、可能崇高。"但小说没有落脚在对主角的内心进行审判,主角宁缺反复学习《太上感应篇》不是为了修心,而是将它作为"武功秘籍"。

从故事的内容上看,《魔戒》是一个《创世记》式的故事,"托尔金通过探索这些普遍的主题,很好地使用了语言机制、人物特征以及情节 —— 询问是谁创造世界,谁或什么对这个世界负责,为什么有邪恶和痛苦。"[1]《魔戒》用编年史和画地图的方式创造一个完整的世界体系。《将夜》也有历史和现实隐喻,也有关于世界的整体构架以及关于创建世界的假定,但没有终极追问,那个称为"唐"的历史年代模糊,故事核心是个人的自我强大,其理念是属于当下社会的。

从价值观上看,二者都有正义与邪恶的决斗。《魔戒》的战争没有谋略,战争相对较平面,最光辉的人物不是英雄,而是普通人,他们是心性自由的孩子,并没有什么特别的能力,但在挑战面前表现出惊人的勇气,他们一路领悟生命的信仰,为了善而坚持。《将夜》的战斗是《三国演义》式的,有谋略,有战法,最吸引人的是平凡人历尽艰辛成长为英雄,面对无数场战斗,主角所表现出的惊人智慧和

---

[1] [英]布莱克(Blake,A.):《托尔金:用一生锻造"魔戒"》,鲍德旺、高黎译,大连理工大学出版社2013年版,第5页。

顽强意志。《魔戒》是一个充满现代精神的故事，精灵族、小矮人、怪兽在北欧神话中多是骗子和诱惑者的形象，而在托尔金的笔下，他们都是追求自由和平的正义力量，是远征军重要的后盾。《将夜》也是一个充满现代精神的故事，主角的复仇追求的是正义，但这种正义是属于"强者"的正义，以个体对抗暴力，是有了强大能力之后才能实现的正义。

通过上文的简单比较，我们不难发现，《魔戒》和《将夜》的文化背景不同，其文化内涵有根本不同，中国的网络小说承载的文化理念有很鲜明的民族文化特色和时代特色，符合国人的阅读心理。

柳宗元提出小说应"有益于世，有补于世"，这种注重小说实用功能的传统在网络小说中也得到了很好的继承。网络通俗小说面向的读者群多是青年读者，作品的意义感是通过青年们共同关心的问题而获得的。青春校园题材的网络小说《谁说青春不能错》《粉红四年》《草样年华》《致我们终将逝去的青春》以当事人、过来人的视角来写大学校园的各种故事，表达了青春的迷茫和困惑，对大学里的种种问题进行了揭示，以幽默、轻松、伤感的表达，写出了大学生群体的某些生活侧面。对于初入职场的青年人来说，《杜拉拉升职记》《二号首长》《侯卫东官场笔记》等小说给他们提供了一种认识社会的角度，是生活意义上的启蒙。而《步步惊心》《后宫·甄嬛传》等宫斗小说其实也是另一意义上的"职场"小说，其实质是教人在复杂人际关系中游刃有余的处世技巧。《双面胶》《蜗居》之类的小说故事受到读者的热议，是因为小说激起了那些处在婆媳矛盾之间的男性以及身居大城市面对买房压力的年轻读者强烈的共鸣。曼陀罗天使在天涯上发表的作品《七年之痒》提出一个普遍性的问题，就是如何维护婚姻，如何度过七年之痒的问题。作家后来的写作也是沿着这个路子继续走,她的《纸婚时代》探讨两个不同性别、不同性格的人婚后如何相互适应的问题。《嫁接婚姻》所表现的"嫁接婚姻"现象现在非常普遍,当代社会老夫少妻越来越多,两个不同年代出生的人在一起,面临的问题是如何处理"代沟"。《亲人爱人》提出的问题是两个相爱的人曾经错过了,是"相见不如怀念",还是重新把对方找回来?曼陀罗天使的小说都是"问题小说",写出了作者对人生、婚姻的感悟与思考,小说中那些总结性的语言为人解惑的意图非常明确。

"通俗小说应该是一种知识(包括自然科学和社会科学)的载体,普及知识、认识规律,借以开启民智。……这些作品颂扬人与人之间博大的爱,和对事业、理想的孜孜追求,通过艺术形象感染、打动读者,把关于人类、自然、社会、生命的知识在不知不觉中传达给读者,古往今来,许多读者都是通过孙悟空、诸葛亮、关羽、武松等艺术形象来学习爱与恨、是与非、善与恶、美与丑的观念,提高认识和审视历史、人生的本领的。"[1] 与古典通俗小说不一样的是,当代网络小说所承载的文化内蕴是动态的,是我们当下社会生态和社会焦虑的折射,升级、宫斗、穿越小说体现了当代社会追求成功的社会心态,是市场经济社会环境下当代社会生活关系的反映。那些主角通过勤奋努力获得成功,所传达的价值观是积极向上的,这也是时代的一种精神需求,网络小说不过是以一种大众化的故事叙述放大、突出、强化了读者们的现实焦虑。

---

[1] 谢昕、羊列容、周启志:《中国通俗小说理论纲要》,文津出版社1992年版,第92页。

四、网文IP产业链的形成

二十一世纪以来，文学网站VIP机制的成熟使网络小说由自发的写作变成了自觉的写作，每日在线更新，网络小说作家被迫追求写作的速度，讲究吸引读者的技巧运用，追求作品的市场效应。通俗小说是最容易引起市场关注的文学，商品属性是商业机制下网络小说最突出的特点。从古代的说唱文学直面听众，到近代报刊以连载通俗小说提高报纸的发行量，到民国时代通俗小说的繁荣，到新世纪网络小说的爆炸式的繁盛，再到当下网络文学IP产业链的形成，通俗小说总是积极跟进市场的，网络文学越来越像是一门生意，那些因写作获得高收入的网络写作者纷纷辞职成为职业作家。

网络小说IP产业链的形成是由网络小说的商业属性和大众文化特性决定的，网络小说写作者多，作品数量巨大，受众广，故事性强，娱乐价值高，从网上阅读到纸质阅读，由中文翻译成外文，网络小说能较好地转化成影视剧、电脑游戏，衍生成相关的文化产品。在日本有ACG模式，加上小说，就是ACGN模式。在中国以前是小说、电影、电视剧模式，后来加上了电脑游戏，并且形成了自觉的IP开发。中国网络文学IP产业链的形成，经历了几个时期：

一是网络小说在网上走红后，被出版成实体书，改编成同名电影、电视剧、舞台剧和广播剧。1998年，蔡智恒的小说《第一次的亲密接触》在网络上走红后，迅速被出版成实体书，相继被改编成同名影视剧和舞台剧，形成"终南捷径痞子蔡，网上出名网下卖"的局面，但因作品本身的内涵不够，各种改编后的市场效果平平。此后，被改编成影视剧的网络小说很多，如筱禾的《北京故事》，慕容雪村的《成都，今夜请将我遗忘》，何小天的《谁说青春不能错》，蔡骏的小说《诅咒》《荒村》《地狱的第 19 层》,周德东的《三岔口》,抗太阳的《我和一个日本女生》,冷眼看客的《向天真的女生投降》,棉花糖的《谈谈心恋恋爱》,胭脂的《爱上单眼皮男生》,等等,影响较大的影视改编有《亮剑》《双面胶》《蜗居》《山楂树之恋》《失恋 33 天》等。这些改编与传统文学作品影视改编基本类似,小说成为影视剧的脚本,影视分享小说的人气。

二是网络小说形成电脑端、手机端、简体字版、繁体字版、外文版、影视改编、游戏改编等多重版权,网络写作者的收入直线飙升,一些网络作家开始创立工作室,打造个人品牌。就吴怀尧的中国网络作家富豪榜来说,2010 年富豪榜上的网络文学作家收入大多不过数百万,但 2011 年至 2014 年间,一群明星作家的年收入已达数千万,这并非作家写得更多更好,而是因为他们写一部作品获得多重收入。2008 年,由北京完美时空网络技术有限公司开发的 3D 网游《诛仙》相继出口到越南、泰国、马来西亚、新加坡、日本、韩国、菲律宾和中国台湾等国家和地区。起点、晋江文学城等网站向越南、泰国、日本、韩国等国家推出中国的网络小说。据统计,2009 年至 2013 年的 5 年间,越南引进中国网络文学作品 617 种。网络小说《鬼吹灯》《明朝那些事儿》在日本热卖,《仙侠奇缘之花千骨》在泰国一经上市便被抢购一空。电视剧《甄嬛传》在日本刚播出一周,就有约 1/3 的日本人观看过该剧,该剧还被改编成英文版,在美国电视台播出。

三是商业网站成立影视公司直接投拍电影、电视剧,IP 产业链初步形成。2015 年腾讯成立了企鹅影业和腾讯影业子公司,与腾讯游戏、腾讯动漫、阅文集团共同组成腾讯互娱全新的泛娱乐业务矩阵,共同探索小说、游戏、影视泛娱乐 IP 产业链开发。在 2015 年 9

月的腾讯影业成立大会上,腾讯公司公布了《回到过去变成猫》《从前有座灵剑山》《择天记》等知名 IP 的影视改编计划。2015 年网络 IP 剧《花千骨》在湖南卫视、爱奇艺网上热播的时候,推出同名手游,网游收入月流水达 2 亿元,网游的收入超过了电视剧的收入。

这种网络文学 IP 热潮,目前还存在着一些问题:一是价值观念的冲突,电视剧《甄嬛传》在美国的收视率不高,外国人对中国的宫斗剧并不理解。二是网络小说自身的文化含量偏低,好的 IP 并不多,很"红"的网络小说不一定是好的 IP,2015 年《盗墓笔记》的网剧改编广遭网友吐槽,网剧不伦不类,远远低于观众的心理期待。三是日本的 ACG 产业、美国的好莱坞有几十年的历史,人员、设备、技术、市场推广都很完善,我国 IP 产业链刚刚起步,IP 产业团队、制作技术、投资机制、版权保护等还不够成熟。2015 年电视剧《芈月传》热播的时候,曾出现过原小说作者控诉编剧的情形;2015 年 8 月电视剧《花千骨》走红网络的时候,苏州蜗牛数字科技股份有限公司起诉成都天象互动科技有限公司和北京爱奇艺科技有限公司,称《花千骨》手游制作商天象互动在数值设定、玩法规则、UI 界面以及核心参数方面复制和拷贝了蜗牛数字的一款产品。

打造网络小说 IP 产业链是文化产业适应时代发展的需要,它使最初的个人化的写作变成了资本运作下的商业活动,涉及资本的介入、市场的推动、跨国文化交流等多方面的力量。最成功的 IP 产业模式是《哈利·波特》文化产业链。《哈利·波特》不只是一部小说,作品问世 10 年间,形成 60 亿美元收益的产业链,包括出版、电影、游戏,主题公园、杜莎夫人蜡像馆、魔法扫帚、魔杖、火焰杯、隐形衣等衍生产品,作者罗琳的收入超过了英国女王。这个产业链的形成是依靠美国资本和美国式生产营销方式来完成的,给我们提供了很多有益的启示。

IP产业链需要多方的合作,对网络小说作者来说,首要的事情是创作出优秀的作品,只有优秀的作品才能成为优质IP。近代通俗小说作家的写作与网络小说写作有很多相似之处,如在写作速度上,解弢说:"朝甫脱稿,夕即排印,十日之内,遍天下矣。作者孰不好当世之名?虽自知瑕疵尚夥,而迫不及待,急付书坊,藉以广声誉,得润资。"[1] 这样快速的写作速度和发行速度已经比得上网络小说了。快速的写作,加上创作门槛很低,创作数量大,网络小说中的优质IP只能是少数,只能属于那些有严谨写作态度,有充分写作准备的优秀作家。如何写好小说,古人在小说创作上有充分的探讨。眷秋在《小说杂评》中说:"必先十年读书,继之以遍游通都大邑名山胜水,以扩展胸襟,观察风俗,然后闭门潜心,酌定宗旨,从事撰述,不贵程功之期,随兴所至,偶然下笔,虽至数岁始得杀青,亦无不可,然后其书成,乃有可观。"[2] 网络小说颇受诟病,与写作者的准备不足和写作速度过快有关,眷秋所说的写作者须经历的磨炼和知识储备对于当代的网络小说家来说无疑是一剂良药。

网络小说的繁荣既是通俗文学发展脉络的延伸,也是当代社会经济繁荣发展的结果,这与古代通俗小说的发展规律亦是相似的。"通俗小说的繁盛固然与人主提倡有一定关系,如果没有天下小康的经济条件和太平盛世的安定局面,通俗小说也就失去了它发展的外部条件。考察在不同历史阶段兴起的唐人传奇、宋元话本、明清

---

[1] 解弢:《小说话》,中华书局1919年版,第116页。
[2] 谢昕、羊列容、周启志:《中国通俗小说理论纲要》,文津出版社1992年版,第42页。

小说,乃至'鸳鸯蝴蝶派'兴起于十里洋场的上海,就会发现,它们的兴衰与社会经济的涨落有着甚为密切的关系。"[1]中国当代网络小说的兴盛是互联网媒介的普及应用和当代经济高速发展的产物,经济的繁荣带来了人们对精神休闲娱乐的需求,网络小说作为当代最有影响的通俗小说,为不同层次的读者提供了分层的文化需求,满足了读者的娱乐休闲文化需要。打造网络文学IP产业链,亦是文化发展变革的结果,面对以文学期刊为基本体制的"纯文学"阅读日渐萎缩的状态,纯文学的"小众化"倾向日渐突出,直面大众读者的网络文学天然具有强大的市场适应能力,必然要承担起文化传承的使命,以纯文学标准批评网络文学是不足取的。

宋末元初小说家罗烨的《小说开辟》把小说分为灵怪、烟粉、传奇、公案、朴刀、杆棒、妖术、神仙八类,这种小说类型划分与玄幻、青春、悬疑、历史、穿越、盗墓、军事等网络小说类型的划分是相似的,当代网络通俗类型小说的繁荣是古代通俗小说的延伸。如果说中国繁盛的网络文学是世界独一无二的现象,那么这恐怕与中国源远流长的通俗文学传统不无关系。与古典通俗小说相比,当代网络小说拥有更多的文化资源,网络信息的发达给网络小说写作借鉴提供了更为快捷的通道,IP产业链给作家们更多的回报,同时也对网络小说作者提出了更高的要求。对于网络作家来说,面对的是一个高速变革的时代,"长江后浪推前浪,前浪死在沙滩上",这句网文顺口溜用来说明网络文学的更迭变化是恰当的,早期的网络文学写作者大多被淘汰了,网络写手几年就会出现一代,只有那些有着良好的

---

[1] 谢昕、羊列容、周启志:《中国通俗小说理论纲要》,文津出版社1992年版,第76页。

艺术禀赋,不断积极开拓的网络作家才能永葆创作的青春。传承我国优秀传统文化资源,吸收借鉴中外文学的优秀传统,自觉抵制网络写作机制对网络文学品质的腐蚀,累积大气,沉静观世,潜入生活现实,讲述中国故事,创作出富有时代气息,有中国文化内涵的优秀网络文学作品,是时代对优秀网络作家提出的要求。

网络小说与中华文化传承

在国家大力发展网络文艺的方针指引下,在商业资本和互联网媒体等多重力量的驱动下,中国网络小说的影响力不断增强,并走出国门,引发中国网络小说海外阅读热。网络小说改编的电视剧《琅琊榜》《芈月传》等收视率一路走高,由网络小说拉动的文化产业链开始形成。为什么中国网络小说会如此有活力?改革开放以来经济高速发展的成就所带来的宽松创作环境与阅读环境是中国网络小说生长的土壤,悠久的中国文学和文化传统为网络小说创作提供了养分,网络小说顺应时代发展潮流,讲述中国故事,满足了广大读者的精神文化需求。

一

网络小说受读者欢迎,是因为它在和读者互动的网络媒介中产生,作者熟知读者的笑点和泪点,网络小说讲述的是有中国风格、中国气派的中国故事,为中国当代小说的发展探索了一条新的道路,积累了新的经验。

中国传统小说从说唱文学中演变而来,小说是"小道",以讲故事为主,故事线索清晰、结构完整、情节曲折,以悬念抓住读者,细节描写生动传神,人物个性鲜明。而中国现代文学受西方小说的影响,在叙事上向内转,托尔斯泰的心灵辩证法,弗洛伊德的精神分析学说,哈姆雷特生存还是死去的内心犹疑,开始东移到我国的小说之中。中国现代小说吸收借鉴了西方现实主义、现代主义文学的写法,注重小说叙事的复杂性,出现淡化故事情节、加强心理描写的倾向,小说对社会现实和人生、人性丰富性、复杂性的表现不断增强。这种小说的现代化道路导致了小说的雅俗分流,让现代小说变得越来越"不好看"了。二十世纪八十年代末,文学失去了轰动效应,越来越边缘化,文学期刊的订阅量滑坡,纯文学的读者锐减。网络小说回归到中国小说的故事传统,以精彩的故事吸引了大量读者,形成了网络小说阅读热。

　　网络小说主要靠故事的魅力吸引读者付费阅读,好故事是网络小说的第一要素,中国网络小说借鉴并发展了中国传统小说的叙事经验。好看的网络小说被称为"爽文",有各种"爽点",主角天赋异禀、奇遇不断被称为"金手指",主角一路好运、总能在困境中逢凶化吉被称为"主角光环"……这些常见的网络小说写法是中国传统小说中"传奇"手法的极化,即"非奇人奇事不传"。传统小说中"欲知后事如何,且听下回分解"的手法为网络小说所普遍采用,设置悬念在网络小说中被称为"挖坑",解开悬念被称为"填坑",小说的结构就是一个不断"挖坑""填坑"的过程。网络小说家的才华,首先是编故事的才华。人气网络小说无不具有环环相扣的故事情节和紧张的故事节奏,读后让人欲罢不能。但故事为王并不意味着网络小说只是简单以故事取悦人,优秀网络小说常有表达作者情绪的"私货",有延宕情节发展的场景、心理描写,也有对现实世界的反映和对人生、人性的思考，只是相对故事的推进，这些要素的分量要轻得多。

好的网络小说意味着叙事逻辑的完美，虽然故事是"小说家言"，但故事要编得"圆"，要让读者信以为真，获得"代入感"，在人情、事理上应有其内在的合理性。对于追求"奇遇"的网络小说来说，笔力主要在故事，因而会冲淡对深层内容的表现。网络小说多是轻逸的、不烧脑的通俗小说，符合大众阅读心理。好的网络小说家必然是那些有文学追求的人，他们精于编故事，也会采用一些常见的网络小说套路，但他们在小说语言、人物形象、故事细节、故事逻辑、故事内蕴的处理上有意识地超越了小说的俗套，以独特的艺术匠心表现出一种雅致的文学情怀。说到底，那些只是依靠技巧和套路写作的网络作家可能会圈到一些粉丝，赚得一些收入，但只有那些善于讲中国故事的网络作家才能获得更多的掌声，只有那些雅俗共赏的作品才可能成为网络小说精品。

网络小说以好看的故事吸引人，对接的是中国古代文学"说部"的传统。巧妙设置的悬念，环环相扣的故事矛盾，紧张曲折的情节，充满个性魅力的主人公，是网络小说吸引读者的常见要素。仙侠小说思接天外，架起新的幻想世界，凡人成仙、成神，各种秘籍、法宝，魔族、星际、仙界、四海八荒的世界设定，不难见到中国神魔小说、西式奇幻、古代仙侠、现代武侠小说的流风余韵。言情故事的叙事模式多与才子佳人、英雄美人、现代爱情故事相通。穿越小说的主角回到虚拟的历史中，展开冒险，体验精彩的人生。网络故事的场景设定是虚拟的，但人物的精、气、神是当下的。

网络小说要吸引读者，常采用一些基本的故事套路。这些套路是通俗小说模式的有效运用，是符合读者阅读心理的。受商业化的驱动，网络小说需要快速更新，借用套路是难度最小的写法，导致许多部小说好像是一部小说,跟风、同质化倾向严重。网络小说是有高下之分的。好的网络小说作品是那些适当借用小说套路,但不依赖套路,而是发展、超越套路的作品。即便是借用同样套路的作品也有高下之分,决定作品质量的不仅是故事模式,还有语言表达能力、对故事结构的把控力、对生活的洞察力、故事中人情事理的合理性、类型领域的开拓性、细节深处的表现力等。在这些方面,网络文学需要向传统文学学习,网络作家需要拓展阅读视野、深入生活、把握时代、适当沉潜、提高修养、勤奋创作,超越商业化的局限,提升作品的艺术境界。

二

有人将中国网络文学与好莱坞电影、日本动漫、韩国电视剧并称为当今世界四大文化奇观。这个说法道出了这样一个事实:网络文学与中国现代文学以来的新文学谱系是不同的。作为通俗文学的网络文学对应的是"纯文学",作为大众文学的网络文学对应的是"精英文学",作为借助互联网媒介传播的网络文学对应的是"纸媒文学"。网络文学受中国传统文化的滋养,应时代而生,主要吸收了古今中外通俗文学及影视、游戏、动漫等大众文化的经验。

这条具有中国特色的网络文学道路已经显示出其独创性与可行性。中国现代文学主张"人的文学""活的文学""真的文学",文学要为现实、为人生服务,表现自我,以现代精神和现代形式对古典文学进行全面革新。鲁迅、巴金、茅盾、老舍等人的小说借鉴吸收了西方现代主义小说和现实主义小说的传统,创作了现代白话小说的经典作品。受外来文学的影响,中国现代小说常见浓墨重彩的心理描写,运用多线并进的结构形式,刻画"哈姆雷特"和"堂吉诃德"式的主人公,艺术含量和思想密度大,小说风格滞重、沉郁、苍凉。与中国现代文学相比,网络文学是"轻"的文学,在一个虚构的世界里,讲述奇人奇事,叙述人物的困境和愿望的实现,故事跟着人物走,人物跟着理想走。与纸媒相比,网络连载几乎不受篇幅限制,拓展了网络小说的内容空间,大量数百万字的超长篇网络小说应运而生。它们将故事的戏剧性和曲折性扩大了,主角处在各种矛盾与困境中,一步步地成长,不用隐喻,不跳跃,不用读者猜谜,将所有的场景、对话,所有的故事过程,娓娓道来,一点点地展示给读者,带给读者愉快的阅读体验。与那些在文学期刊上发表的小说相比,网络小说故事性强,结构简单,人物形象类型化,现实性和艺术性相对较弱,风格上轻松、明朗,充满谐趣,更注重娱乐性。

网络小说没有现代主义小说的先锋探索意识,几乎没有隔膜、荒诞、虚无的精神体验,没有充满象征色彩的寓意系统。网络小说对接的是中国古代"小说是劝人的"传统,承载基本的道德价值观,是非判断分明,包含仁、义、礼、智、信,善恶有报、有情人终成眷属等正能量价值观。但网络小说并没有停留在古典的道德价值观上,而是和现代小说相通,融入现代的价值理念,表现个人勤奋努力的意义。网络小说讲述的多是奋斗者的故事,也都是有尊严者的故事,设定世界以人物为中心存在。

好的网络文学作品读来轻松、好看,不"烧脑",满足了读者的需求,所以,网络小说常被称为"爽文"。网络小说中常见的主角"升级""逆袭"的人生道路,既是对读者愿望的满足,也是一种时代内在精神肌理的体现,它传播的是一个年轻人只要努力就能获得成功的时代理念。个人通过奋斗不断变强,一路收获友谊、爱情的故事模式很套路化,却符合当下大众读者的心理期待。从表面上看,那些数百万字的网络小说故事多是想象性的,但从小说内在的气韵来看,写作者在和读者互动中更新作品,与读者的情感是同声相应、同气相求的。网络小说也有贴近现实的类型:那些婚恋小说,写尽现实中一地鸡毛的故事,把历史转型期人们的住房问题、情感困惑展示给读者;那些青春校园小说,以轻盈的故事叙述青春爱恋之路,守望真情,回望青春的迷茫焦灼,让同类身份的阅读者获得感同身受的心灵共鸣。来自社会各个行业的作者,以真实的故事展现了他们独特的人生轨迹,让读者看到人世百态。

网络作家唐家三少有意将自己的作品打造成中国的《哈利·波特》,起点中文网将美国的漫威作为网站的发展目标。这样的目标定位意味着网络小说为游戏、动漫、影视提供故事脚本,需要"开脑洞"的创意,需要既能娱乐读者也能启示读者的精美故事。商业资本的注入是网络文学的发动机,从电子付费阅读到粉丝经济的形成,从网络文学到IP文化产业,文学插上网络的翅膀,有了更广泛的社会影响力,这为网络文学提供了历史契机。同时要看到,网络文学商业化的成功与其文学艺术价值之间存在不平衡,网络文学作品数量惊人,但原创性低,有独特艺术个性的网络作家少。优秀的文学无一不是在和已有的文学传统的竞赛中获得成长的。只有依托中华优秀传统文化,依托中国蓬勃向上的发展态势,融合世界优秀文学传统,借鉴吸收西方文化产业发展的经验,不断提升内在品质,中国网络文学才能开辟更为广阔的天地。

三

网络玄幻小说的故事世界设定常充满想象色彩,一定程度上受到西方文学的影响,但其内在的思维方式和文化体系是中国化的。西方奇幻小说融合西方神话,小说中有矮人族、精灵族、妖兽、骑士、贵族、天使等形象。中国网络玄幻小说与西方奇幻小说体系不一样,萧鼎、血红、我吃西红柿、辰东等作家的作品从远古神话中汲取资源,虚构了人、神、妖、鬼共存的世界,将传说中的各路英雄神仙及各种灵异法术演绎成雄奇诡谲、情节跌宕的故事。中国网络玄幻小说有浓郁的中华文化元素:以阴阳、五行来区分的修炼功法体系,有斗气、符咒、丹药、御剑飞行、法器、阵法、元气、元婴、元神、秘籍、谋略、凡人成仙等中国式元素。人物的修炼分为不同的境界,如风青阳的《吞天记》中的修仙境界分为凡胎锻体境、凝气仙根境、金丹大道境、紫府沧海境、元神化形境、三灾问道境、长生仙境(天仙)、九玄道境(玄仙)、界主神境(仙君)、太虚仙境(仙王)、永生帝仙(仙帝),有鲜明的道教色彩。《佛本是道》(梦入神机)将中华传统神话融入小说故事之中,女娲、太上老君、牛魔王、吕洞宾、老子、悟空道人等各显神通,上阵斗法。玄幻、修真、仙侠、武侠往往界限模糊,主角一路变强,本领越大,责任感也越强,有一番作为后功成身退,实现儒道兼济的人生理想,修仙、修道、修佛讲究对生命、人世的慧悟,以此获得心智的明悟和精神境界的提升。

  网络玄幻小说对上古神话的借用,蕴含中国文化特有的观念,描述了一个独具中华民族意味的不同于西方小说的超自然世界。《三生三世十里桃花》(唐七)中的"青丘""九尾狐"来自《山海经》,小说描绘了一个天族、翼族、狐族共存的世界,讲述了跨越三界的爱恋故事。在盗墓小说、悬疑小说、仙侠小说中可见古代志怪小说及民间文化的流风余韵。《鬼吹灯》(天下霸唱)展现了狂放的想象力和野性的生命力,小说描绘了黑鳞鲛人、人面蜘蛛、泰坦魔芋花等奇虫异兽,阴森鬼气的迷冢、蛊术,沙漠中的古国、阴阳风水、灵异鬼怪等奇异诡谲的灵异世界,接续了中国民间的奇谈怪异和乡村聊斋故事传统。

中华悠久的历史给中国网络小说拓展历史想象提供了广阔的空间,从先秦、两汉、隋唐、宋元、明清到二十世纪,各个历史朝代都被网络小说作为背景进行"演义"。《明朝那些事儿》(当年明月)以现代人的情感讲述明朝故事,历史事实严谨,在人情事理的基础上还原古代历史。《后宫·甄嬛传》(流潋紫)、《芈月传》(蒋胜男)、《燕云台》(蒋胜男)、《楚河汉界》(灰熊猫)、《步步惊心》(桐华)等小说或以真实的历史为据展开飞驰的想象,或虚构一段背景模糊的历史,演绎中国式的人情事理与中国智慧,在想象的故事中表达中国人当下的社会焦虑和精神情感,让读者从中获得愉悦和启悟。《中华再起》(花草)、《新宋》(阿越)、《窃明》(灰熊猫)、《一代军师》(随波逐流)、《回到明朝当王爷》(月关)、《篡清》(天使奥斯卡)、《末世朱颜》(晓月听风)等历史小说重新总结历史教训,在想象的故事中实现作者的政治抱负。

四

在中国传统的说书人那里,小说是"劝人的",小说故事中有鲜明的道德倾向,蕴含了读者所普遍认可的文化价值观,包括除暴安良、善恶有报、有情人终成眷属,以及仁义礼智信、温良恭俭让、忠孝廉耻勇等。这些价值观鲜明地体现在小说的故事倾向和人物形象上。网络小说继承了传统小说中的文化价值观,也吸收了现代思想。与中国传统小说相似,优秀网络小说中的文化价值观是明晰的，其内容与社会主义核心价值观相通。网络小说的受众面广，青少年读者多，在传播精神正能量，帮助读者树立正确的价值观上，网络小说比纯文学承担着更多的责任。中国优秀的网络小说总是教人向善，给人梦想，鼓励人积极面对人生。《光之子》的格调是明亮的，《斗破苍穹》中"莫欺少年穷"的故事充满正能量，《琅琊榜》中蕴含着人生要有坚韧不拔的意志的道理。网络小说的故事讲究好看，对青少年读者的精神形塑是寓教于乐、润物细无声式的，因而也是有力的。

　　网络小说是以主角为故事中心的，网络小说中的主角往往具有传统文化的理想人格，热爱自由，自立自强，勇往直前，积极有为，表现出儒家担当意识和家国意识。《将夜》（猫腻）中的主角是国家的栋梁，保家卫国，坚守民族大义，为天下苍生不畏艰险，勇于担当。《择天记》（猫腻）讲述了一个向死而生的故事，小说蕴含友谊、成长、责任、勇气等生命主题。《间客》（猫腻）的主角不受规范约束，藐视一切困难，不断挑战世间所有的不公。《琅琊榜》（海宴）表达家国大义，讲述正义复仇、步步为营的谋略智慧故事。《紫阳》（风御九秋）中，上清宗派收弟子要考验弟子的诚心、忠义、孝道、仁善、气度，修道之人要有高风亮节，存傲气，敛心神，行事不能受外人影响，心要稳，志要恒。《巫颂》（血红）中的大巫是国之支柱，"上下为天，中间是人，人人平而为一，相互维持，是为巫"。他们骄傲、无畏，勇于奉献，他们热爱苍生子民，是人类的守护者。近年来，中国网络文学的海外传播不断扩大，《盘龙》（我吃西红柿）、《仙逆》（耳根）、《斗破苍穹》（天蚕土豆）等受海外读者欢迎的小说展现了积极向上、崇尚和平、勇于担当、豁达开朗的人生态度，产生了良好的国际影响。

　　中华文化博大精深，网络作家们既要坚定文化自信，也要认清文化的精华与糟粕，激浊扬清，对中华文化进行创造性转化，即以现代观念重新镀亮传统文化。如《木兰无长兄》（祈祷君）向《木兰诗》致敬，以现代女性观念重新讲述这个女扮男装的故事，木兰不只是一个代父出征的女子，还是一个自立自强的有丰富情感世界的女性；《将夜》中的夫子及其弟子，类似现代的知识分子，保持着精神的独立，又有很强的家国责任意识；《琅琊榜》将家国大义、正义复仇置于庙堂斗争之上。但我们也应看到，网络小说中不乏后宫争宠、厚黑学、丛林法则、专制主义、奴才哲学、三妻四妾、色情乱伦、封建迷信等文化糟粕。如梦入神机的小说《佛本是道》所蕴含的"杀戮天经地义""生命如同蝼蚁"，跳舞小说中的"丛林法则"等招来许多批评。

五

中国网络文学的成就离不开中华文化的滋养，优秀的网络文学作品扎根于中华文化的土壤中，在作品的文化意蕴，虚拟世界的想象力，人物形象的精、气、神，作品类型的风格等方面表现出鲜明的中华文化立场和中华审美风范。那些优秀网络作家善于从传统文化中汲取营养，将中华文化的精髓溶于精彩的故事中，以艺术的方式传承中华优秀文化传统。

中国是五千年的文明古国，中华传统文化博大精深，中华文化以农耕文化为基础，在积极吸收外来文化的基础上，形成了以儒、释、道为主流的古代文化传统，以"自由""民主"为基本价值准则的五四新文化，不怕牺牲、追求理想、为人民谋幸福的现代革命文化。中华古代文化包含以修身、齐家、治国、平天下为基本理念的积极进取的儒家文化,天人合一、道法自然、功成身退的道家文化,普度众生、与人为善、禅心慧悟的佛家文化;包含《尚书》《史记》《国语》等史传文化,上古神话、《庄子》《离骚》等浪漫主义文化,志怪、传奇、鬼神等民间文化,琴棋书画、诗词歌赋、烟酒花茶等闲情逸致的文人文化;等等。丰富、博大、绵长的中华文化成为中国网络小说的精神富矿,造就了中国网络小说的中国特色。

中国传统文化对网络小说的滋养还体现在中华灿烂的文人文化对网络小说的熏陶上,诗书剑气、琴棋书画、江湖人生等内容的摹写使作品呈现出古典文化的风韵。《仙路烟尘》(管平潮)以诗词歌赋传递出古雅的艺术情调,《后宫·甄嬛传》(流潋紫)中温婉含蓄的"甄嬛体"颇有中国温柔敦厚的传统文化气息。网络作家热爱中华传统文化,匪我思存、沧月、流潋紫、沧海明珠等作家的笔名文化气息浓郁,活色生香。红袖添香、潇湘书院、《知否知否应是绿肥红瘦》(关心则乱)、《寂寞空庭春欲晚》(匪我思存)等网站、作品的名字直接取自古典文学。中国古典小说中有诗为证,以诗词写人物命运的手法被网络小说借鉴运用,极大地增加了小说的文气,拓展了作品的意蕴,抄诗词是网络穿越小说中常用的"梗",是一种以戏谑方式对古典诗词的传播。

中国网络作家热爱中国古典文化,当年明月自孩童时起七年读了十一遍《上下五千年》,在上中学时候熟读了二十四史、《资治通鉴》《古文观止》等书籍。蔡智恒最喜欢的作品是《三国演义》,流潋紫、沧海明珠等网络作家非常喜欢阅读《红楼梦》。中国网络作家熟悉《红楼梦》《三国演义》《水浒传》《西游记》等古典小说,他们以网络小说创作向这些优秀古典小说致敬。今何在的《悟空传》以现代观念重写西游故事,感动了很多读者。在《后宫·甄嬛传》(流潋紫)

《步步惊心》(桐华)等小说中,对家族、朝堂中人物关系的描写,对人物群像的塑造,不无《红楼梦》的影子。在大量的《红楼梦》同人文中,作者们对《红楼梦》的热爱,对人物命运的同情,通过二次创作得以表现出来。有读者评价《赘婿》(愤怒的香蕉):《赘婿》前两部,以"红楼风"写"宅斗/种田文";三、四部,以"水浒风"写"武侠文";五、六、七部,以"三国风"写"官场/军事文";第八部以后,以"革命史诗小说"写"争霸文"。这段评价一针见血地指出了《赘婿》创作上的成功得益于传统文学的滋养。豆瓣上介绍《佛本是道》:本书集《封神演义》《西游记》《山海经》《白蛇传》《蜀山传》为一体,融合西方血族传说,再造一部当代玄幻体的"封神演义"。《上品寒士》(贼道三痴)中的人物形象、事迹多取材于《世说新语》《晋书》等,作者对《楚辞》《论语》等典籍信手拈来,清谈、游学、文化掌故等内容展现了魏晋风流式文人传统。

中华优秀传统文化还包含刺绣、相声、曲艺、美食、中医等元素,网络小说领域近年来涌现出科举文、美食文、医术文、行业文,这些类型的小说将中华传统文化元素融入富有民间烟火气的故事中,让读者在欣赏故事的同时感受中华文化的魅力。《爱你是我做过最好的事》(笙离)以苏叶、甘草、藿香、冰糖、怀香、龟苓膏、枸杞、决明子、杏仁、当归、桂花等二十八种中药材为小说章节的标题,在爱情故事中介绍祖国中医文化。南无袈裟理科佛小说中神秘的苗疆,血红小说的少数民族文化基因,阿菩小说中的商道文化,酒徒小说中的历史考据,拓展了小说的内容,使网络小说成为知识文化小说。

也应看到,中国网络小说的历史还不长,在网络商业机制下快速生长,不可避免地带有商业化的气息,还普遍存在粗浅、简单、同质化等不足。对于优秀网络小说作者来说,比拼的是综合文化素养和艺术创新能力。对过度商业化保持警醒,着力提升艺术品质,推陈出新,讲好中国故事,创作出满足读者多层次精神需求的作品,这是网络小说艺术发展的内在要求,也是读者所期待的。

网络叙事与文化建构

互联网在中国的日渐普及对中国当代文学造成了不容忽视的影响,在线写作、阅读的人越来越多,网络作品下线占领图书市场的份额越来越大,这不是一个简单的网络文学"好不好"的问题,而是一个我们必须面对的文学生活现实:上千万人通过网络写作、阅读,受读者热烈追捧的网络文学作品下线进入图书市场,有的成为热门影视剧的文学底本,有的衍生为网络游戏、网络视频、文化产品。网络文学的繁盛时时受到学界质疑,常见的批评是:文化快餐与"文化垃圾"能热闹一时,但其价值总是有限的。然而事实并不是这么简单。在线说故事,即时互动,借用网络多媒体手段书写自己的经验或想象,借助商业网站的力推,在众多粉丝的追捧下激发写作潜能,网络极大地解放了民间创作的"力比多",写作语境和写作方式的变化必然带来文学叙事的变化。网络叙事的主体是各种职业的自由写作者,他们借助网络获得叙事的权利,他们的个人经验和对文学传统的民间式理解蕴含着新的文化内涵,有当代文化发展逻辑的合理性,网络叙事参与时代的文化建构,为当代文化的发展提供了新的契机。

一、网络语汇与叙述文体

本文所言的叙事是一种广泛意义上的文学表达,即通过讲述,通过语言乃至声音、图像叙述真实或虚构的事件。在网络空间中,叙事是普遍的,在线的博客、微博、BBS论坛、文学网站,随处可见不同主体的叙事。限于篇幅,本文所论及的主要是网络叙事的主要形式——网络小说。独特的网络场域和叙事主体带来了网络叙事与传统叙事的不同,从叙事的语言层面到叙事的话语风格、话语立场、叙述文体,网络叙事都有新的变化,网络写作主体以广泛的写作实践进行着当今最大众化的写作。

传统的写作理论认为,写作者要锤炼语言,要有自己的语汇系统,不外乎是从书本中学,从生活中学,如老舍先生所言,学习写作语言的途径是:"多念有名的文艺作品,多练习多种形式的文艺的写作,和多体验生活。"[1] 对于在线的写作者来说,语言还可以从网络中学。网络提供了一种新的生活方式,网络语境生产了一套表情达意的符号系统,网络上诞生的语言被广泛地应用到网络写作中,发挥了民众的语言创造力,扩大了语言的边界,丰富了艺术的表现力。

网络语言是在网络环境中产生的,带有简洁、时尚、调侃的意味,多用谐音、曲解、组合、借用等修辞方式,或用符号、数字、英文字母代替汉字表达,如斑竹(版主)、东东(东西)、MM(美眉,女性网民)、GG(哥哥,男性网民)、BF(男朋友)、CU(see you!)、88(拜拜)、520(我爱你)、521(我愿意)、^-^(笑脸)、=^-^=(脸红什

---

[1] 老舍:《老舍论创作》,上海文艺出版社1982年版,第223页。

么？）、:-((悲伤或生气)等。这些多是网络聊天产生的网络语言,还有些新的词汇,经过网络的广泛使用,已经获得了大众的认可,如"给力""打工人""高帅富""白富美"等词有很强的时代感,也渐渐为读者所熟知。2001年于根元教授编写的《中国网络语言词典》,收录网络词汇1300多条,2012年6月出版的《现代汉语词典》第6版,收入了"给力""雷人""宅男""宅女"等网络词汇。

  网络语言的使用给文学叙事带来时代气息,《第一次的亲密接触》的成功无疑与网络词汇的使用分不开,小说中用了很多的网络词汇,诸如"宕机"、"狗腿"、"恐龙"、"见光死"、"吐槽"、"菌男"(俊男)、"霉女"(美女),这些词汇的使用使小说有一股清新的网络文风,给人以"陌生化"的阅读效果。小说中还化用传统语言,将网络改造的流行语言写进小说,诸如:"余岂好色乎……余不得已也"(套用《孟子》中的句式),"弟本布衣,就读于水利……全成绩于系上,不求闻达于网络……"(模仿《出师表》的句子),"痞子……这次你请我……下次我让你请……"(聊天的生活化语言,有生活情趣)。"'呵:)……痞子……那你想我吗?……''A.想 B.当然想 C.不想才怪 D.想死了 E.以上皆是……The answer is E……''如何想法呢?……''A.望穿秋水不见伊人来 B.长相思,摧心肝 C.相思泪,成水灾 D.牛骨骰子镶红豆——刻骨相思 E.以上皆是……The answer is still E……''呵呵……:)……'"这段痞子蔡和轻舞飞扬的对话模仿选择题的方式展开,给人一种新鲜感。其他如痞子蔡在聊天室里的plan,语言谈不上精致,他与轻舞飞扬的聊天之词也谈不上有文采,但是有个性,读来颇为吸引人,颇有开网络小说新风之意味。

  语言是建构文学作品的材料,是思维的外壳,语言关系到作品的写作面貌,一套语言系统代表着一类文学作品的风格。语言的更迭,渗透了文学的时代气息,构成了文学的发展历程。中国现代文学以白话文代替文言文,促进了文学的现代转型,使现代文学的面貌发生了根本性的变化。语言背后是文化系统的支撑,文学语言有阳春白雪和下里巴人之分,高雅的语言婉转、含蓄、蕴藉,通俗的语言简洁、明朗、机智、活泼。好的作家都有自己的语文风格:王蒙的语言有气势,如同排炮般的有冲击力;汪曾祺的语言淡雅、清丽、水净沙明;莫言的语言绚丽夸张,有张扬的感性风格。当代文学前三十年,形成了一套政治语言系统,对文学的渗透十分明显,在"伤痕小说"中有明显的政治语言的痕迹。先锋小说作家对政治语言进行了必要的更迭,语言实验化倾向突出,开启了一个文学的新时代。网络语言塑造的一种调侃式的幽默的写作风格,改变了二十世纪中国文学过于沉重的面貌,戏谑的网络叙事语言以一种娱乐化的形式开创了一种新的叙事范型。作家徐坤认为:"网络在线书写越是简洁越好,越出其不意越好,写出来的话,越不像个话的样子越好。一段时间网上聊天游玩之后,我发现自己忽然之间对传统写作发生了憎恨,恨那些约定俗成的、僵死呆板的语法,恨那些苦心经营出来的词和句子,恨它们的冗长、无趣、中规中矩。"[1] 如徐坤所言,网络在线写作语言的"出其不意"打破了传统写作的沉闷和无趣,这意味着汉语文字表现力的增强。

网络语言是一种调料,一种氛围,一种叙事的语调。汉语网络语言的母体是有深厚传统的中国文学语言库,网络语言常用戏谑、借用、化用的方式模仿经典语言,从而实现一种亦庄亦谐的表达。

---

[1] 徐坤:《网络是个什么东东》,《作家》2000年第5期,第13页。

中篇　网络文学的传承

"时间就像乳沟——是挤出来的！"这是三十的小说《下班抓紧谈恋爱》中的一句话，这句话让人想起鲁迅先生的名言："时间就像海绵里的水，只要愿意挤，总还是有的。"比起鲁迅的名言，三十的说法读来有低俗意味，但三十的话是有时代气息的，戏谑了当今的一种社会现象。

对网络小说的语言，学术界常见的是批评的声音，南帆《游荡网络的文学》认为在《第一次的亲密接触》中，"网络聊天室的交往将立体的现实简化为一些不无风趣的对话"，"网络语言之为网络语言的旨趣隐含了导致文学干涸的危险"。[1]南帆的分析不无道理，但我们应看到，网络小说的价值在于它扩展了小说的可能性，为汉语的表现力增加了新的空间。而事实上，那些成功的网络小说，并不只是靠网络语言来支撑的，而是在语言的运用中体现出对时代生活的捕捉和把握。作家汪曾祺认为："语言是小说的本体，不是附加的，可有可无的。从这个意义上说，写小说就是写语言。小说使读者受到感染，小说的魅力之所在，首先是小说的语言。小说的语言是浸透了内容的，浸透了作者的思想的。"[2]诺曼·费尔克拉夫的《话语与社会变迁》认为："语言使用中的变化方式是与广泛的社会文化过程联系在一起的。"[3]因此小说的语言价值在于语言所表现的内容以及内容所体现出的时代文化内涵与社会生活变化。《失恋33天》在和读者的互动中产生，小说的语言颇有时代感，吸收了很多生动的网络

---

[1]　南帆：《游荡网络的文学》，《福建论坛》2000年第4期，第20页。

[2]　汪曾祺：《中国文学的语言问题——在耶鲁和哈佛的演讲》，见《汪曾祺文集（文论卷）》，汪曾祺著，陆建华主编，江苏文艺出版社1993年版，第1页。

[3]　[英]诺曼·费尔克拉夫：《话语与社会变迁》，殷晓蓉译，华夏出版社2003年版，第1页。

语言。如"秒杀""WII""直男""拉风""土豆款的男孩"等网络词汇都有其特定的文化内涵。

马克·波斯特将印刷媒体时代称为"第一媒介时代",将互联网时代称为"第二媒介时代",第一媒介时代是信息制造者高高在上的时代,是知识分子启蒙者的时代,第二媒介时代是民间精神盛行的时代,知识分子权威受到挑战。"在信息制作者极少而信息消费者众多的播放型模式占主导地位的那个时期,亦即我所称的第一媒介时期,存在着某种触犯知识分子作者权威感(sense of authorship)的东西,而无论所论及的文化客体具有怎样的质量,这种冒犯总是存在。"[1]在第二媒介时代,信息制作化和消费者集为一体,马克·波斯特所言的这种对知识分子话语权威的冒犯变得更普遍了。网络写作者多是二三十岁的年轻人,他们没有丰富的人生阅历,他们是非职业写作者,他们的在线写作不追求高深的哲学思想,不追求艺术上有突破性的创造,他们阅读的也多是传统书面文学,冒犯知识分子权威,解构和戏仿传统经典成为一种叙事的策略。颠覆宏大叙事,放弃知识分子的启蒙立场,并不是放弃立场,不过是以民间的立场来取代启蒙的立场。周星驰主演的电影《大话西游》在二十世纪九十年代末受到一代大学生朋友的追捧,"大话之风"在网上蔓延。"曾经有一份真诚的爱情放在我面前,我没有珍惜,等我失去的时候,我才后悔莫及,人世间最痛苦的事莫过于此。如果上天能够给我一个再来一次的机会,我会对那个女孩子说三个字'我爱你',如果非要在这份爱上加一个期限,我希望是……一万年。"这段人物

---

[1] [美]马克·波斯特:《第二媒介时代》,范静哗译,南京大学出版社2001年版,第5页。

对白被网友们反复窜改演绎成多种版本。这种似假亦真、夸大其词的语言风格，在价值观上似乎并没有离经叛道，但其将神圣的感情娱乐化了，当这种语言被网络写作者们不断复制的时候，其戏谑的意味更强烈了。今何在的小说《悟空传》就是一部明显受到《大话西游》影响的小说，承续《大话西游》对经典小说的解构叙述，《悟空传》将《西游记》中神圣的取经之旅转化为一场备受怀疑的人生闹剧，唐僧、沙僧的坚定的佛家弟子形象被颠覆，孙悟空的英雄形象也被改写，佛家弟子被写成了几个俗人，历经艰险的取经故事演变成人物各自打着内心小九九的欲望故事，师道尊严的师徒关系被庸俗化，令人充满敬意的取经之行的合法性受到了怀疑和诘问。在这种戏谑的方式下，经典小说《西游记》以一种新的方式得到了当代的"复活"，《悟空传》是对《西游记》的当代改写，承载着当代社会文化心理的变革。

网络叙事打破了传统叙事的束缚，"正是由于脱离传统形式和假想情境，小说才获得生命。因此，免于形式约束的自由可被视为小说的规定性特征。"[1] 从篇幅上，网络小说可长可短，短的手机小说只有几个字，而《诛仙》《间客》《鬼吹灯》等网络小说都是数百万字。从小说的写法上看，《风中玫瑰》是多位网友网络聊天组成的小说，李臻的小说《哈哈，大学》是由文字、DV 短剧、Flash 动画、原创音乐和电脑小游戏合成的多媒体小说。2010 年 8 月由盛大文学主办的"双城记——京沪小说接龙 PK"由知名作家孙睿、徐则臣、丁天、金子、邱华栋组成"新京派作家团"，陈丹燕、李西闽、任晓雯、小

---

[1] [美]华莱士·马丁：《当代叙事学》，伍晓明译，北京大学出版社 1990 年版，第 5 页。

白、朱文颖组成"新海派作家团",进行小说接龙,以展现城市新移民的生存状态和命运。从小说的风格上看,穿越题材的小说细腻,盗墓题材的小说险绝,历史题材的小说诙谐,玄幻题材的小说飘逸,青春校园题材的小说活泼,现实题材的小说亲切。在文学先锋精神式微的年代,小说的文体创新已成为当代文学的暗流,那种跳动的、创新的思维火光在很多作品幽暗处流动。目前的网络小说在整体上缺乏文体创新,但网络小说在语言的融合、叙述方式的变化、媒体手段的多样化等方面蕴含了新的文体的可能性,而这一切,都是来自民间文学创造力的解放。

二、网络叙事的审美表达

网络小说中最有代表性的是那些玄幻、悬疑、历史、盗墓、穿越、耽美、校园等类型化题材的小说,从各大网站的作品类型分类到占据各大畅销书榜的线下实体网络小说,主要都是类型化小说。这些小说多借用通俗小说的写法抓住读者,读者将网络小说的审美特征概括为"爽"的机制,南派三叔创办《超好看》,其宗旨是:"以故事本身为卖点,重要的是,读者可以从故事的精彩情景中获得单纯的阅读快感。事实上,凡不以好看为目的写小说都是耍流氓。"[1] 网络小说遵循"故事为王"的硬道理,如何将故事讲得吸引读者,是网络小说作者重点考虑的。慕容雪村在接受记者采访时说:"取悦读者是

---

[1] 王科、黄葆青、丁燕、刘晶:《写小说不以好看为目的是耍流氓》,《钱江晚报》2011年9月15日,第A14版。

我的本性。"[1]要很好地吸引读者,制造悬念是网络小说创作的基本手法,在故事结构上,主要是以线性结构来叙述,一点点地呈现来龙去脉,让读者被人物的命运、故事的发展所吸引。

网络小说常用顺叙的写法,一般是按照人物的成长经历展开,网上连载的上百万字的超长篇网络小说采取的是每天更新的方式与读者见面,采用顺叙的写法是为了便于阅读,不至于让读者将小说的内容弄混。《间客》《诛仙》《小兵传奇》《遍地狼烟》都采用了顺叙的写法,人物的成长历程就是小说的结构,读故事就是读人物的命运。这种写法与中国古代通俗小说又有些不同,带有很鲜明的现代小说的意味,主人公的人生历程是艰难曲折的,其成长及成功之途是建立在挫折和一步步的历练的基础之上的,在主人公之外,再设计其他的陪衬人物进行对比,以突出主要人物。

传统小说中的悬念、巧合、无中生有、一波三折等叙事技巧在网络小说中被广泛运用,这些技巧的运用增加了网络小说的可读性。《蜗居》是一个写实的故事,小说中那种盘根错节的矛盾纠纷,一波未平一波又起的故事结构,展现了作者"编故事"的才能。网络连载是用"中断讲述"的方式来延宕信息从而造成悬念,叙述中写作者也常有意地设置悬念,让阅读变成"猜谜"的智力游戏。蔡骏称自己的作品为"心理悬疑小说",所有的小说叙述都是围绕"设谜——解谜"的过程来展开,他办的杂志名为《谜小说》。网络上把悬念的设置称作"挖坑",解开悬念的过程称作"填坑","坑"被填平以后又开始设下新的悬念,不断如此往复,形成叙事的推进。应该看到,蔡骏

---

[1] 钟刚:《取悦读者是我的本性》,《南方都市报》2008年11月23日,第GB32版。

的"心理悬疑小说"吸收了现代心理分析小说的特点,在布疑、解疑的过程中,展开人物的精神心理分析,使故事既有很强的可读性,也有现代小说的细腻感。

与经典现实主义小说相比,网络小说中少有冗繁的景物描写和场景描写,小说的开头一般是直接进入故事的核心层面,设置悬念,引起读者"追根溯源"的好奇心。当然,那些有文气的小说,也常以简短的景物描写开篇。这是《遍地狼烟》的开篇:"初秋的雪峰山已经颇有些寒意了,尤其是山上常年积雪,站在这茂密的大山深处里更显出几分阴冷。一道清澈的山泉在林子中央悄无声息地流淌着,脚下齐腰的灌丛林如同海上翻卷着的那些无边无际的波澜,随时准备把一切尽数吞噬而不落痕迹。天空中偶尔有一只鹰滑翔而过,叫声一直抵达云霄,回音在绕着层峦叠嶂颤动久久不绝止,让这座因常年积雪而得名的湘西大山也随之轻轻颤抖了一下。"这段描写颇有经典现实主义小说的影子,为故事的展开定下了"严肃沉稳"的基调。"50年前,长沙镖子岭。四个土夫子正蹲在一个土丘上,所有人都不说话,直勾勾地盯着地上那把洛阳铲。铲子头上带着刚从地下带出的旧土,离奇的是,这一抔土正不停地向外渗着鲜红的液体,就像刚刚在血液里蘸过一样。"这是《盗墓笔记》的开篇,迅即、简洁,毫不拖泥带水,用场面描写迅速将读者带入故事之中。

网络小说也受到西方小说的影响,其故事深层也有对生存悖论的呈现。《间客》中,许乐与之作战的帝国竟然是自己的祖国,一个联邦的英雄最后被证实为有帝国的血统,许乐所陷入的悖论是俄狄浦斯(Oedipus)式的:个人无力选择自己的出身,一个人在反抗命运的时候,又受到命运的无情嘲弄。但《间客》又是一个现代的故事,主人公许乐超越了民族,作为一个"间客",站在了正义与公理之上,为人类做出了自己的贡献。

从小说的开篇来看，截取横断面的写法常被网络小说采用，这种写法的好处是入题快，直接将读者带入到人物故事的矛盾之中。《成都，今夜请将我遗忘》以主人公陈重打牌输钱后勾引叶梅开篇，陈重与妻子赵悦的矛盾就此展开，叶梅后来成为陈重的朋友李良的妻子，陈重与叶梅的身体游戏又注定了他与好友李良之间的悲剧性冲突无可避免。这种结构方式类似于曹禺的《雷雨》，人物间的恩怨情仇在开篇已经注定，读者进入的是故事的中场，故事冲突集中、紧张，让读者的心随着人物的命运变化而动。陈重与赵悦大学时代的经历成为故事的背景，小说一面是人物在现实中的堕落，一面是对大学时代的缅怀，两相对照，突出人物历经"尘世"后精神面貌发生的根本性变化，小说的内涵因两重维度而更加丰富。

网络叙事中，还可以借助图片、视频来和读者互动。胡戈的《一个馒头引发的血案》对陈凯歌的电影进行解构，以一种戏谑的方式对电影《无极》进行"恶搞"。胡戈把一部严肃的电影，通过剪辑的方式，实现了自己的"再创造"，让广大的网民看到了《无极》主题的日常经验化，这是以民间的方式对影视文化进行的批评，显示了民众的幽默才能和文化眼光。

网络小说的叙事速度比较慢，枝节旁生，因为是网上连载，可以事无巨细地进行细节铺张。《间客》中的场面描写都是正面的，人物的对话都是写实的，长篇大论，宏论滔滔，大有诸葛亮舌战群儒的气势，不虚晃一枪，不设空白、暗喻，读来也颇有趣味。因为不担心篇幅的限制，网络叙事也会极力营造情节的曲折性，险象环生，盘根错节，故事性强，但也给读者节奏慢、故事冗繁之感。读者可以在电脑上看，可以通过移动屏媒如手机、iPad 等阅读器直接阅读，也可以在公交车站等场所,在茶余饭后等休闲时刻,进行有效阅读,因而网络小说是为"轻阅读"而写作的,叙事中通常没有高深的哲学思考,没有需要反复回味的微言大义。

网络叙事有多种形式,如博客、微博、留言板、直播帖、文学网站上的专栏等等,根据刊载的形式不同,风格也会有所差别。微博上的文字一次不能超过140字,用语必须特别简洁,适合用手机来发送,还可以用图片的形式来及时呈现生活中发生的事。2011年,7·23甬温线特别重大铁路交通事故,很多在场的目击者及时地用手机记录了自己的所见所闻,通过微博发出了自己的声音,这种新闻现场式的叙事不是由专业记者来完成的,而是由普通民众来完成的,它是立足于民众的拍摄角度和叙事立场的。博客是一个自由的书写空间,博客文字没有特别的格式,没有文体的限制,只要自己高兴,博客就是自己给自己办的杂志,就是一片自留地。博客提供了博友留言、博文评论、博友动态等多重链接,以及图片、声音、视频等多重技术手段,博客写作有很强的表现功能。博客内容往往包罗万象,可以是个人的观感叙事,也可以是大众关心的话题,可以是剪贴的,也可以是自己的心情记录,博客是私人的日记本,又是公开的会客厅和论坛。

网络叙事的特点还在于所写的文本是和读者互动的,互动性增强了文本的流动性、不确定性,写作者可以一边写,一边和读者进行交流,读者的鼓励也会成为写作者创作的动力。由于读者的差别很大,读者与作者之间的互动使网络文学的阅读接受过程是一种霍尔所说的"生产性文本"产生的过程,因而也往往创造出与那种标准化的、齐一化的文化产品不同的作品来。通过在线交流,写作者直接面对读者的意识会大大地增强,其写作的兴味也会极大地提高。没有人会甘心自己辛辛苦苦写出来的文字被读者忽视,写作者注重吸引读者的关注力,将作品尽量地拉近自己的感性生存状态,以生活感受性见长,以便在网上寻得更多的知音。

网络叙事的总体风格是娱乐性的,其面对的是大众网友读者,而不是少数有文学修养的精英读者,这种情形有些类似于古代说书场。对于中国文学来说,"五四"以来的现代小说的传统不过是近百年的事,而自隋唐以来的通俗小说的传统则有上千年的历史,网络小说在叙事手法上更接近古典通俗小说。当然网络叙事的作者主体也接受现代西方小说的影响,那些受金庸、古龙、琼瑶等作家写的港台通俗小说影响的写作者,也在不知不觉间吸收了现代小说注重"情调"和"风格"(茅盾语)的写法。根据严家炎先生的研究,金庸的小说跳出了传统武侠小说编故事的创作路数,突出人物性格的刻画,作品不仅塑造了一系列的扁平人物形象,还有突出的圆形人物形象。其小说的内在结构是西方近代式的,采用有多重矛盾、多条线索的网状结构,其情节悬念是积累了大仲马的浪漫主义小说和近代侦探小说、推理小说的艺术经验而发展起来的。金庸小说借鉴和吸取了"五四"新文学和西方文学结构模式,大大拓展了生活容量,增强了艺术力量。[1] 网络小说作者和读者多是通俗小说的爱好者:蔡智恒最喜欢的作品是《三国演义》,蔡骏写"悬疑小说"受日本电影《午夜凶铃》和通俗作家斯蒂芬·金的启发,桐华写穿越小说最初受到漫画《尼罗河的女儿》和好莱坞电影《时光倒流七十年》的影响,对沧月写作影响巨大的作品是《笑傲江湖》《七剑下天山》《基督山伯爵》,流潋紫喜欢《红楼梦》、二十五史、《聊斋志异》以及张爱玲、苏

---

[1] 严家炎:《金庸小说论稿》,北京大学出版社2007年版,第117—119页。

童、林清玄、亦舒的作品，猫腻的写作受金庸、古龙等作家及《阿甘正传》《教父》《007》等电影的影响，江南的小说《此间的少年》以十五部金庸小说中的人物展开想象……可以看出，相对"五四"以来的现代文学传统，网络叙事主体更多受到中外娱乐化的通俗文学的影响，重视故事的趣味更甚于思想的启蒙和艺术的创新。应该看到，他们与古代的说书人是不同的，他们的故事有现代文学的艺术视野，其叙事内容渗透了现代精神，不是古代英雄、神魔、儿女故事的简单重复，其叙事手法如同上文所分析的，不乏对现代小说技巧的借鉴，这种超越雅俗叙事的综合借鉴蕴含着新的创造性。

三、感性解放与叙事的个体经验

网络媒体的普及，让更多的写作者有了自主写作、自由发表的机会，话语权力完全下放，写作、发表不再是神秘的事情，不需要经过出版编辑的审核，甚至不需要反复构思、精心锤炼，可以随心所欲的"我手写我口"。网络叙事不需要一本正经的面孔，不需要温良恭俭让地恪守写作规范，也不必对主流价值和知识分子顶礼膜拜，一切都可以从"我"说起，对一切宏大的、神圣的、主流的叙事传统进行解构。亵圣不是网络文学的独创，是对当代作家王朔和王小波写作的继承，王朔反的是知识分子的体制，包含着一种民间机智在其中，王小波以身体叙事反抗社会体制的压迫，以自我的身体快感反抗"文革"时代历史专制的压迫。亵圣思维是对崇高、神圣等宏大价值观念的解构，从叙事的策略上看，是以人物的"低化"与"俗化"来呈现世界的"本来面目"，以身体、感官的张扬来释放写作者的冲动。网络是一个最能容纳多重声音的地方，一切民间的感性的乃至不无粗俗的个体体验都能在网络中找到宣泄的出口,写作者身份的广泛性和匿名性也决定了他们写作体验的多样性。

网络叙事能贴近读者,也是把日常生活经验审美化的结果,网络是一个能充分放纵感官欲望的空间,青春期的苦闷、生活的压抑都能转化为创作的驱动力。在互联网上的各种图片里,身体的暴露是很普遍的。"在经历了一千年的清教传统之后,对它作为身体和性解放符号的'重新发现',它在广告、时尚、大众文化中的完全出场……今天的一切都证明身体变成了救赎物品。在这一心理和意识形态功能中它彻底取代了灵魂。"[1]文艺复兴以来,人的解放是从身体的解放开始的,很多革命家发现了身体解放中隐藏的革命力量。马尔库塞、萨特、梅洛·庞蒂、罗兰·巴尔特、福柯、弗·詹姆逊、伊格尔顿等人,以身体的革命展开形而上的哲学革命。摄影是对视觉无意识的解放,影像对应的是对隐秘的内心渴望的呼应。互联网打破了身体的禁忌,网络叙事对身体感官欲望的描写也无所顾忌得多。

文学是想象虚构的艺术,文学的想象力是写作者重要的素质,没有想象力就不能很好地写作。文学世界是一个充满各种可能性的世界,文学的想象力表达着人性中尚未被格式化的潜能,想象力的解放,在于解放了人的感觉的丰富性,常以对快感和潜在本能的释放为先导。网络写作自由发表、匿名(网名)写作,写作者意随心动,自由地发挥,随意地编造故事,可以将想象能力最大限度地发挥出来。网络小说很多作品都是上百万言,故事的构架、语言

---

[1] [法]让·波德里亚:《消费社会》,刘成富、全志钢译,南京大学出版社2000年版,第139页。

的运用、一个"异托邦"世界的构筑,都是需要想象力的。在网络小说中,悬疑、玄幻、穿越、架空、寻宝打怪都是充满想象力的。章学诚认为中国小说经历三变,即汉魏之事杂鬼神、唐人之情钟男女、宋元之广为演义,借助想象力,这些古典小说形式在网络中重新复活。小说所构筑的世界与现实生活是有距离的,穿越小说中,现代人与古人相遇,现代人的思维与古人的相互碰撞,产生出无数盘根错节的偶然性,发生种种啼笑皆非的故事,皆是通过想象完成的。以"清穿三座大山"《步步惊心》《独步天下》《梦回大清》为代表的穿越小说构筑了一个想象的世界,那种争权夺利之下女人的心计被想象性地放大,错综复杂的恩怨纠葛展示了写作者的艺术才华。猫腻的《间客》是一部想象的小说,主人公上天入地,在帝国、联邦、西营三界之间自由穿行,它所讲述的是一个坚强的主人公不断成长的故事,主人公的个人经历非常曲折,但个性很坚强,从来不畏惧强权,甚至以个人之力去挑战国家,让读者读起来特别"爽",这种白日梦式的完美人物,是通过想象完成的。网络放大了小说中的想象因素,凤歌、沧月、王晴川、我吃西红柿等作者以武侠小说加动漫、悬疑等天马行空的想象赢得了读者的喜爱。很多网络小说的作者既没有丰富的人生经验,也没有很多的创作经验,但他们有一种自由自在的不受拘束的想象力。《和空姐同居的日子》这部小说看似是写实的,实则是一个想象的故事,故事有明显的编造意味,有太多的不可能性,小说涉世也不深,作者编造了一对同居男女的种种故事,最终以喜剧性的结局收尾,小说读起来很轻松,有青春文化"乐感"趣味。

网络叙事的主体是千千万万的民众,他们多是写作的练习者,很多处于文学的学徒期。写作者的身份芜杂,来自各种行业,很少有中文专业出身的,写作的起步阶段多以业余写作者的身份出现在网络上。台湾网络作家九把刀在他的硕士学位论文中说:"红色出版社总编辑叶资麟在访谈中提出她观察到的有趣现象,她说网络小说作者书写的第一个故事,都是将自己套进主角里,用日常生活作为故事的蓝本,大量套用真实存在的人际关系,甚至只是单纯地书写曾经发生在自己身上的故事。"[1]因为网络写作的机缘,网络写作者将自身的个体生活经验写成了小说,这种自发成长的方式,比由作家协会来培养作家更合乎文学的规律。文学不是无源之水,而是以切实的现实经验为基础的。在各种媒体立体化地提供信息的时代,打开电视机,摄像机镜头会把各地发生的事及时地告诉读者,每个城市都会有多种报纸存在,有大量的新闻从业人员给读者提供世界各地的消息。文学叙事与这些媒体叙事不同的是,文学叙事不只是讲故事,而是在叙事中蕴含作者的切身感受和情感想象,有个体的精神体温。叙事题材的开拓,对于网络写作者来说几乎是不用刻意而为之的,网络叙事解放了创作的想象和冲动,容许更多的离经叛道的写作者书写自己的另类人生。

大学阶段的写作者,可以以校园故事为写作题材,他们的作品是写给同龄人看的,《我在大学闯荡江湖》《此间的少年》《大四了,我可以牵你的手吗》这几部作品的写作者当时都是在校的大学生,他们对大学校园的认识是直接的,他们以自己的经验写出了大学时代的情感历程,写出了青春期的迷茫与梦想,以及大学里各种有趣的人和事,等等。特别的经历也可造就一个写作者,《我的老千生

---

[1] 柯景腾(九把刀):《网路(络)虚拟自我的集体建构——台湾BBS网络小说社群与其迷文化》,东海大学社会学研究所硕士学位论文,2005。

涯》是一部网上热门小说,在网络上有很高的点击率,这部小说叙述的事件基本是真实的,这是一部由个人在赌场上的特殊经历写就的小说。张海录的《边缘》是一部深受《平凡的世界》影响的作品,这部小说中显然也注入了作者自己的经历,小说的主人公在一定的程度上就是作者自己。当然,作为基本的文学常识,小说故事和个人经历是不同的,即便是以第一人称写的自传体小说,小说毕竟是小说,不是真正的自传,但毫无疑问,对题材的真切感受和丰富的生活经验,是网络小说创作的基础。六六的《双面胶》《蜗居》写出了多重现实矛盾:婆媳之间的矛盾,高房价对工薪阶层的压迫,城乡文化的差别,政府官员与开发商勾结,年轻的职场女孩沦为政府官员的小三,等等。小说的现实感让众多的读者找到了共鸣点,小说被拍成电视剧有很高的收视率也证实了这一点。

生活是艺术的老师。车尔尼雪夫斯基说,美在生活。在中国当代文学史上的一个特定时期,强调作家对生活的体验,写作者常常带着一定的任务去体验生活,这无疑是必要的。但如胡风所说,处处有生活,不是缺少生活,而是缺少对生活的熔炼和发现。网络小说写作者的身份各有不同,他们来自各行各业,他们的写作为读者提供了丰富的生活经验,网络写作为多样个体经验的呈现提供了可能。

作为职场小说,《杜拉拉升职记》《我的美女老板》《浮沉》等为读者打开一扇职场的窗子。小说表现了职场的现实规则,让读者把小说当作生活教科书来读,不过这和革命时代的教科书有很大的不同,写作者总结的是个体性的职场经验,阅读者从中可以学到很多的实用技巧。诚如李可在《杜拉拉升职记·自序》中所言:"书应该提供怎样的帮助呢?我以为,好书应该做到集中地提供逻辑的、生动的、有效的信息。所谓逻辑、生动而有效,光是经验分享还不够,这些经验是要容易理解和记忆的,实用的,并且是有意思的,还要周到而通用,能上升到常识甚至原则的境界,以便于人们达观的遵从及现实的获益。"[1] 还有很多的小说写作者并没有特别丰富的生活经历,但只要一个人有所爱好,有所特长,就可以写作,并且写出让读者喜欢的文字。蔡智恒的小说内容比较单一,但其独特的个性,理工科学生对语言的奇妙感觉,让他写出一些具有独特个性的语言。天下霸唱喜欢看探索性的电视节目,这为他写作《鬼吹灯》提供了经验基础。所谓一代人有一代人的文学,网络小说的写作者多是"70后""80后""90后",他们的成长经验与上一代人有很大的不同,这一代人多为独生子女,有更好的家庭物质条件,父母抚养孩子的方式是放养而不是圈养,孩子有更好的才艺修养,家长对孩子个性的发展更为尊重,他们从小在网络语境中长大,遇到问题喜欢"百度",而不喜欢问人,他们的知识面更宽,个性发展更为充分,在写作中,也更能不拘陈规。网络时代,通过信息传媒,真正能做到"秀才不出门,能知天下事"。动漫、游戏、国外电影、课外知识,都成为他们写作的资源而被充分利用。失恋的经历也可通过网络被文学性地"叙述"倾诉,鲍鲸鲸写作《失恋33天》的时候,正在失恋之中,她把自己失恋的事通过直播贴的方式在网络上写出来,获得了大批网友的及时支持,在与网友的经验交流中度过了失恋的痛苦,也创作了一部被读者追捧的失恋题材的小说,并被成功改编成热门电影。

美国学者詹姆逊认为,西方社会在战后出现了"文化转向"的倾向,对应消费时代的来临,先锋文学导向的现代主义文化被后现

---

[1] 李可:《杜拉拉升职记》,陕西师范大学出版社2008年版,自序。

代倾向的消费文化所取代。"一种新型的社会开始出现于二次大战后的某个时期（被冠以后工业社会、跨国资本主义、消费社会、媒体社会等种种名称）。新的消费类型；人为的商品废弃；时尚和风格的急速变化；广告、电视和媒体以迄今为止无与伦比的方式对社会的全面渗透；城市与乡村、中央与地方的旧有的紧张关系被市郊和普遍的标准化所取代；超级公路庞大网络的发展和驾驶文化的来临——这些特征似乎都可以标志着一个与战前社会的根本断裂，而在战前，高级现代主义还是一种反现存体制的力量。"[1]詹姆逊的判断是针对西方社会近半个多世纪以来社会发展演变的，中国自二十世纪九十年代以来经济超速发展，已跻身世界经济大国之列，詹姆逊所说的由现代主义向后现代主义转变的"文化转向"趋势在中国也开始出现，网络媒体的普及适逢文化的转型，文学的大众化倾向越来越突出，民众的创造力在网络叙事中得到了发挥。

  网络叙事发扬的是文学所具有的自由精神，文学审美一直是民间反抗思想禁锢的方式，在历代优秀文学作品中浸透的是一种民间的自由思想精神。"立身先须谨重，文章且须放荡"，感性的反抗，感性的自由在网络叙事中得到张扬。文学革命常是以感性的解放为起点，文艺复兴是对人感性的重新发现，身体欲望、世俗欲望在弗洛伊德那里找到了理论的合理性，文学是潜在压抑的释放和升华。巴赫金的"狂欢化"理论将快感的解放看作是对抗秩序和权威的重要方式。法国思想家罗兰·巴尔特认为，身体是自然的，而非意识形态的，因而身体是抵抗文化控制的最后一个据点。马尔库塞认为，

---

[1] [美]弗雷德里克·詹姆逊:《文化转向》，胡亚敏等译，中国社会科学出版社2000年版，第19页。

西方的理性启蒙思想对西方社会的影响很大,但也造成了对个体的压抑,马尔库塞把感性的解放当作资本主义体系下单维人解放的途径。"个体感官的解放也许是普遍解放的起点,甚至是基础。自由的社会必须植根于崭新的本能需求之中。"[1] 马尔库塞从对资本主义社会的政治批判出发,提出人的解放在于个体感官的解放,将人的解放和审美艺术的解放结合在一起,将艺术之维作为反抗压制的重要方式。马尔库塞认为感性的解放"表现着生命本能对攻击性和罪恶的超升,它将在社会的范围内,孕育出充满生命的需求,以消除不公正和苦难;它将构织'生活标准'向更高水平的进化"。[2] 马尔库塞的新感性崇尚人的自由,认为只有以游戏和审美的方式才能充分实现人的本质的健康发展。文学叙事的感性解放不单单只是文学的事情,而是社会经济发展,价值日趋多元化的结果。"'感性'在理论上被理解为当代日常生活中人的现实情感、生活动机以及具体生活满足的自主实现,亦即人的日常生活行动本身。"[3] 在科技文明不断进步的今天,社会为个人的发展提供了更多样的可能性,在文化层面上,还原人的感觉的丰富性,解放人内在的冲动,让个体的精神追求得到肯定,这是文学对时代的馈赠。文学历来也承担着这样的功能。然而在文学体制制约着出版自由的时候,在文学的传播媒介决定着文学的效应的时候,审美领域的感性解放是受约束的。网络

---

[1] [美]赫尔伯特·马尔库塞:《审美之维》,李小兵译,生活·读书·新知三联书店 1989 年版,第 143 页。

[2] [美]赫尔伯特·马尔库塞:《审美之维》,李小兵译,生活·读书·新知三联书店 1989 年版,第 106 页。

[3] 王德胜:《回归感性意义——日常生活美学论纲之一》,《文艺争鸣》2010 年第 5 期,第 7 页。

媒介的出现在一定程度上改变了这一点,自由的写作,自由的开放自己的心灵感觉,和众多的"同道人"一起思索,网络媒体使艺术的感性解放有了更大的空间。

马尔库塞建立的感性解放,以少数精英知识分子的先锋艺术和一些流浪汉、青年学生等非生产性阶层的反社会行动来对抗现实。中国的网络文学写作不是马尔库塞所倡导的精英分子的突围,而是民众普遍性的觉醒。那种网名写作、匿名发表的文学叙事中,可以看到民众巨大的批判力和创造力,他们以"民意"的方式书写着他们的反抗和想象。"美学的根基在其感性中。美的东西,首先是感性的,它诉诸感官,它是具有快感的东西,是尚未升华的冲动的对象。"[1] 网络叙事中个体自身的爱欲、感受、想象、个性得以复活,个人与世界的丰富联系得以复活,表达世界的语言方式和思维方式都有了新的更新。在猫腻的《间客》中,我们可以看到那种对专制体制的反抗,对世袭制度的反抗,对西式民主的嘲讽。他以来自平民的声音呼唤一种真正的自由和民主。在阅读那些戏谑经典的作品和那些在历史中自由穿越的故事时,我们无不感知到来自民间的"毛茸茸"的智慧的活力。与"五四"文学革命那种有理论依据,有组织的活动方式不一样,当代网络文学对感性的解放和叙事艺术的变革是悄悄的,甚至是不自觉的,但其影响力慢慢显示了出来。

网络文学的创作者身份是多样的:一些是自由的写作者,他们用的是匿名,神龙见首不见尾,他们的身份有时都难以考证;一些是在体制中的作家,自由地思考,在网络上发表一些文字,扩大了影

---

[1] [美]赫尔伯特·马尔库塞:《审美之维》,李小兵译,生活·读书·新知三联书店1989年版,第123页。

响；还有一些自由写作的"写手"，获得了名气，慢慢成为文学网站的VIP作家，写作是为了钱，码字兼有谋生与艺术创作的双重功能。人生而自由，但也很可能会为了钱而卖掉自由，网络写作者也不是完全自由的，但他们无疑处于历史上写作最自由的时代。布尔迪厄的文学场域理论认为，个体如何创作，是由写作者所面对的历史场域和文化语境决定的，个体的思想、趣味上的差别是由场域的不同带来的。中国当代网络叙事缺乏先锋文学的探索性，它继承的是传统文学手法，兼及对时尚文化元素的吸收。网络小说的写作者在写作艺术上并不圆熟，但他们粗糙、凌厉的文字之中有独特的个性，往往能冲破主流叙事的束缚。网络叙事的意义不是确立一种价值标准，更不是一种真理或本质标准，而是一种新的趋向，是人的总体经验的构成之一，网络叙事也相应地成为一种美学形式。欧美的网络文学作品主要以实验性的超文本作品为主，而中国网络文学的主流在艺术上并未有根本的革新，网络叙事复活了讲故事的传统，是对当代文学感性解放内在脉络的赓续。就目前网络文学的实绩来看，其主要功绩不在于奉献经典作家、作品，而是促进文学阅读、写作活动的大众化，促进文学形态的丰富性，通过影视、游戏改编等途径衍生出更多、更丰富的文化产品。作为一种审美的艺术形式，文学对生活感受的处理毕竟是需要艺术修养的，是需要技巧的，也是需要智慧的，在这个层面上，感性的丰富只有在走向理性的深思中，才是有意义的，这也是在网络文学参与当代文化建构中读者们所期待的。

下 篇

对话网络作家

网络文学需要降速、减量、提质
——管平潮访谈录

一、"我从小读古典文学"

周志雄：您本科毕业于中国科技大学的电子工程与信息科学系，硕士读的是科大的通信与信息系统专业，博士在日本读信息学。作为一个理工科的学生，您是怎么走上网络文学创作这条道路的？

管平潮：应该有两方面的原因。一方面，我虽然一直是理工科里的高才生，但是从小就爱看书，所以文科成绩也不错。我1996年在江苏参加高考，那个时候文科生和理科生用同一套试卷考语文，我的总分虽然是市第二名，但是我的语文单科是江苏省第一名。所以我不是凭空突然转到文学的，我一直有这样的积累在，也说明我有这方面的天赋。另一方面，写作是个水到渠成的事情，它需要一个契机。这个契机就是2004年我去日本留学读博士，当时拿到了日本文部省奖学金，英文翻译成日本政府奖学金。刚去日本举目无亲，科研任务、学习任务也不是特别重，业余时间兴趣转到文学上。我从小读古典文学、中外名著，也包括网络文学，我其实一直是个网络文学的深度爱好者。我本科学的是电子工程与信息科学，进的实验室是信息网络实验室,所以我是最早接触网络的一批人,《第一次的亲密接触》《悟空传》刚出来我就读过。到了2004年,有了大量的时间,于是就开始网络小说创作了。

周志雄:假如你进入文科专业,或者学中文专业,情况会完全不一样吗?

管平潮:可能是会完全不一样。拿高考来讲,我的文科其实是非常好的,我的地理、政治都很好,当时我如果选文科的话很可能是江苏省前几名,进北大是非常可能的。当然,话又说回来了,未必科班出身就能成为一个作家,强大的理工科背景对我的写作也很有帮助,比如数字逻辑电路、八位二进制等计算机方面的科学,一些用科学来认知这个世界的原理,我都可以转化到我的小说里面去。比如,在我们中国传统志怪小说中,狐狸怎么能修炼成狐狸精呢,就是因为她吸取日精月华,但是古往今来,中国文学史上没有一个作家阐述过这个吸取日精月华的原理,我就用我了解的"负熵"的理论来解释。"熵"就是混乱,麦克斯韦有一个关于人类的理论:人为什么能成为人?人为什么能成长呢?是因为人一直在吸收"负熵"的能量,吸取"负"的混乱能量来对抗自然界自发的走向混乱的态势,我们最终还是没能抵抗得了,人死了其实就归于混沌了。我借用这个理论来解释我作品中的妖怪吸取的日精月华到底是什么,那就是"负熵",在作品中我用"混沌"来指代"熵",用"阴阳"来指代正负,那就是阳之混沌和阴之混沌,这使我的文学创作更加有深度和广度,这和纯用文学语言来讲故事是不太一样的。

周志雄:您在读博士期间,文学创作和学业之间有冲突吗?

管平潮:其实不矛盾。我在读博士期间写作是消遣,因为在异国他乡,一个非母语的环境中,作为外国人是很难融入当地生活的,业余生活很单调。还有一个方面是，我当时读博的研究所是日本国立情报学研究所，它在东京的市中心，在天皇皇宫平川门旁边，我租房处距这个寸土寸金的地方很远，每天坐地铁往返时间就要两个小时。在这两个小时里，要么是看书，要么是构思小说的大纲，这样原本很模糊的故事构想开始浮出水面，晚上回到宿舍再开始写，这样的创作过程对我反而是一种休闲。

周志雄：您在日本留学深造，有没有接受日本文学的影响？

管平潮：坦白讲，受影响是很大的。我读日本《万叶集》《古今和歌集》这样的文学典籍，今年6月我在冲绳度假的时候还在书店里买了一本像中国《古文观止》类型的书，书中把古今日文典籍里的精彩字句摘出来赏析、点评。日本是个岛国，它虽然也吸收外来西方文化，比如荷兰、美国的文化，但它受影响最大的还是中华文化，尤其是汉唐宋文化。日本近代社会相比中国而言，在政治上比较安定，没有经过大的颠覆，所以传统文化保存得比较好，日常的一些小细节也很有韵味和文学美。日本文学对我影响还是很大的。有一些评论家朋友评论我的语言文字好，为什么我的文字好，因为我当时还在日本，语言环境比较纯净，不像在国内会受一些口头禅、网络热词的影响，比如"给力""哇塞"之类，也不会被一些俚语俗语扰乱。对于一个喜欢古典意蕴的写作者来说，太嘈杂的语言环境不是一件好事。其实我的小说是非典型网络小说，我当年的成名作的小说章节标题是四六骈文体，带一些古白话文言文的感觉。

周志雄：除了语言方面，日本对您的创作还有别的影响吗？

管平潮：客观来说，日本是很讲究古典情怀的，一到樱花盛开的时候，日本人都呼朋引伴到樱花树下饮酒，妇人就会穿着传统的和服在花下歌舞助兴，这是我亲身经历的，很有中国古代汉唐宋的文人雅趣。对我而言，日本相当于一个窥视中华古汉语最强盛时期的媒介。

周志雄：我了解到您博士毕业之后在网易工作，先从事网络游戏系统开发，后来调到网易云部门做网络编辑，指导网络写手们如何写网络小说，能谈一下您工作的情况吗？

管平潮：前三年我做网络游戏的主策划，大概一年的时间行政上隶属总裁办公室，后来就开始做网络文学原创平台，我们的丁总比较了解我的情况，他骨子里也是文艺青年，所以我也帮他召集过几次作家雅集，后来就调到网易原创文学平台。我特别认同"网易出品必属精品"的理念，这和我的写作理念是完全一致的，这些经历对我也是很有帮助的。比如现在的全IP、全版权运营，一个大的改编就是游戏改编，我有网游主策划的工作经历，使我在写书之初就知道该怎么写，写出什么样的效果更容易让游戏公司看中。后来的网络文学平台，一方面我在指导别人，另一方面我也得到反馈，这对我是很有帮助的，三人行必有我师，哪怕他写的东西和我完全不一样，他也必有可取之处，甚至他失败的地方也能给我启发。

周志雄：能描述一下您平常的工作情况吗？

管平潮：我的工作时间比较自由，不需要坐班，一般集中效率完成事情。通常是工作和写作穿插进行，基本上工作和写作都在白天进行，劳逸结合，作息还是很正常的。作家生活的采风活动我都是作为一种休闲，八月份我去了新疆，这个月我会去日本采风。沙漠、山川、林海那么多奇幻美丽的景象，如果我不亲身经历一下，只是凭空想象的话，有些奇特的细节是写不出来的。我真的是把写作当成事业。

周志雄：您读日本文学是读日文版吗？

管平潮：一般读中文翻译版，日文版会作为参考，互相印证。因为要学以致用，我还是会选择最高效的阅读方式。

学生：我是您的一个粉丝，读过您的《仙路烟尘》《九州牧云录》。您具备常人所不具备的写诗填词的文学功底，甚至我们中文系的学生也自愧不如。您是工科博士，著有《局域网组建与维护实例》，并且喜好音律，擅长乐器，创建中国科大民族乐团并担任首任团长，又素性爱好自然，犹擅摄影，遍游美日诸国。一般人做一件事都要专注来做，您怎样来平衡工作、学习、创作、爱好这么多事情呢？

管平潮：首先是要统筹规划好。我始终坚持写作是条主线，虽然平时很多有趣的事情容易吸引人的注意，但是大量的时间还是用来做我的主业。在写作的时候我是非常用功而且勤奋的。下午有事，我上午还在坚持写作，比如最近我拔智齿，拔完还利用麻药药效还在、牙齿不痛的时候，抓紧时间写作。一定要勤奋，看起来好像是在做各种事情，但不要忘记主要职责、主要任务，来不得半点花招的。在写作方面踏实勤奋和坚持，我自己有两句座右铭："家少楼台平地起，案余灯火有天知""明知十年难换帅，不可一日不拱卒"。成功不是一蹴而就的，我坚持写作十二年，是从籍籍无名从零开始的，每天坚持去做，慢慢由量变积累到质变。有次我去吃烧烤，烧烤店的老板在教育学徒，我也深有感触。他是这样说的：做一件事情，一年可以入门，三年可以精通，如果真的做十年的话就可以成为大师。写作也是如此，虽然现在谈勤奋有些不讨喜，人人都希望像小说里的主角一样，突然之间就拥有了本领，但这个几乎是不可能的。

周志雄：我们现在访谈过的网络作家有三十多人，印象最深刻的一点就是，凡是网络文学大神，没有不勤奋的，他们都相当勤奋。

管平潮：对，是的。

学生：据说您创建了二十多个数百人或者上千人的QQ群，平时有时间会与您的读者朋友交流，以您的了解，哪些身份的读者居多？

管平潮：学生居多，还有一些刚踏上社会的年轻人。简而言之就是年轻人。据统计，我的作品读者群基数最大的是20到30岁的读者，现在年轻人使用网络最多，这也是天然的条件。

当然，年龄小的有，年龄大的也有。曾经有读者朋友说："爸爸生病了，让我带《仙路烟尘》的实体书给他看。"他爸爸就是中年人了。有个读者朋友是个小伙子，他说："我的岳父喜欢读你的作品。"我注重作品的情节、语言精品化，加之我的年龄、阅历也在不断增长，一些人情世故其实是"功夫在诗外"的。有些时候我会特意注重留白，作品中的人物情商非常高，这可能也是吸引年纪较大读者的原因。金庸是我写作的榜样。

学生：这段时间，我浏览了一遍您的新浪微博，发现您近来很少更新。

管平潮：我更新的频率很低，其实还是有更新。网络是个是非之地，我渐渐要适应自己是个公众人物的角色，要注意自己的言行，有些嬉笑怒骂的言论在私人的场合发表是可以的，但是放到网络公共平台上就可能会被别人误读。我自认在现实生活中不是一个特别保守、端重、刻板的人，喜欢开开玩笑，但是在博客、微博上还是低调一点好。

学生：您的家庭教育对您的文学创作有影响吗？

管平潮：你的这个问题非常好，答案是肯定的。从小的家教对我特别有帮助。我是1977年生人，农村人，在当时的环境下小孩是要给家里干活的。但我家里有些奇怪，只要我在看书，父母就认为我在学习，就不用干活。我小时候，我爸妈知道读书的价值，他们对于看什么没有任何的规定，我当时看大量的武侠小说，我爸妈一点不禁止，我非常感激他们。我读书一点都不吃力，玩着读上来的。我高中读的是省重点中学，我是第一届奥赛班前几名的，全国化学奥林匹克竞赛还拿了江苏省二等奖，大学读中国科技大学最热门的专业，我进去是第二名，后来还拿到日本文部省奖学金留学读博。现在回想起我小时候在桃树下读书，觉得特别神奇，很有历史轮回感，这是宿命啊！当时桃树下读书的小娃娃哪里想得到，这居然决定了我几十年后做什么，这一辈子的事业是什么，我的人生是什么样的。其实我妈妈也是一个才女，她在七几年考入了我当时就读的那个重点高中，在那个年代这就相当于一只脚迈进了大学，但是由于是老三届，后来高考取消了。时隔多年，高考恢复后，她以总分第一名考进我们当地的师范大学，很了不起。总结来说，有两件事对我影响特别大，一件事是我小时候，家里只要我在看书就不让我干活，那时农村经常停电，我还记得有一次我在看金庸的《碧血剑》，停电了点着煤油灯，我妈妈一边纳鞋底一边陪我在昏黄的煤油灯下看书。另一件事是当年条件不好，书买不起，都是从图书馆借，我妈妈用一个小本子把全套的《红楼梦》手抄下来，爱读书爱到这个程度。看到这个手抄的本子其实我是很震撼的，在潜移默化中受到很大的影响，觉得看书是值得尊敬的，写作是高尚的，伟大的作品是值得膜拜的。

学生：听您一席话，我是非常有感触的，我家也是农村的，在山上放羊，也爱读金庸、古龙的武侠小说。我知道，除了这些书，您还喜欢一些经典作品，比如《聊斋志异》、"三言"、"二拍"之类。

管平潮：对，我是真的很喜欢读，反复地读，包括现在我还在读，读了不是两三遍，而是十几遍。不得不感慨，《聊斋志异》的故事写得很精妙,特别吸引人。

  学生:您在读这些作品的时候,会有意吸收这些作品的优点吗?写作时,会有意模仿吗?

  管平潮:对,拿诗词来讲,我最喜欢《红楼梦》的诗词。客观而言,《红楼梦》的诗未必比唐诗好,词未必比宋词好,但我们为什么觉得明清诗词好,毛主席诗词好,大概是因为他们的时代离我们近,他们的语言审美更接近现代人。随着时代、语言的变化,人的审美也是会变的,我写作偏爱写诗词,有很多读者喜欢我作品里的诗词。我不是要写唐宋那种高深而显晦涩的诗词,我要写的是明清时代、民国时代乃至毛泽东时代那种浅白畅快、既雅致又好懂的诗词,让我们现代人觉得很美很酷的诗词。我有一个对古诗词很有研究的朋友对我的理论不以为然,他强调作诗词一定要严格按照唐宋格律,以唐宋为上品,我也没有和他争论,一笑而过。我不是没有认识到他所说的,而是我又进了一步。对我来说,《聊斋志异》最大的意义是让我意识到:那些用来考试的文言文,用来写故事是那么优美。那些让我怦然心动的才子佳人、仙妖鬼怪的故事,激起了我对文学更大的兴趣。为什么不可以用古典味的文字写小说呢?后来我用这种文字写《仙路烟尘》等小说,既立足传统又与时俱进。《聊斋志异》里的故事对我的小说内容也有影响,《仙路烟尘》里写到在鄱阳湖船遇到大风的情节,就借鉴了《聊斋志异》故事里的片段,也借鉴了《西游记》、"三言"、"二拍"等古典小说中的人物形象。

  学生:您读了这么多书,应该有不少藏书吧?

  管平潮:藏了很多,我在杭州有几处房产,其中一套的主卧我就把它布置成书房。可见,在我家文学的地位有多崇高。主卧一面墙都是书架,人的生活反倒处于其次了。

周志雄：都是藏一些什么书？

管平潮：以古典文学类书籍居多。我也看那些中外名著，例如《复活》《包法利夫人》《茶花女》等等，还有《三个火枪手》《基督山伯爵》。我现在已经在写这类书了，它们就像参考书一样。《三个火枪手》对我的新书《血歌行》有启发：主角和他的伙伴们，都各有秘密。为什么以古典书籍居多呢？它们是以文言文写成的，文言文讲究言简意赅。我看了这么多年书以后，阅读速度特别快，只有文言文的信息密度才能匹配我的阅读速度，通俗的大白话对我来说信息量很小，我在文言文里能获得更多的信息。我也看一些国外的奇幻经典，比如《克苏鲁神话》《魔戒》《魔兽世界》的官方小说等，我的阅读速度特别快，如果藏这样的书很不划算，它们所占的物理体积太大，我会选择高端一点的，如《夜航船》之类的书。

周志雄：当代作家像王安忆、贾平凹、陈忠实，他们的书您有没有读过？

管平潮：像《白鹿原》《废都》这些风口浪尖的书都看过，坦率说看得不多。我和这些作家所走的路不一样，我沉溺于"三言"、"二拍"、《聊斋志异》，我正在接续它们的文脉。像我这样的网络作家，写用四六骈文作章节名的古典仙侠小说，是在传续唐传奇、宋话本、元杂剧、明清章回小说、民国的新鸳鸯蝴蝶派写作，既平易近人又是精英写作，我是想接续中国大众文学的文脉。

周志雄：像"三言""二拍"，它们当时时代感还是很强的，有很多对现实的反映。您的作品却是以幻想类的为主，现实生活感不是很强。

管平潮：以四大名著作为标杆，我是在写现代的《西游记》。换句话说，我是在写东方的《冰与火之歌》。不应该要求作家一定要写现实类的文学作品。从另一个方面说，幻想类题材的作品其实也可以影射当下，我在写一群人，一些事，一个大时代里小人物的悲欢离合，小人物的成长，小人物与恶势力的斗争。《血歌行》里东方大陆被龙族入侵，中国古代帝国被压缩到西域一带，这可以理解成幻想世界里的"抗日战争"，或者幻想世界里的东西方对抗。小说里人、妖、魔等诸族又有《三国演义》的感觉，或者世界大战里的纵横联盟之术。古典仙侠所反映的完全是现代社会的现实，我是站在世界史的角度反映社会现实。例如，《血歌行》里的龙族是按照纳粹的思维去写的，纳粹把雅利安人视为最高人种，把犹太族人视为猪狗。因此我的小说虽然披着幻想的外衣，但还是来自真实的世界。

周志雄：您在创作的时候有写大纲的习惯吗？

管平潮：我的小说产量并不是很高，我是走精品化路线的。《仙路烟尘》和《九州牧云录》都没有大纲。《仙路烟尘》两三天才更新一次，《九州牧云录》是一星期更新一次。《血歌行》认真写过大纲，几易其稿，我给自己的核心读者看过。后来的版本与最初的版本相差特别大。最初是想写成西方奇幻，后来就不是原来的样子了，但还是保存了一些人物，比如亚飒，还有魔族这个设定我也保留下来了。后来找到大的创意，龙族入侵，人族成为少数派，开始反攻。具体来讲，因为我做过网络游戏的主策划，所以这次做大纲时，也写了很多的 Excel 表，法器兵器一张表，怪兽、动植物、法术还有世系法术各有一张表，还在法术表里加入前缀，如火系前分成烈焰、火焰、金焰等。到时候我要用某一个系的怪兽，通过查阅它的前缀就可以了，然后加以组合，例如烈焰狞猫。再比如地理、人物设定、人物关系、说话口气等，都做成 Excel 表。像我这样筹备写作的网络作家应该很少：不仅有人物情节的大纲，还有各种设定的 Excel 表。当然，这也是为了以后改编游戏做准备的。

周志雄：您平时创作的灵感主要来自哪些方面呢？

管平潮：首先是阅读，比如"三言"、"二拍"、《聊斋志异》、《世说新语》、《搜神记》等等，还有就是影视和游戏，我写的小说是幻想类的，没有哪个地方教你去飞行，但游戏可以让你体验这种感觉。《仙剑奇侠传》《魔兽世界》是我最喜欢玩的游戏，给了我很多灵感。我以前做游戏主策划的时候，还会让下属玩游戏练级，比如下个月前至少玩到65级以上，否则扣奖金之类。优秀的、精品的游戏我都会去玩，他们的游戏做得非常真实。骑马、山峦、下雨，都非常真实。这给我这个幻想类题材作家提供了很好的体验机会。影视剧也给我启发，不仅是《魔戒》《霍比特人》这种直接的启示来源，其他一些喜剧甚至现实类的作品也能给我创作灵感，因为我创作的作品是与人情世故相关的。只有一些好作品才能给我启示或者灵感，反过来这也是我判断一部作品优劣的标准。

学生：您的《血歌行》为什么在咪咕阅读上连载呢？

管平潮：咪咕更符合我现在的创作理念和创作阶段，我现在已经不是处于拼字数拼更新的创作阶段了。咪咕相对更宽容一些，我每天写2000字就可以，现在我已经写到这个月27号了。咪咕背后靠的是中国移动，它也比较有实力。同时咪咕也比较认同我的写作理念，他们的负责人比较有人格魅力。同时公司在杭州，对我来说比较方便。《血歌行》每部作品都有八幅插画，也是请名家画的，我、插画作者、咪咕负责人三方就在一家咖啡馆讨论插画问题。如果天南海北，就没法及时见面沟通。

学生：上个月有个活动叫"纸电联动，创新阅读"，能简单介绍一下吗？

管平潮：这是和京东联合办的一个活动，之所以选择京东，是因为我们的创作理念一样，就像我刚才说的和网易的理念相同一样。咪咕会在京东上开一个旗舰店，卖咪咕出品的一些书，比如我的《血歌行》。"电"好理解，就是指的电商。中国移动推出订购包月的套餐，提供包月的产品。《血歌行》推出后，手机上可以直接阅读，也能得到实体书。在当下实体书出版处于萎靡状态下，这是一种有益的探索，用户可以根据你的推荐去购买。另外，咪咕是线上的，但他们也在做线下的产品。中国移动线下的营业厅网点特别多，他们计划在营业厅开辟出一角，叫咪咕驿站，会提供咪咕的产品，包括我出的书啊什么的。这可以和业务办理结合起来，你办理业务的时候给你一张优惠券，你就可以去兑换比如《血歌行》等商品。这就把移动网点这么大的一个平台充分利用起来了，这潜力是非常大的。我曾经去一些热门的营业厅，办理业务的时候，发现人其实是挺多的，在你等待的时候，可以去咪咕驿站，看看那儿的视频或者书籍消磨时间，如果看对眼了还有优惠券，说不定就会买下来。现在都是互联互通，用融合的眼光看待问题。

周志雄：您的小说《血歌行》移动阅读量是挺大的，有三亿多的点击量。

管平潮：是，移动的访问量挺大的。我自己的某部手机里就预装了一个和阅读 App 在上面。

二、"我的仙侠是有情怀的"

学生：现在网上有各种消息，包括您自己发的一些消息，感觉《仙路烟尘》对您很重要。后来它出了实体书，改名为《仙剑问情》，但是您在称呼它的时候，仍然叫《仙路烟尘》，为什么实体书出版的时候叫《仙剑问情》呢？

管平潮：是的，这本书对我非常重要，有如我的初恋。《仙剑问情》与一个游戏有关，叫《仙剑奇侠传三外传·问情篇》，这个名字有一定的知名度，萧人凤有首歌就叫《仙剑问情》。这个名字是出版社改的，我也比较理解，《仙剑问情》从商业角度看可能更好一些，虽然我的有些读者表示不理解。我个人比较喜欢《仙路烟尘》，这本小说是以魏晋为历史背景的，虽然作品里没有明说。魏晋带有一种飘逸的、洒脱不羁的感觉，《仙路烟尘》就比《仙剑问情》更有这种游侠气息。

周志雄：您这部小说有两部分的内容，一部分是仙路的，一部分是烟尘的。

管平潮：的确是这个样子的。仙路固然重要，烟尘更重要。我希望未来有一天，这套书仍然以《仙路烟尘》的名字再出版，应该会的。

学生：市面上大多仙侠、玄幻小说都力求读者看得高兴，看得"爽"，总是让主角光环大放，寻宝晋级，热血斗法，到最后红颜知己数位，抱得美人归，无往而不利，但《九州牧云录》中碧奴化龙失去生命，冰飘为救牧云形神俱灭，东方振白战死，幽萝从此不见，似乎是主角真爱的月婵最后也只是留下了一个缥缈的五年之期，为什么要让《九州》呈现出如此多的悲剧色彩呢？

管平潮：这与个人经历有很大的关系，《仙路烟尘》写于我在日本四年读博期间，那时我还是一个无忧无虑的学生，《仙路烟尘》很幽默，多是一种喜剧。《九州牧云录》写于 2008 年到 2011 年，这正好是我回国后前三年在网易从事游戏主策划的时候。游戏行业很辛苦，加班是很平常的事情。有一次我晚上十点多回家，骑一辆小电动车,因为当时还没有钱买车,一看手表已经十点多了,我感慨道:今天我回去挺早的啊。

为什么《九州牧云录》每周更新一次,不是因为我懒,而是平时太辛苦了,当时我是主策划,承担的任务很多。进入社会后,我的写作理念也在变,从创作者角度来看,如果一部作品总是那么欢快,其实没有太多的力量。现实生活中,"人生不如意者十之八九",没有那么多完美的事情。在大结局的时候,我想在绝望中体现希望。比如"冰飘为救牧云形神俱灭",后来变成了扇子,她原本就是扇子,也有可能再变成人,我留下了很多可能性。"一千个读者有一千个哈姆雷特"。如果你看到了悲剧,那它就是悲剧性的;如果你乐观一点,就能看到小说里留有的希望。最近写的《血歌行》会走得更远,会更加开放一些。

学生:能介绍一下您作品的版权收入情况和《仙剑问情》游戏改编的现状吗?

管平潮:《仙剑奇侠传》是一本官方小说,先略去不提。我自己完全原创的几本小说《九州牧云录》《仙路烟尘》《血歌行》的影视、游戏改编版权大概总量在一千五百万元,再加上其他的出版、电子版权大概一百万,一共一千六百万左右。我更关心影视的改编,《九州牧云录》今年4月已经在紧锣密鼓地筹备启动当中,跟横店影视的老总已经达成共识,会巨资投入将这部作品打造成精品,影视游戏大约投入15亿,新西兰籍的理查德·泰勒将可能作为特效艺术总监,他是唯一一个拿过5个奥斯卡小金人的人,他曾担任《阿凡达》《魔戒》《霍比特人》的特效总监。一个作品给了横店影视,另两个给了杨洋的公司,非常有可能由最近很火的杨洋做男主角。

我也感到很幸运,我的作品都能以精品的待遇来打造,其实究其根本：东西好才能流传久远。我提出一个"反碎片"的理论，写作的时候要以"反碎片"的思维来写作。或许碎片化特征的"爽文""快餐文"可以带来短期的经济效益，但是我的选择是"反碎片"式写作，你在碎片化的时间来读我的一些作品就不合适，我在人物、情节上下了很大的功夫，外在表现为作品的文笔优美，我认为"言之无文，行而不远"，如果没有文采，语言不优美的话，即使作品一时风行，流传也不会久远。时间会检验一切作品，我在努力成为那种十年之后作品依然不会被淘汰的作家。现在电子阅读这么方便，成本也低，出版面临更大的难度，对作品的要求也更高，比如作品非常精美，语言非常值得玩味，读起来非常愉悦才有买回家的价值，如果只有情节而没有其他，书读一遍就没有了存在的价值。2006年《仙路烟尘》第一次出版的时候就非常畅销，2013年精装再版卖得依然不错，这也印证了我当初的写作理念。四大经典名著没有一部语言不优美的，寥寥几笔就意蕴十足。一个新事物来到之时不要害怕，多多学习，即使有些时刻"乱花渐欲迷人眼"，但是尘埃落定的时刻就会发现"后之视今，亦如今之视昔"。

学生：《九州牧云录》在开始时构建出一个非常庞大的视角设置，前段有许多铺垫，但为何最后有许多东西只展开了一小部分就匆匆收尾了呢？

管平潮：这个问题我从两个方面来回答。第一个方面，是因为我从我的处女作《仙路烟尘》中吸取了教训。当时在中后篇中有一个南海大战，就是去讨伐龙族恶势力，但战争写得有点长，有读者反映了这个问题，因为读者不是冲这个来的，他们更喜欢前面那些仙侠类的轻快的或斩妖除怪的内容。《仙路烟尘》中我写了很多宏观战争，其中也夹杂了个人角度的剧情，但有读者还是觉得太长了，可能事实也是那样,正因为我非战争写得太精彩,以至于读者更希望你写更精彩的内容。反过来,如果我写战争,写冲锋陷阵、运筹帷幄,怎么推进怎么反间,这些我都可以写得很高明,但如果真写那么多,读者会喜欢吗?得到了读者的反馈后该详该略就有数了。第二个方面是一个很现实的原因,当时出版社要求写 80 万字,后来写了 60 多万字就搁了下来,那也就剩 18 万到 20 万字的余量了,正好当时写到了流落日本那段,感觉写得也非常好,于是后来的战争就略写了,这是一个篇幅上的原因。

学生:很多网友评价流落日本那段与前文不符,将整篇文章水平拉低了很多,对此您有何看法?

管平潮:我自己也有这个感觉,说俗一点的话,这是为了满足我自己的一个情结。我在日本度过四年青春岁月,日本那种保留我们汉唐古典精华的现状对我影响很大,2008 年我回国之后才动笔写《九州牧云录》,但构思是在 2008 年上半年,我是以一种中华天朝上国的姿态让主角去了那边,那边人也很膜拜他,以他为老师,也在隐喻我们当年的辉煌。这就等于开了一个副本,他去了日本,写的内容跟前面的显得不是一回事了,觉得有点脱离前面写的那个故事,但不同的内容很难比较高下。我承认这是我自己的小小私心,但说水平拉低了我觉得不对。这也可以归结到出版的规划上去,因为本来的规划是 140 万或 150 万字,这样的话就会详细写去日本的那段,比如冲破封印什么的,但后来又变为 80 万字,一下砍去这么多字,又要使经历显现,所以比例上就有些失调了,就显得有点突兀了。

学生:刚才您提到了一点成书的灵感想法,我们都知道仙侠小说中总会出现各种各样的仙术法术,像《九州牧云录》开篇定国公主碰到暗礁落入水中用了一连串的法术,比如"冰华乱舞"将身边飞速旋转的水涡凝结变慢,原本旋转自如的水流瞬间多出许多雪白的冰晶,很快降低江水旋转的速度。还有"火凤燎原""月落洞庭"等景象的描写,想象神奇生动,请问这种灵感和想法从何而来?

管平潮:游戏里面的那些特效不都有法术吗?《魔戒》《魔兽世界》这种题材的电影里也会有特效,这些都会对我有启发。当然这其中想象也比较多,想象跟灵感相结合,视觉与素材相结合。这里重点说一下作家必须要有丰富的想象力,要能够脑洞大开。脑洞大开到什么程度呢?就是稍微看一点点的东西,你就可以想象出鸿篇巨制。我举一个在《仙路烟尘》里面的具体例子,有一个法术是琼彤变身,就是变成女神之后打出一个特别华丽辉煌的法术,但它的灵感来源于一个很不高大上的场景。有一次从日本回来,回乡途中坐中巴车,我靠在窗子上看风物,窗子玻璃上粘了一个小型激光防伪标签,它上面是有图案的,什么网格状射线状,从不同的角度看,色彩会变换,不同的圆在一起转动,其实是很常见的一个东西,但我从其中得到启发,小说中写西王母的女儿发出一个惊天动地的辉煌的法术,就描写她突然散发出千百只金色火焰组成的金色的蝴蝶,当法术产生杀伤力的那一瞬间,金色火焰一同旋转,特别令人震撼。

学生:您会随时把灵感记下来吗?

管平潮:会,因为我把创作当作事业,发呆时也会有灵感,以前是记在脑子里,现在用网易的有道笔记记下来,有时因为一些原因无法记长篇大论,我就把灵感浓缩成一个字,往往是好几个灵感好几个字连起来组成一个词组、一个句子,这些浓缩的句子,得了空闲就大篇幅去写下来。举一个最近的例子,我记下的是"杀、百、贞"三个字:"杀"是一个剧情,就是小姑娘要保护证人,受到阻挠便要血战一场,这个开始时忘了便记下来补上;"百"是百里英这个角色设置,他被主角说动要站在宰相对立面,但是证人没来,百里英便后悔蹚这浑水,准备再次跳反,这里便是想要更加立体地塑造人物;"贞"是女主被一个爱恋她的人调戏了,但她为了男主守了贞洁,那男的借酒劲要调戏女主时情节戛然中止,转到另一场景,女主出现在男主面前,在这里她要交代一下具体发生了什么,也要对读者有一个交代,其实我在文中写了但是比较隐晦,这就是"贞"所代表的意思。

周志雄:就是说,做有心人,处处留心、处处留意对写作是很有帮助的。

管平潮:是的,尤其是写《仙路烟尘》时就是一种疯魔的状态,看到什么样的东西都想能不能用到我书里面,嫁接到情节里。书中写到一个小女孩,是有现实来源的,有一次我在日本的公交车上看到一个小姑娘一颦一笑时嘴角的弧度特别可爱,就把她写到了我的故事里。

周志雄:你讲的状态跟写学术论文很相似,不管看什么书都会想到自己的论文,睡觉时在床头放个笔记本,有点想法赶快记下来。

管平潮:对,包括手机看个新闻或是在咖啡馆听到有意思的对话,会想对自己的写作是否有用。

学生:萧鼎说您的这本书将"管氏仙侠"表现得淋漓尽致,您认为您创造的仙侠有何特点?

管平潮:我的仙侠是有情怀的,有古典意境,在山水仙侠里注重环境描写,以此烘托气氛,《九州牧云录》中有一章花了两三千字写在幕阜山山间行走时看到的风景。

学生:您能谈谈《仙剑奇侠传》这部作品吗?

管平潮:我本身就是仙剑的游戏玩家,非常热爱这个游戏,我也是个有情怀的人,我写《仙剑奇侠传》不是要写成游戏攻略,我是六分游戏四分原创,尤其是第三册基本没有游戏原型。《仙剑奇侠传》有很多代,每一代的世界观、剧情是不连贯的,没有统一起来,在第三册我重新创造了一个仙剑的世界观。游戏主要是一些对话和简单的画面展示,基本上看不到对话之外的东西,写作过程中很多东西是需要动脑子的,比如人物心理、大环境、战斗过程等,这些都要从文学角度去写,也花了很多心血。

学生:写作《仙剑奇侠传》时,您是怎样处理已有的内容和自己想写的内容之间的关系的?

管平潮:游戏是那些游戏开发者的心血作品,我认为应该尊重原著。在我们现实生活中,有很多作品被改编,我个人感觉是改得面目全非,或者说这些编剧是有私心的,可能会想如果改得不多显示不出我的功劳和水平,但原著之所以被改编说明它的故事好、人物好,有取法高明的内容。当然也有改编得很好的,像电视剧《潜伏》改编自不到一万字的小说作品,编剧发挥好,有创意,这是编剧的功劳。姜文的《一步之遥》失败了,而他的《让子弹飞》为什么成功了呢?从作家的角度看,《一步之遥》没有成熟的小说原著,故事有些失控,而《让子弹飞》是有小说原著的,有小说在前,讲故事不会出大问题,所以要承认作家的专业性,懂得互相尊重,小说《仙剑奇侠传》是从一个写作者的角度补充升华了游戏的内容。

学生:您还记得您玩《仙剑奇侠传》这款游戏时的体验吗?

管平潮:这款游戏对我来说是很重要的,特别是对我的文学创作来说。2004年,我开始写网络文学,当时玩过网络游戏,因为我写的是幻想文学,没法像写现实题材的人那样,像柳青写《创业史》那样,去下基层体验生活。由于网络文学的特殊性,同类题材的游戏、电影、影视剧就成了我采风、体验生活的好办法。比如《仙剑奇侠传1》《仙剑奇侠传3》对我的影响就非常大,在那种仙侠风格之中,我代入游戏人物经历那些奇幻的故事,体验了一遍新的世界,对我的创作启发非常大。

学生:网游改编成小说的过程中应该注意哪些问题?

管平潮:网游跟小说的形式不同,所以要根据小说的规律来改编演绎,不注意这一点很可能写成游戏攻略。

学生:有些网友粉丝认为您对《仙剑奇侠传》的世界观、剧情改编过大,对此有些微词,您怎么看?

管平潮:我觉得这个问题要辩证来看,因为我与这部分粉丝的出发点是不同的,我是想从文学角度把游戏改编成奇幻文学著作,是想通过小说构建世界观,而粉丝想得更多的是原汁原味,这是立足点的不同。再者说,有部分热爱游戏《仙剑奇侠传》的粉丝,不能容忍哪怕一丝一毫的更改,或者说容忍度不大。

学生:有网友拿您的《仙剑奇侠传》与金庸的武侠小说对比,金庸的作品更侧重对人性的表达,您更注重主人公的传奇性,对于将侠塑造成有血有肉有着七情六欲的人或是塑造成理想化的人之间的冲突,您是怎么看的?

管平潮:我作品中的主角在大是大非上是理想主义的,但在日常生活中是不拘小节、有血有肉的,比如《仙路烟尘》的主角张醒言是贫苦出身,所以对钱特别计较,这里是想让角色留点破绽,使他看起来更像一个真实的人,这也是我的一个创作理念。

学生:文学是对现实生活的反映,仙侠小说虽是在虚构想象的基础上写成的,但也同样不可避免地带有现实生活的痕迹。在《血歌行》中种族冲突、腐败、权力斗争等问题都得到了展现。现实元素和仙侠元素如何寻找到最佳的契合点呢？

管平潮：在我看来，将来没有什么传统文学、网络文学、主流文学之分，这只是一个特定历史时期区分出来的。现在网络时代到来了，人们都在网络上写作，无论是诗歌、散文还是小说。以后没法区分网络作家、传统作家，都是作家协会的。"太阳底下无新事"，两者会越来越趋同。现在的传统文学会有一些精品的通俗文学，网络文学也有像我这样坚持精品写作的。我在慢慢融合两者，或者说是在尝试融合两者，我写小说的立意是高端的，完全不是简单的打打杀杀。

刚才谈到的猫腻，他也在尝试探索。他的《庆余年》曾经被怀疑刷榜，我还去声援他。我这样做是因为我知道他的实力，他不需要刷榜就能冲上来，我看过他之前那本并不出名的《映秀十年事》。因此，网络作家这个群体有一些精英人士在介入，我和猫腻都算是精英吧。

在精英的介入过程中，总体格调不高、语言呈口水的现象会得以改观，这是毋庸讳言的。如何结合幻想和现实，我的《血歌行》就在做这样的尝试，通过讲述故事，打黑、反腐等社会现实都得到很好的展现。此外，还有一个典型的例子，《西游记》是一个经典的神魔小说，它就影射了唐朝甚至明朝时期的社会现实。吴承恩是苏北人，运用了很多当地俚语写作，书里有一句话叫"不当人子"，我们现在仍然在使用。我的小说里有个女孩子嫌贫爱富，叫李碧茗，如果五十年后有人研究我这本书的话，就会认为"碧茗"来自"当年"互联网时代的"绿茶婊"这个流行语。

周志雄：《血歌行》我只读了第一卷，小说中是不是也像《三国演义》一样写谋略？

管平潮：是的。我写了八大人类王国之间的钩心斗角。小说中的天雪国就是北方的俄罗斯，华夏族就是我们中国。当年中国和苏联翻脸，就是因为中国作为地区大国争取话语权的时候苏联不答应，说到底，是国家利益引起的矛盾冲突。小说里龙族最强，魔族和人族就天然地成为盟友，龙族想利用人族消灭魔族。魔族被镇压着，只好联合人族，各方各怀鬼胎。

周志雄：确实是这样，在猫腻的小说里也有这样的对历史境遇的隐喻。

管平潮：其实有很多误解，认为幻想小说不能与时政联系起来，我用实际行动告诉他们这是可以的。比如，我可以把"一带一路"倡议同小说相呼应。《血歌行》其实是以唐朝为背景的，小说里的天马城、拓折城、白水城就分别对应着今天塔吉克斯坦的杜尚别、乌兹别克斯坦的塔什干、哈萨克斯坦的奇姆肯特，这些都是从中国历史版图中学到的。小说里写到华夏族如何与这些中亚国家相互合作，互助互利以及如何复国，这就是对当下"一带一路"倡议的呼应，只要你有心就可以写进去。

学生：有网友评您的《血歌行》是"无脑爽文"，您接受这种评价吗？在您的《龙的天空》中读者说您想改变下自己的写作风格，不重复自己，您的《血歌行》在哪些方面做出了改变？

管平潮：我不接受"无脑"这个评价，我觉得这些粉丝应该看看那些无脑爽文是什么样的，看看我的是不是真的无脑。我不接受标签式的、一刀切的评价，因为标签化的东西本身是不科学的，是简单粗暴的。但"爽"我接受，《仙路烟尘》《九州牧云录》骨子里是很爽的，只是表现得有点含蓄，古典味多一点。《血歌行》更注重戏剧性、技巧性，我写了大纲策划表，也就是说我的态度从没改变，只是理念在这本书中有所改变。不要以为爽不好，爽也可以表现得很精彩，像我们的《西游记》九九八十一难读起来就特别爽，是在爽和通俗的前提下写得精美、精妙和精彩。

周志雄：在《血歌行》里，萧鼎所说的"管氏仙侠"中那种独特的文笔都没有了。

管平潮：确实想要改变一下自己的风格，想尝试写一些别的好的东西，比如说矛盾冲突集中、戏剧性强、更加引人入胜的。那些清新的仙侠虽然很好，但感觉不够紧凑。这次是想转换一下叙述方式，从创作者角度来说，把重点移向了剧情和人物刻画，而不再特别重视文笔。我的方法论是特别强的地方不必太在意，因为不会太差，以前没那么好的东西要加强。作家要做到真正自省，要甄别读者的评价，适当做一些改变，比如说现在手机阅读都已经普及了，我要懂得与时俱进。我接下来的创作计划就是降速、减量、提质，像明年本来一年可以写 80 万字，我只写 20 万字，省出四分之三的时间用在构思和打磨作品上，古典诗词可以写了，要往经典化的方向前进。

周志雄：嗯，《九州牧云录》《仙路烟尘》有您自己的创作个性，《血歌行》给人的感觉是那种您独特的写作风格没有了。

管平潮：这对我是一个提醒，写这本书我有自己的战略目标，所以必须舍弃一些东西。但在筹划这一部作品的剧情时，富有自己特色的东西也没忘记。比如苏渐与洛雪穹在月下泛舟说心事，萤火点点，后面还有仗剑起舞等剧情，这些我都掺杂进去了，只是笔墨变少了。因为很多人看了《仙路烟尘》《九州牧云录》会觉得个人特征特别明显，期望《血歌行》也是这种风格，我并非不知道《血歌行》没有那么古雅，我是故意为之，因为我的战略目标是有更多读者爱看，功底和精致是应该有的，但有时也要接地气。写作过程中，我会故意把文言词改掉,不要以为不带有文言的文笔就不好。我觉得江南的《龙族》的文笔就特别好,是深入浅出的结果,精致和简洁,我觉得没有高下之分。

周志雄:我们访谈的很多网络作家都遇到这样的问题,按传统的文学理念,人物不能太类型化,故事不能一开篇金手指就来了,这些是反文学理念的,但读者就是喜欢。

管平潮:对,文学理论也是有时代性的,有国别性、地域性的,比如说《西游记》,你所说的"金手指",在《西游记》里孙悟空的七十二变很快就出现了,要以开放的姿态来看,不应拘泥于教科书。我个人认为我和猫腻这样的网络作家正在把我们的传统文脉重新拾起,我们正因为没有接受过那么多的科班教育,反而能写出更符合中国人审美特性的作品,在科学文化上我们可能不及西方,但中国文学绝对不比外国差。

周志雄:我们的传统小说是供人娱乐的、讲故事的,"非奇人不传",要写奇人奇事。

管平潮:对,中国文学有自己的规律,用《战争与和平》套《仙路烟尘》肯定套不上,用我们的作品规律也套不上国外的作品。

学生:您平时也练习写诗吗?

管平潮:不练,平时就是积累。像《古诗源》《玉台新咏》《词宗》《蜀雅》这些古典诗词集我都看,觉得精彩的就摘录下来,也算是站在巨人的肩膀上,《仙路烟尘》中的原创诗词比较多,有时改改已有的诗词,时间有限,就用上了。

学生:《血歌行》中的苏渐和《仙剑奇侠传》中的景天这两个人物形象,都是典型的流氓英雄形象。您是怎么看待这两个人物形象的?

管平潮:对,他们不是郭靖式的高大上的人物。这也是我与时俱进的结果。现在的社会价值观多元，如果再塑造像郭靖那样的人物形象已经有点不合时宜了。当然了，从这个问题引申出去，我们还可以说点别的东西，就是下一本书，我的大构思已经有了，主角的身份非常有意思，性格啊，形象啊，我在写作时会有一个较大的改变。《血歌行》为什么会和《仙剑奇侠传》《九州牧云录》还有相似之处，比如身份，以前的主角都是一张白纸似的少年，现在这个还是有身份的，但是为什么还是有点像，我也是考虑过的，就是为了保险。我最擅长的就是写那种人物，至少我之前已经证明了我擅长写那种人物，我的这本书要做一个爆款的效果，还是要从稳健的角度出发，但是我下一本书会有所改变。

周志雄：其实金庸的小说中也不只有郭靖这样的人物，还有杨过、令狐冲这样的人物，现在的《亮剑》等也刻画"流氓英雄"。

三、"我要写经典化的作品"

周志雄：您写的都是仙侠小说，是什么原因让您对仙侠小说有这么高的热情呢？

管平潮：首先我特别喜欢这一类题材，我特别喜欢看《搜神记》《聊斋志异》《西游记》等小说，四大名著中我最喜欢的是《西游记》。因为喜欢，所以才会写。因为是发自内心的热爱，所以我在这方面的积累也很多。另一方面，我选择幻想类题材，是因为我觉得，这一类题材能穿越时空，能跨越种族，能跨越地域，能跨越国界，它和具体的时代，具体的城市、地理、人文，或者当时的政权，没有太多关联，这样容易传播广、流传久。比如最近刚刚上映的《奇异博士》，是漫威的一个漫画改编的，它差不多是二十世纪五六十年代的一个漫画,在半个世纪以后,照样拍电影,不但不过时,票房还大卖。

　　反过来想,如果《奇异博士》是反映当时的匹兹堡,写一个汽车工人在工厂里面的爱恨情仇,职场上怎样奋斗,现在还会有人把它再改编拍成电影吗?漫威的幻想类题材半个世纪之后被拍出来一点都不过时,这就是幻想类题材的小说具备的天然的、内在的优势,我选择了它。

　　周志雄:您觉得您的作品的阅读价值主要体现在哪些方面?

　　管平潮:在故事好看的前提下,塑造了一群形象鲜明、性格独特,又栩栩如生的人物形象,让一些有血有肉的人物去体验在现实生活中难以体验的奇幻世界。与此同时,在娱乐性的前提下,我还通过剧情和人物传递我想要表达的一些理念和对世界的看法,提倡一些价值观,比如做人要坚持,要有爱,保护家庭,邪不胜正,为了大义甚至可以奉献自己的生命。

　　小说首先要让大家能看进去,我会把我觉得很好的一些理念,在寓教于乐的前提下传递给大家,达到潜移默化的效果。

　　另外,我想传承中国的古典传统文化。到了新时代,尤其是互联网浪潮下,传统文化应该怎么走呢?我觉得,光靠一些国学课堂是走不远的,我想用这种已经被《西游记》证明了可行的喜闻乐见的大众小说来传递我们的传统文化。

　　在我的书里面体现了很多传统文化,那些军政、府兵制等历史,军事方面的文化,以及服饰、礼仪、天文、地理、饮食等,甚至窗子的制式都会有所体现,潜移默化地传达给读者。在这方面我是有情怀的,我没有去写其他的题材,这是一个很大的原因。我为什么不写现代都市类的呢?我不是说现代都市类的小说不好,而是它无法承托我的理想。如果我像安妮宝贝(现用笔名庆山)那样写爱情故事,我不能整天在里面写国学、写之乎者也或者中国诗词吧,那人家就要说你格格不入了。我是一个很狂热的中国传统文化爱好者,我的书要承担我的这个理想。

周志雄:我觉得中国文化也体现在人物性格上,做人的格局、境界等方面,我觉得您处理得都非常好。

管平潮:对,我写的人物带有中国文化的特点,还带有中国农民式的狡黠和幽默,这也是取法于《西游记》。有些幽默其实是我们中国农耕社会的幽默,最集中的一个形象体现就是猪八戒,我一直在向《西游记》学习。《红楼梦》也是我学习的作品,我会不惜笔墨去描写一些场景,如宴会场景,器物细节,写一些有意象的诗词,这是效仿《红楼梦》。

周志雄:我注意到您作品中的一些用词,比如"食言而肥""屡越""蠎首""夤夜"等,一般的网络小说作者很少用这些词。有网友评价说:"管兄高才,在起点的作家中,窃以为以文风文笔而论,无人可出其右!"请您谈谈您对好的文笔的看法。

管平潮:首先,文笔要讲究。当然,这个讲究不等于说是卖弄晦涩的、古典的词汇。好的文笔要以能最到位地表达你想讲的事情为前提,在此前提下,还能体现一定的文字之美,这是我心中好的文笔。这两个方面是相依相辅的。我觉得呢,如果你稍微有点文学梦想,想让作品流传的话,你要讲究文字之美,文字之美不是说用一些看起来很美的词汇,而是真的要融入整个行文当中,要几句话配合着把一个东西说清楚。比如说女子的美貌,要用很巧妙的语言把它描写出来,而不是简单堆砌好美、沉鱼落雁、闭月羞花等词汇就可以的。因此文笔本身也是要用心的,描写一个女子的美貌不是一个剧情,但是你应该像构思剧情那样去构思它。

为什么我的作品中还会有"蠑首"这样的词呢？我的《血歌行》中大量减少这样的词，但是偶尔还是会用，为什么呢？我有一个小的私心，当这本书流传出来是不是会有很多青少年看？这个时候语言其实可以熏陶他们。语言是需要传承的，有些语言比如说"蠑首"，如果好几代人都不用它的话，这个词就渐渐消亡了，就不存在了，我的作品夹杂这样的词语也是对我们传统的好的词汇的传承和推广。

周志雄：如何才能像您一样把文章写得这么美呢？

管平潮：我大量阅读古今以来的中国诗词集，大量摘抄里面的词句，比如《词宗》《玉台新咏》等全部看过，在精华中选取精华来运用，我等于说是站在巨人的肩膀上。说到文笔，中国诗词是中国好的文笔最凝练、最集中、最精华的体现。我摘抄这些东西并不单纯是为了写诗写词，而是它对我的创作是有帮助的。简单地说，你把诗词、文言或者白话稀释开来，看起来就很有文采。

我很喜欢梁实秋、林语堂那个年代的作家，虽然现在每年也有一些优秀散文选，但是像林语堂、胡适那样的散文家已经没有了，他们是古今融合、承古传今的一代。他们的文笔为什么好？就是因为他们结合了文言的功底，有文言的优美。所以我又回到这个观点，我们真正的精华还是在古典文学里。

周志雄：现在其实教育部也注意到了这个问题，中小学生的语文课本增加了文言文的比重，中考、高考文言文是必考的，也加强了学生的课外文言文阅读。

管平潮：我觉得这样很好。我曾经有一个愤青的观点，很多人表示自己爱国，说"我是中国人"，我就在想，什么是中国人？难道你的身份证上写着户籍在中国你就是中国人吗？我觉得中国人是受我们中国古典文化熏陶的，对中国古典文化认同和有认知的人。你是不是认同老子、白居易？一个中国人,如果你一点传统文化都不懂,提到老子、庄子、李白、白居易你一点反应都没有,甚至提到外国的东西你还更熟悉一点,你只是身份证上显示是在中国,我觉得你不是真正的中国人。

周志雄:我看您的小说句子、行文都很流畅,您是不是写完之后反复修改,改好之后再上传?

管平潮:是的。我有这样一个习惯,在作品最终呈现之前,我会再改一遍。因为写的时候是从零到一百,是身在此山中,改的时候抱有一个大局观,从更大的宏观角度来看一个东西,感觉会不一样。实际操作的时候,我会把它统一在一起,然后缩小一点,从一个局外人的角度来看这本书,再看具体的局部的词句,你的感觉会不一样,会发现哪个地方冗长了,没有留白等。

当然,这只是文字方面。还有一些方面是更深层次的,比如有些地方太啰唆了,其实很多心理活动只要一个动作就可以了,不用解释。

另外就是,有时候人物的举动不符合人物设定,比如一个冰山美人,你给她弄得动不动就哭,就小女儿态,口气不对。写的时候未必能注意到,就有修改的必要性,这不是简单的词句调整。当然,最基本的修改目的就是使语言更流畅,当我觉得有些句子太长了,就要把它缩短一点。

周志雄:您在写作中的最大的困境是什么?

管平潮:坦率说,我没有遇到过困境,文科的东西对我来说没有难度。

周志雄:您的作品,比如《仙路烟尘》和《九州牧云录》也有些"种马文"的感觉,都是一个男人身边围绕着很多仙女,你有没有考虑到女性读者的感受？对于这样的人物关系您是怎么看的？

管平潮：这个问题非常好，有这种感觉是对的。虽然说这两部作品很"种马文"我不太赞成。真正的"种马文"是那种只要有女性出现就会无条件喜欢男主角的。为什么会有这种感觉呢？是因为一开始我的经验不够丰富，不够有大局观，特别是《仙路烟尘》，我不是说它不好，我想说的是，我当时写《仙路烟尘》是从男性的角度写的一个男性向的小说，而且我要传承传统文化嘛，传统文化中就是三妻四妾嘛，我用很保守的态度来写这篇小说——当然，这是开玩笑了。为什么作品中会有那么多女性出现？因为小说是源于生活，高于生活的，如果写一群平庸的纱厂女工啊什么的，就没有看点了。文学是高于生活的，要讲究戏剧性，你必须用最少的笔墨让读者代入角色，引起共鸣，那么你的人物自然要有身份。所以如果你要说我写的人物不平凡的话，我要辩护一下，我以后的写作中也会有很多不平凡的人物。其实这个问题现在对我来说已经不存在了，随着我写作的进展你就会发现，《仙路烟尘》中有好几个女人都明确喜欢男主角，《九州牧云录》中这种模式已经没有了，甚至到最后我都没有写男主角到底和谁谈婚论嫁了，《血歌行》就更没有这方面内容了。这个问题我已经反思过了，解决了。是的，女性读者未必喜欢这种模式，所以我的小说越来越趋向一夫一妻制了。我的作品中呈现了很多可爱的女性，但是帅气的男性也有很多，我也写了很多有意思的男性，就是为了照顾女性读者。

周志雄：您的小说基本上也都是遵照网络小说通常的写法、模式，如人物一般都是一点一点地成长，有奇遇、开挂，最后成长为很强大甚至可以逆天的人物。您认为应该如何突破当下武侠小说、仙侠小说、玄幻小说的这种叙事模式呢？

管平潮：这一点我也很有感触。《血歌行》中这样的表现其实是比较明显的。这就是我前面说的技巧性和戏剧性，一个阶段应对一个小敌人，最后面对一个终极大敌人。我一点不觉得我的《血歌行》看起来是模式化的，因为千人千面嘛。同样的一些桥段，你不要去反桥段。比如说正义战胜邪恶，这是个桥段，你不能说这个是老套吧。有些桥段是一样的，但是要用自己的聪明才智实现创新。在一些影视剧里特别明显，坏人总是会被杀死，编剧就会削尖了脑袋想，怎么样杀死这个坏人。在我的书里，很多地方都是既在情理之中又在意料之外。

我随便举个例子。《血歌行》中有一个纨绔子弟，在学院里横行霸道，在街上调戏自己的师妹，被男主角碰到了。你听到这儿是不是很熟悉？这不就是一个恶霸调戏民女、主角挺身而出的桥段吗？最后，我们的主角是怎么惩罚他的呢？不是简单地打一顿，我进行了创新。这个恶霸是一个富商之子，对于一个商人而言，打他一顿还不如让他损失一笔钱来得更痛。所以男主角散布了很多假藏宝图，每一幅图上都有一首极简单的藏头诗，藏宝地点特别明显地指向富商家里的酒楼。不落俗套的是，大家也许会觉得这个藏宝图也不一定是真的，但是人总是有贪欲的，总要试一试。于是各路人马，京城中很多有权势的人，都去他的酒楼里挖宝，最后，我用一个侧面描写，写他的邻居外出归来，看到这个酒楼已经面目全非了，就像是刚打完仗的战场一样，这邻居还以为自己走错了路。这就是我让主角惩罚恶霸的一个手法，而且看起来还很有意思。坦率说这就是高水平与低水平的区别。有时候基本的模式很难突破，要微创新。那么多的爱情电影不就是爱来爱去不在一起吗，但是为什么有那么多经典呢，就是具体的细节不一样。

周志雄：这和现在理论研究的观点其实是一致的，小说的模式就那么些，高手和低手的区别就在于在同样的模式下高手能够写出有新意的内容来。

管平潮：有些新手经常来找我看他们写的小说，他们经常犯的一个错误是，经常会写出一些文笔很好的流水账。环境啊，语言啊描写都很美，也不偷懒，也有浓墨重彩描写的地方，但是在我看来却是另外一种意义上的流水账，因为它没有灵气，没有应有的起承转合，没有可以串起来的"珠子"，毫无新意。我们这一行很公平，看作品的质量。

周志雄：一般的网络小说注重讲故事，景物描写、人物描写都是闲笔，占的篇幅很小，但是您的小说很注重景物描写和人物描写，您的《仙路烟尘》和《九州牧云录》就是这样，《血歌行》中的闲笔就很少了，实际上有的读者在阅读的时候，这些闲笔他是不看的。我之前采访慕容雪村，他说在传统的现实主义小说中，如巴尔扎克的小说里，有大量的景物描写，但是他的小说中几乎没有，一开始就直接是故事场面，信息量特别大。您是怎么考虑这个问题的？

管平潮：我可以说一下我变化的原因。《仙路烟尘》我是冲着出版去的，人捧着实体书的话，只要你写得好，他是有耐心看你的景物描写的。但是，《血歌行》是很综合的一部小说，它的阅读媒介有手机，有电脑，也有实体书，几者兼顾，真的不能有那么多的景物描写。读者某种程度上和游戏玩家一样，是利益向的，他其实更希望看到的是"干货"，这个"干货"就是剧情的推进、人物的行动。相对于静态的，他更喜欢看动态的，所以我相应地调整了描写的比例。其实《血歌行》里的环境描写还是不少的，一开始故事发生在一个林子里。我认为我在写了这么多作品以后,总结出来一个适当的比例。前些年很火的一个修仙小说,我只看了前八十回,但就是这八十回里,全部都是写事和对话,一句环境描写都没有,更别说景物描写了。我觉得这又过了,这样流传不下来的。要均衡,要注意比例,只是比例多少的问题。

周志雄:像周立波的《山乡巨变》,读了他的环境描写,是可以通过文字感知到那个时代的,他的环境描写非常细致。

管平潮:对,还是很重要的。还有,刚刚说到巴尔扎克时代的现实主义题材,时代确实变了,想想他们那个年代,谁在读小说?很可能是贵妇人。午后,在葡萄花架下,穿着泡泡裙,喝着印度来的红茶,很悠闲的,所以说不仅是环境描写,很多东西她都能接受,而且还会觉得这样很适合,如果小说节奏太快反而不好。

一个很明晰的例子,我们现在的一些传统作家,他们写出来的东西,有一个表象,就是每一段都非常长,哪怕散文都有这个现象。有一次我点评一篇文章,印象很深刻,他写的总共就四段左右,一三四段都很短,第二段特别特别长。很多传统的书,甚至是金庸的书,一页上面常只有两段。我觉得,这和时代有关系。早前是纸质化的阅读时代,一大段话,因为还是有空隙,读者还是有耐心读下去。现在都是手机阅读,一大段一大段的话,读者会很烦。现在我们看一篇文章,不要说小说了,哪怕是微信公众号里的一些文章,太长的话都不愿意看。

真的是时代变化了,很多传统的作家现在还没有意识到这个问题。我其实没有门户之见,我并不是不喜欢传统文学,那我为什么选择网络文学写作方式呢?是因为时代的变化。我是读传统文学长大的,不要说现代、当代的文学作品,明朝的、先秦的古典典籍我都读，我完全是一个传统意义上的文人。我为什么选择网络文学创作方式呢？不是因为我对传统文学有偏见，而是因为时代变了。

学生：中国的梦文化源远流长，不论是"南柯一梦"，还是"红楼大梦"都极有味道。我看到您的作品中也经常有梦境推动着情节发展，能简要谈谈您对梦文化的理解吗？

管平潮：我觉得梦是对现实的反映。梦对于我个人而言，意义也很重大。我这个人比较爱幻想，日有所思夜有所梦嘛，我有时候会梦到一些很奇异的景象。有一次我梦到自己能飞，在奇幻的世界里沿着海岸线飞，看到海边有人脸的花在绽放。梦对我来说是另外一种生活，是我的幻想世界。

对于我这种写幻想文学的人来说，梦很有意义。一方面是白天的意识导致晚上的幻想，另一方面，梦本来就是怪诞的，有时候又能融进白天的一些创作中去。

谈到梦文化，我觉得，梦文化是一个很正常的事情，我们应该正视，弗洛伊德在解梦，周公也在解梦，因为人本来三分之一的时间就是在床上，做梦是不可避免的。我也不会把梦神秘化，因为我本身就是学理工科出身的，我觉得它就是白天所输入的信息的一个映像。虽然感觉很奇妙，但是它都有其来源。

在《血歌行》中，我拿梦来做一个创意。男主角失忆了，虽然这个桥段很狗血，但是在我的书里是一个必要的手段，我的大框架就来自于失忆。男主角失忆之前是一个无间道的身份，后来慢慢地一步一步揭开当年的秘密，通过梦这样的方式来揭开。在这里我把这个梦当作当年的过往、一个视频的回放来推动情节的发展。用虚与实的结合，用梦把他以前的生活呈现出来，成为我小说里的一条暗线。看我的剧情大纲就可以知道，在每一卷的大纲之后我都会有备注,就是这时候该做什么梦了,结局的时候就开始把梦点明了,开始揭秘了。

学生:您所塑造的人物中您最满意哪一个?

管平潮:我觉得《仙路烟尘》中的琼彤,那个萌萌的憨态可掬的小女娃,用小女孩的视角看大人,有着很可笑的语言,我觉得是写得最成功的。我最满意的人物形象还是几本书的主角,因为主角从某种程度上来讲就是我自己的一个投影,我的笔墨都是围绕着这几个主角。如果一个人对主角都不熟悉,我觉得是在否定这本书,而我并不否定我的书,我觉得客观上这几本书都挺成功的。

周志雄:在我们的访谈中,有一个网络作家也谈到这个观点,他说一部书其实是在写主角,读者喜欢看这部书其实就是因为喜欢看这个主角带来的感觉。

管平潮:对。网络文学连载收费的模式,其实根就在这里。因为读者移情了,把自己代入到主角身上,他才有兴趣有动力花钱看主角后面干了些什么。

学生:《仙路烟尘》有一种出世的仙气,书中的几个女主角,雪宜、居盈、琼彤、灵漪儿,读起来感觉性格有点相似,对于这些形象您是怎么看的?

管平潮:这个我不太认同,特别是把琼彤加进去,琼彤是不一样的。雪宜和灵漪儿也不一样。为什么会觉得一样呢?可能是读得太局限了,只看到了女主身上的某些品质,比如说她善良、对主角好、积极向上、很美好,这些可能是一样的,但别的方面是不一样的。这几个角色都有不同之处。雪宜是那种全心全意为主角好,同时自卑的女子,因为她是妖的身份,套用动漫里的角色,是女仆型的。灵漪儿是大富型以及御姐型的,因为她是高贵的龙公主。居盈世俗一点，但是这个人物特别好，又有琼肜的天真可爱，又有雪宜的纯情和付出，又有高贵的身份，她是很综合的一个人物。琼肜就是一个萝莉。这些不同类型的人物，就是按照日漫的模式来设置的，是与时俱进的。中国的古典小说，没有一部是写萝莉的，但我们的青少年已经受到了那种二次元文化的熏陶，琼肜就是我在地铁里观察那些小女娃的结果，写其一颦一笑，还有各种细节。

学生：《仙路烟尘》里的四句诗，"一卷仙尘半世缘，满腹幽情对君宣。浮沉几度烟霞梦，水在天心月在船"，是您原创的还是引用的？如果是原创，是在什么心境下创作这首诗的？

管平潮：可以说是我原创的。当时沉浸在写作的状态当中。有一天，在日本东京平和台的寓所里，我躺在床上，觉得应该写一首能够总结整本书的诗句，就在脑海中写了。

仔细品读这首诗，你会发现，这不仅是在概括这本书，更重要的是，它反映我写这本书的心态。虽然只是一本书，却有我很多的人生经历在里面。这本书让我和你们这些读者结半世缘。就像我今天朋友圈里面发的一个十二年一直追随我的读者，这不就是半世之缘吗？"满腹幽情对君宣"，其实我是在寓教于乐嘛，我有一些正能量的想法、一些美好的东西想传达给大家。"浮沉几度烟霞梦，水在天心月在船"，这是写这本书的飘逸之气的，就是说还是很有情怀来写这本书的。

学生：您的小说在一些环境描写等地方很有特色，但也有一些情节粗糙的现象，譬如在人物刻画上不太细腻，太过典型化，从而使人物没有了真实独特的个性，为了码字而码字。您的作品是没有现实支撑的，这并不是说您作品的架空、仙侠主题，而是在写作中没有考虑它的艺术性、真实性以及没有能带给读者深层的共鸣，只是停留在快感阅读这个层面。您是否满足于自己所创作的文本的层次以及读者的层次？

管平潮：首先，我本来就是想写《西游记》的，不是想写一个拿诺贝尔奖的文学作品，不能求全责备，就像我们不能要求每一部拿诺贝尔文学奖的作品都像金庸的小说一样流行。上帝的归上帝，恺撒的归恺撒，不要把它们混为一谈。当然了，我很感谢这个问题，它对我提出了更大的期许。我要写经典化的作品，我以后的作品会往经典化方向发展，人物要更加深刻，要更加有内涵。反过来说，我一定要保证我小说的通俗性、娱乐性、精彩性和生活性，因为"皮之不存，毛将焉附"，我也有我的大原则。

学生：中国传统文化一直将飞龙视为神圣、正义的代表，但是《血歌行》这部作品的邪恶势力却是恶龙帝国，其中对龙族的描写也与西方的恶龙形象十分相似，请问您为什么会选择龙族作为小说的反面形象呢？

管平潮：对的，它是一个最大的邪恶势力。我要说一下我为什么要这样写。书里最大的邪恶势力，我开始想写成魔族，甚至鬼族，但是政策上有一些限制，所以我就变通了一下，我用了一个不引起注意的，还没被禁的东西——龙。我用这个龙族还有几个方面的考虑，兽龙，这不就是典型的西方那个龙嘛，江南的《龙族》现在很火嘛，他里面的龙就是西方的龙，我觉得他已经把读者给教育了一遍。我的书里面也特地提到东方神龙了，和西方化的这些恶龙区分开来，读者已经能够接受这个概念。我的一个大创意，是东西方的对抗。西方的龙还有好多种族，正适合我用来做这个大设定。而且，我是按照西周的分封制以及满洲的八旗制来分封各个龙国，其实都是历史的投影。

学生：现在有很多网络作家，都在强调写网络小说要注重开头，说开篇一万字决定了整部小说，我看您的小说，特别是《仙路烟尘》，感觉故事上进展稍微有点缓慢，您是怎么看待一部小说的开头决定整部小说的命运的观点的？在您的创作中，您是怎么处理小说叙事的速度的？

管平潮：这个问题需要辩证地来看。是什么意思呢？比如我的这两部小说，《仙路烟尘》和《九州牧云录》的开头都比较慢对不对？但是呢，我写作时在心里对这两部书已经有了宏观的规划，我觉得这个剧情一定是出彩的，我是打中后场的，所以我有这样的信心。《仙路烟尘》那时写到第一卷开篇五六万字时，有起点中文网的编辑发私信恳切地劝我，说你不要再写了，这样写不好，不要再浪费自己的文笔，你应该换其他的题材。我没有听他的，因为他不知道我后面写什么，我是胸中有丘壑，写的是一个宏伟的长篇，你不懂得我后面的东西，我自己最清楚，我感谢他的宝贵意见，但是我坚持写下来。

那么，辩证地看呢，一方面，你真的对后面的内容有信心，你可以这么做，前面节奏稍微缓慢一点也没问题；另一方面，你最好前面要吸引人一点，因为这是常理，是有道理的，没必要跟大家较着劲。《血歌行》其实已经很注意了，一开始就给出一个血与火的冲突，一个很宏大的场景。《九州牧云录》中，开篇一个高贵刁蛮的公主，突然落水了，这是很有意思的。《仙路烟尘》是我最早的作品，也是最慢的一本书，一开始的对话也很有意思，还文绉绉的，后来越来越嬉皮笑脸，越来越好玩。最近那个关注我十二年的女读者来找我，吃饭时正好谈论到这个事儿。她说当初被《仙路烟尘》吸引，是因为觉得一开始的对话好有爱，好有趣，就看进去了。所以我说，这是个辩证的东西,看起来我的《仙路烟尘》故事很缓慢,这一方面是因为我胸中有丘壑,我有总体的规划,另外一方面,我并非就不重视开头,开头用各种巧妙的方法还是写得很有意思的。更不用说《血歌行》了,我开始起稿是没有现在的第一部分的,那是后来加上的。原本一开篇是苏渐在密林里执行任务,还有很多说明性的内容,后来一想不对,《别说你懂写网文》还有我的推荐语呢,我自己认同那本书里写的规律,自己还违反这个规律,我后来真是彻底重写了这个开头,这么重大的事儿,就写了几句话,密林里的环境描写,大刀阔斧删改了,没办法。

第二个问题是怎么把握叙事速度是吧?这个问题提得非常好,就是我特别强调的叙述节奏。上次广东论坛上我说过,小说应张弛有度,情节不能老是绷着,也不能老是拖沓,这点我就不解释了。另外在读者期望的地方,要出现读者期望的事情,并且以他们意想不到的方式。后面这一点我已经提了,我从来不反桥段,别傻了,你想创造一个骨子里的新桥段不大可能。我举个例子,你被一个恶霸欺负了,很正常的,你就学武艺了,或者有奇遇,或者怎么着吃个灵丹妙药,这时候有实力能扬眉吐气了,要主持正义报仇了对不对?一些做得不好的书是一种什么情况呢,这时候你的主角突然发现远处有个夺宝大会,或者比武大会,或者抛绣球招亲,然后主角就去参加争夺头名……这就是不好的节奏。因为你被恶霸欺压了,好不容易练好功夫,按照常规逻辑就要去复仇的,主角竟然去度假去了,更有甚者去海外求仙丹去了,读者会很生气。很多新手会犯这个错误,他们写着写着散掉了,就是这样散掉的,看着都生气。

周志雄:小说要环环相扣,这个地方没有扣好。

管平潮:对,这就是写作规律。

学生：您是怎么构思打斗描写的？每一个人物的名字是否有什么深意呢？

管平潮：我主张打斗本身就有戏剧性，也要有一些起承转合的变化，甚至就是对比冲突，有的是顺着来，顺理成章就打赢了，还有的就是看起来怎么样，结果没怎么样，出乎读者的预料。打斗上，我是有构思的，不是简单的拳来脚往。关于名字的问题，怎么说呢？到什么山头唱什么歌吧。我写古典仙侠，就不能起名字叫什么玛利亚、约翰逊，要起有古典味道的名字，甚至包括我的笔名，写仙侠就不要起个"奔跑的蜗牛"了，要起个切合的名字，就叫了"管平潮"，即便它有别的来历。

四、"网络文学领域将来会出现一些精品"

周志雄：您比较欣赏的网络作家、作品是哪些？您觉得那些好的作品好在哪里？

管平潮：这是给我的好友打广告的时间。我喜欢猫腻、月关的作品，其他的我也看过很多，包括官场小说，还有架空历史的，但我说不出具体的名字，因为我就看排行榜前面的，看了甚至书名都不记得了。比较有印象的就是猫腻和月关。他们的作品好在哪里呢？月关他功底很深，又与时俱进写出很爽的作品来，有水准又YY得恰到好处。至于猫腻，他的精品化理念与我的理念差不多，纵然我们写的东西相差甚远，也算是惺惺相惜。

周志雄：您觉得制约网络文学发展的因素有哪些？

管平潮：我觉得有外部和内部两种因素。外部的就是，有些"一刀切"的政策，因为网络文学本来就是百花齐放的产物，就不说题材的百花齐放了,哪怕是同样的题材里面也是有好的有坏的,不能说一道规定下来,这个类型就不允许写了,这是简单粗暴的。内部的就是,一部分从业人员素质太差,主观上不用心,满足于写赚钱就可以的流水账,客观上有些从业人员缺乏一些学习和培训,他们本身水平就有问题。

周志雄:就您的观察来看,可否谈谈中国网络文学的发展脉络。

管平潮:我真是个老兵啊,中国网络文学一出现我就在看。关于网络文学的脉络,首先是出现那些篇幅短的,那种带有网络特征的,很活泼的,完全不同于传统的文学,比如《第一次的亲密接触》《悟空传》这样的,但它们篇幅短,不是后来典型的网络文学。

这两部小说,也有不同的特点。《第一次的亲密接触》胜在特别解放思想,没想到这样一个相亲的恋爱的小说能写得这么跳脱,还用了网络语言。我现在还记得当初阅读时的冲击感,小说中有"卖糕的",我一时没反应过来,"卖糕的"是什么意思啊?后来才反应过来,原来是 my God,我的天呐,这种语言就非常活泼。《第一次的亲密接触》在呈现形式上来了一次网络化的启蒙,作为第一个,未必说水平有多好,但是的确不容易。

《悟空传》呢,是思想上的解放,是后来一些思想观念的源头,是对主流思想的反叛。它是一本高级的同人小说,让人知道,原来《西游记》还可以反过来解读,还可以有完全不同的演绎,原来悟空是被压迫、被欺压的。现在看不一定有多好,但是在当时是思想上的一次解放。

2001年到2004年前后那一段时间,还不像后来一窝蜂似的全民写网文,那时候还是一些有闲阶级、有财阶级在写。那时候互联网并不普及,能够接触网络的多是大学或者研究所,2001年前后发文还是 BBS 呢,当时上网的一批人肯定是精英,所以他们写的文字是不错的,至少不会有后来那种差文泛滥的现象。那个时期的网络文学还有一个特点,题材几乎全是西方奇幻,当时的网络文学甚至可以称为奇幻文学,因为主流的职业全都是法师、骑士什么的。为什么呢?启蒙作品是西方的《龙枪编年史》《龙与地下城》等。大概在 2004 年前后,《诛仙》出来了,我其实受它的启发。我也是个样本,从我也可以看出,对中国人来说,还是中国传统的作品生命力更强,我看了那么多年的西方文学,突然一转就转回来了。那时候是大神和新手共存的时期,现在的阶段是泥沙俱下,全民写作,但在某种程度上出现了一种阶级固化的现象,大神还是那几个大神。一个事物到达巅峰的时候,就剩下两种可能,要么平稳前进,要么下坠,所以我认为原来那种快餐化的网络文学就这样了,我并不是说它变得更差,而是保持这个样子。将来,可能就是猫腻这样的作者,或者我这样的作者,能给网络文学来点变数,但又不同于那种传统文学上网,我是不承认那种文学叫网络文学的。我是说网络文学领域将来会出现一些精品,一些经典化的趋势,可能也会有大家出现。现在谁敢说金庸不是大家?他当年也是被看得很低,从通俗文学堆里出来的。我相信时间,也相信人民,这里面的逻辑是,一个作品成为经典,是因为它的流行度够大,接受它的人特别多,能被很多人接受的就不一定是《大学》《尚书》等高雅的文学。目前的这种狭义的文学观念,完全是中国历史长河中拐的一个小弯,我们从宏观上看,就会发现这段历史是弯的。我觉得西方的先锋派啊,野兽派什么的,也是这条历史长河拐了一个小弯,中国文学最终还是会回到我们的四大名著上面。

周志雄:请您谈一谈对现在火热的网络文学 IP 的看法。

管平潮：这个我在讲座的时候专门提到过，它"现在很热"隐含的一个意思就是之前不热，这是事实，那另外一个隐含的意思就是也许以后就不热了。我觉得我们的 IP 热是个迟来的东西，就像我说"太阳底下无新事儿"嘛，你看人家西方的很多东西都在我们前面几十年，他们多少年来的好莱坞大片其实都有 IP 的概念，比如《速度与激情》是从游戏改编来的，有一定的群众基础，漫威的十三部漫画、十三部电影，全球票房 100 亿美元，人家早就这么干了。好莱坞的大片总能找到一点 IP 的影子，哪怕是原来电影的续集，也有原来 IP 的影子，所以说我们的 IP 热又和我们国家其他很多领域一样，是迟来的，到现在才与国际接轨。它还能热几年，总体上 IP 时代已经到来了，不可能再逆转了，以后只是程度上的问题。在此，我想对我们的从业者提出一个建议，要顶住，要做精品，要浮出水面，你要立住品牌，你要有强大的扛击打、扛风波能力。

周志雄：您怎么看待国内的网络文学富豪榜？

管平潮：任何事情都有正反面。网络文学富豪榜的正面是什么呢？它为我们网络文学张目，让我们走到主流的视野内。但也不是人人想上的，包括我自己为什么不上富豪榜，当然也是人家不找我，这是有机制的，是可以主动往上报的，我为什么不报呢，我觉得还是应该潜心创作，就像我在讲座时说的，我们的征途，是星辰大海，不要局限于一城一池，也不要太在意眼前的名利，它给你带来的不一定全是好的东西。我担心被富豪榜拉到了聚光灯下。我觉得写作，尤其是长篇写作是需要笨功夫的，不能被过多打扰，当知道你们要来访问我，我并没有表现得那么积极，这点你们要体谅。这是一种什么状态呢？一个人小有名气之后啊，就会不断有人找，可能从找我的人的角度来说，我只是偶尔找了你一下，找了你还拒绝，这个人不近人情了;但是你换位思考一下,从我的角度,像个星形结构一样,我在中心,每一个人都觉得是唯一的一次找我,结果汇聚到我这里,就不得了了,我每个月会有好多应酬。就现在这样,我还有这么多应酬,如果在聚光灯下,就更不得了。我不是说我这个人淡泊名利,而是要获大利,获长远的利益,或者说想做这个时代的精英,我就不能太在乎现在一时的东西。

学生:您写了这么多仙侠小说,在对待生活中的一些事情时,您是否会用一些仙侠的思维来考虑呢?

管平潮:这个提问很有意思,但是我还是觉得要把一些事情分清楚,生活会给我很多创作素材,写出来的作品与生活是两码事。一个反面的例子,南派三叔得抑郁症,这或许就是分不清自己的现实生活和作品世界而导致的情况,因为他写的题材是灵异的盗墓嘛,也许那时有点走火入魔。那么仙侠对我生活有没有影响呢?有的,起码我做事具有侠风,我是很宽容的,我还帮助了很多人。

学生:您在日本待过,肯定看过日本的一些侦探推理小说,现在中国的推理小说市场基本上被日本的小说占了,特别是东野圭吾等作家,您怎么看待中国的推理小说很弱的现状呢?

管平潮:存在即合理。现象既然存在,我们就给它找原因,我自己有几点不成熟的看法,一个就是我们中国还是缺乏这种社会环境,没有这种传统,我们中国人可能还是比较感性,它遭遇的境况比较像科幻,科幻虽然说现在有《三体》,但你现在想想也就只有《三体》了,对一般人来说,除了《三体》还能想到什么科幻小说呢?所以推理也是一样的,它更惨,它连一部《三体》这样的作品都没有,可以说我们中国人没有创作推理小说的这种基因。

周志雄:您曾在接受记者访谈的时候讲过,目前网络文学的"日更模式"影响创作质量,那么您怎么克服这种影响呢?

管平潮:对,首先我要说一句,目前我仍旧用这种模式创作,但是接下来我想用的模式就能避免这种困扰了,也就是刚才说的"降速、减量、提质",当然这前提是你已经有一定基础了,有名气了,敢这么做了。大家目前的做法是攒稿,你看起来是日更一万,上架的时候更两万,其实作者已经花了半年或者一年的时间存了上百万字的稿了。如果一个人真是每天赶着稿子时时写时时发,那他当然会累得吐血,凡是你觉得匪夷所思的事情,一定有它的隐情。

(访谈时间:2016年11月11日)

网络文学大神是怎样炼成的
——网络作家风凌天下访谈录

一、"我从小就喜欢看武侠小说"

周志雄：是什么样的机缘让您走上网络文学写作这条路的？

风凌天下：我从小就喜欢看武侠小说。在初中二年级的时候，当代的一些武侠小说名家，像金庸、古龙、梁羽生等人的书我都看了一遍，看了一遍之后觉得不过瘾，就挑选那些印象比较深的又看了一遍，看完之后我发现看第一遍跟看第二遍的时候那种感觉是不同的。随着年龄的增长，每再看一遍都会发现自己有些不同的想法。当然一开始我没想过我会写小说，我觉得作家都是非常有文学素养，非常高大上的那种，我毕竟文化水平不高，所以我先是打工，然后去当兵，等退伍之后分配工作，然后准备这一辈子就这么过了。退伍之后，等了一年多，给我分配了一个单位。我上班之后，先是三个月的实习期，每月拿三分之一的工资。实习期满之后，开始拿正式工资。我拿了半个月，公司破产了，到手的铁饭碗又丢了。然后来济南打工，给一家厂子做业务员。一开始老板说底薪1200元，干得好有提成，提成是百分之三，因为我们那个厂的业务量比较大，百分之三也不少了。提成是半年发一次，上半年已经发过了，到下半年的时候已经没有了，说厂子困难，压一压，这样压着压着压了三年。一直到2007年腊月二十的时候，厂子经理给我打电话说，你还在济南呢？我说，干吗呀，我得在这把尾账收一收，然后拿钱回家过年啊。厂子经理跟我说，你别忙了，赶紧回来，厂里面出事了，老板死了。当时我那个无语，三年我们厂欠了我的提成有11800块钱，那时候这已经是很大一笔钱了，每个月发给我的基本工资就1200元，在济南有多少花多少，就指着那笔钱过年了，结果没了。回到家也郁闷呐，家里一分钱没有，我跟我媳妇说，我可能得出去借点钱去，没钱过年了。我媳妇说，你的提成呢？我说提成没了，老板死了，上吊了。当天晚上还跟媳妇吵了一架。我媳妇也是急了，说别的老板咋就没死呢，你说你上个破班，你上总公司待了三个月，总公司垮了，你到这厂子里待了三年，这厂子没了。我说实在不行咱们就去日本打工吧。那天晚上我给一个同学打电话，我说你有钱吗？先借给我点钱过年，过年之后我还你。那同学说，我有，正好想找人喝点酒，你来吧。我坐了公交车就去了，他那地方在乡下，很远，下了公交车又走了好久才到他们家。当天晚上喝酒喝到十二点多，然后他给我拿了1000块钱。我拿了钱说我得回家了。他说，你怎么回去？我说，你不是有摩托车吗？我骑你摩托车回去，明天给你送回来，或者你明天上班的时候直接来骑走。他说，行。然后我就骑着他的摩托车出来，心里还是郁闷呐，好不容易赚了三年的钱一下就没了。骑着摩托车出来的时候路边上有一辆东风卡车，卡车是在那儿停着的，我没看清，骑着摩托车直接就拱上去了。当时我好像没晕，还骂了一句，然后就住院了。家里一分钱都没有，最后被医院扫地出门了。躺在床上的时候我就想，一个人不能这么倒霉吧，你想赚钱没地方赚,想养家糊口,本来有这能力,但是现在又没了,我这可怎么办?我媳妇说,等你好了咱俩就啥也别弄了,去日本做个劳务吧。我说,行,我记得我在济南的时候看过一篇文章,上面介绍萧鼎的《诛仙》,好像一本书赚了好几百万呐,我觉得我文化程度也不比他低,给我弄台电脑,我试试,我要是写不出来呢,反正那时候我腿好了,咱俩也就走了,我要是写得出来呢,咱们就不用去了,反正躺着啥也干不了。这样我媳妇给我弄了一台网吧的报废电脑,我就从那个时候开始写作。你要说有什么文学梦,有什么伟大理想,有什么教育人那种思想,那是半点都没有。当时写书的出发点就是养家糊口,能够自己把自己养活。那时候,我媳妇跟我说,你写书要是一个月能赚2000块钱,我啥都不干了,我在家伺候你。2009年5月,我拿到了第一笔稿费,当时腿还好得不利索,出来走得挂拐杖,突然间网站给我打电话,说你的钱到了。当时以为可能就几百块钱,结果一看,第一个月的稿费是13970元。

周志雄:是哪一本书的稿费?

风凌天下:是《凌天传说》。当时我就激动了,这辈子第一次一个月挣了这么多钱。那时候是夏天,特别热的时候,我就挂着拐杖出去了。有钱了,那得买东西啊,我先去挑了好烟,那时候也没什么太好的,红塔山那样的,来上十几条,然后再挑别的买,吃的,水果什么的,买了一些。买完发现才花了两千多块钱,我说这么多钱咋花呀,回家的时候看到路边有卖焦炭的,我过去问炭多少钱一吨啊,他说900多,我说来两吨。这事说起来吧,轻轻松松的,但是那时候不知道怎么过来的,那时候还不怎么会打字,用二指禅。《凌天传说》算是赚了点钱,但把债都给还上后,基本上没有剩余了。然后我开始写第二本书《异世邪君》,一直写到现在,还算是不错吧。大家看过我的书可能会发现，这几本书的主人公的状态都是不同的，性格也是不同的。《凌天传说》当中的凌天呢，性格当中有点残酷，很狠辣的那种，什么都可以做，也非常果决，到了《异世邪君》的时候，主人公就有点无法无天了。因为那时候，我感觉自己不靠任何人，我白手起家，自己能养家，能赚钱，能养活老婆孩子，能让我爸妈出去的时候被别人羡慕，这些全是我自己拼出来的，我觉得我很了不起，所以就有一点膨胀，感觉我太牛了，世界上再也没有人比我更牛了。我写《异世邪君》的时候也带着这种心态，所以写出一本特别无拘无束、无法无天的书。

到了写第三本书《傲世九重天》的时候，我已经把前面我所幻想的东西都写得差不多了，我想写一本沉重一些的书。因为有当兵的经历吧，我特别想念以前的战友，是想念在部队时的战友，不是退伍之后的战友。我想如果兄弟都能像那时候那样纯净该有多好，我就写了《傲世九重天》这本书，这是我迄今为止写得最长的一本书，也是写得最累的一本书，目前来看也是几本书里比较好的一本。

写完《傲世九重天》之后开始写现在正在写的《天域苍穹》。《天域苍穹》动笔比较难，因为圈子里有个说法，有一种书一个人一辈子只能写出一本，这本书会把这个作者整个的精、气、神包括他的经历、积累全部抽空。我写完《傲世九重天》之后就是这种情况，感觉自己不会写了。当时创世中文网又比较困难，让我赶紧过去，我就随便写了一个故事。这两年大家看我的书也应该能看得出来，《天域苍穹》的故事情节没问题，但在情感上明显没有《傲世九重天》充沛。这本书我算是在休息，在充电，这段时间我也不断地在看书，当然好与坏就留给读者去评判吧。

周志雄：今天来的女同学对您当兵的经历比较感兴趣。她们想知道您的部队生活对您的写作有什么影响,您和您的那些弟兄们有什么精彩的故事写到了作品中?

风凌天下:她们无非就是想听我怎么挨的揍呗。当兵的回忆是美好的,但当你身临其境的时候,你会发现这不是一件特别愉快的事情。我在当兵的第二天,就开始倒计时,在墙上的挂历上写上一句话:距离退伍还有 752 天。因为第一天我们去了之后就被拉出去跑了五公里,到了第三天的时候我的被子叠不成豆腐块直接被扔到水池子里,那时候是冬天啊,把被子从水池里捞出来,七八个人拧不干,好不容易把水分拧得差不多了,就那么放到床上去,看这样你能不能叠成豆腐块。那样当然能叠啊,随便一叠就是豆腐块了,但到了晚上你咋睡啊,只能身上披了大衣再把被子盖上。

训练是特别苦的,我有一次感冒了发烧烧到 39.2℃,作为成年人来说已经是很高了。早晨出操,铃声响了之后大家都往外跑。我就跟班长说我感冒了。班长过来摸摸我的头说,感冒了啊,我跟排长说一声,你先躺着吧。班长跟排长把情况说了一下,排长说,感冒了?39.2℃?这么高?那你们先跑着吧,他交给我了,我给他治病。排长上来问我,感冒了?拿体温计放舌头底下我看看……嗯,确实不错,两遍温度都一样。起床吧,走,我给你治治感冒。我说去卫生队啊?然后一边说话一边就穿衣服起来了。排长说不去卫生队也行,咱们就在操场这边给你治治吧。操场在外面,部队里那个跑道从这头到那头正好 1000 米。排长说现在开始给你治感冒,第一个疗程是从这边以最快的速度你蛙跳跳到那边,第二个疗程是鸭子步,从那边走回这边,第三个疗程是用前倒的方式倒到那边,第四个疗程是用前扑的方式扑到这边。我一直折腾到中午十一点半,总算把这些全做完了,整个人眼前一阵阵发黑,感觉把我身上的肉拧几遍都不会拧出水来了,接着排长让我量量体温看看现在是多少。我一量,36.5℃,感冒彻底好了。

再说一点别的吧。我们当兵的时候,第一天我们大队长就站在上面问,你们知道什么是部队吗?下面有人回答,部队就是共产党的队伍,部队就是国家的队伍。我们大队长来了句,部队就是不对。为什么部队就是不对呢?因为你在家里学的所有的东西都是不对的,你走路的方式是不对的,你说话的方式是不对的,你扫地的方式是不对的,你吃饭的方式是不对的,你做任何事的方式都是不对的,在这里要给你矫正过来。从那以后我们果然发现我们说话的方式是不对的,我们走路的方式也是不对的,我们连吃饭都不会吃了。刚去的时候我一顿饭能吃三个馒头,那时候特别瘦,只有109斤,新兵连结束后别人都瘦了,我胖了,我长到了150斤。队长特别不解,说别的兵都瘦了,就你胖了,你偷懒,故意给我加小灶,结果我长到了160斤。我那时五分钟之内可以顺利吃下去17个馒头,就是咱们山东的馒头。到了退伍的时候,我的体重慢慢下降了,退伍的那天称了一下,正好109斤。109斤去的,在那边曾经胖过,但是又瘦回来了。

在部队上最难忘的一件事情是1999年的春节。那个春节,因为大队长、支队长他们都开过会了,说过年了,大家都别训练了,让这些兵好好休息休息,过年弄点可乐什么的让他们喝点就当喝酒了。回来之后一说,我们都疯了,一年到头礼拜六礼拜天都训练,忽然有一天休息,大家就乐得不得了。部队有个泔水缸,吃剩的菜都倒在泔水缸里,中午吃饭的时候支队长从我们中队饭堂前走过,一看,哎哟,这泔水缸里怎么有个馒头,雪白雪白的。支队长就觉得不对劲,把我们中队长、指导员叫过去了,对两人说,你们看,你们中队这个缸里边是啥啊？中队长一看，说，这是馒头。支队长说，这是馒头啊，好吃吗？好吃。好吃你们怎么不吃啊？然后支队长把馒头捞出来，把几个排长叫过去，让几个排长分着吃了。排长回来之后就开始练班长，排长练班长就不让他们吃馒头了，一共就这么一个馒头，分也分不到，就开始拳打脚踢。当天晚上十一点多，紧急集合又来了，一晚上给我们拉了八遍紧急集合。到第七遍的时候，支队长出来讲话，那时候是凌晨三点。回去上床之后大家都以为没有第八次了，结果又拉了一次，这次紧急集合是全副武装，背包里面塞两块砖，把床拆了，用床板抬着床架，上铺在前面，下铺在后面，跑五公里，回来的时候累得都不知道自己姓啥了。那是我一辈子过得最难忘的一个春节，这就是我的当兵经历。

周志雄：您觉得这些经历对您的写作有影响吗？

风凌天下：有影响。

周志雄：影响表现在哪些方面？

风凌天下：因为在当兵的时候我们队长曾经说过，你哪怕累死、拼死、战死，但是不要后退，想做什么事情就把它做完。

那时候我们都说，上学的时候如果有这个努力的劲头，别说考一个普通大学本科，就是清华、北大那都是手到擒来。一本厚书，三天之内，从第一页到最后一页都要背下来，背不下来就挨揍，部队就是这样，只看结果不看过程。放到写作上，就是别人能写我就能写，别人能成大事我就能成大事，别人能赚钱我就能赚钱，不能赚就拼，拼一天不行就拼一个月，拼一个月不行就拼一年，拼一年不行就拼五年，就是这样一路过来的。

周志雄：一个好的作家首先是一个好的读者，您刚才提到在读中学的时候喜欢看金庸、古龙等人的小说，您成为网络小说作家后，您的阅读有什么变化吗?

风凌天下:我的阅读情况始终没有什么变化,我看书追求一种情节的爽感,写书也是。我看书时从来不注意学习别人的写作技巧,如果刻意模仿别人的手法,那么你就不是你自己了,就写不出你自己最擅长的东西了。你发现一本书很好,你要自己想为什么好,这样自然而然地就与自己的想法融为一体了,以后你要写这种情节的时候,会按照自己的方式去设置,而不是说这本书的情节怎么写我也怎么写。

周志雄:您怎么看待金庸的小说?

风凌天下:金庸的小说是最让我着迷的小说,但是我对他的小说没有什么评价,我只对金庸本人有评价。我觉得金庸是那种像温开水一样优柔寡断的人,因为他的几个主角都有点拖泥带水,很少有干净利落的。我对金庸本人的文学素养、写东西的认真程度以及知识的渊博度是非常佩服的,毫不夸张地说,金庸那种书我是几年、几十年甚至一辈子都写不出的。

二、"我的写作从来不做大纲"

周志雄:您的写作灵感来自哪里?

风凌天下:我没有什么写作的灵感。我的写作从来不做大纲,我把开头设定,就从这里走,设定大约几万字的内容,然后就开始设定结尾,这个故事会在哪个地方结束,会在人间还是天上,达到什么水平和高度,最后的时刻要以一种完美的方式落幕。设定了这两点之后,中间就靠发挥了。写故事其实没什么窍门,也没什么灵感,在写的时候,比如说以周老师为主角,写完他之后,第一我要想一个配角，或者是兄弟，或者是护卫，然后要给他设置一个背景，给他一个家庭，一个社会关系，对不对？这些出来之后，为了体现他多么厉害，要给他设定一个对手，然后让他去碾压那个对手，让他获得第一步的成长，在这个过程中，你会发现有很多的故事情节写着写着就出来了。揪出这条线来可以写，揪出那条线来也可以写，这种东西是自然而然的。随着你的设定，这些东西就有了。只要你去找，很多条线可以写。灵感这种东西是有，但是我觉得关系并不大。尤其当一本书写到了几十万字、上百万字的时候，这本书就会像人一样，成长到了一定的可以自主的阶段。到了那个时候作者已经说了不算了，一本书的书魂结成之后，作者就只剩一只手跟随主人公的意志，他想怎么让你开展情节，你就必须怎么开展情节。所以我感觉，我们网文作者被称为写手，是很有道理的，那就是一只写作的手，有一种力量来促使你用手将故事写出来。有一位作者曾经说过，我们可能都是神选者，神选定了我们，让我们写这个故事，所以它就出来了。我说这个世界的神也太博爱了。

周志雄：您这个说法和古希腊人将"灵感"解释成神灵附体是一样的。

风凌天下：这种附体的感觉其实并没有，自己在写一个故事的时候总是会出现一个情况，写到这里我感觉我不会写了，情节再向下开展的时候我不会了，但是明天必须要更新，今天写到这里我停了，明天我怎么写我不知道，今天晚上我都不知道，做梦我都不知道。到了明天，当我看到前文的时候，就开始顺着前面的情节往下写，硬灌水的时候你会发现，突然有一个故事出现，然后你顺着这个故事向下写还特别精彩，并且这个故事是你做梦都没想到的，之前你也从来没有这样的设定，这种时候就会感到非常奇妙，好像是有一种力量在帮你。

周志雄：您每天花多长时间更新一章？

风凌天下：我一开始写书的时候大约是六个小时写一章，写了三个月之后大约两个小时写一章，这种情况一直持续了几年。如果一章按照3000字来计算，那我现在一个小时大概可以写4500字到5000字，我一天的工作量是两个小时到三个小时之间。有的时候写得顺就写一两万字，有的时候写得不顺就写三四千，都是两三个小时。

周志雄：您不做大纲，面对作品中复杂的人物关系，您是怎么做到顺利地写下去的？

风凌天下：书写到中段的时候，就到了一个你要有侧重选择的时候，就比如说一开始你是有一条大的主线的，变强或是天下无敌，然后第二主线是友情爱情这一方面。到了这种时候，再错综复杂的人物关系都是有前有后的，有所侧重的。比如在一个阶段，男主的爱情始终放在第一位，友情始终放在第二位；在另一个阶段，爱情是放在第二位的，女主不要和男主整天都卿卿我我，而是要将他送走，出去闯荡，或是拜师学艺，只剩下他和兄弟的打拼。

学生：您的《梦舞风云》写了不到百章，并没有写完，在中断的地方，您说："对不起朋友，因为感觉写不下去，写得很吃力，很别扭，但我将来一定会写完《梦舞风云》，这是我的收山之作。"您中断的原因是什么？为什么要把这部作品作为您的收山之作？

风凌天下：我写的第一本书就是《梦舞风云》，当时什么都不懂，因为看的武侠小说很多，所以写武侠小说自然就是我的首选。写到三十多万字之后，签不了约。签不了约就赚不了钱，然后我就去问编辑，我说："为什么不给我签呢？"编辑说："现在武侠已经没落了，你写武侠是签不了约的，你写得再好都签不了。我看过你写的，写得不错。但是写武侠的不签约。"那是那个年代,现在武侠可以签约了,那时候不行。写了三十多万字之后,我想,这三十多万字可不能浪费啊,这是我的第一本书,我的初恋的名字就叫凌儿。我还想把这本书再写下去,或者说,等到我不想写网络小说的时候,我写完它,我就封笔了,来个善始善终。

周志雄:从 2008 年写《梦舞风云》到 2009 年写《凌天传说》,《凌天传说》是您第一本获得收入的小说,这个时间跨度其实不是很大,为什么这么快就会取得成功?

风凌天下:还快吗?因为到后来写《凌天传说》的时候,已经是背水一战,别无退路。不管做什么事,所有的精神全部集中在上面的话,是最容易成功的。

学生:您的《凌天传说》《异世邪君》《傲世九重天》《天域苍穹》等作品,大多为玄幻题材,且情节设定有许多相似之处,您是否有考虑过超越已有的写作模式,进行更多的创新?

风凌天下:这个问题挺大的。因为有些时候呢,一本书写几百万字,这样写下来,如果不用心的话,或者说不是特别用心的话,写完这本书之后再写下一本书,这本书的情节你自己都忘得差不多了。有时候看到一段话,你突然想起来,当时是怎么写的,但很多时候让你真正去想某个情节你有没有写过,你是想不起来的。我觉得重复的地方肯定有,但并不是很多,未来必然会进行创新。有一些事情是从古到今都无法改变的,那就是恩怨情仇、生离死别,人间事无非就是这些事情。你写人和人之间的分离,是因为战斗分离,是因为伤痛分离,还是因为别的原因分离,它都是分离。这些离情愁绪,它都是一样的感觉。场景或许不同,人物或许不同,但是感情都是一样的。算是为自己做一些辩解吧。

学生：《梦舞风云》的主人公萧晨风有您的影子吗？您是否想成为他那样的人？这部小说中，我最喜欢的人物是血泊，他身上具有的江湖义气让我沉醉，您当时是怎么塑造这个人物的？

风凌天下：血泊的身世和萧晨风差不多。血泊的身上，还有一份血海深仇。原本是打算让萧晨风在一步步的打拼中，先把血泊的事情给了了，然后慢慢形成兄弟两个人的势力，再与返回的那些义军，与李密、窦建德、王世充、李世民等等这些历史人物挂钩。我当时写这本书的时候，受黄易的《大唐双龙传》影响很大，无意识地写成双主角了。血泊呢，我会让他比萧晨风弱一些，毕竟他不是主角。萧晨风有没有我自己的影子呢？当然没有，他只是有我的一个网名，我曾经的网名就叫晨风。

学生："一个人要害人，或者需要理由。人救人是不需要理由的。有能力做善事而不做，那是天性凉薄，但是没有能力做善事，却要硬做，只能是让被帮助的人和自己一起万劫不复。"这是您小说中的一段话。您文章中很少有这样的说教类文字，您写这段文字是对现实有什么影射吗？

风凌天下：影射不大。古人曾经说过，穷，就只顾自己就好了，富呢，可以管一管天下疾苦，可以兼济天下。独善其身不一定每个人都能做到。那么，什么样才能算富呢？那也没有一个硬性标准。但是能说一点，就是，每一个人成功也好，富裕也罢，他的所有财产，都是他自己辛辛苦苦打拼来的。没有人能够在躺在地上睡觉的时候，天上啪啦地往他身边掉金砖，那是不可能的。所以，在他认为他可以帮助别人的时候，他可以自己去帮，不需要跟任何人说，他认为不需要去帮助的时候，他也可以理所当然地选择不帮。这并不是什么天性凉薄，因为他没有义务去帮助别人，在他帮助别人的时候他是存有一份善心的。当然如果你没有能力而非要帮助别人的话，这里有一个故事。我在写《凌天传说》的时候，刚赚了点钱，我有一个同学，他妈妈得了癌症，当时家里面没有钱，问我来借，我说你还缺多少，他说手术费一共需要二十万。我说我现在也没钱。他说你怎么着也帮帮忙吧。我实在是不忍心，于是先给他拿了五万。然后，他第二次来找我借，给他拿了四万。第三次来找我借的时候呢，拿了两万。然后我这边没钱了，稿费还没有发，他又来找我借。我从我的朋友那边借了十万，找了四个朋友，每个人两万、三万地凑起来给他。到后来吧，他母亲还是过世了。就因为那个债务，让我非常非常累，因为那个时候我赚钱并不多，多的时候一个月也就赚三四万块钱，那个债务让我还了好一段时间。我老婆是先为自己的家庭着想，她说你自己都穷成这样，还把所有的钱都借出去，不仅这样，你还借外债，你这不是等于把两个家庭一起拖进去了吗？后来我那个同学也没还我钱，现在两个人都不来往了，因为他第六次来找我借钱的时候，我没有借给他。

学生：读您的《傲世九重天》的时候，这部作品有很多精彩的玄幻的场景，您是怎么构思出来的？

风凌天下：受动画片的影响比较大，我比较喜欢看动画片。

学生：很多作家不敢把场面往大写，怕一旦铺开就收不住了。但是您对大场面驾驭十分到位，您很注重细节，注重铺垫，这两方面您有什么经验，能给大家介绍一下吗？

风凌天下：有一个说法叫以点带面，大场面你是无法全部描写到的。你比如说整个宇宙都发生了大战，大家围绕一个星球在打仗。这个时候，场面足够宏大，但是你描写的其实就是几个点：主角这边怎么打，我会详细地写，主角的红颜知己和朋友兄弟那些战斗就略写，其他人的战斗，比如说一支部队在战斗，我只需要描写其中一个小兵或者描写其中一个百夫长，写他是怎么战斗，怎么牺牲的，那么那种惨烈的场面自然而然地就出来了。因为一开始你说这是大范围的战争，所以在所有人的感觉之中这就是一场百万人的大战，实际上你描写的可能就是三四个人、四五个人之间的交战。

周志雄：您怎么写细节？

风凌天下：写细节呢，就是我刚才说的。比如说我写这个小兵，他突然间出现，我就需要从一些细节上去表现他。他如何嘱咐他的战友在他牺牲之后去照顾他的家人，给他未婚妻带话。比如说，他已经移情别恋爱上别人了，你赶紧找个人嫁了吧。用这些煽情的语言来表现这个人，这种人稍纵即逝地出现，给读者的印象会非常深刻。

周志雄：您写小说每天都要更新，在写作中免不了会灌水，您就不担心这样会引起读者的反感吗？

风凌天下：从整本小说或者从整个网络文学来看，我认为"水"是必要的。每一本小说，它都必须有"水"。读者看什么？读者看的从来不是干货，看的都是"水"。因为干货其实就几个字，就一句话。我写楚阳跟第五轻柔的交战，一句话、两句话，甚至一段文字，就可以写完的，为什么要写上几章、十几章呢，因为如果你只看这一句话，看这一段话，你根本看不出什么。他们所说的"水"呢，是指描写；而我所说的"水"呢，是指一种过度描写。过度描写是真正的"水"，但是适当的描写会让这本书丰满，并不能称为"水"。

周志雄：这个问题可以这么看，当作者和读者聊天时，读者说在某个地方需要展开，作者说这需要想象，没法写出来，读者说我不愿意去想象。就您刚才讲的战斗，您详细地把这个过程描写出来，也是在延宕读者在阅读当中的享受感，是不是有这个考虑在里面？

风凌天下：对,因为有很多人给我提过意见说,你要效仿那些画家的留白,然后这一段让它意犹未尽,让我们去想象,我们想得出,我们理解,你不用写得那么详细。我按照他们的意见,给他们写了几章,然后所有人都来找我,说看不懂。我说你们想象力那么丰富,这一段不是这个意思吗,那一段不是那个意思吗。许多人求着说你再写一遍吧。因为大家都认为自己有辨别力,大家在看到之后都认为这些内容自己早就想到了,但是当作者没有写出来时,他们看不到的时候会问这是怎么回事,怎么到这里就完了呢,这不行啊。所以这是一种看到与看不到之间的矛盾关系。

学生：您的作品的篇幅都很长,时间跨度也很大,您在创作的时候怎么能保证不遗忘情节或者说前后不产生矛盾冲突呢？您会经常回头看看作品以保证不会遗忘吗？

风凌天下：不会。就拿《傲世九重天》来说吧,我首先想到的是下三天,上三天和中三天尽量用伏笔去写,只设置下三天的内容,可以很从容地把下三天的恩怨写完,然后把之前埋的伏笔一点点揪出来,揪出来之后自然而然地就在中三天用上了。我书里面偶尔会冒一些忌讳去写一些话,比如：谁也没有想到今天无意中的举动却造成了日后的一段恩怨纠缠,造成了日后中三天的一段传奇。因为读者对这些都比较烦。但是等你以后真正写到中三天那些情节的时候,那些话也就顺理成章了。这些你要是不写,后面写的时候反而会记不住,而你写了呢,后面读者读到那个情节的时候也就恍然大悟了。

学生：那您是怎么记得把伏笔设置在这个地方的？有单独的记录吗？

风凌天下：一个故事在写的时候要埋下两个伏笔,故事写完就等于填上了一个坑，然后把两个伏笔里的另一条拉出来写成第二个故事，写第二个故事的时候再设置一个新的伏笔，这样就有了下一个故事，如此填一个加一个，这样往下走。你不能同时并排挖十个坑，唰一下走到前边去，再回来填坑就晚了。为什么说要挖两个坑呢？因为读者在看你一个坑怎么写的情况下，他同时还在期待着另外一个坑，你写完之后就顺应他的期待感去写第二个坑，他们就会非常感兴趣了，然后你在写第二个坑的时候再埋一个伏笔进去，他们就重新有了期待感，一直期待不断地往下看，就形成了一本书的构架。

周志雄：写作超长篇的网络小说是一件需要耐力的事情。小说写到后半部分您会不会有疲惫感呢？您每次写完一篇小说，心中是怎样的感觉呢？

风凌天下：写到后半部分的时候，是真的很累，很厌烦，有时写得想吐。写到最后结尾的时候，就想把之前因为厌烦随便写的那部分删掉，然后重新写。但是每一个阶段来临的时候会有不可控的烦躁。像《凌天传说》完本的时候，我心里是非常振奋的，因为我感觉我可以写出更好的书，我可以赚更多的钱，几乎是迫不及待地开始写《异世邪君》，快写完的时候，那种烦躁就非常强烈了。《异世邪君》创造了网文界的纪录，一本书接到了十多万的举报，说我影响了中日关系，破坏了中日友谊。

周志雄：那都是什么人在举报呢？

风凌天下：都是不知道的一些人，可能是《异世邪君》里面写的异族人比较恶劣一点。

学生：那里面的语言都是日本语言。

风凌天下：对，除了说影射日本当局，对文字的挑刺也是很多的。比如君莫邪和梅雪烟谈恋爱，梅雪烟是玄兽之王，不是人类，很多人举报我写人兽。君莫邪在山顶上和别人喝茶的时候，孤零零的石台独立在山顶上，有人从中间摘出来两个字说我写"台独"。编辑承受不住压力，说十多万举报，必须修改。修改就修改吧，修改了十章之后，感觉不想写了，甚至不想写书了，就去喝酒了。我的编辑就自己熬了两天两夜修改，一直到修改完了，打电话跟我说，都修改完了，你赶紧回来写吧。那时正是《异世邪君》冲月票的关键时刻，突然被举报，停更，好像那种锐气一下子被打掉了一样。我在第二个月就做了一件事，本来还有很多情节没有写，但是在一章之内，一万三千多字把它写完了，直接完稿。完稿的那一天所有人都震惊了，说怎么就完本了呢。我说不想写了，被举报烦了，重新写一本不被举报的。

周志雄：看来读者举报对您的影响很大。

风凌天下：主要是太多了。

学生：在《傲世九重天》中，楚阳只是在利用自己的小弟，并不是把他们当兄弟看，您怎么看？

风凌天下：其实我认为，人与人之间的信任，现在与以前相比，少了很多。人与人之间的感情，缺少了很多。一个人经历过朋友的背叛之后，经历了一些不美好的事情以后，他会自然而然地怀疑感情是不是真的存在。这并不能代表世界上没有这种感情，因为你想得太多了，懂得太多了，瞻前顾后太多了，自然而然你付出的就少了，因为你付出的少了，得不到别人相应的回报的时候，你就怀疑世上的真情。所以我书里一直说一句话，仗义多为屠狗辈，负心多是读书人。读的书太多，懂得的太多，然后想得太多，忘恩负义的就多。反而是那些没怎么读过书，没什么学历的人，你对他好，他就对你死心塌地的,那种人我觉得还是挺纯朴的吧。

学生:您创作玄幻小说里的女性角色的时候,会考虑女性读者的意见吗?

风凌天下:那怎么可能去考虑。不过我和其他的作者相比有一些优势,就是我的妻子从来不看我的书,我那本《傲世九重天》放在她的床边,她睡不着的时候翻一翻,看上几页就睡着了。

周志雄:她为什么不看呢?

风凌天下:她喜欢看琼瑶的书。

周志雄:您在微博上说,您对"天道无常,谁能平生大作。红尘有梦,我愿独自痴狂。"这两句话不大满意,希望大家能给改一下。

风凌天下:对。

周志雄:这条微博发出去以后,有人帮您改吗?

风凌天下:有,收到的回复包括QQ上的留言、微博上的私信,七八百条是有的。

周志雄:有没有写得特别好的呢?

风凌天下:有些人写得特别好,但是不符合要求。因为我是根据这本书里面的人物经历,包括这本书里面的世界设定来写这两句话的,其他人很少能有很深的感触,所以有些时候读者说我经常在书里面写一些打油诗,觉得非常好。单独摘出来,别人看了之后都说这是什么狗屁不通的诗句。我说你没有看过这本书,你不知道那段情节,你不知道这几句话是怎么出来的,是为什么出来的,是在什么感情之下出来的,你想明白的话必须去看这本书。

周志雄:对您小说中的诗词,很多人有不同意见,有的认为您的诗词很有气势,有的认为您的诗词像顺口溜,不够精练,还有的提建议说那些不够高明的诗词,化成描述性的文字会更好,对此您怎么看?

风凌天下：在文中加入这些诗词，是受古龙和金庸的影响，他们的作品里经常把一句诗作为一招剑法，喜欢的人是真喜欢，不喜欢的人是真不喜欢，我只能说我的书写出来，让喜欢的人喜欢就好了。

　　学生：在创作的过程中，人物的命运或情节的发展，有没有犹豫不决的时候，觉得可以这样写也可以那样写，这种时候您是怎样在两个方案中定下一个方案的呢？

　　风凌天下：在两个方案之间犹豫不决的时候很少。一般情况下，如果出现两条路，一条路往这边走，可以认识这个人，可以做这件事，一条路往那边走，可以认识那个人，做那件事，我就会衡量哪个人更重要，做哪件事得到的好处更大，几秒钟就可以做出选择。

　　学生：您写《天域苍穹》这本书的时候是一个什么样的心态？想告诉读者什么？您觉得与《傲世九重天》相比，《天域苍穹》的亮点在哪里？

　　风凌天下：其实我的每一本书都没想告诉读者什么，只是想让大家看过觉得这本书还挺爽的，就可以了。我为什么非要告诉读者什么呢？有周教授这样的灵魂工程师就行了。与《傲世九重天》相比，《天域苍穹》的亮点在于，写《傲世九重天》的时候，我自己的代入感比较深，而在写《天域苍穹》这本书的时候，我是完全超脱的，是真正以一个作者的身份去看这本书去写这本书的，但是没有这种代入感之后，写得并不好。

　　周志雄：我看到一个网上的帖子，这个人可能是在黑您。他说《傲世九重天》是风凌的上限作，这本书在情节上有了很大提升，几个配角也有了一定作用，不至于喧宾夺主，写冷笑话也有了改善，虽然还会出现反弹，写谋略有了相当的进步。但是设定能力依然很弱，开挂太严重，还好，合理性还是有的。挖坑稍多，但基本上都填上了，不再像前两部那么夸张，学会了铺垫。后期的节操飞流直下，形成了独特的灌水方式。您看过这个评论没有？您是怎么看的？

风凌天下：这种评论很多，我一般只看前半部分。我的几个副版主也比较尽职尽责，会发截图给我，只发好的，说有人夸你呢，我看了比较高兴。有时候扪心自问，人家骂的不是没有道理，但在思想比较固执的时候，只能说是先我行我素。一个人的脾气、性格、写作方式，不会因为被骂几句就彻底改变，就去重新找一条新的道路走。我认为自己在不断写作不断进步，当然，就算进步到鲁迅那个地步，该骂我的还是会骂我。

周志雄：有很多读者喜欢您的作品，说您能收放自如地处理宏大场面，有很强的文字控制力和想象力，文笔很幽默，描写的战争场面让人热血沸腾。也有人提出了一些建议，如人物塑造有些矫揉造作，男主角光环太重，《凌天传说》里所有女主都对男主芳心暗许，有些莫名其妙。情节拖沓，感情方面写得比较勉强。有位同学认为，玄幻小说看重的是速度、力量，是一种娱乐小说，人物一点一点成长是一件很美好的事，但在《异世邪君》中，人物太过自主，有腾云驾雾做白日梦的感觉，沉迷于满足个人欲望，没有自由、民主等更高价值层面的内容。

风凌天下：主角虽然有些我行我素，但还是存在一个小我与大我的问题，他要满足个人欲望，也要拯救天下，这并不相悖呀。昨天晚上看电视的时候，看到孙红雷演的《好先生》，看了几集，说孙红雷帅吧，还可以，说他年轻吧，他确实是不大年轻了，但是故事中那么多女性，那么漂亮，都喜欢他。这个电视剧应该让那位同学去看看，其实这就叫主角。如果说所有的美女都去爱上主角的对手了，这本书你还会看吗？

周志雄：就是说这种玛丽苏的存在还是有其合理性的。

风凌天下：对。写网络小说，你不可能让主角遭受的挫折太大，比如自己倾心相恋的爱人去爱上自己的敌人，这种虐情戏只能出现在电视剧编导笔下。

周志雄：有人在知乎上发了一个帖子，谈小说的文笔。他说，现在的这些网上的大神，名气大的，差不多都文笔很差。然后他列了一些人，包括唐家三少、天蚕土豆、我吃西红柿、耳根、萧鼎等。但也有文笔好的，像树下野狐、酒徒、烟雨江南、猫腻、烽火戏诸侯、月关等。您怎么看待网络文学小说的文笔问题呢？

风凌天下：我只能说，让我写像猫腻那样的文字，只要静下心来我是可以写出来的，可能会写得慢一些，但是让他们那样的人来写我们这样的文字，比如说学着我吃西红柿、天蚕土豆那样去写的话，他是写不出来的。小说并不是教科书，小说的文字，是要让人能够看懂这个故事，你把感情、场景、男主女主之间的种种纠葛表现好了，读者愿意看，看得爽，就是写得好。你文字再优雅，故事写不好，读者依然不会接受。文笔对于网络小说来说是重要的，但又不是第一重要的。

周志雄：在您看来，好的网络小说应该具备哪些特点呢？

风凌天下：好的网络小说，第一，要让人达到放松的目的；第二，必须要让读者认为这部小说写的事情有逻辑，有现实基础；第三，你或有意，或无意，但必须要有对于人性的刻画，最重要的是，中国传统的道德理念要始终贯彻穿插在其中；第四，情节的设置要吸引读者，情节必须要有起伏，要一落三起，高潮不断，让读者有看了这一章还想看下一章那种欲罢不能的感觉。

学生：您在小说中塑造的各种修炼体系，各种异界，有什么来源吗？还是纯想象的？

风凌天下：来源肯定是有的，我比较崇尚道家的无为，但是我也非常相信佛家的因果学说，像前生、来世之类的。我在写小说的时候，就会把这些东西加进去，让大家看起来有些熟悉感，哪怕其实是个新的体系。

三、"写得越多，我的成就感就越强烈"

周志雄：请您谈一谈您作品的版权授权情况，比如实体书出版、游戏改编、影视改编等。

风凌天下：我的第一本书《凌天传说》的页游版权以白菜价卖给了一家公司，当时版权价还没起来嘛，但是一直也没有做；《凌天传说》的手游版权是被深圳的一家公司买去了，做了一段时间后发现做得太糟糕，现在我已经让他们停了；《凌天传说》的繁体字版在台湾出版了，简体字版目前还没有出。《异世邪君》的手机游戏被盛大拿走了，我也一直没再问；页游做了一段时间不赚钱就关了；简体字版权授权出去了，但因为是穿越题材，所以一直没有出来，繁体字版在台湾出了。《傲世九重天》简体字版是在福建少年儿童出版社出的，繁体字版在台湾信昌出版社出了一百四十多集；手游先是在上海扬讯公司出的，后来又转到上海黑桃公司，现在正在做研发；页游卖给了"37"（三七互娱），一直在运行；影视卖给了上海的耀客公司，现在正在拍。《天域苍穹》所有的版权都没出售，网站正在用这本书的版权做IP开发。

周志雄：您的哪本书赚的钱最多？

风凌天下：单纯从稿费上说，是《异世邪君》和《傲世九重天》比较多。延伸版权的话，是《天域苍穹》最多，其次是《傲世九重天》。其实这个问题也不能这么说，因为这两年版权的价值才涨上来，前几年不值钱。

周志雄：您会玩自己作品改编的游戏吗？

风凌天下：我不玩我自己作品改编的游戏。

周志雄：那您玩什么游戏？

风凌天下：我玩得多的就是保皇、斗地主或者蜘蛛纸牌。

周志雄：哦，比较放松的。我知道您很喜欢钓鱼、练书法，您怎么安排这些活动和您的写作时间？

风凌天下：我写东西比较累的时候就会抽一天的时间去钓鱼。比如这两天我累一些，每天写一万，每天更四千到六千，这样就可以有存稿了，到第三天就可以去钓鱼了。当然，最倒霉的是有存稿了，第三天下雨去不了了。至于书法，我很长时间都不练了。

周志雄：您怎么看待网络作家富豪榜呢？

风凌天下：网络作家富豪榜第一年有我，当时我不知道，他们直接从后台调的数据，把大家的真实收入都爆出来，所以上榜了。当时很多人是反对的，因为感觉隐私被侵犯了。到了第二年他们改变了方式，自愿参加的报一下收入，第三年也是。连续三年下来，我们发现这个榜单发生了一些变化，有些人为了提高自己的知名度，故意报高自己的收入。所以现在我和我的一些朋友都不去参加这个榜单的评选了。因为收入想说多少就说多少，没多大意思，还会给自己找麻烦。

周志雄：现在的网络大神排行榜较靠前的都是从起点走出来的，您对起点这个网站怎么看？

风凌天下：非常有好感。

周志雄：2013年的时候起点团队集体出走,创办了创世中文网,后来您也转到创世,能否谈谈当时的情况？

风凌天下：不管别人说起点霸王合约也好,那几个创始人不行也罢,但他们在我最困难的时候帮了我一把,让我能够养家糊口,后来还赚来那么多钱,是对我有恩情的。俗话说得好,滴水之恩当涌泉相报,所以当他们出走联系我的时候,我没说别的,我说我去,我去帮你们。当时盛大起点让我留下来不要去那边时,给我开出的条件是一个亿买断我十年,每一年的收入不低于五千万。我差点就答应了。后来想了想已经答应那边了,人家把我一步步推到这个地步,做人不能言而无信,也不能这么见钱眼开,这份情义还是要报的,所以就过去了。

周志雄：您觉得起点这个网站对您帮助最大的是在哪些方面？起点上哪些人对您帮助最大？

风凌天下：起点是业内最大的平台,读者最多。给我帮助最大的是我的责编,还有编辑314。我写《凌天传说》的时候还不会写网文,还不会打字,有什么问题我就问,不管什么时候,写到哪儿,我直冲冲一个问题就过去了,这个怎么写啊,那个怎么办啊,那边先是很恼怒地骂我,然后就开始给我讲解。

周志雄：对您打赏最多的粉丝是谁？

风凌天下：对我打赏最多的是凤舞云梦。当时他找到副版主问怎么投票,副版主说你可以打赏也可以订阅,他说他没有起点号,我就和他说你先注册一个号,充35块钱,成为初级VIP,三个月后,就可以有月票了。一个多月后,他来找我说,升级太慢了,而且登录很麻烦。我就想我原来有一个小号,现在用不到了,就把我的小号给了他。他登录后,觉得挺顺,当天从普通账号成为VIP,最后砸到高级VIP,他前前后后看我的书花了不少钱。前段时间,他们家生意不怎么好,他的日子也不好过。他来找我,我就给了他一些钱,毕竟当时人家帮我那么多忙。到现在大家一直都是朋友,一起喝酒聊天,挺快乐的。

学生：您在写小说的时候,很注重和读者的互动,那么,您会根据读者的意见来调整您的情节设置吗?

风凌天下：绝对不会。

学生：《傲世九重天》这本书在继承游历与成长、侠义、命运、爱情等传统小说主题的同时,通过每个章节后与读者的亲密互动以及小说中对现实人生感悟的艺术处理,使小说的思想内容和价值追求具有当今时代特征。比如说写您和风嫂的日常生活就很好,让我们看到一个有代表性的网络作家的日常生活,感觉您就在我们身边,也激起了我们的创作欲望。您怎么看待您和读者的这种互动?

风凌天下：我从来没有刻意地去追求这种互动。因为我觉得不同的书吸引的是不同的人。比如说,有些书偏重写利益得失,有些书偏重写爱情,有些比较唯美,还有一些书比较注重文笔,就会吸引不同趣味的读者。我的书呢,我认为写得比较男性化、义气、热血多一些,聚集在我身边的人呢,我感觉都是跟我差不多的人。大家应该都是那种得到了就不想失去,非常珍视身边的感情的这种人。这种人呢,比较容易受伤,但是我们还是相信世间的美好,所以我就经常跟大家说一些我自己的事情。我自己是怎么想的,我自己是怎么过的。我也希望,已经跟随我或者说已经陪着我走过这么多年的兄弟们会一直在身边。这种想法当然是不可能实现的,永远会有人离去,永远会有人加入,但是我内心在不断地挽留,互动有很大一部分就是在挽留那些即将离去的,欢迎那些刚刚来到的。

周志雄：2014年，您和其他网络作家一起当选为网络最受欢迎作家，您觉得您的小说为什么受欢迎？

风凌天下：在我自己看来，就是我全身心地去写了，很认真地去做了，然后自然而然就会受欢迎，这是一个很简单的问题。如果想把这个问题搞得复杂点，一天都谈不完。

学生：有人说，网络小说作者和读者的关系就像商品生产者和消费者之间的关系，这个观点您同意吗？

风凌天下：我不同意。

学生：您写作的时候会投读者之所好吗？

风凌天下：不会。

学生：您作品中的男主角光环非常重，会有好几个女配角来衬托他，难道不是投男性读者的喜好吗？

风凌天下：曾经有一个女读者，跑到评论区里说，风大你能不能写一妻多夫制，整天让那么多优秀女人爱上同一个男人，你这样做是不对的，我要号召所有姐妹来声讨你，搞得有点激烈。有时间我就点了她的头像，顺着这个轨迹看她平时都看什么书，发现她看女频，我就到女频的书评区去看她的评论——"快来美男，越多越好！"那时候我是崩溃的。其实，每一个男孩子都希望有女孩子来爱他，每一个女孩子也都有一个公主梦。但是由于社会道德吧，女人看到男人三妻四妾的时候，是相当反感的，深恶痛绝的；而男人看到一个女人身边有很多男人，同样也会不舒服。人人都一样。那我为什么这么写呢？目前吧，为了我的生活过得下去，利益最大化才是我的当务之急。所以那些一生一世一双人，我也会写，但不是现在，而是在我有了一定资本之后，在能把自己养活并承担起作为一个男人的责任之后。与读者的融合，我现在做得还不是很深。

学生：也就是说您开始创作是为了赚钱。

风凌天下：赤裸裸地说是这样的。

学生：为了能赚钱，所以写的东西要迎合消费者？

风凌天下：但是我并不会迎合所有的消费者。

学生：您迎合的是一个题材的消费者。

风凌天下：对。

学生：您开始写作是迫于生计，那么当您写着写着，生活改善了，会转而追求文学情怀吗？

风凌天下：我一直都有文学情怀啊，开始写作之前就有。你知道吗，曾经有一段时间出书非常难，但是每当我在电脑屏幕上把字打出来，看到这些方方正正的铅字的时候，我是非常激动的。我写书的时候会把每一章节的名字对应得整整齐齐，像强迫症一样。写得越多，我的成就感就越强烈，我觉得，原来我可以写这么多东西，我可以这么厉害，自豪与喜悦油然而生。有时候写着写着就哭了，或者写着写着笑了，这种情感我认为与有多少读者是没有关系的。

学生：您了解您的读者群体吗？年龄段啊，性别之类的。

风凌天下：嗯，我的读者群现在有七十多个，每个群一两千或者四五百人不等。我有时间了就会在群里跟大家聊天，最小的读者是一个九岁的小姑娘，有一天群视频，这个小姑娘把我吓了一跳。但是更让我震惊的是，群里有一个老头特别活跃，每天都在群里聊天发红包什么的，他的网名是"我就是逗比"。群视频的时候，他出来把所有人都吓了一跳，头发全白了，脸上还有皱纹、老年斑，我们都震惊了。我就问，这个截图截错了吧？他说，我就是"我就是逗比"啊！大家都蒙了！我问他今年多大了。他整八十了！这应该是我已知的年龄最大的读者。

学生：我以前很喜欢您的书，但是我现在再读的时候不像以前那么喜欢了，也就是说您的读者会发生改变，有这种情况吗？

风凌天下：有。之前我们群里有个人叫"永远的剑圣"，他初中高中那段时间都在读我的书。读《异世邪君》是他大一的时候吧，他告诉我说，他有点不太喜欢我的书了。我说，你让我咋说，你喜欢你就看，不喜欢你就不看，你不用跟我说啊，你就悄悄地离开就好。我们也算是朋友了，他说他很迷茫，进入大学之后感觉所有的压力一下子放下了，玩游戏、谈恋爱、忙社团、上网等等，有很多事情可做，未必需要看小说。但就在我快写完《傲世九重天》时，他问我，《傲世九重天》快结束了吧？我很诧异，我说，你不是不喜欢看我的小说了吗？他说，确实大学一直到毕业都没有看，《异世邪君》还是大学毕业之后看的。他跟我说，高中的时候为什么看小说，那时候也是一种叛逆吧，想找一种解压的方式，但是有很多游戏玩一次之后就会上瘾，所以选择了看小说来放松。但是上了大学就感觉到身上的压力一下子就放下了，整个人一下子就轻松了，而且在大学里有很多可以消遣娱乐的方式，对小说的兴趣就慢慢地淡了。以前每天都会拿出手机来刷一遍看看更新了没有，但是上了大学之后可能一个星期都不会刷，就算刷出来之后也会忘记这本小说看到哪里了。后来他大学毕业了找不到工作，在迷茫的时候感觉压力很大，又重新开始看小说，因为在小说里能够放松并找到一些想要的东西，虽然不一定像男主角一样奋斗，但可以从中学到一些精神品质。也就是说，他这个时候看小说就和当初纯消遣地看小说不同了。女孩子和男孩子还不一样，女孩子上大学的时候，无论心理上还是生理上几乎都已经成熟了，这时候她可能憧憬一下爱情之类的，就开始倾向于看女频之类的书或者连书都不看了。你的情况我是理解的，你看不看都行,我希望有一天你能够回来再看一看我写的书。

学生:我追您的书追得比较早,我是一直都看的,我发现您每次更新完之后,都特别喜欢加上一段自己的想法,有时还发牢骚,比如失恋的问题,比如被别人介绍对象再到后来有了风嫂,觉得一点点见证着您的改变挺美好的。但是现在看您写的想法也少了,牢骚也少了,当一个网络作家是不是挺寂寞的?

风凌天下:怎么说呢,确实挺寂寞的。比如我想找人聊天的时候整个莱芜市没有人可以陪我聊上半个小时,因为他们不懂网络文学,整个山东省都没几个,我就只能跑上海、北京去找人聊天。我们网络作家之间为什么感情好,为什么这么团结,或许就是因为我们都有这种寂寞的感觉。有时候状态来了,能一个月写作不下楼,一个月之中没人陪你聊天,感觉就很崩溃。每天我们作者之间会有电话通话,聊天开玩笑最少一个小时,但是这毕竟不是见面聊天。如果真的邀请彼此去对方那里玩,这真的就是寂寞到令人发指的境界了,然后跑到海南,跑到东北,几个人见面,聊行业、聊生活、聊作者,聊书,聊发展前途,等等,全部聊完之后,你会发现一天一夜就过去了。于是睡一觉也不打招呼,坐着飞机就回来了,爽了。我们非常寂寞,尤其是这两年,寂寞孤独的感觉越来越强烈。

学生:那您想去见一个人的时候,会在作品里写点什么去暗示他吗?比如说您书里面的唐家三少或者他书里面的风凌胖子,这都是你们之间的交流吗?

风凌天下:那个不是。那是因为他想开我玩笑,所以我才报复他一下,我和三少在一块的时候并不多,我和土豆、打眼、月关、小刀在一起比较多,因为我们都喜欢打牌。

学生:您之前说您跟我吃西红柿关系很好,我也看过他的《九鼎记》,他自己说这是一部武侠小说,但在我看来是偏玄幻的,请问您怎么看这部作品?

风凌天下:《九鼎记》我没看过,这可以说是我们同行之间的一种排斥,或者说是自我保护。对于带有个人印记特别强的书,我们是不会去看的,因为看过之后会在无形中影响自己的写作,比如一段时间内文风会改变,写出来的作品不像自己写的。这种书一般只看前半部分,后面的不再看下去,因为入得太深,就感觉自己会跟着他们的脚步走。他们也不看我的书,比如耳根、打眼会说:"风凌的书不好看,看着看着就想跟着写点什么,写着写着就发现写得不行。"我们之间就是要避免相互影响。我平时看新人的书比较多,因为新人写不好,写不长,写不出规律,但新人有锐气,他们可以通过这股锐气开拓出新的东西,能把自己之前被困住的东西给激发出来。每个人的第一本书往往是随着这股锋芒"杀"出来的,比如萧鼎的《诛仙》、耳根的《仙逆》、天蚕土豆的《斗破苍穹》等等,这些代表作往往是他们的第一本书。但是有些人在第一本书中投入太多,写得太成功,第二本就写不出什么了,这种情况就比较可惜。比如写《极品家丁》的禹岩,他之后的语言就有点空了,不知道怎么写下去;还有萧鼎在写《诛仙》时也投入了太多的感情,影响了之后的写作。这些都是因为第一本书的透支对他们的写作影响太大了。

学生:2015 年《盗墓笔记》和《鬼吹灯》等被改编成了电影和电视剧,如《寻龙诀》《九层妖塔》等,但是这几部作品的改编并不是特别成功。这种盗墓题材的作品是不是根本就不适合改编成 IP,因为其中有一些限制,比如盗墓是不合法的行为,是这样的吗?

风凌天下:倒不是因为不合法。在我看来,《寻龙诀》挺成功,《九层妖塔》逊色一些。然而这两部影片有个不同点,就是拍摄《九层妖塔》的时候,天下霸唱没有参与编剧和拍摄工作,但《寻龙诀》他全程参与了。《寻龙诀》因为有原著作者在那里把关,它才能够完美地展示原著里的东西,所以拍摄得成功。那些没有原著作者参与的影视作品,他们的筹备人员可能根本不知道要怎么改编,因为相比几天就可以读完,一个月可以读几遍的二三十万字的小说,这种几百万字的书,要完全吃透,除了原著作者,其他人很难做到,所以有些作品的IP改编,其失败是必然的。至于题材,什么题材都可以拍,这就要看投入的财力大小了。比如玄幻题材作品,可能一个射箭的镜头就要拍摄很久,而且为了使它逼真需要投入大量的资金来进行后期处理,但是有些影视公司不愿意投入这么大的财力,因而选择拍摄历史剧、青春校园剧等相对容易的题材。

四、"网络文学最大的作用是给人们带来精神愉悦"

周志雄:您怎么评价唐家三少、天蚕土豆、我吃西红柿这些大神的作品?

风凌天下:我就不一个一个说了。网络文学是一种快餐文学也好,是一种通俗文学也罢,网络文学最大的作用是给人们带来精神愉悦,尤其是一个人压力非常大的时候,看网络文学可以得到一种放松,算是一种廉价的精神食粮。不管是三少也好,土豆也罢,所有人的作品中其实都有一种同样的思想,这种思想就是中国传承几千年的忠义礼智信。每一本书的主角都对父母孝顺,非常爱护自己的爱人,忠于自己的朋友、兄弟。你不可能让一个卑鄙无耻的人做主角,你让这个人奸淫掳掠、无恶不作,还非要说这个人是如何高大上,那么别人是看不过去的。我们写的都是正能量,为了社会更加美好。

周志雄：据说全国业余写作有两千多万人，在网站上注册写作的有几百万人，但是能够成名的就那么几个，您觉得成为网络文学大神需要具备哪些素质？

风凌天下：第一，对文字的敏锐度是必须要有的，这是先天的东西。第二，就是勤奋。现在很多人成不了名，有很多方面的因素。有人说造神时代已经过去了，的确如此。我们这些已经成名的作者，每一个人都可以轻易地操控榜单。如果某个网站的榜单今天我想排第一的话，很简单，可以刷票。一般情况下，新人作者拿不出那么多资金来搞这些。但是到了我们这个地步，真要想霸占榜单的话，几百万砸上去，没有不成功的。这种事有人做，但不代表所有人都做，新人还是有出头的机会。问题是这些新人没有成名的基本条件，很多生活比较顺利，不像我们一个个都是被逼无奈，这个月你写不出来，下个月你就活不下去，这种压力是不一样的。当然也有天才，我认为网文届的天才有两个，天蚕土豆和我吃西红柿。天蚕土豆是个标准的天才，19岁写出《斗破苍穹》。我吃西红柿从大二开始一炮而红，一直走到现在。两个人都是少年成名，其他人基本都是在社会上磕磕绊绊，被逼无奈之下，走了这条路，成功也是偶然中带着必然。

周志雄：假如说有一天，或者说多少年之后，网络文学不如现在那么火了，看的读者少了，您会怎么做？

风凌天下：这个问题比较难回答。其实，怎么说呢，任何行业，它有兴盛期，也必然有衰败期。但有一点不可否认的就是，纵然是在行业最衰败的时候，那些站在最前列的，依然是赚钱的，而且是赚大钱的。我希望在那个时候，我能够站在最前列。但是如果不能站在最前列的话,我现在也在未雨绸缪,就是为自己做一些投资,在将来行业大滑坡的时候,能让我有一些生活下去的渠道。然后,我会继续写东西。当然,到了那个大滑坡,大家都赚不到钱的时候,反而是一个最好的时候。因为到了那个时候,真正热爱写作的人,他会写出自己心中最想写的东西,到了那个时候,才是最精彩的时候,或者说是另外一个辉煌的开始。

周志雄:您怎么看待网络文学和传统文学的关系呢?

风凌天下:其实网络文学和传统文学并没有什么区别,只是载体不同,传统文学走纸质出版这一条路,所以被认为是传统文学,是纯文学,是伟大的文学。网络文学发表在网络上,所以就被称为网络文学。但是这些年的情况有所变化,网络文学有很多也开始出纸质书,开始占领各大书店和出版社,所以我认为二者没什么不同,就是一个新旧观念融合过程中的冲突,但是最终是会融合的。未来,或许所有的文学都是网络文学,因为大家都是通过网络这个平台写作,不会有人再用笔一个字一个字地去写,写出来之后再去投稿。将来肯定有一些人要被淘汰,这种痛楚是会有的,有一天网络文学也会分成不同流派,就像现在的起点,有幻想文学,也有乡土文学。

周志雄:盗版是网络文学很难解决的一个问题,盗版对您的影响有多大?

风凌天下:在我写《凌天传说》《异世邪君》的时候,盗版对我的影响是非常大的,可以说他们侵吞了我90%以上的财富。但到了《傲世九重天》和《天域苍穹》的时候,盗版对我的影响已经不大了,可以说现在他们对我基本没有什么影响。

周志雄:在2014年北戴河的全国网络文学理论研讨会上,有家文学网站的负责人说网络文学只关心两件事,第一是作品是不是触犯了红线,第二是作品是不是赚钱。对此您怎么看呢?

风凌天下:他的话说得激进了一些。说得有道理,但不太中听。其实不光是网络文学,就是传统文学,你触犯了红线,也是要被查办的,所以我们都不能触碰红线。网络文学是不是能赚钱,首先得看作者写得好不好,作品影响力大不大。作者写得好,作品影响力很大,那么不用说,这本书肯定赚钱,赚钱这个事就看你怎么理解。

周志雄:您刚才提到您的小说被当作热门IP进行开发,请您谈一谈对网络文学IP的看法。

风凌天下:网络文学的IP现在是刚刚兴起,价格都已经起来了,居高不下。但在最近这一年之中,对于IP改编的热度,已经理性化了很多。有些原本可以很轻松地卖出去的版权,现在也有无人问津的现象发生。经过这种沉淀之后,网络文学的IP在十年之内不会衰败。

周志雄:今天来的有几个同学想尝试网络文学创作,您有什么好的经验,能跟他们讲一讲吗?

风凌天下:要进行网络文学创作,要先看你本身的经济条件如何。不管我们做什么工作都需要先把自己养活。搞网络文学创作有个先天的劣势,就是你在开始写作的时候,前几个月是没有钱赚的,一点钱也拿不到,就算你写的书红透半边天,也是一分钱也拿不到的。为什么呢?因为一本书再红,你也得免费让读者阅读一段时间,读者都入坑之后,进入收费阶段之后你才能赚钱,最短的周期是三个月,所以大家要有准备。第二就是,不要孤注一掷。像我们那种被生活直接逼到角上的毕竟少,现在大家有很多的路可以走,可以一边学习一边找工作,甚至工作的时候可以利用业余时间来搞网络文学创作,等你真正成了名再辞职也不晚。我的建议是,如果你认为自己可以，保证自己在一段时间内饿不死的情况下，或者家庭很富裕，想做什么就能做什么的情况下，你可以写。但是还是要劝一些生活其实并不那么富裕且自己肩上责任很重的同学，先想办法赚到一些能够养活自己养活家人的钱之后再去考虑写作。

周志雄：您谈的是创作的外在条件，能简单给大家讲讲写作本身的一些技巧吗？

风凌天下：好的。如果想写的话，建议大家先在面前弄一张地图，把主角放在地图的一个角上，你这本书就是写主角从这个角到另一个角，如果会画画的话可以在这画一棵树，这棵树有很多的枝干，其中有男的，有女的，有朋友，有敌人，等等，利用这棵树先把情节做一下划分，这不能说是大纲，只是在一定程度上让自己的心里有数。当你写到第一个枝杈的时候也就是第一个矛盾点出现并且结束的时候，这是一个写作的关卡，因为一般的新手写到这儿，就把故事写尽了，没有后续了。这时候，你只需要一句话就能把这个故事挽回来，就是旁边有人窃窃私语说："哎呀，这个家伙太大胆了，难道他不知道刚刚杀死的这个人是某某人的外甥吗？"这样所有的情节就来了，就到另一条枝上去了，然后为了这个，就把那个人的舅舅杀了，并且突然间发现自己身上有一个门派的标志，几十万字的情节可以就这样出来了。因为主角从弱到强，他的敌人也必定从弱到强，你不可能在主角还是蟋蚁的时候就给他设置一只老虎做敌人。有些人说主角为什么这么顺，为什么从来遇不到强大的敌人，因为那种敌人我们不敢给他设置，不然主角直接被一巴掌拍死了那还写啥。主角从这条树杈到那条树杈，往这边走，往那边走，再往这边走，来回的时候，在中间看到，这边有一个姑娘那么漂亮，正在和人打架还打不过，咱们就可以设置一个英雄救美。当然英雄救美的桥段很俗。你可以让这个姑娘的脾气暴一点,打他一巴掌。或者主角就像韦小宝一样,看到这个姑娘漂亮我就想娶她做老婆,因为在现在人的观念里,追自己喜欢的人并不是什么罪过,也不卑鄙,这是可以让读者接受的。再就是女主出现的时间不要太长,虽然不论女读者还是男读者都渴望看到女主,看到女主和男主最后在一起,但是若让他们天天在一起就没法写啦,情节也无法开展了,只能是卿卿我我谈恋爱,所以呢这个时候就必须让他们分开,然后设置一些事情,比如女主家里有事,女主家里很有权势,或者她本来不是这个世界的人。总而言之,女主被抓走也好,自己离开也罢,要让男主一人再去冒险,这样读者就有一些可以期待的东西,期待他们什么时候再见面,以什么方式见面,到那时男主能不能配得上女主,这就又是一条线。在恩怨爱情都有了之后,下一步就是去发展主角的小弟、跟班或者兄弟等等,慢慢地形成自己的一种势力,就像是一个人来到一所学校上学,在学校里必然有他看上眼的朋友和连上厕所都会一块去的跟班,这样无形中就形成了自己的势力,即使人少,只要在一起就是一种影响力,也许在初中遇见这个,在高中遇见那个,最终选一个人走进殿堂的时候就是这本书结束的时候。

学生:在开新文之前,作者一般都会有一个充电期或者是潜伏期,读了您的作品《异世邪君》,想知道您在写《异世邪君》这篇小说之前做过哪些准备,在小说的准备期,有什么技巧可以教给大家吗?

风凌天下:写《异世邪君》的时候真的没有准备。写完《凌天传说》时,刚刚把家里的债务还清了,然后休息了很长时间,我感觉不利于自己赚钱啊,就赶紧开始写《异世邪君》。写那本书的时候,自己的性格有点发展到飞扬跋扈的程度,感觉突然间赚那么多钱,我就是天下第一,谁都不如我,就是穷人乍富的那种膨胀。所以这是一本特别无法无天的书,现在看起来吧,这本书的确是挺爽。有时候,我自己重新看一遍,也会觉得,谁写的这本书?写得真好。但是爽归爽,那时候的性格是回不去的。我觉得吧,写作不需要准备什么,只在于前期几年、十几年的阅读积累。包括课堂、课外阅读,阅读各种通俗小说、外国名著和中国名著等等,就看你能积累多少。

学生:现在的平台,比如起点、纵横等,哪一个平台会更适合玄幻题材的新人呢?如果新人想要快速获得点击率的话,您有什么建议吗?

风凌天下:玄幻题材的新人,还是建议去起点。因为不论纵横、创世还是17K,他们的盘子有些小,读者少。都说起点水太深,其实也是有两方面的原因——一是新人难出头,二是里面的规则太多。但是它的优点也正是水深,水性越好的人越能在里面成就一番事业。如果你写得好,写得确实好,那么只要有一个读者看到,他就会主动为你去宣传。俗话说:"酒香不怕巷子深。"人的分享能力是很强的,比如说我喝的这种茶好喝,用的这款手机好用,就会极力地向身边的人推荐。一个读者起码影响着一个读者群,这个读者群有几百人,这几百人中有十个人去看,那么这十个人又会给你拉来一千个人,这一千个人能留下一些的话,就会给你拉来一万个人,这是作品确实好的情况。当然新人很少能写出有深度的作品,这时就会有一条捷径,就是你可以靠近其中的一位大神,让他指导你,让他推荐你和网站签约,或者让网站将你向官方推荐,或者给你写的章节推荐读者,只要你能把这些读者留住,你也就获得了初步的成功。

学生:刚才您说,您的读者群里有一个九岁的小女孩,那么您是怎么看待这种网络阅读低龄化现象的?

风凌天下:这个网络阅读低龄化现象,我还真的无法评价,就先谈谈这个小女孩吧。我们一直当她是开心果,哄着她,有时她的妈妈也会在群里聊天,我们就一起商量着怎样帮助这个小女孩,让她更快乐、更活泼一些。我们的副版主和许多当了妈妈的工作人员也经常带她玩,带她去别的读者群里聊天。总的来说,还是感觉网络大家庭挺有爱的!

周志雄:您对未来的写作有什么计划吗?

风凌天下:计划不是很明确。写完这本书我想先把心沉一沉,好好规划一下,写一些不再那么浮,不再那么飘的文字。当然还是写网络小说,还是这种模式,这是不会改变的。我希望自己的文字更精练一些,我发现自己有一个很大的缺点,就是写东西的时候信马由缰,写得非常爽的时候情不自禁地就写多了,又不舍得删,最多删几百字就发出去了。这就造成一种情况,读者会说:"有点水。"比如说,我写周教授吧,写你的头发吧,头发有点乱,细细的,软软的,就像,就像,就像……对,有好多读者就讨厌我的"就像"。

(访谈时间:2016 年 6 月 19 日)

网络作家的情怀与风骨

——网络作家飞天访谈录

一、"要向传统作家学习"

周志雄：我一直很敬佩您凭着自己的兴趣写出这么优秀的作品，产生这么大的影响！在 2006 年写《盗墓之王》之前，您的文学准备是怎么样的？

飞天：从 1987 年到 1991 年，我在烟台学习。1991 年毕业后，我被分配到潍坊公路局工作，一直到 2005 年。那些年，我虽然也写作，但都是写一些短小的散文、诗歌，投稿给报纸。我也知道在一个好单位里有社保，一直到退休都会衣食无忧，可是我想，自己的人生不应该是这样的。在公路局系统里，有很多老专家、高级工程师都是从小人物一步步熬上来的，看到他们，我就能看到自己的未来。人的一生都要拴在一个地方、一个岗位上，这是非常可怕的，就像是大机器上的一颗小螺丝钉，找不到自我。我从小就想当一个作家，一个男人只有实现自己的理想才是最幸福的。所以我在 2005 年 4 月辞职了。辞职以后，从 2005 年到 2007 年，短短两年就写完了《盗墓之王》和《佛医古墓》。因为读过很多书，所以下笔比较快，对作品写得好坏也有自己的判断。直到现在,也是一边写作,一边尽可能地抓紧时间多读书。现在很多心理学家都提倡"快乐工作",只有把兴趣和工作结合在一起,才有可能"快乐工作"。辞职之后,我才感觉到真正的放松和自由,每天都是为自己活着,活得非常精彩。

作者是终生不能离开阅读的,这是成长的基础和动力。以前我很少读外国翻译作品,自从加入作协,跟着很多前辈们学习,也逐渐意识到,广泛阅读非常重要,不能对喜欢的和不喜欢的书厚此薄彼。这就像咱们吃饭不能挑食一样,要想健康成长,就要营养均衡搭配,不能有短板。我虽然不会写诗,但也看了很多诗集,个人喜欢的是泰戈尔和席慕蓉。

周志雄:您是怎么想到去17K网发表作品的?

飞天:当时最大的文学网站是起点中文网。17K成立的时候,网站领导说了很多热血沸腾的话,观点就是男人要为了理想而活,为了理想而战斗,非常符合我的人生态度,这应该就是我选择17K的初衷。

周志雄:您从什么时候开始用飞天这个笔名?用飞天这个笔名有什么寓意吗?

飞天:2006年。当时我起了很多笔名,有四个字的,还有五个字的。我有点迷信,请朋友帮我看过,他说"飞天"这个名字从笔画到寓意都可以帮助你成功,我们很容易就想到一飞冲天、飞龙在天,非常顺口。2007年在北京见到中文在线的一个领导,他说就这俩字肯定能成功,你看人家金庸、古龙都是俩字,都特别成功,你也一定会成功。这个笔名就是这样来的。

学生:您在济南创作,济南这座城市给您带来了什么灵感?

飞天:这个问题问得好!因为我本名是"徐清源",后面两个字都是带水的，我命里缺水，之所以定居济南就是因为济南是泉城。我的老家是青州，那里其实也是有很多水的，像古井啊之类的，所以我觉得自己能成功的地方，就是有水的地方。因为济南这个地方有利于我发展，所以我才留在了济南。我非常喜欢济南，我现在在老东门那边住，每天晚上都会去逛一下大明湖和护城河，特别是夏天的时候，这也是灵感的来源。咱们济南现在发展得特别快，我觉得能生活在这样一个有生命力的大城市里，对自己的写作和成长，都非常有帮助。我会在这里住一辈子，汲取泉水带来的灵感，让自己的作品永远都不缺乏灵性。

学生：网络每日更新要求作者天天大量书写，难免出现"灌水"现象，您对此如何看待？

飞天：我这几年写了9套小说，除了《伏藏师》是天天更新外，其余的都是写完后先拿到出版社出版实体书，所以并没有更新的压力，很少去碰"灌水"的红线。我相信，没有一个网络作家愿意去"灌水"，那样会造成读者大量流失，而自己的写作水平也会不知不觉下降。我想很多"灌水"作品的出现，都不是作者的初衷。

周志雄：张艺谋讲，文学就是有话不好好说，明明两句话就能说清的道理，却要搞出几十万、上百万字来。古代的"文章"中的"文"字有个绞丝旁的，意思是这是个装饰的东西，就是华而不实的。

飞天：对，文似看山，喜曲不喜直啊！

周志雄：像汉赋中，那些华丽的辞藻不就是装饰的吗？而实质的东西并没有多少。一个人会说话，意思就是话说得漂亮和婉转。

飞天：对啊，我们大家还是喜欢汉赋，它华丽优美，优点盖过了缺点。

周志雄：实体书要经过很多修改，金庸的作品也在修订。您以后会不会去修改以前的作品？

飞天：其实我一直在想，出一个大全集，找个出版社重新做，因为以前的书版本大小都不一样，有32开的，也有大32开的。修订方面，现在过了十年再去看十年前写的书，肯定会觉得好多方面需要更改。这是一个漫长的工作，要出全集的话，会简单修订，更正语言上的一些瑕疵，情节不会改动。这是我的一个构想，要等所有的版权收回来后再去做这个工作。我想很多网络作家都会想出大全集，只不过版权太分散，单纯要把版权收拢，就已经很费力了，再说要逐一修订，耗时耗力之极。金庸先生是一代文学奇才，能写出来又能一一修订，这种魄力和态度，非常值得网络作家学习。

二、"每一本书都要写出自己的思想"

周志雄：您对自己的创作有没有一个阶段性的划分？有没有关键性变化的节点？

飞天：我一开始是写盗墓小说出名的，《盗墓之王》《佛医古墓》《法老王之咒》是前三套书，共十六本，这是一个阶段。小说都是以第一人称写的，主人公往往是嚣张的，高傲的，不近人情的，花花公子之类的，但主人公不是我自己，小说没有思想性。《盗墓之王》总共九册，卖得还可以。后来写了《大炼蛊师》《蚩尤的面具》和《伏藏师》，到了《伏藏师》我就很注意加入自己对人生的观察和思考了。我明白只有写自己才能长久地写下去，最近看了什么书什么资料，会在我写的作品里体现出来，我觉得这才是一个作家正常的写作思路。写完《蚩尤的面具》后，我遇到了一件令我很愤怒的事情。我有一个朋友是做商业的，因为一些事情被人设计陷害，最后一贫如洗，其实这个朋友是非常正直的一个人，对这件事我有一种强烈愤怒，就写了《噬魂藤》。我做编剧以后，懂得了剧本的要求，就在想，在写原创作品的时候也可以无限地贴近影视剧，让编剧、导演、制片人容易接受，这是我的一个转变。最大的转变发生在写《奇术之王》的大纲时，我对《奇术之王》抱有很大的信心，它的写作结构，它未来的前途，不管是社会价值还是经济价值，我都做了深度的思考。

周志雄：《奇术之王》是从什么时候开始写的？

飞天：写完《伏藏师》后，从2015年10月份开始做大纲的，这是我最新的一部书。

周志雄：您最喜欢自己的哪一部作品？

飞天：我最喜欢《敦煌密码》，一百万字，五卷本，2011年写的。这本书所写的敦煌莫高窟、月牙泉和楼兰古城蕴含了中国的古典文化，包含一些佛教的思想，寄托了我的很多梦想。这本书是最早被影视公司看上的，但因为和经纪公司价格没谈拢，暂时搁置了。这本书倾注了我很多感情，包括兄弟之情、对古老文化的探究、对历史的追溯等等。我觉得我写这样的小说才表达了自己的思想，把自己长期以来的追求写出来了。曾经有一个读者跟我说，这书跟别人的书不一样，你是个人写作，有你自己的思想在里面，不是为了取悦读者或者出版公司，我们见了面后我看看你本人，再想想你书中的主人公，觉得他就跟你一样。《敦煌密码》算是这几年写得最好最完整的一本书吧，这本书没有任何功利目的，完全是表达自己的一些心得和想法。

周志雄：我读过您的短篇小说，如早期的那篇《股神末日》，也读过您的诗和散文，您的诗有（二十世纪）八十年代朦胧诗的那种风格，您写济南泉水的散文写得很好，我觉得这些作品更能体现您的文学情怀。

飞天：对对对。其实以前作为文学青年最早就是写诗写散文投报纸，我以前觉得自己写散文还凑合，现在到了作协这边，才知道，真正的写作高手都在作协里面，无论是哪种文体，都值得我伏下身子来认真学习。所以，我这几年能快速进步，真的是得益于能够加入作协，跟真正的行家们在一起。

周志雄：哈哈，您那篇《茶与泉》写得挺好的，有文人情怀在里面。

飞天：周兄过奖了，我其实还是想做真正的文人，而不是把文学当成一种谋生的手段。我想写更有深度、更有价值、体现文人情怀的作品。

周志雄：您的长篇如《盗墓之王》等都有两百多万字，您也有二十万字左右的短篇，比如《噬魂藤》，在写长篇和短篇的时候您感觉有什么不同？

飞天：中短篇更好驾驭，更容易出精品。我确定了以后走精品路线的话，我就会写二十五万字上下的，那也是出版社一个公认的标准，不超过三十万字。在二十五万字的篇幅里，很容易把故事写得很完整和圆滑，不容易让人挑出毛病来，太长的作品难免前后故事脱节。我希望我写的每一篇作品都是有价值的，不会去灌水，不会为了名利去写，我只写心里想写的东西。

周志雄：非常好！您的作品有悬疑、探险、科幻、盗墓等多种元素，您刚刚说的《奇术之王》写的是奇人奇事，对历史人物的想象也与众不同。您在写作时，有没有设想您要写什么样的小说？

飞天：是的，每一部小说都有一个起因。风起于青蘋之末。我想写的或者说最擅长写的，还是跟自己的成长经历有关的东西。因为那些东西根深蒂固，一闭眼就在眼前，一辈子都忘不了。我的老家青州是潍坊下面的一个县级市,我住的地方靠近城边,在火车站附近,那里有各种奇闻怪事。记得我上小学的时候,经过铁路旁边,就会发现铁路边有死婴,几乎每过一段时间就会有死婴被扔在那里。还有鬼火、坟地、火葬场之类的,我从小接触很多这样的东西。我不害怕,我胆子比较大。这其实也是一种文化基础,每个人的生活经历和修养很有关系。我是比较内向的,很少跟别人交流,基本是自己钻进屋子里看书,想一些事。每个人的阅读方向是不一样的,我非常喜欢阅读悬疑小说,喜欢看各种古怪的想不到的故事,喜欢看恐怖电影。我以前看过小说《龙婆》系列,我觉得写得真好,后来拍成电影也很好,我就想我以后的路子也要这样。这是一种爱好。现在我写小说,每一部都会有一个中心,比如说《奇术之王》写的是济南,跟泉脉有关的,我一开始做提纲的时候就在想,济南有很多老百姓,有干各行各业的,很多奇人就隐藏其中,我要挖掘的就是这一批人,这一批人的背后有很精彩的故事。以前老舍、倪匡都写过这类题材。

周志雄:冯骥才也有很多这一类的作品。

飞天:对。我感觉,我的作品呈现了一个不同的层面,我们的社会并不仅仅是我们看到的那样,就像水下面有很多浮藻、海洋生物等,社会也是很丰富的,我就是想去揭示这种丰富性,每一本书都要写出自己的思想,写小人物的反抗,不管它是出于一种愤怒还是诅咒,要写出一定的道理来。我突然想到古龙的《七种武器》,七个小故事,每一个故事都写了一种武器,代表了一种情绪,我很喜欢这个作品。

周志雄:嗯,您觉得您写的这一类作品的阅读价值在哪些方面?

飞天:最浅的一个层次当然就是娱乐价值。以前的作品我不敢说,近几年的作品,包括正在写的《奇术之王》系列,我希望读者在读的时候,能联系到自己的生活,联系到自己生命中的一些不同寻常的事,作品能给予人一种慰藉,或者是指明一种方向。因为我设计的《奇术之王》系列中有很多小人物,这些小人物在市井中遭遇了很多不公平的待遇,他们在不断抗争,不断提升自己的境界,最终走上"侠义、英雄"的光明之路,我希望大家能从中获得一些启发,我相信自己能够做到这一点。

周志雄:您早期的几部作品都有一个主人公"我",如《盗墓之王》中的杨风,《佛医古墓》中的沈南,《法老王之咒》中的陈鹰,都是采用第一人称,且都是一开始抛出悬念,最后揭开悬念,以主人公和自己心爱的女子走到一起结束,有没有觉得这样写很模式化?写的时候是怎么考虑的,为什么会偏爱用第一人称?

飞天:的确是这样。第一,我的写作榜样倪匡先生写的卫斯理系列小说全是第一人称,到了《原振侠》才换成第三人称,后来的作品都使用第三人称。当时网络上对该使用第一人称还是第三人称争得非常厉害。那时候我使用第一人称,也获得了部分的成功。这应该是写作的一个初级阶段,模仿啊,用第一人称写的时候可以加上自己的心理感受,比较有说服力,视角单一,不容易"写散掉"。就像习武之人,初期练容易的,像大锤、大刀,最后才练到匕首,这就是个人的提升。到现在我才知道,第一人称非常难写,因为写不到太精的程度,所以现在全是第三人称,这也是一个变化吧。起初"看山只是山,看水只是水",现在"看山还是山,看水还是水",这是文学修养上的提升,也是写过一千万字后对文字的驾驭能力提高了吧。我写过两百多万字的长篇以后,再写二十五万字的长篇,在情节的安排上,使用"W"曲线啊,会变得非常容易。

周志雄：确实，这几部作品在故事模式设置上是相似的，可以称为您早期或者练笔期的作品吧。

飞天：是的。其实对于刚才说到的走固定的路子，以前我觉得，我写的东西读者能看，而且简体、繁体字版都能出，还能挣钱，多好啊。后来，我写完三套书之后自己有一些反思，要是不会反思就成了刚才您说的只会走原来的模式了。

周志雄：对，您后面的作品确实是改变了，不一样了。在您的作品中一开始有很多悬念，一步步吸引着读者，到最后才解开悬念，在叙事学上这就叫叙述控制，用叙述控制去抓住读者的心。这一点您是怎么做到的，有什么写作的秘诀吗？

飞天：其实任何一个作家要想写得好的话，他必须有讲故事的才能。先会讲故事才会写小说，一个好的作家，特别是通俗小说家，一定是会讲故事的人。我从小喜欢讲故事，很外向的，但是我发现书读得越多，说得反而越少了。会讲故事，但不会在嘴上说出来，不屑于表达一些东西，转到小说中反而会表达得游刃有余。归根结底，一个成功的网络作家，必定是一个擅长讲故事的人。

周志雄：您的小说知识性很强啊。比如说《伏藏师》，西藏我也去过，可我不知道什么是"伏藏"，"糌粑"我也吃过，可是读到您写的小说之后才恍然大悟，原来这个东西是这样的。

飞天：对，因为我觉得我感兴趣的东西，读者读了以后也会感兴趣的。其实我对微妙的东西很敏感。我对西藏很有兴趣，包括传经、伏藏、经文、转世等等，我觉得非常神奇。我一直想写一部很好的关于西藏的小说，我也希望有机会去西藏住一两个月，写一部真正的能表达自己内心的书。也许现在时机不成熟，我相信以后肯定会有机会。

学生：《盗墓之王》这部小说里有典型的环境描写，网站上的一些编辑建议写手少用环境描写，直接进入故事，您是在用传统的小说写法写网络小说吗？

飞天：网络编辑会给作者指出各种各样的问题，比如说进入故事太慢了，故事不合常理，不吸引人，没有娱乐的成分等。一个好的作品，如果没有环境描写，没有心理描写，就没法深入进去，各种因素都得具备才行。您说得很对，一个好的作家应该按照传统小说的写法去写，有话则长，无话则短，该长的时候长，该短的时候短，不故意去灌水，写一些毫无意义的东西。

周志雄：豆瓣上有一个人评论您，说您喜欢把某个角色写得非常了不起，就感觉太假，那些人根本不用去盗墓，他们甚至可以直接颠覆国家政权。您怎么看待网友对您的这种评论？或者说您为什么这么写？

飞天：当时磨铁中文网的编辑也指出过这个问题，说所谓盗墓小说就应该是几个普通人去盗墓，发生各种有趣的事情，他们没有身怀绝技，也没有军方背景，你为什么要这样写呢？飘在空中，普通读者不容易接受。我是这样跟他说的，每个人都有自己擅长的写作方式，如果强行改变，会让文字变得别扭，思路卡顿得厉害，那就写得太辛苦了。我喜欢这样写，这才是我想象中的传奇人物，特别是用第一人称写的时候，我就是主角，主角那些优点都是我的，写起来就很爽。

周志雄：我们现在再去看《三国演义》这样的小说，会觉得它不是很现代。为什么呢？关云长一出场就那么厉害，对手连招式都没看清楚头就被砍下来了，他也不练功也没有什么师傅，这个人物是类型化的。那么现代小说呢，人物是一点一点变强的。这种升级流的小说是非常符合现代小说观念的,和读者心理也很贴合。

飞天:是的,这种方式是很多读者喜闻乐见的,很好。反过来说,我没有去迎合读者的想法,只是写自己的想法,也是一条光明的路。我的看法是,网络作家一定不要被套路所束缚,要按照自己对一个题材的理解去写,采取自己最擅长的手法来表现,别让自己动笔时别别扭扭的。

周志雄:我发现您的小说里好多主人公都叫风,您很喜欢这个字还是有什么别的讲究?

飞天:是的。我希望自己能像风一样潇洒、自由,幻想自己是金城武那样的人,所以我写小说总是把自己写得很帅,如果我要叫张三李四就太难听了,所以说我对这个"风"字有所偏爱。就像温瑞安先生对"温""孙"两个姓氏有偏爱一样。

学生:网上有读者说您的小说《佛医古墓》从第七部开始写得有点僵了,不像前面那么精彩。

飞天:是的,因为中间隔了一年。当时我一口气写了三本书,《盗墓之王》《佛医古墓》《法老王之咒》。写完《佛医古墓1》《佛医古墓2》在等出版的时候,我写了《法老王之咒》,好多创意想法都写到《法老王之咒》里面去了。这个问题提得非常对。

学生:一些网络小说作家在写作的时候会把他个人代入到作品当中,您是《噬魂藤》里的关风吗?

飞天:是,对。我希望我是一个旁观者,所以这个警察的角色是非常弱化的,关风不是第一、第二的主角,真正的主角是老板和老板手下的那个人。

学生:您的《法老王之咒》写到了冥王星入侵地球,还有人类的一些异变,变成了似蛇非蛇的那种躯体,现在很多科幻影片或者小说中都会出现这样一些人类的灭亡或异变,您对这类作品是怎么看的?

飞天:我有个想法,不知道你同不同意,我认为人类想象中的东西以后都会出现。人类的异变,不只存在于文学艺术和影视艺术中,现在医学已经很发达,生多胞胎挺容易就能实现,人类可以克隆动物,证明克隆人的技术也接近成熟了,人类未来的发展只会比你想象的更复杂。

学生:悬疑、侦探类小说创作时面临的一个难题就是逻辑关系,有些小说前面挖的坑后面却填不上。您在创作时是怎么处理这个问题的?

飞天:我以前用一种很笨的方法,就是把挖坑的地方复制下来,放到一个专门的文本文件里,会经常回看。一百万字之内的小说可以用这样的方法,但是对两百万字的小说难以奏效,通常十个坑也就能填上七八个。读者痛苦,其实我们作者也很痛苦。我前面提到现在想写二十五万字左右的小说,就能够把提纲做得很完整,每一个坑、每一个环节都会设计好,基本不会出现这种坑填不起来的现象。

学生:您在小说《噬魂藤》的开头、结尾引用了鲁迅的诗《梦》,请结合文本解释一下《梦》在文中的具体含义。

飞天:上学时读到鲁迅的这首诗,非常有感觉。鲁迅写这首诗是为了表达对社会现实的不满,我的这本小说也是这样,两者非常合拍。

学生:您的《蚩尤的面具》在现实的基础上加入了一些玄幻元素,怎么想到要创作这样一部小说?

飞天:一开始是对中东战争感兴趣,后来转移到二战。二战历史的揭秘颠覆了我们对二战的认识。只有胜利者才能书写历史,这给我很大的启发。中国西南云贵川等地有一些巫术、蛊术等很神秘的东西，我很感兴趣，所以我把这些结合在了一起。在第一部中写到大炼蛊师，这来自我现实生活中做饭的经验，他用人的身体当作诅咒的工具，把人弄成菊花鲤鱼的样子，非常残酷。我在书里想要表达一种牺牲精神、奉献精神，最后还是回到"侠之大者为国为民"的路上。炼蛊师是中国人，无论他们有着怎样的人生，到了国家需要的时候，都能挺身而出，为国效命。我去读二战历史的时候，读到"全民抗日"的那些真实例子，非常感动。我们的前辈，无论是属于哪个党派，都在为打败敌人、光复山河而抛头颅洒热血。我们永远不能忘记他们。

学生：您的小说《伏藏师》中出现了诸如《孟子》《诗经》等古典文献的知识。这些书您都看过吗？对您的写作有什么帮助？

飞天：读过一些皮毛。这些书对我的写作很有帮助。比如《史记》，当我写不下去的时候，我翻看一下，就知道怎么写人物了，这是我创作的源泉。我看了很多古书，会给我以醍醐灌顶的感觉。

学生：您写作《伏藏师》是基于西藏的一个真实传说，出发点是什么呢？这本书中也有武侠的桥段，您认为悬疑探险小说与武侠小说最大的不同之处在哪里？

飞天：其实，我当时想围绕镇魔图写好几部小说，因为这个事件是真实存在的，它非常吸引人。文成公主入藏是那个年代最引人注目的一件事，玄奘取经也是非常重要的事情，而松赞干布是藏族无法回避的一个大人物，我感觉把这些事儿放到一块儿是很有噱头的。镇魔图里，魔女身体各部分都被反复镇压，这本身就是一个很好的故事，不用人去编造了。再就是，我想创造一个新的文本模式。我写作首先学的是温瑞安先生，"金古梁温黄"里面他是个另类，温派武侠小说很奇特，充满了幻想色彩，在武侠中也出现了一些奇幻、符咒之类的东西。后来我又学了倪匡先生的"倪派软科幻"。我想把他们两人的优点结合在一起,创造更让人眼前一亮的文本。

学生:您的《伏藏师》由三个长篇故事组成,有三个主人公,这三个长篇故事内部并没有深层的联系,您是怎么考虑的?

飞天:这个故事的提纲做了五卷,当时是想使前四个故事相互独立,最后再统一起来。您说得很对,这三个故事之间仅有松散的联系。

学生:您的《伏藏师》里有宗教、历史、生存哲学的内容,美国通俗文学大师丹·布朗的《达·芬奇密码》里也有宗教与哲学的内容,我对里面的悬疑也很感兴趣。不知道您有没有看过他的作品,有没有受到他的影响?

飞天:是的,《达·芬奇密码》电影出来后,我先看了两遍电影,又买了他的书。对于他的小说里的情节设计以及人文精神我都非常敬佩。

学生:您的小说中的男主、女主常身着皮衣、皮裤、皮靴,为什么这么写?

飞天:这就是我梦想中英雄人物的打扮,我认为塑造这样的一些人做一些惊天动地的事情,才有意义。就像在倪匡先生的小说里,男的都很帅,武功也很厉害。

周志雄:您的《走出军营还是兵》属于现实题材,故事发生在当代,有现实成分,这是不是意味着您写作的某种转型呢?

飞天:是的,因为以前都是自发写作,现在应该从书里走出来,更多关注民生,关注我们身边的一些事件。我们活在当下,这个世界才是美好的。我希望我不仅能给大家带来一个故事,还能让大家从中看到一些东西或者学到一些东西,这才是我以后要走的路。

三、"做内地的倪匡"

周志雄：在您的写作道路上，对您影响比较大的有哪些作家？

飞天：三毛对我影响比较大，我很喜欢读三毛的书。但是真正帮助我成功的是倪匡先生，他是香港的四大才子之一。大家公推的通俗文学大师是金庸，可我更崇拜倪匡先生。从写《盗墓之王》开始，我一直追随他，他的作品繁体字版和简体字版我都有。我请朋友把我的《噬魂藤》拿到香港呈送给他，先生回赠他的书给我，也为我题了字。他对我影响非常大，我当时跟记者说《盗墓之王》的灵感来源就是倪匡先生的两本书，一本是《天书》，另外一本是《奇门》，这两本书讲的是一个宇航员从地球出发到达另外一个地方，他以为到达的是另外一个星球，实际是他到达了平行宇宙的边缘又折回来，但是时空发生了错乱。我从这个故事里演化出《盗墓之王》的故事。以前我写的所有作品都有倪匡的影子，今年写的《奇术之王》我想创新，写的是现代都市的奇人和奇事。回顾一下，我看倪派作品也有三十年了，从初一就开始看，到现在还是把卫斯理系列存在电脑里和手机里，时常拿出来温习一遍，很多情节一遍遍看，明明已经熟知结局了，可兴趣一直不减。

周志雄：您觉得倪匡的作品好在哪里？

飞天：他的作品非常好，每一部我都读过不下十遍。我觉得他的作品中的很多奇思妙想是前人没有写过的，我佩服得五体投地。我一直想做内地的倪匡，这是我的理想。我的目标是拜倪匡先生为师，把他创造的这种崭新文体继承下去，让"倪派小说"在华语文学宝库中永远占有一席之地。我现在正为这个目标而努力。

周志雄：如何做内地的倪匡？您是怎么朝这个目标在努力的？

飞天：我为自己做了很多计划。我从去年开始一直在读中国传统小说，《聊斋志异》对我的启发非常大，我读了一年《聊斋志异》《山海经》，还买了马瑞芳教授点评《聊斋志异》的书，我感觉现在能帮助我快速提高写作水平的就是这两套书。我还很喜欢看恐怖片，基本所有的恐怖片我都看过。恐怖片对我来说并不恐怖，迄今为止我看过比较好的恐怖片是《寂静岭》，看恐怖片能提高我的写作境界。这些是我想到的能提高我写作水平的办法。模仿和创新，就是我现在正在做的。海量阅读、勤奋写作、制定高目标、永不止步，这就是我对自己的要求。世间只有一个"倪匡"，超越他几乎是不可能的，但我可以努力超越自己，让每一部新作品都有新的突破。"做内地的倪匡"就是激励自己前进的一个口号，也是我终生奋斗的目标。

学生：在您的博客里看到您推荐的有关写作的美剧，这些美剧如何帮助您提高写作呢？

飞天：这个问题很多网络作家和编辑也说过。怎么提高自己的写作水平？我们要去看最好的作品，一些学影视编导的学生每年要在学校里看六百多部片子。我看美剧三四年了，从《越狱》开始看，现在我追的是《国土安全》，当你看到人物台词、故事结构的时候，你会领会到在长篇小说中怎么布局，怎么调整节奏感，怎么让读者跟着你走。美剧确实能提升我的写作水平，《国土安全》这个剧我追到三四季了，这个剧非常好，我的《佛医古墓》是围绕海湾战争写的，跟《国土安全》要表达的主题非常接近。美剧的制作生产过程中竞争非常激烈，有些剧只播到一半，收视率不行，马上就会被砍掉。所以，他们的编剧和导演都竭尽全力地工作，把最好的东西呈现给观众，剧情结构非常紧凑，台词也非常精练，能让人反复看，反复琢磨。

这些都值得网络作家学习。如果能领悟到美剧的精髓,我们的写作水平就会大幅度提高。

周志雄:您从喜欢的作家作品中获得灵感、获得启发,有意识地模仿这些作家作品之后,如何去超越它们呢?

飞天:超越就是写出自己的作品。如果只是写别人写过的内容就会成为工匠。加入作协,就是我提高自己的方法。很多作家都说看书能提高写作水平。我认为,既然身在济南,有接近作协那些名家的有利条件,当然就要加入作协,跟那些人在一起,不仅仅从作品中学习,还要从高手的言谈举止上学习。就像以前的很多行业是师徒制,要想学到高手的精髓,就是要见面交谈、亲口请教。只有博采众家之长、天赋、兴趣加上勤奋,才有可能去追赶并超越别人。这也需要时间的积累,对这个世界的认识有多深,作品就有多深。

周志雄:您的作品只有几部在17K上首发而后再出实体书,如《盗墓之王》《佛医古墓》《法老王之咒》《伏藏师》,而其他如《敦煌密码》《大炼蛊师》《蚩尤的面具》《噬魂藤》等作品都是直接出实体书,或者在出了实体书之后,再在3G书城、搜狐、磨铁、凤凰网上连载,这说明您的作品质量在网络文学中是"过硬"的。可否谈谈您的这些作品的版权情况?

飞天:我写作的时候是按照自己的兴趣去写,不灌水,竭尽全力去完善作品,所以就是偏向于出版的。我对钱和版权没有那么看重,我的人生理想是成为一个被人熟知的大作家,无论是写纯文学还是写通俗小说。

周志雄:在您的作品中版权卖得最好的是哪一部?

飞天:目前来看是《盗墓之王》和新书《奇术之王》。《盗墓之王》是我的王者系列的第一部,《奇术之王》是王者系列的第二部,我相信《奇术之王》会更好。两套书中间隔了十年,我感觉自己的写作水平是有提高的,尤其是在思想方面。

周志雄:我读了您的《伏藏师》,觉得这本书写得比《盗墓之王》成熟很多,我注意到《伏藏师》在 17K 上是免费连载的,没有收费章节,也没有实体书,这是什么原因呢?

飞天:没有设置收费章节是为了吸引读者。因为这本书,我收获了很多的铁杆粉丝。

周志雄:您的许多作品是先有实体书,再在网上连载,这样就没有了每日更新的压力,能写得更从容一些。

飞天:对,有时候一部小说五千多万字,只有考虑得比较成熟之后才可以写,如果是每日写每日更新的话,故事的完整性就会受到影响。如果哪天不能更新,就会流失一部分的读者。灵异类的小说读者原本就比较少。

周志雄:请介绍一下您的作品的繁体字版和在越南的出版情况。

飞天:先来说一下越南,《敦煌密码》在湖南人民出版社出版后,有人发来邮件说想代理这部书的越南文版权和全球外文版权,过程比较顺利,签约一完成,稿费就打过来了。繁体字版也是同样的,挺顺利的。

周志雄:您的这些书在台湾出版的版税怎么样?

飞天:《敦煌密码》是版权买断的。签完合同之后,稿件给他们,他们支付全额稿费,我并不参与销售。

周志雄:我注意到您还是山东世纪华龙影视公司的编剧,是哪一年开始到这个公司做编剧的?

飞天:是 2014 年春节,已经两年了。

周志雄:请您谈一谈到这个公司做编剧的整体情况。

飞天：我最初觉得编剧是一个特别高大上的职业，演员对导演点头哈腰，导演听编剧的。做了这个职业之后，发现编剧在剧组中的地位很普通，要听导演、制片人、主演的，根本不可能把自己的思想强加给别人，只能按照导演的意图来修改。这几年的编剧经历坚定了我要自己做制片人、自己投资拍电影、自己组建团队的想法。要想在影视作品里表达自己的观点，就要掌握话语权。

周志雄：请您谈一下作协、文学网站的一些培训对您的影响。

飞天：作协这几年一直在对网络文学作家进行培训，我参加过山东省作协的两次培训，讲课的老师都是名作家或者研究传统文学方面的教授，能认识很多高人，提高自己。第一次参加学习是在2014年，当时得到张世勤、刘玉栋这两位全国知名的传统小说作家老师的指点，让我受益匪浅。2015年参加省作协的网络作家培训班，跟来自全省各地的网络作家交流，相当受益。以后有任何学习机会，我都会尽量争取，因为这种培训班的模式是经过省作协文学院的研究和实践的，肯定对作家有帮助，否则也不会一届一届一直办下去。我唯一的希望，就是省作协能给我们网络作家更多名额，让山东的网络作家能够尽快提高自己。

周志雄：您在博客中说，您的书桌前贴着一个写作目标，这个目标是何时制定的？

飞天：这个目标一直在变，出简体字版、出繁体字版、卖影视版权。现在我的目标就是希望自己能成为一名真正的作家，真正的作家都是虚怀若谷的。然后，我还有一个目标，就是能够借助教育部门的力量，把《望闻问切四字诀写作文法》义务推广到济南市全部中小学去，让孩子们学会写作文。

周志雄：您能描述一下您的日常生活吗？

飞天：早上6点起床，去护城河转一圈锻炼身体，转到7点半回家，看看新闻，9点之前处理电子邮件，然后写作到中午12点，午后2点至4点午休，午休后写作，写到下午5点钟，晚上10点钟以后，我开始整理邮件，看网络资料，看一些稀奇古怪的消息，浏览各大网站的新书，有时候想放松头脑，就打游戏《坦克世界》和《英雄联盟》。

周志雄：在写作中，您遇到的最大困境是什么？

飞天：我喜欢与一些有修养的作家交流，因为这样可以提高自己。倒不是说他会教给你什么，而是看他如何做事。我在2009年前后有很多困惑，例如如何提高自己、如何突破自己、网络小说如何写等问题，加入各级作协之后，这种困惑就少了。

学生：您去济南五中讲作文，去山大附中也讲过，您去讲座的时候都讲些什么？

飞天：就是教学生写作文。会说，会写，想写，尽量地写长，再去精简，就是这些内容。我自己总结了《望闻问切四字诀写作文法》和《流水账写作文法》，效果还是很好的，大概三四个课时之后，就能把孩子们的思路打开。我个人认为，现在面临"大语文"改革的时代，作文、母语写作是下一步的教学重点，一个语文老师带一个班四十个孩子或者两个班八十个孩子，可能没有那么多的精力全面指导孩子们的作文。如果作家能够深入学校，为教育助力，这是一件利国利民的好事。一直以来，我们济南作协就有"作家进校园"的项目，下一步我会抽出精力来，以身作则，到学校去做文学推广义工，从作家的角度去提升孩子们的作文水平。同样，教育局和学校也特别希望作协、作家能提供这样的有针对性的帮助。我希望能尽自己的绵薄之力，愚公移山，推动历下区、济南市的作文教育发展。

学生：请您谈谈作家讲作文和老师讲作文的区别。

飞天：我个人觉得，老师讲作文是从"技巧"方面来讲，把写作文的过程切成一段一段的，然后组合起来。作家讲作文是从文章的立意、核心、主题来讲，不太追求作文的精致性，更注重表达思想。这两种方式没有高低之分，最后还是要合二为一的，既要有技巧，又要有立意。我认为，作家进校园的作用是在老师教育的基础上，再把学生们的写作能力做一个拔高，让他们认识到"作文和写作"的突破点在哪里。文学是有传承性的，我一直相信，我教过的"00后"孩子里将来一定会出现很好的作家。

学生：我在《山东商报》上看到您和另外两位作家写的今年的山东高考作文，按照满分60分，请问您能为自己的作文打多少分？

飞天：哈哈。今年山东的高考作文太难写了，我这篇作文，按60分的话，最高打不到45分。这也给了我启示，就是现在中考、高考的作文题目都很难，在教孩子写作文的时候必须重视孩子的真实作文能力，这样在中考、高考中才能不落后。

周志雄：您当时对这个题目是怎样看的？

飞天：这个题目是"丝瓜藤，肉豆须，分不清。"当时看到就觉得头大了。如果像我们这样的职业作家都感到很难下笔，那么应届高考生就更别提了。这也让我意识到，现在的高考作文题目都出得很巧妙，既有思想性，又有相当的难度，对应届生的文学储备是个巨大的考验。所以，学生要想在高考时不犯难，就要从小学起打好写作的基础。

学生：到了您这个年龄，尤其是成绩已经这么好了，您现阶段对人生，对您所从事的工作的思考是什么？您想在下部作品中呈现出什么？

飞天：您这个问题问得太好了。其实我现在想做一个善良的人、正直的人、充满阳光的人。在教育下一代上,我可以无私地付出,比如到学校里给孩子们讲课,为这个社会做力所能及的贡献。下一步有了钱,我会资助敬老院,定向资助经济困难的学生。一个男人活在这个世界上,应该做男人能做的事情,在这个社会中起到中流砥柱的作用,推动这个世界往更好的方向发展,个人的财富是次要的,一个男人应该有这样的胸怀。我会一直在作品中呈现并歌颂"侠之大者为国为民"这个思想,让文本和我自己的思想统一起来。

周志雄:那么您在职业上的更高追求是什么?能够在将来的文学史上留下一笔?古人讲青史留名,就是立言。有一次我和山东作协的一个作家聊天,他跟我说自己的作品怎么赚钱,如何畅销……我就问他在写作艺术方面有什么突破没有,他就回答不出我的问题。写作不应只是量的积累,还应有质的飞越。像通俗文学,您讲的这个路子,向纯文学领域靠拢,这是没有问题的,您的写作基础是通俗文学,那您能不能在通俗文学领域做到像金庸、丹·布朗、斯蒂芬·金那样?

飞天:其实我们所说的是一个问题,就是我为什么要反复提高自己,为什么要争取通过各种可能的途径去提高自己,就是因为想往更高的目标去迈进,不但要青史留名,而且要挣到更多的钱来回馈社会,让社会发展得更好一点。我见到很多人的生活举步维艰,我想应该有更好的机制去帮助更多的人。我觉得,一个人要想在文学领域取得突破,必须先让自己的精神境界取得突破,也就是咱们常说的文如其人。一般情况下,一个品格低下、容貌猥琐的人是不可能写出光明、正义的作品来的。我对金庸先生十分敬佩,因为他已经超越了一个"作家"的境界。您说得对,我写通俗文学也有自己的目标,那就是"做内地的倪匡",成为倪匡先生那样的"一派宗师"。

周志雄：我从2005年开始研究网络文学，2010年出版我的第一本网络文学研究专著。我当时有这样一个判断，网络作家起步阶段基本都是为了谋生，但是当他过了基本的生存线以后，他应该可以沉淀下来写一些更厚重的作品。但是我看到很多大神不是这个走向，要不就是陨落了，要不就是沿着之前的路子重复滑行，始终盯着商业目标。这是我当时的一个判断，现在我在您身上找到例证了。

飞天：是的，总是会有人觉醒过来，想想以后的路该怎么走。有使命感的作家总会想创新，做一些别人没有做过的事情。我个人感觉，男性作者应该更容易想到"使命感"这样的厚重命题，男人是这个世界的顶梁柱，必须有所担当。这种担当，不仅仅和钱、荣耀有关，也是跟我们国家的命运、华语文学的命运有关。古人说"位卑未敢忘忧国"，周总理说"为中华之崛起而读书"，都是一样的道理。我们网络作家，应该以这两句话为座右铭，时时刻刻提醒自己，看清未来的路。

四、"中国网络文学肯定会有很大的转变"

周志雄：请您谈谈对中国网络文学的看法。

飞天：站在我的角度说，网络文学是传统文学的一个分支，是传统文学演变到一定程度后必然出现的产物，它借助了互联网、电脑写作这个工具，如果没有互联网的普及和电脑写作的普及，网络文学是不会出现的。所以，网络文学是时代进步的产物，我们不必过分看重它的外在形式，而应去看其精髓。现在的点击率、打赏制度等，以后肯定还会转变。时代是在变的，我觉得这对网络文学研究来说是件好事，因为这样的网络文学更有研究的必要，如果仅是一潭死水那就没必要研究了。未来,中国网络文学肯定会有很大的转变。

周志雄:就您看,中国网络文学的发展脉络是怎样的?

飞天:中国网络文学非常有生气,发展过程中肯定会捧红一些人,也会甩掉一些人。我个人觉得,网络文学的大发展刚刚开始,方兴未艾,过去的十年只是一个少年期或者说是野蛮发展期,等到它沉淀下来,就会出现各种流派的经典作品,影响影视界,也影响我们的生活。我确信这一天能够到来,我也会为这种网络文学的繁盛贡献自己的力量。

学生:您同意网络文学是快餐文学的定位吗?

飞天:嗯,我暂时应该是同意的,网络文学中比较精髓的、慢工出细活的作品暂时看来还是比较少,但这种状况正在改变。快餐也是可以做到色香味俱全、服务一流的,相信网络文学也能如此。我们这些已经身在其中的人有责任让快餐变成营养餐,要想改变网络文学,必须要由网络作家来操刀完成,而不能依靠其他群体。把网络文学这个行业变得更美好,是我们的责任和义务。

周志雄:您怎么看待国内的网络文学富豪榜?

飞天:有这样一个榜非常好,它会让从事这个行业的年轻人看到希望,也找到追赶的目标。就像我们热衷于谈论世界首富、中国首富一样,榜单的存在,对网络文学的发展有推进作用,也让网络文学引起了社会各阶层的更多关注。

周志雄:您对富豪榜上的大神怎么看,包括唐家三少、梦入神机、血红这些人的作品?

飞天:每一位大神级别作者都是值得尊敬的。以上三位的采访文章我都看过,我相信他们绝对不单纯是为了钱写作,而是有着自己的人生追求目标。如果只为了钱,他们现在都可以封笔退隐了,已经有足够的钱了。我希望这个榜上的大神为读者奉献更精彩的作品,也希望看到更多新人能出现在这个榜上,形成"长江后浪推前浪"的迅猛势头,那样我们的网络文学才会有大发展。

周志雄:现在的网络大神,您比较喜欢谁的作品?

飞天:蔡骏。我比较喜欢他的作品。他的作品在影视改编方面非常成功,这是值得每一个网络作家学习的。这几年读了很多他的作品,改编的影视剧也都看了。

周志雄:蔡骏的小说我都读过。我觉得他的很多观点跟您现在是不谋而合的,当时《齐鲁晚报》邀请他来济南参加"汉王电纸书"的活动,我访谈过他。他说,写小说自己是原创,但改编是人家更专业,改编的事情就交给专业的人去做,他只负责写小说,我觉得这是一个很明智的做法。

飞天:您说得非常对。因为蔡骏在上海这个大城市,本身的视界比较高,对于网络小说的未来,他看得非常准。我以前不懂,现在明白了,你要卖给别人一个东西,你得让别人接受才行。写了篇作品,卖得掉就卖,卖不掉就不卖,这不是做事业的方法,一定得让小说和影视结合起来,让大家有合作的基础才行。写小说的可以做编剧,但要对自己有清醒的认知,千万不要认为自己是全才万事通,要有自知之明。

周志雄:您觉得目前制约网络文学发展的因素主要有哪些?

飞天:我觉得首先是人的因素,任何一件事都包括三个因素——人、地方、钱。最大的因素在人,因为现在大部分网络作家都变得很浮躁,人浮躁了,不管学习、工作都上不去,出不了什么成绩,即使出成绩也是撞大运那种,不能长远发展。地方因素呢,就是网站,希望网站有更合理的双赢合同。钱的因素,希望每个网络作家都能解决温饱,然后在这个基础上,不为五斗米折腰,写真正具有自己思想的作品。解决了这三点,网络文学的腾飞就指日可待了。当然,任何一个行业都是有制约因素的,需要从业者努力去解决它。

周志雄:也有人说现在是网络文学最好的时候。

飞天:《双城记》里说,这是最好的时代,也是最坏的时代。那您说现在是最好的时代还是最坏的时代?

周志雄:说最好的时代有个前提,就是从外在看,大气候是比较好的,国家已明确提倡大力发展网络文艺,中国作协搞网络文学排行榜,明珠老师就进入了排行榜。放到10年前,在大学里成立网络文学研究中心是不可能的事,我研究网络文学也有10年了,好多年前我就有成立研究中心的想法,但一直未得到认同,2015年在领导的推动下中心才正式成立。形势变了,大环境变了,行业本身的资本重组又会带来新的变化,这是一个网络文学的发展契机。

飞天:对,您说得非常好,这是一个很好的契机。我个人觉得,网络文学发展是一个循环的、波浪线的过程。然后社会潮流和作家是有一个互动过程的,彼此促进,然后继续蜕变转化。无论它是好时代还是坏时代,都是一个变化中的时代。如果不能承受变化、顺应变化,就会被时代甩掉。即使是成名的大神,也应该考虑"变化"的命题。

周志雄:像去年开始出现IP热,只有出现这样的一个契机,您才能把您的作品打包卖出去,如果没有这个契机,作品可能卖不出去。

飞天:您说得对,一个人的成功既要有个人的努力,也要有时代的机遇。照这样来讲,现在确实是个好的时候,作家和文学网站如果能双赢,那么这个行业就会健康持续发展。

周志雄：中央提倡的发展网络文艺实际上是要发展文化产业，有了基本的文学底本，才可能做文化产业。在发达国家，文化产业占国民经济的比重很大，在我们国家，文化产业的比重远远偏小。社会形态越复杂、越高级，文化产业越发达，像美国的大片，这是经济力量在起作用，也是一种经济战略。

飞天：是的。在这种国家大发展的年代，每个人都应该迎头赶上，成为时代的弄潮儿。就像上次在济南电视台我问您，作品版权是现在卖好呢还是以后卖好。当时很多人说，IP已经到了一个泡沫年代，再不卖就拉倒了；也有很多人说，版权费会直线上升，今年50万，明年80万，后年100万。您没有回答。

周志雄：这个我把握不了，不知道什么时候是顶点。如果您把网上不怎么有名的作者写的作品换个名字，如把唐家三少的名字换上去，是不是也能卖得很好呢？

飞天：从文字层面来说，很多年轻作者写得也很好。我想到这样一个问题，就像考试，一个学生每次都能考80多分，一直处于中游以上；而另一个学生突然考了100分，但他平常考60多分。我们肯定喜欢那个一直考80多分的，不管那个考100分的有多聪明。我觉得这就是大神级作者和一般作者的区别。大神级作者，"神"格稳定，读者就会一直追随。

周志雄：这也有个积累的过程，大神也是慢慢成长起来的。

飞天：对，没有人能随随便便成功。所有成功的作者，都是披荆斩棘、过关斩将起来的。上千万字的写作积累是必须的，十年磨一剑，没有十年磨剑，不可能一夜成名。

周志雄：您认为传统文学和网络文学的区别在哪儿？

飞天：从我的角度出发，我认为网络文学一定要向传统文学学习,传统文学比网络文学高明,传统文学流传下来的很多书都是经典。前几天我又重新阅读了《百年孤独》,感觉收获很大,甚至比四大名著还高明。经典传统文学像糖精,网络文学像白糖,白糖能甜得过糖精吗?这也是我的观点,要向传统作家学习。

学生:您怎么看待《悟空传》?

飞天:哦,今何在那本书,当时我买了两个版本的,我觉得可以把《悟空传》和《大圣取经》联系起来看。他非常厉害,将一个陈旧的题材点石成金,赋予了一个老段子新的意义。

学生:您认为网上的 VIP 收费小说应如何提升艺术价值?

飞天:加强修养,加强学习。向传统作家学习,不断提高自己的水平,然后尽量把那些浮躁的成分去掉,把人的境界提高。

学生:您觉得应该怎样平衡网络文学的商业价值和文学价值?

飞天:2014 年中央文艺工作座谈会的精神就是,文学作品的社会价值要领先于经济价值,首先要注重社会价值。因为我们还有个社会责任心在里面。我有一个观点,您听听是否同意?我觉得,真正好的文学都是一样的,无论传统文学、网络文学,条条大道通罗马,都是要教育人"向上、向善"的,离开了这一点,为娱乐而娱乐,就太狭隘了。如果一个网络作家能够读史向学,他最终就会明白这个道理,把眼界打开,抛开名利,写出闪光的东西。人的境界上升了,不用特意去考虑平衡问题,自然就会回到光明大道上来。

学生:我有三个问题。一是网络作家成批地出现,而成功的其实很少,那么它是自行淘汰呢,还是根据读者的需求淘汰呢?是大神在引领读者群的方向,还是读者在影响大神的写作呢?二是网络文学的读者偏年轻化,那么您以现在的年龄写给年轻读者看的作品,有没有不适感,还是您经过了调整?三是如今的网络文学更像是民国时候的礼拜六杂志，各种类型的小说都有，那么网络猎奇是不是一个很重要的方面？

飞天：我从第三个问题开始回答。其实网络猎奇是永远存在的，比如我们看一些奇怪的新闻事件、灵异电影等，大家都有好奇心，而且不分男女老少，大家都会喜欢满足我们猎奇心理的作品，所以这一文类永远不缺读者。再说淘汰的问题，我认为它是自然淘汰，这里面有作家自己的原因，也有读者的选择。一些娱乐手段吸引走了一部分读者，比如很多人现在不看网络小说而是改玩手游，或者直接追美剧。我知道这个市场，我深切地感觉到这个市场在变化，之所以回来坚持原创，是因为我自己找到了方向。大部分网络作家会被自然淘汰，每年都会有很多老写手退出，也会有很多的新人进来。人们常说"文无第一，武无第二"，你说你写得最好，我说我写得最好，都不可能，没有人能够是最好。刚才这位同学说得非常好，这个淘汰的过程很残酷，也许是悄无声息的，第二天早上突然就"城头变幻大王旗"了。任何一个行业都是如此，能者上不能者下。读者是与时俱进的，作者也应该如此，两者相互促进。

学生：您可以给年轻的网络作家分享一些个人的成功经验吗？

飞天：好的，我的经验只是一家之言，希望对年轻的朋友们有一些启发。但大家一定要辩证地看待问题，适合我的，未必适合别人，所以一定要找到属于自己的路。我想告诉年轻的网络作家的第一点是，如果能加入作协，就赶紧行动起来，从市作协开始，一步步向上，争取加入省作协和中国作协。我的切身体会是，加入作协，看到高手之后，你就不会再有任何傲慢了，就能低下头沉下心，理智思考，不断进步。人可以有傲骨，不可有傲心，现在很多网络作家把这两者给颠倒了，这是很可怕的。第二点，我希望大家不要把眼睛盯在钱上，而是真真切切地去思考作品的文学性、思想性。网络文学它首先是文学，必须遵循文学的标准，必须跟传统文学同台竞技，所以它既要有故事性，也要有文学性，这两者并不矛盾。第三点，我希望大家都自觉地尊重传统文学领域的前辈，他们对于人生的体验，要远远高于我们，他们对于文学的热爱，也高于我们。我们是后来者，是后辈和学生，任何对他们的不敬，都将造成成长的障碍。第四点，我希望大家都能自觉自律。无规矩不成方圆，我们进入了文学的圈子，就要遵循文学的规则，就算不能为中国文学添砖加瓦，也不要做害群之马。第五点，不要迷失在各种榜单、各种大神晒稿费、作家富豪榜的光怪陆离的光影里，不要浮躁，不要好高骛远，既不妄自尊大也别妄自菲薄，要走好自己的路，要有信心。第六点，要多读书，不要瞧不起任何同行，切记"文无第一"。其实这些也不算是我的经验，因为它是很多作协的前辈们总结出来的，他们年轻时，同样心高气傲，但经过了反复锤炼之后，变得谦虚谨慎。身为一名网络作家，我希望这个行业和我的同伴们都能蒸蒸日上，所以才会有这六点总结，希望对大家有所帮助。

学生：您认为未来网络文学会逐渐被主流文学淘汰吗？或者网络文学会取代主流文学吗？

飞天：您提了一个二选一的问题。我觉得融合的可能性比较大。其实这个问题也在很多讨论会上被提出来，我想用"融合"还是比较恰当的。两者只是载体不同，肯定有融合的基础。华语写作历史悠久，中间经历了很多文体上的变革。我个人认为，网络作家要是能够站在传统作家的肩膀上，吸收前辈们的写作精髓为己所用，就会进入井喷式的写作状态，写出内容丰富的作品来。融合应该是最终趋势，无论网络作家还是传统作家，都是在为了我们的中华民族写作,将来的中国文学史上,一定会记录下这个美好的时代。

周志雄:您的《盗墓之王》和《鬼吹灯》《盗墓笔记》差不多属于同一时间的作品,都写得好,但是为什么那两部小说比你的小说要火呢?

飞天:《鬼吹灯》和《盗墓笔记》都写得非常好,是网络小说中的经典,所以大火是非常正常的。其次,作品火不火,这跟作家的性格是有关的。

周志雄:您怎么看待那两部小说呢?

飞天:非常好,值得所有写盗墓类小说的作者学习。

（访谈时间:2016年1月2日）

"读者的趣味就是我的写作方向"
——网络作家蜘蛛访谈录

一、"我小时候特别爱读书"

周志雄：您是如何走上文学创作这条路的？

蜘蛛：我 1978 年出生，那时候没有别的娱乐。我小时候特别爱读书，我常爬到树上去读书，读《儿童文学》《少年文艺》，到了初中以后就读金庸、古龙、琼瑶等人的小说，把这些书读完以后就开始读地摊上那些盗版的世界名著。大概在初中的时候，为了追一个女孩儿，给那个女孩儿写情书。我那时候写情书，跟现在在网络上写连载小说一样，今天写一段，明天写一段。因为看的书比较多，也知道改头换面把莎士比亚的一些句子放在情书里面。我记得特别清楚，有时候会故意地弹上那么一点儿烟灰，有时候还会洒上几滴水，那些被水打湿的字迹让那个女孩儿误以为我已经哭过了，我不知道为什么会这样做，但这是我自己的真实经历。我最初的创作就是从写情书开始，它给了我最初的最原始的创作动力，因为你想通过自己的文字来感动读者，虽然读者只是一个人。

后来，有一天，具体年月我想不起来了，在我朋友家的葡萄树下面,我突然想到我要当一个作家。我开始给一些纯文学刊物投稿。那时候还流行退稿信,一个老编辑给我的回信最后两个字是:变态!因为我写的是个变态的故事。他还对我个人提出批评,他说:"变态的人、变态的内心写出了变态的故事。"这对我打击挺大,从此以后我也不再投稿了。有一天路过一个网吧,我走了进去,那时候上网就是聊天,有网易聊天室。聊天你得起个名字啊,我就在键盘上随便敲,然后弹出来"蜘蛛"两个字,这是我的第一个网名,我没有换过网名,这也是我现在的笔名。

周志雄:您的两篇作品中都有这么一段话:"我是一只蜘蛛,在这网络文学里我和几个苍蝇打架,你不要走开,也别来帮我,我喜欢你,想为你做件事。看,我已经掐住了他的脖子,我多么勇敢,要把这么大个礼物献给你。"这段话解释了"蜘蛛"这个笔名的意味,就是您要做网上的主人。

蜘蛛:其实呢,我真的就是随意地敲了这个名字,没有什么特别的、深刻的含义,可能就是一种天意。一个网瘾少年,正好叫蜘蛛,喜欢上网,在网上写作,这是天意不可违,这是天命。

周志雄:您的《备忘录》中的"我"(姚远)高二就辍学了,开始在社会上混,玩游戏,追女孩,打架,到北京打工,当司机,抓坏人,网恋,这篇小说中有哪些来自您的生活经历?

蜘蛛:我那时候确实就是一个愤青,什么"是中国人就转""不顶不是中国人",我就上去给他顶一下。因为我是中国人,那时候是愤青。这段经历在书里都写了,书里有关"我"童年、少年的东西差不多都是真实的。后来就开始虚构了,包括那些职业啊、婚姻啊都是虚构的。

周志雄:拿到第一笔稿费是什么时候?

蜘蛛：第一笔稿费应该就是在榕树下网站发的短篇《这个杂种》，入选了榕树下图书工作室选编的《2000中国年度最佳网络文学》，有二三百元。

周志雄：网上介绍您的《十宗罪》有泰文版和越南文版，《罪全书》和《秦书》在台湾也出了繁体字版，可以说说您的作品版税情况吗？

蜘蛛：我一直从事专职写作，有长达十几年的时间基本没有收入，也不能说没有任何收入，我常给杂志、报纸写稿，给《女友》《少男少女》都写过，不时有几十块的稿费，而我写这些东西的目的就是赚稿费。当然有些杂志，像《百花》《知音》的稿费会比较高。这种状态一直持续了十年，一直到2008年出版《罪全书》，那是我收到的第一大笔稿费，大概有五万块。到了2010年开始写《十宗罪》，一直到现在，写到了《十宗罪5》，因为这个系列我的生活有了较大的转变。到现在为止，按照出版社给我发的四百多万稿费来推算，《十宗罪》的销量是两百多万册。影视版权卖了三四百万吧。还有电子版权、动漫版权，反正所有能卖的版权我都把它给卖了。这算是一个财产公示。

周志雄：谢谢您把您的秘密都跟大家分享了。您的书在泰国、越南的版权是什么情况？

蜘蛛：这一块儿版税并不是很高，因为这些国家太小了。我记得泰国的版税陆陆续续的有一千美元左右。还有在我国台湾地区，书能够卖到一万册就属于畅销书，所以稿费不多。台湾地区的繁体字版到现在还在销售，也在台湾的畅销书榜上面。有一个台湾的老导演看了《十宗罪》觉得很喜欢，就让他的助理联系了我。他花二十万元买了其中《猫脸老太》这个故事的电影版权，现在正在拍摄中。

周志雄：您刚才说有十几年您基本没有稿费收入，在这期间您做什么工作？

蜘蛛：我打过工，做过图书馆管理员，也做过小生意，摆过地摊儿。当然，这些都不是我想干的，只是刚步入社会必须要经历这些磨难。

周志雄：我知道您从二十一世纪初就开始在天涯上写作，后来做天涯的版主，2012年参加过天涯的年会。网络文学早期有三个重要的网站：榕树下、天涯、起点。请您谈一谈对天涯这个网站的看法，讲讲您在天涯上写作以及与网友之间交往的趣事。

蜘蛛：我上网最早是聊天，聊来聊去总有烦的时候，然后自己开始有意识地去一些文学网站、文学论坛，当时有网易小说、清韵书院、天涯等。刚开始去天涯的感觉挺好。有人发一首小诗，底下有评论写得好的，也有评论写得烂的，然后两方人就互相掐架，互相拍砖，之后很多人就开始吵架。最初天涯拥有自由讨论的氛围，它没有拍马屁，也没有故意贬低，你的作品好我就欣赏你。我从2000年注册天涯到现在一直在那儿，其间也发生了一些比较有趣的事情。2002年是我最怀念、文学交流氛围最好的时候，我和江南、安妮宝贝、俞白眉、宁肯等在一个论坛里面玩儿，我们互相掐架，互相骂，互相喜欢，互相欣赏。我当时主要攻击的对象是安妮宝贝，我也不知道为什么就那么讨厌她的作品，不喜欢她那种颓废的风格。王朔也去过天涯论坛，上海的陈村老师也在那儿混。我有时候几天几夜不睡觉，在上面和人掐架。我自己有一支部队，我注册了几十个"马甲"，这一批"马甲"是我的支持者，另一批"马甲"是我的反对者，当然还有中立的，你不能让别人看出来这些人是你的"马甲"，还得让这些"马甲"维护我这个主人的利益。反正网络上别人干过的那些事儿我都干过。

周志雄：我读过一篇您批评安妮宝贝的文章，题目是《网络文学简史》，文中写："总之小资最大的特点就是虚假……安妮按自己的方式漂泊，流浪，安妮是不是应该想想给这大河形成宽广流长的源头——生活。哪怕用一袋烟的工夫思考一下，尝试着把以下闪光的词汇加到你的小说中去：柴米油盐，吃喝拉撒，男耕女织，婚丧嫁娶，结扎带环……安妮宝贝的写作视野狭隘，看得见风花雪月，看不见苦难的芸芸众生，她可以收留一只流浪的小狗，却对墙角哆嗦的乞丐视而不见。"确实写得有点意思。接着刚才的问题，请您谈谈在天涯做版主的情况。

蜘蛛：天涯的版主是义务的，不会给你发工资。天涯让版主来管理作者和读者，版主从作者和读者中产生。如果你想当版主，你就发一个帖子说一下你将来当版主的规划，怎么把这一块发展壮大，怎么吸引出版商到我们这儿来挑选自己的书，有点儿像总统的竞选演讲。有时候好几个人都争一个版主的位置，有的读者会给你顶帖，他会说我支持你，你干吧！天涯方面也会进行一个考核，看你是否适合担任版主。像天涯杂谈的版主，他不亚于一个厂办主任，有很多人给他钱让他去删帖子，或者是给他钱让他给自己的帖子打一个红脸。那些帖子涉及民生、企业，甚至涉及某个官员，因为天涯杂谈是一个爆料的论坛。舞文弄墨吧是一个文学版块，当然也有一些出版商让我们推一下他们出版的书，给我们钱，但是那点儿钱我们还真看不到眼里，所以推荐的一些精品帖子都是自己喜欢的。当版主呢，现在我也有点儿厌倦了，我说我不干了，天涯还不同意，你不干谁干，就在那儿挂着。

周志雄：我看到有一个攻击您的帖子说您通过《罪全书》恶毒

攻击新疆同胞,污蔑阳城警方,《罪全书》里通篇都是百度搜索出来的罪行汇编,却没有真实的生活经历,完全是坐在家里胡编乱造,"与匪盗狼狈为奸的警察保安"这种语言完全是以偏概全。您怎么看这个帖子?

蜘蛛:那时候版主还有一个作用,就是给论坛里的那些网友提供一个攻击的目标。可以说一个没有被人骂过的版主,他一定不是一个好版主。你想,有的人之所以骂你,就是因为你是版主,没有别的原因。像刚才那个帖子吧,我也不知道是怎么回事,既然他批评我,指责我,他肯定会寻找一些对他有利的东西,该捡砖头就捡砖头,然后往我头上招呼。同样的内容,能做出不同的解读,但是他是站在我的对立方,这种对立呢,就是互相掐架、拍砖啊,就是一种网络娱乐方式。

周志雄:在天涯上当版主没有报酬,如果您在起点上写,情况就会完全不同了,您怎么没有想过到起点上去发文章?

蜘蛛:起点我去过,也不是发上去就有钱。我尝试过写那种几百万字的长篇小说,我发现自己干不了这活儿,然后就落荒而逃。也是从那时候起,我开始琢磨自己应该写什么,琢磨来琢磨去,就写成了《十宗罪》这种短篇集。

周志雄:您曾经在鲁迅文学院学习过,请您谈谈学习的收获。

蜘蛛:说实话在鲁院真没学到什么东西,就是认识了一些朋友和老师,扩展了自己的人脉关系。对我来说,需要加强的就是文艺理论方面,有的课我认认真真地去听了,我发现我是一个写小说的,我也不当评论家,加强理论修养需要经过很多年的学习和积累,所以我就放弃了,就好好写小说得了。

周志雄:您刚才讲认识了很多朋友,您来往比较密切的创作上的朋友有哪些？

蜘蛛：我和悬疑圈的所有作家差不多都交往过，就说在一起喝过酒的吧，有天下霸唱、南派三叔、蔡骏等。

周志雄：您怎么看待天下霸唱、南派三叔、蔡骏的写作？

蜘蛛：我的性格还真不适合表扬，说实话南派三叔的书我看了一些，《盗墓笔记》写得挺好，蔡骏最早的书我觉得写得挺好，现在的书我觉得写得挺烂。

周志雄：您的《秦书》在天涯上做宣传时，留了很多的QQ群号，这些群是您自己打理吗？

蜘蛛：我建立了几十个QQ群，没有精力管理，我就让我的铁杆粉丝来管理那些不是我的铁杆粉丝的人，然后把这些铁杆粉丝放到一个管理群里，就是类似金字塔的一个结构。

周志雄：您在写作之余有什么日常爱好吗？

蜘蛛：日常爱好就是看书，每天不看书就难受，还喜欢钓鱼、下棋，有时会开车自驾游，然后就是喝酒。

二、"我找到了自己擅长写的内容"

周志雄：从您的创作道路可以看到，您在练习写作的过程中，慢慢找到了适合自己的方向，请您谈一谈您在写作的过程中关键性的突破。

蜘蛛：最早上网看到网络小说，发现网络这么一个写作平台的那一刻扩展了我的写作视野，这算是一个突破，因为在这之前我也有写在稿纸上投稿的这种阶段。然后呢，第二个最大的突破是来自家庭生活的压力，写了好多年纯文学，自己已结婚生子，还要继续写下去，并且已经树立了要写一辈子的目标，当你看到自己的孩子、老婆，你就会想，怎么样能够通过自己的写作来使家人生活得更好，这种转变对我来说是绕了十几年的弯路才绕过来的。

周志雄：您来之前准备了一个演讲题目《网络作家的生存之道》，请就这个题目跟大家谈谈。

蜘蛛：所谓生存，用最接地气的说法来说就是赚钱，这个命题就是网络写手怎么赚钱。我的经验就是你想要赚钱，就得写出畅销书。你写网文，你就得吸引读者，让自己的订阅越来越多。比如你写了爱情小说，能够让人感动到掉泪，你写了幽默小说，能够让人看了捧腹大笑，那么就差不多找到了生存之道。

周志雄：我读到您早期的一篇网文，题目是《拉拉手就到高潮》。这是一篇写网恋的作品，是痞子蔡的《第一次的亲密接触》那个年代的写作风格。语言很唯美，有些语言还很俏皮。那个故事写得有点意思，结局是女孩儿要出国了，出国了怎么办呢，她留下一封信，就是《我的野蛮女友》那个套路，把它装在一个瓶子里面，埋到一棵树下，然后这个男孩儿没等那个女孩儿走就把这个瓶子取出来了，信上说"你要等着我，等着我回来"，你对这篇作品还有印象吧？

蜘蛛：有印象。这篇作品足以证明我自己差点儿写了青春文学。写这篇作品的时候就是想写一个网恋的故事，我觉得好像很多上网的人都经历过网恋这么一个阶段，也有我的生活的影子在里面，当然，虚构的成分比较大。

周志雄：您刚谈到您的小说《这个杂种》，这篇小说有点莫言的小说《红高粱》的味道，小说讲述"我爷爷"那一辈的故事，由"我"来叙述，故事的时间延伸到当下。它写"我爷爷"抗日、杀鬼子，把日本鬼子杀掉之后，捡了一个日本的婴儿，这个婴儿长大后，跟"我"的父亲结婚了，也就是说"我"的母亲是一个日本人，"我"是个杂种，这个小说题目就叫《这个杂种》。后来"我姥爷"从日本到中国来了，寻找他的女儿，他原来是日本的一个指挥官，当年，在他指挥下，杀掉了当地"我爷爷"那一辈的一些乡亲，其中有个人叫黑子。"我姥爷"来了之后，"我奶奶"就拄着拐杖去打他，她说："你这个坏家伙，就是你杀掉了黑子，我要给黑子报仇。"这里面的故事其实还是有点复杂的，后面情节又有转折，就是这个时候"我"要恋爱结婚了，但是"我"家很穷，女方要彩礼，这时候"我姥爷"给了我一大笔钱，解决了彩礼的问题。这个小说的构思还是很精彩的，也包含了复杂的历史况味。请谈谈这篇小说创作时的情况。

蜘蛛：当时我处在想成为一个纯文学作家的阶段，还在纯文学的死胡同里，在那种状态下写了这篇作品，这篇作品发表在一本杂志上。当时是想写主旋律的作品，写的时候也做过多次修改，写完后最早发表在网络上，之所以发在网络上是想听一下读者的意见。当时很多读者的评价也是很高的。后来呢，我就开始继续写这种传统意义上的小说，我发现自己走不通这条路。《这个杂种》应该是我创作摸索阶段的一个代表作。

周志雄：您的《秦书》在网络上发的时候叫《尘封之书》。这篇小说写的是探险、盗墓。蔡骏、李西闽、莲蓬等上百个作家联手向读者推荐这个小说，这个小说当时卖得也挺火。在您的创作里，这篇小说还是很成功的作品，您后来为什么没沿着这个路子去写？

蜘蛛：说实话，《秦书》是一部让我自己不太满意的作品，因为那并不是我自己想要写的，而是来自出版社的邀约。因为当时流行盗墓小说，出版社找了一些悬疑作家来写关于盗墓的书。我认为《秦书》并不是一部很成熟的作品，不过也是我当时对网络小说的一个尝试。

周志雄：这是《罪全书》的前言中的一段话："这篇小说写了一些什么样的人呢？写的是：小偷、妓女、乞丐、捡垃圾的、抢劫犯、杀人犯、毒贩子、强奸犯、黑社会老大、越狱者、杀手、和尚、盗墓者、赌徒、畸形人、侏儒、一天到晚吃白菜的人……这是一群被遗忘的人。有时我们的眼睛可以看见宇宙，却看不见社会底层最悲惨的世界。"您是否受到《悲惨世界》的影响？为什么偏爱这样的题材？《悲惨世界》指出了当时社会的三个问题：贫穷使男子潦倒，饥饿使妇女堕落，黑暗使儿童羸弱。您的小说中是否也有这样的主题？您创作《十宗罪》的出发点是什么？

蜘蛛：写《十宗罪》的出发点，就是赚钱，这是我的第一要求和最基本的需求，我想通过写作让我们家过上小康的生活。对我来说，当时只想写一本畅销书。2010年我走在书店里，我问自己，我要写一本什么样的书？首先，我找到了自己擅长写的内容，这个答案就是：罪案小说。接着我开始想如何往里面补充各种元素。如果说把罪案小说写成推理小说，我也超越不了那些推理大师。如果仅仅把《十宗罪》写成恐怖小说，那么还是处于浅层的。所以，我的书里面要有很多元素，比如惊悚、恐怖，还有批判，这都是《十宗罪》的重要组成部分。批判在我最早的作品里面也有，只是写《十宗罪》时是我个人思想比较成熟的阶段，已形成了自己独特的三观，在书写任何故事的时候都会体现出这种三观来。我觉得现在赞美社会的人太多了，应有那么一点批判的声音，这也是我创作的动机，当然这些批判还得在合理的范围之内。

周志雄：您的作品让我们感到您是一个有社会责任感的作家。《十宗罪》里对社会阴暗面的揭露有文学报告的味道，比如这一段对广州火车站场景的描绘:"出站口东面栅栏旁,如死尸般横躺着的二三十个晚期梅毒或艾滋病患者。数以千计的小偷涌动在人流中。"2001年我去广州,在广州火车站我遇到有人拿着刀直接问我要钱,当时的广州火车站确实比较乱。您的作品如实展示了这些社会乱象,表达的立场很清晰:"他偷盗,不是因为贫穷,而是无法改变贫穷的生活。""一个小孩跪在地上,他陈述的是全人类的罪恶。"当时您写的时候是怎么考虑的?

蜘蛛:我在写《罪全书》的时候有一个习惯,就是先建立一个文件夹,然后往文件夹里填补各种各样的素材。思考怎样才能打动读者,怎样才能感动读者,如何设置悬念。在怎样打动读者的文档里面,说出自己的一些疑问,比如在法律上,人贩子判五年以上十年以下,贪污受贿的判三年以下,我觉得这个判得有点轻,我会在自己的作品里对此提出疑问。我平时特别关注乞丐、儿童,《罪全书》里有一段"莲花落",是我请一个老乞丐吃饭,从他那儿得到的。我小说中的角色大多数都来自社会底层,而我就一直生活在社会底层,我也不是说为社会底层代言,我就是把我所看到的,把我所想到的通过自己的作品表现出来,并且极力地想突破别人的尺度,让自己的作品与众不同。

周志雄:这是您在网上发的一个帖子,文中说:"生活迫使我改变,我用很长时间来研究开卷的全国畅销书榜。包括当当、卓越、京东等网络书店的畅销榜。我暗下决心,凭什么别人能做到的,我就不能。这种研究使我了解了图书市场,从纯文学的死胡同里走出来,改写通俗小说,老老实实讲一个精彩的故事,我明白了作品就是商品,读者就是上帝,就是衣食父母。"您研究过哪些书,除了刚才您谈到的如何打动读者、如何设置悬念,还有没有其他的研究心得?

蜘蛛：开卷的畅销书榜不是免费的。开卷是一个网站，是一个以调查图书销量数据来盈利的网站，或者说是一个公司。我当时花了几百块钱，从他们那儿买了悬疑小说销量数据，内容包括哪部悬疑小说最畅销、前十名有谁、前一百名有谁、哪些小说销量比较低、在前几名的畅销小说为什么畅销等。当当、京东还有卓越的畅销榜是有水分的，因为每一个出版公司，它出版了一本书以后，放在网上卖，它会对这本书进行打榜，所谓的打榜就是出版商自己买自己的书，制造一个畅销的假象。而开卷的数据是调查全国各地的新华书店，包括一些民营书店，所以开卷的销量排行榜是比较真实的。再结合当当的畅销榜，你会发现哪些题材比较畅销。那个时候我已经确定自己要写悬疑，悬疑里面有惊悚、灵异、推理还有罪案，盗墓也属于悬疑小说的范畴。我确定的写作方向就是悬疑罪案小说。我比较了一下同行的销量数据，问自己我的优势在哪里，我写的这本书需要加入什么东西，需要剪掉什么东西，才能比他们的书更加畅销。这些是我在寻找数据时所思考的问题，并且也找到了自己的答案，才形成了现在这么一个《十宗罪》系列。

周志雄：对您的《十宗罪》，有同学在她的读书报告中说："作者在他的前言中表示文章中的案件来源于现实生活中的真实案例，我在《十宗罪》中看到了日本名侦探柯南的影子，其中红裙少女的影子像极了福克纳的一篇短篇小说《献给艾米莉的一朵玫瑰花》。"也有同学认为："作家蜘蛛阅读经验十分丰富，国内外的书籍电影以及相关报道他都有所涉猎，在《十宗罪》这部书中多次出现他对国内外案例的引证分析，例如著名的开膛手杰克，《沉默的羔羊》里的精神病医生，以及电影《德州电锯杀人狂》……他的作品里有很多借鉴了外国的案例和手法，例如，密室杀人、精神病杀人……作品的语言组织和描述也有着欧美恐怖电影中的血腥感和镜头感。在'肢体雪人'一案中,作者用了戏仿手法,将艾青的诗《雪落在中国的土地上》进行了一番改编和创作,将中国山区的贫苦大众形象地表现出来。"在您的一篇网文里有这样一段话:"贾平凹、王小波的书千万别看,看了也别承认;王朔、金庸的书要批判地看,张爱玲、沈从文、林语堂、白先勇的书可以照看不误;最低限度是余秋雨,就是说不能比他再次了;罗素的哲学一定要看,虽然看不懂;村上春树的书要摆在客厅显著位置上;朋友来了,要看着窗外喃喃自语,直子死了三年了……"一个好的作家首先是一个好的读者,从上面的分析来看,您的阅读面还是很广的,您喜欢读的书有哪些?喜欢看的电影有哪些?

蜘蛛:对我影响比较深的是几个外国的作家。雨果的《悲惨世界》、加西亚·马尔克斯的《百年孤独》我读过很多遍。《悲惨世界》这本书对我的影响比较大,《十宗罪》的写作存在对它的模仿。我并没有看过太多推理小说,推理是我的弱项,我也没想将自己的作品写成推理小说。以前我喜欢读一些文学杂志。金庸、古龙、梁羽生、卧龙生的所有武侠小说我都读过,琼瑶的言情作品我也读过。当时并没有太多的书看,我会到地摊上去淘世界名著看。现在我基本上是碎片式阅读,不像以前那样可以抱着一本书孜孜不倦地看下去。现在我更喜欢看斯蒂芬·金、恰克·帕拉尼克等人的小说,似乎每到一个年龄段就会喜欢上某一本书。我非常喜欢恰克·帕拉尼克的《肠子》,这本书非常"重口味"。我看过大量的恐怖电影,所有的恐怖片基本都看过,最喜欢看的是《七宗罪》,《十宗罪》便得名于此,《十宗罪》的写作在很大程度上也受这部电影的影响。与罪案有关的美剧,如《犯罪心理》《无声的见证》《识骨寻踪》等,我也一直在追。我非常爱看希区柯克的悬疑电影。以前看电影的时候会关注豆瓣的评分,北美票房排行榜当中近十年排行前十的电影我基本上都看过。

周志雄:微博上有一名读者说:"昨天打了一下午的CF,晚上到新华文轩淘了悬疑小说《十宗罪》,打着电筒躺在被子里看到大半夜,刺激哟。"很简短的一个留言。您怎么看读者对您作品的评价呢?

蜘蛛:《十宗罪》不是真正的惊悚小说,惊悚与恐怖只是书中的构成元素,有的女生很胆小,看了我的书会有阅读后遗症——不敢坐电梯,因为我的小说当中有相关的恐怖场景——人头从电梯当中滚了出来;不敢走楼梯,因为"掏肠恶魔"当中的凶杀案发生在楼梯上;不敢上厕所,因为我的作品当中有厕所变态偷窥狂的故事。后遗症最严重的一个女孩,出门以后会再返家中对门、柜子等进行检查,如果见到有动物就会尖叫,这对她的生活造成了影响。我劝她别看了,我书里不是写了嘛,"胆小者勿入"。但《十宗罪》还是很吸引她,越害怕她越要看。

周志雄:莫言出《檀香刑》时,腰封上有句话"莫言劝优雅女士勿读此书"。

蜘蛛:也许正是因为这句话,很多优雅女士才去读。

周志雄:我读到您的一个帖子,标题是"你了解山东人吗",是2003年写的,您写道:粗犷、刚烈、正直、勤俭、忠孝,把这几个特点加在一起就是山东人。山东文化对您的写作风格是否有影响?

蜘蛛:怎么说呢,我有时候也想过离开山东,离开济宁,离开我所生活的那个小县城,去别的地方定居,但发现一切都已根深蒂固,你所有的记忆、交往的圈子都在这里,你离不开。山东是礼仪之邦,比较重礼仪,在我们那儿,家里有丧事儿的时候,你还得正儿八经地磕头；过年的时候回到家，不管你是多大的官，有多大的成就，还是要老老实实地给你叔叔、大爷们磕头。有人说，晚辈给长辈磕头拜年是个陋俗，但是随着我年龄越来越大，我觉得这很好地体现了我们山东对礼仪的重视。这对于我的性格，还有我的作品都有一些潜移默化的影响。

周志雄：这种文化的影响在您的写作中表现在什么方面呢？

蜘蛛：比如山东人的心直口快在我的作品中就有表现，有什么问题都是第一时间告诉人家或者写在书里。

三、"读者的趣味就是我写作的方向"

周志雄：在《罪全书》中，贪污 73 万元的教育局局长马觉明长年资助几个贫困大学生，人贩子赵桂芹救过落水儿童，杀人犯包金龙为村里修桥，强奸犯甄洪给乡里种树。《十宗罪》里的罪犯都是一些可怜的人：小油锤想回家见自己的儿子而死在回去的路上；丘八的女儿得了白血病，他想回去救她，但他自己也是通缉犯，所以没有办法。实际上很多罪犯都是很有钱的，但在您的作品中这些罪犯都是一些非常苦命的人。您怎样看待人性，怎样看待您作品中的人？

蜘蛛：我觉得没有一个纯粹的好人，也没有一个纯粹的坏人。所有的人都犯过错误，也做过好事。我记得我在书里写过一句比较悲观的话，这句话就是："哪有什么好人，只不过是坏的程度不多罢了。"人性和生活的环境有很大的关系，我觉得人性是本恶的，通过好的环境，通过父母所给予的宠爱，然后把恶的种子压抑在了自己的心里。当然矛盾的地方是，对我自己来说，如果说杀人并不犯法，我觉得我也不会去杀人。

学生：曾经有一部展现女性犯罪的电影，里边也有碎尸、囚禁的场景再现。为什么《十宗罪》里的受害者都是女性呢？

蜘蛛：《十宗罪》里受害的女性居多，但也不是说全部都是女性。为什么女性受害者居多呢，因为我的女性读者居多。女读者多，当她们看到书里死的女性较多，胆小的会更加感到害怕。然后，她会告诉她的室友、她的同学，甚至她的前男友，说这本书实在是太恐怖了，把我吓到了，这里边的女孩死得特别惨，这对我的书来说也是一种传播。

周志雄：《罪全书》中罪犯被抓捕时的细节是各个不同的：刘朝阳被捕时泪流满面，铁嘴被捕时大声喊"疼"，丁老头被捕时大小便失禁，库尔班被捕时挥刀自残，屠老野被捕时咬伤警察胳膊。这些细节是如何写出的，有生活基础吗？

蜘蛛：关于被捕时的反应，首先我们可以肯定，罪犯各种各样，犯罪嫌疑人各种各样，在被捕的时候就会有各种各样的反应。我长期关注各种凶杀案例，对这个领域就会比其他人知道更多一些。

周志雄：《罪全书》的结局是周欣欣采用自杀的方式，先把自己打死，当子弹穿过自己的身体之后再杀死罪犯。这个桥段是借鉴的，还是想象的？

蜘蛛：这是借鉴了《虎胆龙威》里的一个情节。

学生：《十宗罪》中，每一个故事的开头都有一句格言，为什么要用一种充满诗意的句子去讲述一个恐怖的故事呢？

蜘蛛：书的前半部分，为什么会引入一首小诗呢，为什么这本书叫《十宗罪》呢？最初的时候，我的小说题目是《中国十大恐怖凶杀案》，我是按照这个来写的。交给出版社的时候，编辑说这个书名有点长，得改成一个短点的，然后我们俩商议了一下，就叫《十宗罪》，因为这个和《七宗罪》还是有点类似的，而且我挺喜欢《七宗罪》这部电影，然后把"十大恐怖凶杀案"作为一个副标题。至于为什么引用一首小诗，也是模仿《犯罪心理》。只要看过这部美剧的同学就会发现，每一集开篇先出现一首小诗或者名人名言，和这个故事有那么一点联系。在我的书里，小诗之后，就是关于故事的最精彩的，能够在前三段吸引读者，让读者看下去的内容。这是一点关于创作形式的经验，不管是写网文也好，写传统小说也好，开头吸引读者特别重要。那首小诗是为了概括一下我这个故事。我平时在读书的时候有做笔记的习惯。看到优美的句子，我会把它摘抄下来，最早的时候是记在本子上面，现在是记在电脑的一个文档里面，大概已经有了十几万字。我既然有这么一个摘抄，我为什么不把它用上呢，是吧？

周志雄：从《十宗罪1》到《十宗罪5》，在写作中有什么变化吗？

蜘蛛：我在写《十宗罪》之前，已经做好了写系列书的准备，我的计划是不能仅仅写一本，而是要写一个系列，所以从《十宗罪1》到《十宗罪5》并没有什么大的改变。

学生：《十宗罪》中虽然都是凶杀案件，但程度有所不同，有极其残忍恐怖的案件，如《肢体雪人》《精神病院》等，也有比较温和的，如《蔷薇杀手》。但若让读者们选出自己喜欢的篇章，即使是胆小的读者也会选择那些血腥残忍的章节。读者从血腥的文字中获取感官的刺激，他们虽然一面阅读一面抱怨"太恐怖，太残忍"，但正是由于这些残忍血腥的文字，读者才愿意为它买单。《十宗罪》的畅销让我有一个可怕的疑惑——作者在创作时，读者在阅读时，是否在享受着一种杀人的快感？

蜘蛛：没有，没有这种快感。我不觉得杀人是一件有快感的事。作家在写作的时候，考虑比较多的是怎么合情合理地把故事的逻辑说清楚，然后怎么让这个故事更离奇一些，至于杀人的快感真没有感到。

学生：为了吸引和留住读者，您的创作是否很少考虑自我的表现，而是一切以读者的趣味为准？您如何处理二者的关系？

蜘蛛：也不能一切以读者的趣味为准，但是你必须把读者的意见、阅读倾向考虑进去。我记得当时一个出版编辑对我说，这本书是为读者而写的，不是你自己喜欢写什么就写什么，而是读者喜欢看什么就写什么，你可以加入自己的一点点东西，但是还是以读者的趣味为标准来征服读者。然后我想，我可以加点自己的东西，我加点啥？写《十宗罪》是在2010年，"重口味"这个词是刚刚兴起，我在看各种畅销书榜的时候发现没有这么一本重口味的书，然后我就加了这么一点重口味的内容，这么一点风格，其他的都是以读者的趣味为准。因为我需要读者来买我的书，读者的趣味就是我写作的方向。

学生：《十宗罪》中特案组四个成员的设置让我不禁想起幼年时期看过的电视剧《少年包青天》，心思缜密、掌控全局的梁教授正如包拯，英勇果敢的画龙可对应展昭，聪明过人又有些羞涩的包斩正像公孙策，而美丽的IT高手苏眉正如李冰冰饰演的凌楚楚，不同之处是梁教授比少年包拯更为年长一些，且腿有疾病，美丽的苏眉不但技术高超且散发着女性的魅力。请问特案组四人的原型来自哪里？

蜘蛛：特案组四个人参考的是《犯罪心理》这部美剧，《犯罪心理》写的是美国的一个探案小组负责侦破各地发生的各种变态离奇的凶杀案。《十宗罪》的人物设置模仿了《犯罪心理》。关于这个案件的选择，每一个故事都是根据真实的案例改编而成，只是有的故事改编的力度比较大，有的故事还原度比较高，但是每个故事多多少少都是以真实案例为基础的。

学生：这四个人是不是太理想化了？

蜘蛛：确实有点理想化，当时写的时候走入了一个误区，很多同学也给我指出了这个不足，这四个人物刚开始看上去非常厉害，结果在刑侦破案的时候并没有真正发挥出他们的作用，这是我作品的一个很大的不足，但是现在又没有办法回过头去改，在以后的创作中我也会多加注意。

学生：《十宗罪4》里出现了一个叫秦明的法医，但他是《尸语者》的作者，为什么要将秦明作为角色写到您的书中？《尸语者》中也出现您书中的四个主人公，你们俩私下里是不是有交流，还是说为了借助对方的名气取得商业利益？

蜘蛛：秦明是我朋友，"尸语者"这三个字是我帮他起的，那本书最早的名字叫《鬼手佛心》，也是发表在天涯网站上，在出版的时候，他的出版编辑和他征求我的意见，我给他几个名字，其中一个是《尸语者》，被他采用。之所以要把老秦写进书里，是因为我书里的很多人物的名字有的来自我的朋友，有的来自我的读者。《十宗罪5》里的李青、赵信，所有玩过《英雄联盟》游戏的都知道这些名字是谁，还有韩梅梅，学英语的也知道这个名字是谁。如果说哪个同学希望自己的名字出现在我书里，也可以的。

学生：正如一千个读者心中有一千个哈姆雷特，在不同的读者心中《十宗罪》也是不一样的。有人认为小说非常恐怖、变态，有人认为非常刺激、精彩，有人认为这是一本认识社会阴暗面的教科书。在您的心目中，《十宗罪》属于哪一种？您希望它被如何解读？

蜘蛛：我希望大家把它当作纯文学小说来解读，但无论是网络作家,还是传统的评论家,都不把我的书当纯文学小说。

周志雄:《罪全书》的前言里有一段话:"就我所知,还没有人能够利用空气来给我们的生活指示方向,提供动机的各种元素,只有杀人狂或者一个作家似乎从生活中可以重新汲取一定量的他们早先投入生活中的东西。"作家和杀人狂如何统一在一起?

蜘蛛:我觉得,一个杀人狂之所以杀人,在他杀人之前,他成长的环境、他心理的扭曲都像是蒲公英的种子,已经落地生根发芽,并且已经生长在他的心里,他杀人,并不是从他杀人的那一刻才开始,而是在很久以前就开始。作家写一本小说,也不是打开电脑就可以写,他要做很多很多的准备工作,如同杀人犯一样要准备作案工具。当然,我之所以把两者放在一起进行比较,就是一种自己的语言风格,我的语言就是这样的一种风格。

周志雄:我发现您的小说经常使用"反转"的手法,美国小说家欧·亨利经常采用这种手法,因此也被称为欧·亨利笔法。比如在《柳营》的结局,伊马("我")和叶子结婚了,却生下了一个畸形的孩子,隐喻了残疾人的命运还会继续。本来看到了生活的亮色,但还是打回了原形。《罪全书》中的小马和阿媚一个是"鸭子",一个是妓女,两人产生了感情,准备从良。当时他们在旅馆里住到了一起,接着警察查房。"你们有结婚证吗?""没有。"然后他们就被警察带走了。您怎么看这种手法的运用?

蜘蛛:我觉得小说之所以吸引读者,不外乎两种:一是让读者关注人物的命运,二是关注故事的发展。你关注一个人物的话,如果说他一直挺好,一直养尊处优,啥事都没有发生,没有遇到任何危险,作为悬疑小说来说,它是失败的。按照"重口味"的写法,先写出一个穿白裙子的女孩,她是多么青春、可爱,她的裙子像百合花一样,然后再一转折,她掉进了一个粪坑,就会给读者造成强烈的画面感。

周志雄:下面探讨一下您作品的语言问题。《柳营》中有这样的话:"枯枝败叶落了一地,多么好的肥料,这是秋天的大便。"还有这样一句话:"我蹲在那里,像在大便,那一刻我很想把大便塞到土豆嘴里。"《十宗罪》里也有这样的话:"他把装着大便的塑料袋拽出车窗,青春的稀屎在风中飘荡。"这是一些带"大便"的语言。但是您的作品里还有一些比较优美的语言,如:"脚是路的梦,留下一条干净的公路,等待着大雨的来临,秋天的太阳像是一个蛋,忏悔是一对翅膀,认得回家的路,爱是地球转动,是太阳生长,是万物生长。"我看到有一个"句子迷"网站选了您的200多个句子,这些句子都很美。您如何理解小说的语言?

蜘蛛:关于语言的问题,刚才我提到了"重口味"三个字,因为我在做一些调查数据研究的时候发现,咱中国没有一本"重口味"的书,所以呢,我就想填补一下这个空白,写点"重口味"小说。所谓"重口味"小说,就是里面有一些不太雅观的关于屎尿屁的描写,然后呢,就像您刚才朗诵的,也有一些特别优美浪漫、小清新的句子,和那些重口味的语言形成映衬。

周志雄:您刚才谈到,您的《十宗罪》都是由真实的案例改编的,这些真实案例的资料您是从哪里收集到的?

蜘蛛:收集的途径、来源有以下几个:第一是网络新闻,第二是纪实性的电影电视剧,第三是从事刑侦工作的朋友。我十几年来关注凶杀案,觉得比较适合改编成小说的东西,哪怕是一个作案的细节,我也会摘抄下来放到我的文档里。

周志雄:您有没有到法院去看过那些案卷?

蜘蛛：法院没去过。不过有朋友会给我提供一些帮助，这些帮助能够让我比别人多了解一些新闻上看不到的内容。比如说一摞刑侦案卷，比如警察怎么审讯犯罪嫌疑人的，比如法医在工作时比较血腥的图片，所有这些会让你增长见识。

周志雄：《十宗罪》由收集资料到变成小说，经历了一个什么样的流程？

蜘蛛：首先，如果你想写《十宗罪6》，或者想写《十宗罪6》的第一个故事，无论怎么搜集素材，不管是百度各种凶杀案还是自己凭空想，你首先应该想出一个与众不同的作案细节，必须要离奇、与众不同，让所有的人看了以后感到很惊讶。现在我也在做《十宗罪6》的一个构思，其中一个故事就是来自一段警方内部的视频，这个视频还没有被公开，特别诡异，拍摄于晚上，一个人用钓鱼竿拉着另外一个人，走路跟跟跄跄的，画面看不清楚，加上我自己的想象，我把它想象成：这个人把钓鱼线吞进了肚子里，然后线又被排泄了出来，另一个人把钓鱼线系成了死疙瘩，这就变成了人的形状的弓箭，前面还有一根鱼竿，拉着往前走，不知道大家能不能理解。我觉得这是挺稀奇古怪、"重口味"的一个细节。然后我又将故事补充完整：两个人分别是谁，应该是男人还是女人，两人之间发生过什么故事，视频拍摄的地点是小县城还是大城市，周围环境中有哪些东西，通过这样一个小细节，一个故事就树立了起来。故事树立起来以后，还要有命案的发生，特案组的介入这样一个流程，现在我还没有勇气改变这个模式，因为改变以后，读者会觉得这不是《十宗罪》了。就这样，材料从一个点变成一个面，再到一个立体的故事。

周志雄：山东网络作家最后的卫道者认为，网络作家是拒绝进步的，因为固定的写作套路已经形成了，留住已有的粉丝读者是最保险的做法,您怎么看这个问题?

蜘蛛:我也不愿意特意做出改变,除非这本书没人看、没人买了,那我肯定要去改变一下。通过长时间的摸索,我发现自己写罪案犯罪小说比较合适,以后也会在这个类型里面进行摸索,就算《十宗罪》不写了,也会写别的凶杀案故事。将来我可能会尝试用一本书的篇幅写一个长篇故事。

四、"你的目的是征服读者"

周志雄:有同学提出您的作品存在模式化问题,都是先描写恐怖离奇的案发场景,然后揭开案件谜底,最后留一个令人深省的尾巴。逻辑上作者干预的色彩过于浓重,凶杀案本身客观发展的节奏被作者刻意设置的线索所掩盖。

蜘蛛:就像您刚才说的,很多网络作者一旦形成了自己的模式以后,不大敢轻易地去改变。靠一个模式获得了成功,你让他去改变这个模式对他来说有风险,他可能会丧失自己的读者群。现在来看,只要我的书销量不下滑,我就不会做大的调整。如果我的书没人看了,我肯定也到了转变的时候。《西游记》也是一个固有的模式,先是翻山越岭,然后遇到妖怪,妖怪把唐僧抓走,孙悟空又把他救出来,然后遇到下一个,又被抓走,又被救回来。

学生:对于写作悬疑侦探类小说的时候,思维必须严谨缜密,如何处理其中设置的线索或者伏笔?

蜘蛛:这其实一直是我的弱项。我在写故事的时候,常采用上帝视角,埋下的伏笔和线索也不是很多,推理只是书里一个很弱的元素,如果要正儿八经地写一个本源推理,那肯定得遵循一种模式:

在哪儿埋下伏笔，留下线索，通过叙述来制造一种轨迹，留下一个谜团，最终谜底揭开。但是我没有下力气写推理，也没有埋下伏笔，我就是按思路发展的、固有的、本来的模式，很自然地让故事进行下去，当然也会设置一些悬念。

学生：您的作品中总会出现一些灵异事件，如"肢体雪人"中最后写小妖无意识地大哭，"刁爱青分尸案"中在笔仙指引下找到路线，"恋臀癖"案件中在微博发布照片，等等，您怎么看待灵异事件？是相信灵异事件还是单纯为吸引读者？

蜘蛛：我看了同学们的评论，我发现很多人对故事中的人物小妖有疑问。其实我在故事中写进灵异事件是为了营造一种恐怖氛围，吸引读者看下去。关于《肢体雪人》中的小妖，她那三分钟都做了什么？为什么哭？我写完这个故事以后，有很多人做过分析，我在留下这样一个结尾的时候是这样想的：让读者展开自己的想象，或者让他们自己去讨论，因为毕竟是书里的第一个故事，如果它没有想象和讨论空间，那么这本书可能就会失败。关于小妖这个人物，在书中已经对她进行过描写，她是一个特别贪财的女孩，她可以为了一万块钱的赏金去做很多事儿。她有一个潜在的身份，她是一个小偷，在凶杀案宿舍中，有财物丢失，最终特案组也没有找到，这其实是被小妖偷走了。小妖在当天晚上进行盗窃时，恰好遇到凶杀现场，她知道自己有梦游的习惯，那三分钟实际上就是小妖在盗窃。破案组也了解到小妖有这种盗窃的行为，但是最终也没有将其逮捕，因为在这起案件的侦破过程中，破案组并没有发挥很大的作用，小妖反而起到很大的作用，所以他们就原谅了小妖。

周志雄：您对于网剧《十宗罪》有什么期待？

蜘蛛：说实话，我对于这部网剧有点失望，因为它所选择的人物形象和原著不是很相符,尽管也是重金邀约的演员。我书中的画龙是壮汉,并不是张翰这种形象。但是也没有办法,你把版权卖给制作方,作家也就失去了相应的话语权。制作公司选择这样几位演员来演,是基于网络剧播放平台是优酷网,要吸引订阅会员来观看。

周志雄:在柯南道尔的《福尔摩斯探案集》中,存在着许多的戏剧性、巧合性,您认为戏剧巧合和合理的逻辑推理在小说中如何平衡?

蜘蛛:所有的侦探小说都有一定的巧合性,在真实案件中,这种巧合性也依然存在。我写不了逻辑推理,这个不是我所考虑的东西,所谓的逻辑,包括一个犯罪小说,一个罪案小说,能够自圆其说,我觉得就可以了。

学生:悬疑文学很容易使读者的兴趣只在情节的发展上,我们应该怎样去评价一部悬疑小说?悬疑小说的文学价值体现在哪些方面?

蜘蛛:一部恐怖小说,应该让你感到害怕,你害怕了,感到恐惧了,那么这本书你就可以评价它写得挺好。一部悬疑小说,它只要充满了悬疑性,能够让你从头看到尾,就挺好,也不是说这个悬疑小说能够给你带来什么样的知识,能有多大的社会价值,它至少丰富了你的业余时间,就像看电影一样,你看美国大片,能够学习到什么呢?就是一种娱乐,我觉得悬疑小说更多的是娱乐价值,鲜有说教的意义。

学生:您如何评价自己的创作?

蜘蛛:我觉得我自己写得挺好的。

周志雄:现在有些同学对网络文学创作很有兴趣,您有什么好的建议吗?

蜘蛛:从事网文创作,你首先要了解自己擅长写啥。无论你想写什么,总有人和你写一样的题材,那么你就得分析,自己与他们不同的地方在哪儿,你必须要与众不同,如果说千篇一律,读者看别人的也可以,那为什么看你的,对不对?然后就是我刚才说的,从一个点到一个面再组合成一个故事,要清楚自己靠什么来吸引读者,我始终认为,要不断地去吸引读者,把读者放在第一位,你不管写啥,不是为自己而写,而是为读者而写的,你的目的是征服读者。

学生:未来的创作您有什么构想?写完了《十宗罪6》,还会有《十宗罪7》和《十宗罪8》吗?

蜘蛛:还会有。因为写别的题材也是写,我写别的书也是为了赚稿费,我是一个专职作家,就像上班一样,是一种工作。啥时候写烦了可能突然就放弃了,当然目前来看会一直写下去。

学生:您曾经十多年都过着窘迫的生活,对底层生活深有体会,也了解什么是真正的底层,所以才能写出这样的作品。当您的生活条件越来越好时,如何保持与底层的联系呢?

蜘蛛:我现在还在社会底层,我生活在一个县城,而且我也不打算定居到别的地方。

学生:贴吧里有网友说:"看过这本书(《十宗罪》)的人意志不坚定的很可能会被误导犯错事,这是一种精神上的摧残。"对网友的这种担心您怎么看?

蜘蛛:我不知道同学们有没有看过这样两个新闻:一个女孩看《还珠格格》模仿上吊,另一个模仿《喜羊羊与灰太狼》烧烤小伙伴。所谓的模仿犯罪,如果说他是一个未成年人,这和他父母的教育有关系,而和《还珠格格》《喜羊羊与灰太狼》没有任何关系。孩子能干出这样的事,是你自己教育得不好,你谁也别赖,你别赖动画片,也别赖电视剧。《十宗罪》的封面上写下了"未成年人勿看"这句话,也可能造成一些未成年人故意去看这么一个心理,我在考虑要不要把这句话删掉。这本书也确实不太适合小孩去看,但是我发现我的读者的年龄段越来越低,有很多就是初一、初二的孩子,我觉得这个年龄的孩子内心还是应该充满阳光,不太适合过早地接触这么多社会的阴暗面。我对我儿子要求比较严格,在他小学的时候我就让他看我的书,我命令他必须得看,提前接触社会的阴暗面有好处,这在于每个家长对于孩子教育的理解,其实咱们不用操那么多心。

我这本书遇到过模仿犯罪,大家可以百度"河南""打工""囚禁""十宗罪"这几个关键词。有个河南的打工仔,在他自己的出租屋里挖了一个地窖,囚禁了两个失足妇女。警察把他逮起来以后,他说:"我之所以这么干,我是模仿《十宗罪》里的一个故事情节。"当时这件事对我影响特别大,我的手机被打爆了,很多记者要对我进行采访。还有一个高中生为了逃避高考,模仿我书里的情节自导自演了一起绑架案。这是我所知的两起模仿案件,我自己也做了一个反省,我写这些东西对社会来说是不是造成的负面影响要大于正面影响?我觉得这个人之所以这么做,并不是因为看了我的书,因为我这个《地窖囚奴》是改编于河南洛阳的一个案件,新闻都报道过。

学生:《地窖囚奴》中,有段富家女写的网络日志,您是以自己对于富家子弟的惯有印象来写了这篇日志,这篇日志显得和全文很不协调。我想任何一个出身优渥、有良好教养的女孩子都不会写出这样幼稚卖弄的日志,这不太符合常理,有点夸张,虽然这个富家女只是个次要角色,但对于她的形象塑造未免有点太过片面和偏激了,可以说,小说在细节方面的处理不够认真细腻。您觉得呢?

蜘蛛:这一点确实如此,因为我不太了解这个富家女孩,不太了解她的生活。

学生:《十宗罪》的题材很吸引人,但是并没有利用好,许多故事读来让人感觉是"案情陈述"——平铺直叙地交代案件的来龙去脉,从发现尸体到最终破案,作者以上帝视角草草介绍了事。恐怖的事写得没那么恐怖,变态的事写得也没那么变态,作者没有对每个案件精雕细琢。若是将这些题材给柯南道尔、阿加莎·克里斯蒂、东野圭吾等推理悬疑小说大家,同样的"食材"可能会做出不同的风味。

蜘蛛:关于题材的处理,有时候我也觉得挺可惜的,这么好的一个故事,被我写成了短篇,而且一本书还是十个故事。如果按流行网络小说的写法,《十宗罪1》的素材可以写成十部长篇小说,在起点上发。但是作为实体书,我还是喜欢这种短篇,哪怕对于题材有点浪费。据一个心理学家说,人在阅读的时候看三千字左右就会产生一次阅读疲劳,我的每一章节大约就是三千字,在产生第一次疲劳时就结束这一章,然后留下一个有悬念的结尾,下一章也是三千多字,一个故事大约五章,就是一万五千字左右。一本书十七八万字,虽然一本书字数很少,却是浓缩的内容。

学生:您怎么看待自己的作品,是侦探还是悬疑小说?如何看待网络侦探犯罪小说?有没有阅读外国的侦探推理小说并受它们的影响?

蜘蛛:我比较喜欢秦明的作品,秦明关于法医的专业知识是我所欠缺的,我经常向他请教怎么解剖一具尸体。我的《十宗罪》可以算侦探小说,开始是命案,警察侦查然后破案,最后是说案,大体是柯南道尔的路子。推理小说对我的影响并不是很大,对我影响比较大的有国产电视剧《中国刑侦1号案》《西安大追捕》以及孙红雷出演的《征服》等,这些作品多是警察本人出演,实地拍摄。《十宗罪》的纪实风格是不会改变的,我觉得推理和纪实是相互矛盾的,一部小说不可能既纪实又推理,它必须要进行取舍。我觉得中国推理小说目前来说还是比较小众的,而悬疑小说是面向大众的。据我了解,有一个推理十忌,就是说你的推理小说中不可以有双胞胎、不可以有巧合等。我认为推理小说有一群高智商的读者,他们比我要聪明得多,他们的乐趣就是在阅读的时候觉得你傻,指出你书中的漏洞,所以我不敢写推理小说,"推理"只是我书里的一个元素。

学生:很多著名的小说以及电视剧第二部不如第一部精彩,您就一个题材一直往下写,会不会也出现这个问题?您怎么去面对这个问题?

蜘蛛:这个问题就是说,你老这么写下去,你自己不累吗?读者看了不累吗?我不知道你有没有看过美剧《犯罪心理》《犯罪现场调查》,这都多少季了,还有多少人在追,是不是?所谓的阅读疲劳感,看你怎么衡量。比方说《犯罪心理》和《犯罪现场调查》,如果观众不想看了,它们的收视率就会降低,可能会被直接下架。而对于我来说,如果读者有阅读疲劳感,在作品的销量上就会反映出来。这时候就必须要做出调整,做出改变。

(访谈时间:2016 年 4 月 28 日)

"我的小说是写给女性读者看的"
—— 阿彩访谈录

一、"写个故事玩,就当另一种生活"

周志雄:可以谈一下您的成长经历吗?

阿彩:成长经历这个……好像没有什么特别之处。我父母是农民,要说特别之处,那就是我父母没有种过田,一直自己做事。我小学之前的生活是在农村过的,没有太多的记忆了,只记得小时候父母不让我出门玩,我也从来没有下过田地,种过庄稼。一到放假的日子,父母就把我关在楼上,然后丢一堆故事书给我看。我的童年,基本上是伴随各种故事书、童话书度过的。上中学之后,因为父母工作的原因搬到城里生活,刚开始挺辛苦的,一家人挤在一个十来平的小房子里,后来条件好了一些,生活空间稍大了一些。印象里父母很辛苦,一直早出晚归的,也没有太多时间带我们玩,每到周末我们就泡在新华书店里看书,那时候没钱买书,就在新华书店看,一看就是一个下午。至今还记得新华书店的阿姨十分热心,夏天还会送水给我们喝。现在回想起来挺感慨的,那时候没钱买书,却天天看各式各样的书。现在有钱买书了,每个月也会买不少书,但真正看完的却很少。细细想了一下,我的成长经历乏善可陈,父母因为工作,没有时间和精力照顾我,又担心我去外面玩会有危险,便成天成天地把我关在家里,唯一的乐趣就是看电视、看书,而我不爱看生涩的书,就爱看充满故事性的小说,那个比较有意思……

周志雄:您是如何走上网络文学创作道路的?

阿彩:我2009年开始写小说,那时候刚工作,对工作充满热情,但因为是新人嘛,很多事情都做不好,经常挨骂,工作压力大,每天都觉得好辛苦,很想要逃离。那时候过得十分压抑,找不到排解的渠道,下班后回到家里,看各种小说,从小说里找乐趣,排解工作带给我的压力。记得当时坐在我对面的同事,在起点中文网写小说,我就想,我看过那么多小说,不如我也写个玩玩……就这样,我写了第一部小说。刚开始写,文笔生涩,故事也稚嫩,那时候也没有想那么多,就想写个故事玩,就当另一种生活。

周志雄:您的家人、亲戚朋友对您写网络小说是什么态度?

阿彩:说真心话,我父母刚开始并不知道我在写小说,我都是下班后,悄悄躲在房间里写的,一天写一两个小时,一两千字,发着玩儿。后来,我父母知道了,但只要我不影响工作,他们也就不管我,我父母对我基本上是放任的态度。只是,后来我因为写小说和工作无法兼顾,我选择辞职,专职写小说,我父母特别生气,天天骂我,天天训我,认为我这是不务正业,要啃老。但我主意定了,也向他们保证能自己养活自己,他们最终妥协了。周边的亲戚朋友倒是蛮有意思,听到我在写小说,看我的眼神就像是看稀有生物。在他人心目中,写小说那就是"高雅"人玩的,像我这种农村孩子,简直是胡闹……

周志雄:在写作历程中,对您来说谁是最重要的人?

阿彩：应该是我丈夫吧，那时候我们还是同学，他是我的第一个读者。我当时写得那么幼稚，而且他从来不看女生小说的，却硬着头皮看了下去，然后还夸我写得好。因为他的夸奖，我迷之自信，认为自己写得真的很不错，而后就一直坚持下去了。现在，我有时候遇到想不通的情节，还会跟他讨论。他工作一天回来，很累了，还得打起精神听我絮絮叨叨地说情节，听完就一一帮我分析，为我提供各种思路。写作是一件非常孤独的事，面对电脑写作的时候，精神世界非常丰富，但过后回到现实，却会十分孤独，有个人陪着才能一直走下去。

周志雄：您一天的时间大概是怎样分配的？

阿彩：我以前是中午十一点起来，吃中餐，而后看看剧，看看新闻，下午三点开始工作，一般到六点就不工作了。吃过晚饭，就开始看看小说，看各种书，看到晚上十点十一点才会继续工作，直到凌晨两三点睡觉。这种生活方式十分不健康，身体素质下降得极快，我现在就被颈椎病、腰椎疼痛折磨着。最近正在调整生活方式，每天早上七点起床，在上午完成当天百分之八十的工作，下午一般运动、健身，尽量不宅在家里。仍旧会抽时间看书，但会尽量在晚上十一点前休息。细数下来，每天面对电脑写书的时间在四个小时左右，其余的时间都用来阅读和社交了。

周志雄：成为网络小说作家后您的生活有什么变化？

阿彩：成为网络小说作家后，除了相对来说自由一些，我的生活没有太大的变化。我本身是一个不怎么爱出门的人，开始写小说后就更是能不出门绝不出门，社交圈越来越小。

周志雄：在日常生活中，除了写作，您还有没有一些别的爱好？

阿彩：除了写作，大部分时间都用来阅读，看各种专业书籍，看各种小说。工作之余,会做做甜品、点心一类的,这算是我的个人爱好,也算是排解工作压力的方式之一。

周志雄:您平常喜欢看什么书?

阿彩:我看的书十分杂,以前不写小说的时候,只看小说和趣味性强的书籍,现在基本上什么书都看。我家的书柜也是杂书一堆,名人传记、经济学、管理学、历史传记、史书、古典文学、医学相关书籍、建筑相关书籍……基本上看到感兴趣的就会买回来,慢慢看。有时写小说需要特定领域的知识,也会专门挑相关的书籍看。

周志雄:您为什么选择"阿彩"这个笔名呢?

阿彩:取笔名的时候很随意的,压根没有多想,就是随便取了一个我原名里有的字。当时这个笔名取出来,被很多作者嘲讽土气,一看就没有红相,我也挺郁闷的……我爸妈给我取的名字就是这样,确实不洋气,但我喜欢。而且这名字跟了我几十年,我对它也有感情了。所以,不管旁人怎么说,怎么吐槽我的笔名,我就这么一直用下来。

周志雄:什么时候拿到第一笔稿费的?

阿彩:发出稿子的第二个月就拿到了稿费,记得扣完税后好像是八百多块。当时特别高兴,拿到稿费就请全家人吃了一顿,剩下的钱也买了吃的放在家里。基本上就是把这笔钱当成意外之财,压根没有想过留它。

周志雄:请谈谈您的作品网络订阅、实体书销售、影视游戏改编、外文翻译等方面的情况。方便说说您的写作收入吗?

阿彩:我算是靠手机阅读大红的,我的作品在手机端销量很高,具体的数字我也不好说。《帝凰之神医弃妃》连载期间,在各个平台的销量都排在前列。实体书,我只能说我出的第一本,《神医凤轻尘》

1》，一百本签名书一分钟卖完了。第一册现在卖断货了，后续的还在出，这本书会出六册。三年前我就有两本书卖了影视和游戏改编权，只是剧什么时候出来，不是由我说了算的，这个得看影视公司的进度。外文翻译我目前还处在空白中吧，目前只出了简体字版，旁的还在进行中……至于稿费的收入，这个浮动挺大的，基本上我的收入也能保证我拥有比较优越的生活，不需要为经济问题犯愁，可以专心创作。

周志雄：您一般一天更新多少字？如何保证自己的更新字数？您习惯留存稿吗？

阿彩：网络小说靠的就是连载，我一般一天更新六千到八千字。写了近八年，已经养成了每天必写的习惯，哪怕没有书在连载，也会写一点随笔，保持自己一直写东西的习惯。存稿嘛……我只有在开新书的时候会有存稿，之后基本上没有存稿，都是提前一天写好明天要更新的内容，既能保证速度又能保证质量，不会因为更新的问题而影响正常的生活节奏。

周志雄：您创作的灵感来源于什么地方？

阿彩：灵感这个东西我还真不知道怎么说，很多故事就是睡一觉起来突然想到，然后很想很想写出来，我就写出来了……人物写出来后，基本上就不再靠灵感了，而是跟着自己写的人物走。我一直认为作者创造出来的人物是活的，他们有血有肉，他们在过自己的生活，他们在创造属于他们的传奇，作者只是将他们的故事记下来。

周志雄：您会在写作之前列很详细的提纲吗？会不会中途修改提纲呢？

阿彩：写作之前我不习惯列详细的提纲，我只有一个主线大纲和人物设定。之后的故事，皆是因人物演变而来，我没有写到那个点,我就不知道他们会做什么,会经历什么。我写书最初只有一个主线大纲,我的主线大纲是不会变的,变了那就不是我的故事了。

周志雄:写作过程中遭遇过什么挫折吗?您是怎样化解写作焦虑的?

阿彩:挫折肯定是会遇到的,网络是一个开放的平台,在这个平台什么人都可以发表言论,而文字这种东西没有一个统一的评判标准,每个人都有每个人的看法。同一部作品,有人喜欢,也有人讨厌。喜欢的人会发表赞美的言论,而讨厌的人会发表不满的看法。我属于比较情绪化的人,看到差评我的情绪会很低落,尤其是恶意的带有诋毁性的评论,会影响我写作的情绪。遇到情绪低落、焦虑的时候,我会选择做一款复杂的点心。做点心需要很长的时间,每个步骤都不能急,需要循序渐进,一点点来……在做点心的过程中,我的情绪也会慢慢平复下来。

周志雄:您如何评价自己的写作?

阿彩:还需要多多努力,多多学习、阅读,扩展知识面,写出更多更好,能让我自己满意的作品。

二、"故事慢慢说,事情慢慢做"

周志雄:《下堂王妃》是您写的第一部小说,这部小说有个特点,即每个人物都找到了自己的幸福,无论女配还是男配。相较其他小说,这部作品中的爱情描写更多。您后来的作品中爱情描写的比重逐渐减少。您认为自己的作品是言情小说吗,如何处理小说中爱情描写的比重?从第一部到现在,您觉得在写作上您的进步主要体现在哪些方面?

阿彩：写这部作品的时候还比较稚嫩，那个时候看太多悲剧，每每看得我眼泪直流，几天都恢复不了，所以就写了一部所有人都圆满的故事。其实，最主要是我自己圆满了。这部小说是围绕女主人公的爱情来写的，所有的剧情都是为了她的爱情服务，因为那时的我成天幻想，拥有一段轰轰烈烈的爱情，找个男人嫁了，再也不用辛苦工作。后来，看到的多了，知道的多了，见识的多了，才明白对女性而言爱情并不是全部，事业也是生活的一部分。而且，比起奢望一个不知什么时候会出现，也不知道靠不靠谱的男人，还是依靠自己比较好。对女性来说，经济独立、人格独立了，你便可以做自己的公主，不需要患得患失地去抓住一段虚无的爱情，更不需要为是选择面包，还是选择爱情发愁。我后面的作品，爱情的比重减少，但还是有爱情，只是女主人公的人生并不全是爱情。爱情是人生的一部分，人这一辈子说长不长，说短不短，但绝不可能只为爱而活。人活着，有权利，有责任，除了爱情，我们还拥有很多。后面的作品并没有减少爱情的描写，只是增加了友情、亲情、责任、事业的描写。爱情是人生的一部分，红尘走一遭，我笔下的主人公自然也要体会爱情的美好。我在写作的时候，从来不会考虑爱情在文中的比重，爱情在它该来的时候就会来，在它该出现的时候就会出现。我的主人公只需要做最好的自己，去迎接最美的爱情。从第一部书写到现在，我也数不清我写了多少字。第一部作品稚嫩，写的时候下笔亦十分艰涩，总是无法用文字表达心中所想。现在，我不敢说自己进步了多少，但至少我在写的时候不会再艰涩，我想要的世界，我想要的故事，我能找到文字将其呈现出来。

周志雄：《冷王宠妃》看起来像是言情小说，但是在阅读的过程中，越来越觉得是一本玄幻小说，在写作的过程中是否改变了小说原本的定位？

阿彩：其实并没有改变定位，只是当初的我没有写出我想要的故事，这本书是我第一次尝试写玄幻，当时只有这么一个执念，然后动笔，想得不够完善，作品呈现出来也就少了一点水到渠成的自然感。

学生：《掳获腹黑王子》从题目看，是女主掳获男主的过程，但从小说来看，是刑无边掳获秦暖暖的过程，您是如何看这个矛盾的？

阿彩：这个故事是写着玩的，我最初写小说就是写古代小说，但古代小说写多了，我会腻味，然后就跟编辑说，我要写一个现代的故事，于是就有了这个故事。"掳获"这个词怎么说呢，爱情本来就不是一个人的事，两人互相有好感才能走到一起，所以谁掳获了谁还真不好说。

学生：在《下一站天后》中您说"这个文阿彩个人是很爱的"，能具体说说理由吗？您最喜欢自己的哪部作品？

阿彩：我最喜欢的小说，在我脑子里没有写出来。因为喜欢，所以不敢轻易去写，想要等自己再好一点才去写。《下一站天后》的出现，理由等同于上面。就是想写一个现代文，调剂枯燥的写作生活，转换一下脑子，免得满脑子都是王妃、王爷。爱这个文，是因为我又写现代文了，可以写女主各种美美的，各种自由出门，各种自由挑选男人。而不需要像古代文一样，让女主出个门，还得找足理由；家里定她嫁谁，她就得嫁谁，完全没有自主权。每每写着写着都觉得女主好憋屈。

学生：《下一站天后》是一部娱乐圈文，您在文中提到了很多娱乐圈的潜规则、黑幕，甚至总结了娱乐圈的生存经验，如"这个圈子最可怕的就是，你得罪一个人就等于得罪整个圈子""在这个圈子得到的越多付出的也就越多""这个圈子何时不在演戏"。您是否对娱乐圈特别关注,如何搜集相关素材?

阿彩:这个就是看八卦小说看的,也看了一些其他的娱乐圈小说。写这本书的时候,好像是范冰冰正当红,骂声正多的时候,那时候天涯娱乐版块,每天都有大量真假分不清的八卦,那时候天天泡论坛,看各种八卦,然后一时手痒就写了一本。

学生:《帝凰之神医弃妃》这部作品中的主人公凤轻尘是一个医术高超的女军医,其中有很多凤轻尘治病救人的故事情节,描写得非常细致,比如凤轻尘为江湖第一高手蓝九卿治疗箭伤时的情景,凤轻尘用的医疗工具和治疗方法都写得相当专业,请问您是如何掌握这些医学知识的,您是不是精通医术,或者对医学有过研究呢?

阿彩:自从这本书出来后,就有很多人问我这个问题,问我是不是学医的,不然怎么写得这么详细、生动,就像是亲眼看到一样……然而,让大家失望了,我真不是学医的,在写这本书之前,我甚至不知道医院有哪些科室。之所以会写一个医生女主角,写医生救人,是因为我当时的邻居是一位医生,我有一个很要好的闺蜜是学医的,我们一起吃饭的时候,她总是在饭桌上讲他们医学院的小事,还有他们老师对他们的教导。比如,那个解剖完就去吃肥肠粉的段子呀,还有那个做医生收治病人千万要谨慎仔细,不然一个病人死在手上,这辈子就完了之类的段子,都是她贡献给我的。当时觉得很有趣,便存了写医生的念头。为了写这本书,我没事就往医院跑,熟悉医院各科室,找学医的同学问医院运转流程,同时也买大量的书籍学习。我不是医生,我不需要懂怎么救人,我只需要知道,他们是怎么救人的就行了。

周志雄:《帝凰之神医弃妃》是一部长篇,小说长达五百万字,在如此长的故事写作中您有没有过疲倦期,就是有段时间想放弃、特别不想写下去了的那种感觉?您是如何调整心态的?

阿彩:这本书构架本来就很大,人物多,事情错综复杂,原本就是一个大长篇的计划。不过,我写的时候还真没有想到,会写到五百万字之多。这本书写了一年多,写的时候情绪一直很高,经常写着写着,自己站起来大乐。几乎不曾出现过放弃、特别不想写的时候。我写这本书的时候,还遇到结婚的事,我结婚当天都在更新,完全没有不想写,或者想放弃。那时候只想着,写写写,把每个人物的命运写出来,把我脑海里的他们写出来,活生生呈现出来,让读者看个痛快。这本书,对我来说意义不同,值得我永远珍藏。

学生:浏览过《帝凰之神医弃妃》的贴吧,区别于其他的长篇网络小说,网友们对这部作品评价大都是:越看越好看,后面的部分比前面的部分还要精彩。长篇连载网络小说大部分都是越写越水,越往后面越没有动力,最终导致前面埋下的伏笔后面只字不提,草草收场,没有一个完美的结局,《帝凰之神医弃妃》能收获网友们的这种评价实在令人惊讶。您如何看待网友的评价?

阿彩:给出这个评价的读者必须是真爱粉,他们是真的爱我,爱这本小说,知道我内心脆弱,所以只说好的一面,不提批评的事。长达五百万字的小说,不可能一直处在剧情紧张的节奏,剧情有平缓也有过渡。看小说的人都知道,剧情过渡的时候一般都会比较无聊,只有能坚持下来的读者,才能收获到最美的果实。读者给出后面越来越好看的评价,是因为书中的人物活在他们心中,他们舍不得结束,想要一直追随书中的人物生活下去。当然,读者给出的高度评价,我当然是全盘接受,暗自得意一番,然后争取再写一部能获得读者更高评价的作品。

学生:《帝凰之神医弃妃》的纸质书改名为《神医凤轻尘》已于

2015年出版,粉丝们也在追问什么时候能够被拍成影视剧,对于这部作品的影视剧真的在筹备当中了吗?您会参与制作吗?还是全权交与影视公司?

阿彩:这部剧在筹备中,我当时已经把改编权卖了出去,我不会参与制作,也无权参与制作,这部剧会由影视公司全权负责。

学生:《神医凤轻尘》如果能被成功地拍成电视剧,无疑又是一个优秀的 IP 开发案例,您对目前中国的网络文学 IP 开发如何看?

阿彩:近年来有不少网络小说被改编成电视剧、电影,有的成功,有的失败。成功必然有原著小说的因素,但也离不开改编。文字和画面是两种完全不同的呈现手法,美好的文字在纸上,生动的画面在屏幕上,要将精彩的故事变成精彩的画面,少不了影视制作各个部门的配合与用心。同样,失败必然有改编的原因,但也有原著小说的因素。我们写小说的时候,从来没有考虑到改编的问题,我们只是把自己的想象用文字表达出来。天马行空、火海云山,只要敢想就敢写,但问题来了,依现在的制作技术,很多书中精彩的情节,是无法用画面来呈现的,或者说效果不能尽如人意。网络文学提供的是故事核心,是精彩的故事,只要娱乐不死,创造故事的人就在,网络文学 IP 就在。

学生:《帝凰之神医弃妃》和《神医凤轻尘》这两个名字曾引起很大的争议,您在微博上也曾发表过看法,您能说说当时的情况吗?

阿彩:这个事……我现在也无法发表任何言论。《神医凤轻尘》的名字是没有争议的。影视方对外宣传的电视剧名不是这两个名字,而是与另一位作者的书重名了。这事最终如何我也没有决定权。

学生:《帝凰之神医弃妃》中除了穿越言情之外,不乏大量的阴谋算计、夺权斗争之事,您是怎样构思故事的?会提前想好故事的框架吗?您会跟随粉丝网友们的建议更改自己的故事思路吗?

阿彩:写的时候有一个大纲主线,具体的细节想不了这么全。长达五百万字的小说,小事件、小剧情之多简直无法统计,我没有办法在一开文就把所有的情节都想好。书中的阴谋算计、夺权斗争很多时候都是因主人公而衍生出来的,因为主人公所处的位置、他的性格,便决定了他会面对这些。就如同我们普通人,每天要上班、挤公交地铁一样。对主人公来说,阴谋算计、争权斗争也是他必须面对的。我不算是一个擅长与读者互动的作者,但我会关注每一位读者对我的评价,不管好坏……她们的评论会影响我的心情,会影响小事件的发展,但不会影响故事的整体走向。就像我先前说的,人物出现后,他们是鲜活的,他们的命运、他们的未来是由他们自己决定的,旁人无权干涉,包括我自己。

学生:您作品中角色的名字都很雅致,能体现人物性格,如雪傲天、东方宁心等,您是如何给人物取名字的呢?

阿彩:女孩子总是比较矫情,取名的时候我就是一个矫情的人。要好听,要好看,要好记,要好念。取名的时候,我会不停地翻书,找我认为好看的字、好听的字。名字要伴随主人公一生,一个赏心悦目的名字很重要。

学生:《权妃之帝医风华》的开篇阅读起来非常过瘾,顾千城指责继母、怒怼父亲,通过将最为激烈的矛盾场面放置于小说开头,小说成功吸引了读者关注。整部小说的设置也是基于悬念,在叙述过程中一步步将十五年前的谜题揭晓,并将不同的人物串联起来。请问您在创作长篇小说时是如何驾驭宏大的故事框架及处理复杂的人物关系的?

阿彩:这个还真没有仔细去思索过,就是我想写这么一个人物,我想写这么一个故事，故事便出来了，人物便出现了。真要说如何做到的，那就是不能着急，不能跑偏。不急切地把事情全丢出来，不写与主人公无关的情节。故事慢慢说，事情慢慢做，一步一步娓娓道来，所有的事件都是有用的，都是与主人公息息相关的。随着情节的发展，故事自然就打开了……

学生：《权妃之帝医风华》中的人物塑造很成功，除女主外，还有类型不一的男性人物形象，如秦寂言、景炎、封似锦、言倾，对网络小说塑造人物形象，您是如何考虑的？

阿彩：我的小说是写给女性读者看的，这是我对我自己的作品的定位。大多数女性，比如我自己，就爱欣赏美的事物和人。我书中的男性角色不说完美，但至少在某一方面有吸引人的地方，他们能满足我对美好事物与人的期待。在某方面，他们是我幻想出来的完美男神的一部分。

学生：一些读者在评论留言中反映《权妃之帝医风华》的结局写得太过于仓促，您如何看待这些评论？您这样安排的理由是什么？

阿彩：故事永远没有终点，我想说的那段故事到了终点，它自然就结束了。读者希望我继续下去，但再写下去却不是我想要的故事，我希望它停留在这一刻。这是一个作者的小任性、小执着。

学生：古代言情和现代言情在创作思维、写法上有怎样的差异性、相似性？从宫斗题材到校园言情题材，这种创作角度的转变，有没有给您带来写作上的困扰？

阿彩：没去考虑过这个问题，我写的现代言情小说并不多。且写完后我只有一个感觉，我写的现代言情也像是在写古代小说，写出来就是少了那么一点现代味。不过，这对我来说并不重要，重要的是这个人的故事我写了，好与坏交由读者去评价。看我写的作品就知道,我更擅长写古代小说。我日后还会写现代小说,也是按照我自己的风格喜好来创造。在我看来,不管是现代小说还是古代小说,它们都是在说主人公的故事。把故事讲好了,是现代还是古代,并不重要。

学生:在您的作品中,多是些"弃妃形象",开篇都是一些欲扬先抑的写法,女主角的命运都是一种触底反弹式的,您是否已经形成这样一种写作模式,您如何看待这种模式?

阿彩:我喜欢悲剧,但又受不了悲剧带给我的压抑感。我的女主人公初始都处在一个很危险的位置,她们要是不反抗,大抵人生就是一个悲剧了。我受不了悲剧的压抑,所以跌落谷底的女主人公,最后都会再次站起来,活出属于自己的精彩。风格会形成,模式却不会一成不变,在我放下我对"悲剧"的执着后,我肯定会用另一种模式来创造故事。

学生:您作品中的女主人公一般都是花木兰似的巾帼英雄,有勇有谋、多才多艺,还有如医术等一技之长,爱情不仅没成为她们的软肋,反而成为她们的盔甲,使她们帮助爱慕的男人一统天下,这是与很多当下流行的言情小说傻白甜女主不同的一点,女主的性格是否有您性格的缩影呢?

阿彩:我作品中的女主人公,有我所羡慕的一切特质,我想活成她们的样子,不过大抵是没有机会了。除不肯放弃、能吃点苦外,我想我和她们差得有点远。我没有多才多艺,没有一技之长,没有把吃苦当成长的信念,也缺少拼搏奋斗的狠劲。我随性、散漫、安于现状、满足于眼前的生活,不喜欢改变,生活两点一线,给我一台电脑,我能抱着它过一辈子。

学生:有学者以《庆余年》为例总结说,"重生文的一个突出的贡献，或许就在于它激发了读者对于重生的思考，对于人生经验的重新聆听和重视。"您的重生小说中主人公大多面临被家庭抛弃、被爱人羞辱、被配角陷害的困境，重生者将好好活下去作为生活的唯一目标，为此她们隐忍、努力，逼迫自己适应丛林法则并不断变强，最终改变命运，与心爱的男人结婚生子。您认为人物重生的意义是什么，如何看待重生小说的价值？

阿彩：重活一世，大抵就是把困难模式变成简单模式，就像是游戏里读档重来那样。未来发生的事我都知道了，再重来一回，当年犯的错别再犯，当年做的傻事别再做，当年伤害的人不要再伤害，当年错过的人与事不再错过……看重生小说，我想很多人都会忍不住思考，假如让我重来一次，我会怎么做？回首过往，总会有这样或那样的遗憾，重生小说给了读者心灵上的慰藉，让人忍不住深思：如果，让我重来一次，面对当时的情况，我会做出怎样的选择？假如我当年那么做了，事情会不会不一样？重生，未来有无限的可能……

学生：您如何看男性作者与女性作者笔下重生小说的不同？

阿彩：男性作者笔下重生小说，相对来说更注重事业的发展，或者天下大事；女性作者笔下的重生小说，更多的还是描写情感，比如爱情、亲情、友情。

学生：目前为止，您的作品里有 11 个男主，您最喜欢哪一个呢？

阿彩：其实每一个我都很喜欢，他们各有各的不同，但同样强大、理智，他们为爱情付出，却不会为爱情折去羽翼。就如同我笔下的女主人公一样，爱情是她们人生的一部分，不是全部。

学生：您的小说网文特色非常鲜明，YY、代入感、玛丽苏、类型化，且借用了一些二次元特色的东西，如人物的撒娇、卖萌、孩子气，这让作品看起来非常有趣。在正式开始写作前您是否阅读过大量的网络小说并对此有所研究？您认为写好网络小说最重要的是什么？

阿彩：阅读是兴趣爱好，写小说和阅读完全是两个概念。读者和作者并不是相对立的，作者可以是读者，读者也可是作者。撒娇、卖萌、孩子气需要阅读吗？去公园，看看那些纯真美好的孩子就行了。女孩子天生就会，至少我就会撒娇，在我父母面前也孩子气，会卖萌。我在写的过程中，脑海里就有一群人物在演戏，他们本身就是鲜活的、生动的，我只需要把他们的一举一动写出来就好了。网络小说每天连载，每天都有大量的更新。要写好网络小说，我想首先是兴趣，其次是坚持。坚持日复一日地更新，坚持创作……

三、"网络作家大部分都是因为兴趣写作"

周志雄：您喜欢的网络作家、作品有哪些？

阿彩：唐家三少、我吃西红柿、天蚕土豆、辰东等等。我喜欢的网络作家还真不少，他们的作品我都看过不少。唐家三少的《斗罗大陆》，我吃西红柿的《盘龙》，天蚕土豆的《斗破苍穹》，辰东的《神墓》，烽火戏诸侯的《陈二狗的妖孽人生》，银河九天的《首席御医》……网络小说中有许多优秀的作者，也有许多优秀的作品，我喜欢的作者和小说同样多。

周志雄：网络作家来自各行各业，大部分是兼职写作，收入也很悬殊，您所了解的大部分网络作家的写作境况是怎么样的？

阿彩：网络作家大部分都是因为兴趣写作，单纯的只是喜欢写作，与读者分享。不过，随着智能手机的发展，这一行的收入相对来说还是很不错的，我熟悉的网络作家收益都算不错，维持自己的生活所需不成问题。

周志雄：读者的催更及批评是否会给您带来写作上的压力？您是否会根据读者评论调整小说的情节？

阿彩：读者催更我不会有压力，我有自己的更新节奏，不勉强自己，也尽量不让读者失望。读者的批评会影响我的情绪，让我陷入低谷，要说没有压力那是骗人的。故事的大框架是定好的，我写的是我的故事。当然，如果有些情节考虑不当，我会酌情参考读者的意见。

周志雄：为什么选择咪咕阅读这个平台来连载您的作品？您对当下的文学网站怎么看？

阿彩：咪咕阅读的负责人很早就跟我说过，让我给他们写一本书，所以发新书便与咪咕阅读合作了。咪咕阅读拥有大量的手机用户，选择咪咕阅读也有基于作品的考虑。当下是网络文学高速发展的时代，近几年文学网站越来越多，不管对作者还是对读者来说，选择面都更大了。

周志雄：如何看待作家富豪榜？

阿彩：离我有点距离，仰望在榜的大神们。富豪榜的出现能刺激更多人参与网络小说的创作，让更多有才华的人涌现出来。对整个行业来说，还是有益的。

周志雄：有人将好莱坞影片、日本动漫、韩国电视剧及中国的网络文学并称为四大文化奇观，您怎么看这个说法？

阿彩：网络小说风靡海外，这是前段时间大热的一个新闻，可见在文化输出上，网络小说已迈出了一大步。

周志雄：您如何看待网络文学的商业化运作机制对网络文学创作的影响？

阿彩：商业化运作加快了网络文学的发展，也扩大了网络文学的影响力。不管是对这个行业,还是对作者来说,这都是一件有利的事。

学生:有读者评论"阿彩的文充满人间正义,阿彩的文颂扬真爱纯情,阿彩的文读来流畅犀利,阿彩的文故事荡气回肠",您认为网络文学如何提高文学性?

阿彩:网络小说与文学性并不冲突,网络小说是连载在互联网上的小说,网络小说本身就是文学作品。

周志雄:对于网络文学的未来,您有什么看法?

阿彩:只要有互联网,只要有读者,网络文学便会永远存在,且越来越好。

学生:在您目前写作的重生小说中,您涉足了宫斗、玄幻、娱乐圈几种题材,接下来是否会尝试其他题材?

阿彩:肯定会,每一个作者的脑洞都是奇大无比的,现在的我不知道未来的我会有什么稀奇的想法,但有一点我能肯定,我会一直写我想写的故事,直到我不想写为止。

周志雄:您觉得网络写作带给您最重要的东西是什么?

阿彩:一群朋友,一群贴心的朋友,一群可以共同分享故事的朋友,一群欣赏我的故事的朋友。他们带给我的是自信,让我坚信我是最棒的!

(访谈时间:2017年4月6日)

参考文献

一、翻译著作

[1][美]丹尼尔·贝尔.后工业社会的来临——对社会预测的一项探索[M].高铦,王宏周,魏章玲,译.北京:商务印书馆,1984.

[2][美]阿尔温·托夫勒.第三次浪潮[M].朱志焱,等译.北京:生活·读书·新知三联书店,1984.

[3][美]弗·杰姆逊.后现代主义与文化理论——弗·杰姆逊教授讲演录[M].唐小兵,译,西安:陕西师范大学出版社,1986.

[4][美]玛格丽特·米德.代沟[M].曾胡,译.北京:光明日报出版社,1988.

[5][美]R.韦勒克.批评的诸种概念[M].丁泓,余徵,译.成都:四川文艺出版社,1988.

[6][美]赫尔伯特·马尔库塞.审美之维[M].李小兵,译.北京:生活·读书·新知三联书店,1989.

[7][美]丹尼斯,[美]德弗勒.大众传播通论[M].颜建军,等译.北京:华夏出版社,1989.

[8][美]赫伯特·马尔库塞.单向度的人——发达工业社会意识

形态研究[M].刘继,译.上海:上海译文出版社,1989.

[9] [英]戴维·巴特勒.媒介社会学[M].赵伯英,孟春,译.北京:社会科学文献出版社,1989.

[10] [美]丹尼尔·贝尔.资本主义文化矛盾[M].赵一凡,等译.北京:生活·读书·新知三联书店,1989.

[11] [美]阿尔文·托夫勒.力量的转移——临近21世纪时的知识、财富和暴力[M].刘炳章,等译.北京:新华出版社,1991.

[12] [德]W.本雅明.机械复制时代的艺术作品[M].王才勇,译.杭州:浙江摄影出版社,1993.

[13] [法]让-弗朗索瓦·利奥塔.后现代状况:关于知识的报告[M].岛子,译.长沙:湖南美术出版社,1996.

[14] [英]柯林武德.历史的观念[M].何兆武,张文杰,译.北京:商务印书馆,1997.

[15] [英]特里·伊格尔顿.美学意识形态[M]王杰,付德根,麦永雄,译.桂林:广西师范大学出版社,1997.

[16] [美]詹明信.晚期资本主义的文化逻辑[M].陈清侨,等译.北京:生活·读书·新知三联书店,1997.

[17] [法]让-弗朗索瓦·利奥塔尔.后现代状态:关于知识的报告[M].车槿山,译.北京:生活·读书·新知三联书店,1997.

[18] [法]让·波德里亚.消费社会[M].刘成富,全志钢,译.南京:南京大学出版社,2000.

[19] [美]弗雷德里克·詹姆逊.文化转向[M].胡亚敏,等译.北京:中国社会科学出版社,2000.

[20] [英]迈克·费瑟斯通.消费文化与后现代主义[M].刘精明,译.南京:译林出版社,2000.

[21] [加]马歇尔·麦克卢汉.理解媒介——论人的延伸[M].何道宽,译.北京:商务印书馆,2000.

[22] [美]理查德·凯勒·西蒙.垃圾文化:通俗文化与伟大传统[M].关山,译.北京:社会科学文献出版社,2001.

[23] [美]约翰·费斯克.理解大众文化[M].王晓珏,宋伟杰,译.北京:中央编译出版社,2001.

[24] [英]尼克·史蒂文森.认识媒介文化——社会理论与大众传播[M].王文斌,译.北京:商务印书馆,2001.

[25] [法]皮埃尔·布迪厄.艺术的法则:文学场的生成和结构[M].刘晖,译.北京:中央编译出版社,2001.

[26] [美]曼纽尔·卡斯特.网络社会的崛起[M].夏铸九,王志弘,等译.北京:社会科学文献出版社,2001.

[27] [美]马克·波斯特.第二媒介时代[M].范静哗,译.南京:南京大学出版社,2001.

[28] [英]弗兰克·莫特.消费文化——20世纪后期英国男性气质和社会空间[M].余宁平,译.南京:南京大学出版社,2001.

[29] [英]约翰·斯道雷.文化理论与通俗文化导论(第二版)[M].杨竹山,等译.南京:南京大学出版社,2001.

[30] [美]马泰·卡林内斯库.现代性的五副面孔:现代主义、先锋派、颓废、媚俗艺术、后现代主义[M].顾爱彬,李瑞华,译.北京:商务印书馆,2002.

[31] [英]F.R.利维斯.伟大的传统[M].袁伟,译.北京:生活·读书·新知三联书店,2002.

[32] [英]马克·柯里.后现代叙事理论[M].宁一中,译.北京:北京大学出版社,2003.

[33][法]米歇尔·福柯.知识考古学[M].谢强,马月,译.北京:生活·读书·新知三联书店,2003.

[34][英]特瑞·伊格尔顿.文化的观念[M].方杰,译.南京:南京大学出版社,2003.

[35][英]斯图尔特·霍尔.表征——文化表象与意指实践[M].徐亮,陆兴华,译.北京:商务印书馆,2003.

[36][英]西莉亚·卢瑞.消费文化[M].张萍,译.南京:南京大学出版社,2003.

[37][英]阿兰·斯威伍德.大众文化的神话[M].冯建三,译.北京:生活·读书·新知三联书店,2003.

[38][美]托马斯·库恩.科学革命的结构[M].金吾伦,胡新和,译.北京:北京大学出版社,2003.

[39][英]约翰·B·汤普森.意识形态与现代文化[M].高铦,等译.南京:译林出版社,2005.

[40][英]斯托克斯.媒介与文化研究方法[M].黄红宇,曾妮,译.上海:复旦大学出版社,2006.

[41][美]W.J.T.米歇尔.图像理论[M].陈永国,胡文征,译.北京:北京大学出版社,2006.

[42][美]约翰·菲斯克.解读大众文化[M].杨全强,译.南京:南京大学出版社,2006.

[43][法]居伊·德波.景观社会[M].王昭凤,译.南京:南京大学出版社,2006.

[44][英]丹尼·卡瓦拉罗.文化理论关键词[M].张卫东,等译.南京:江苏人民出版社,2006.

[45][英]戴维·英格利斯.文化与日常生活[M].张秋月,周雷亚,

译.北京：中央编译出版社，2010.

[46][法]古斯塔夫·勒庞.乌合之众：大众心理研究[M].冯克利，译.桂林：广西师范大学出版社，2011.

[47][美]贝尔·胡克斯.反抗的文化：拒绝表征[M].朱刚，肖腊梅，黄春燕，译.南京：南京大学出版社，2012.

[48][美]詹姆斯·波特.媒介素养（第4版）[M].李德刚，等，译.北京：清华大学出版社，2012.

[49][英]维克托·迈尔-舍恩伯格，[英]肯尼思·库克耶.大数据时代[M].盛杨燕，周涛，译.杭州：浙江人民出版社，2013.

[50][德]鲁道夫·弗里林，[德]迪特尔·丹尼尔斯.媒体艺术网络[M].潘自意，陈韵，译.上海：上海人民出版社，2014.

二、中文著作

[1]谢昕，羊列容，周启志.中国通俗小说理论纲要[M].北京：文津出版社，1992.

[2]王先霈，於可训.80年代中国通俗文学[M].武汉：湖北教育出版社，1995.

[3]吕同六.20世纪世界小说理论经典（上、下）[M].北京：华夏出版社，1995.

[4]马守良.大转折时期的社会心态[M].杭州：浙江人民出版社，1996.

[5]鲁湘元.稿酬怎样搅动文坛——市场经济与中国近现代文学[M].北京：红旗出版社，1998.

[6]刘吉，等.千年警醒：信息化与知识经济[M].北京：社会科学

文献出版社,1998.

[7] 吴士余.中国文化与小说思维[M].上海:上海三联书店,2000.

[8] 黄鸣奋.比特挑战缪斯——网络与艺术[M].厦门:厦门大学出版社,2000.

[9] 张凤铸,等.影视艺术新论[M].北京:北京广播学院出版社,2000.

[10] 王逢振.网络幽灵[M].天津:天津社会科学院出版社,2000.

[11] 南帆.双重视域——当代电子文化分析[M].南京:江苏人民出版社,2001.

[12] 曾国屏,等.赛博空间的哲学探索[M].北京:清华大学出版社,2002.

[13] 欧阳友权.网络文学论纲[M].北京:人民文学出版社,2003.

[14] 陈平原,[日]山口守.大众传媒与现代文学[M].北京:新世界出版社,2003.

[15] 罗钢,王中忱.消费文化读本[M].北京:中国社会科学出版社,2003.

[16] 孟繁华.传媒与文化领导权——当代中国的文化生产与文化认同[M].济南:山东教育出版社,2003.

[17] 邵燕君.倾斜的文学场——当代文学生产机制的市场化转型[M].南京:江苏人民出版社,2003.

[18] 孟建,祁林.网络文化论纲[M].北京:新华出版社,2002.

[19] 包亚明.游荡者的权力——消费社会与都市文化研究[M].北京:中国人民大学出版社,2004.

[20] 赵勇.透视大众文化[M].北京:中国文史出版社,2004.

[21] 周宪.20世纪西方美学[M].北京:高等教育出版社,2004.

［22］王岳川.媒介哲学［M］.开封：河南大学出版社,2004.

［23］萧俊明.文化转向的由来［M］.北京：社会科学文献出版社,2004.

［24］黄鸣奋.网络媒体与艺术发展［M］.厦门：厦门大学出版社,2004.

［25］冯广超.数字媒体概论［M］.北京：中国人民大学出版社,2004.

［26］张朝晖,徐翎.新媒介艺术［M］.北京：人民美术出版社,2004.

［27］叶取源,王永章,陈昕.中国文化产业评论（第三卷）［M］.上海：上海人民出版社,2005.

［28］欧阳友权.网络文化与社会传播［M］.北京：高等教育出版社,2005.

［29］李怀亮,刘悦笛.文化巨无霸——当代美国文化产业研究［M］.广州：广东人民出版社,2005.

［30］金元浦.创意时代的中国文化产业［M］.广州：广东人民出版社,2005.

［31］周宪.审美现代性批判［M］.北京：商务印书馆,2005.

［32］欧阳友权.数字化语境中的文艺学［M］.北京：中国社会科学出版社,2005.

［33］刘悦笛.艺术终结之后［M］.南京：南京出版社,2006.

［34］陶东风.文化研究精粹读本［M］.北京：中国人民大学出版社,2006.

［35］黄鸣奋.互联网艺术［M］.北京：文化艺术出版社,2006.

［36］严家炎.金庸小说论稿［M］.北京：北京大学出版社,2007.

［37］陈定家.隐形手与无弦琴——市场语境中的艺术生产研究

[M].北京:中国社会科学出版社,2007.

[38] 汤哲声.中国当代通俗小说史论[M].北京:北京大学出版社,2007.

[39] 陶东风.粉丝文化读本[M].北京:北京大学出版社,2009.

[40] 陈平原.千古文人侠客梦[M].北京:北京大学出版社,2010.

[41] 周志雄.网络空间的文学风景[M].北京:人民文学出版社,2010.

[42] 欧阳友权.网络文学词典[M].广州:世界图书出版广东有限公司,2014.

[43] 中国作家协会创作研究部.网络文学评价体系虚实谈——全国网络文学理论研讨会论文集[M].北京:作家出版社,2014.

[44] 马季.从传承到重塑[M].北京:中国书籍出版社,2014.

[45] 千幻冰云.别说你懂写网文[M].哈尔滨:黑龙江教育出版社,2014.

[46] 中国文联理论研究室,中国文艺评论家协会.网络化背景下的文学艺术[M].北京:中国文联出版社,2015.

[47] 王祥.网络文学创作原理[M].北京:中国人民大学出版社,2015.

[48] 黄鸣奋.位置叙事学:移动互联时代的艺术创意[M].北京:中国文联出版社,2017.

[49] 夏烈.大神们——我和网络作家这十年[M].广州:花城出版社,2018.

[50] 周志雄,等.大神的肖像:网络作家访谈录[M].济南:山东人民出版社,2015.

三、学术论文

[1] 黄子平,陈平原,钱理群.论"二十世纪中国文学"[J].文学评论,1985(5):6.

[2] 陈晓明.城市文学:无法现身的"他者"[J].文艺研究,2006(1):12-15.

[3] 欧阳友权.网络文学批评的述史之辨[J].文学评论,2018(3):32-38.

[4] 黎杨全.虚拟体验与文学想象——中国网络文学新论[J].中国社会科学,2018(1):207-208.

[5] 单小曦.网络文学评价标准问题反思及新探[J].文学评论,2017(2):24-30.

[6] 欧阳友权.数字媒介与中国文学的转型[J].中国社会科学,2007(1):143-156.

[7] 欧阳友权.网络文学本体论纲[J].文学评论,2004(6):69-74.

[8] 欧阳友权.新媒体与中国文艺学的转向[J].文学评论,2013(4):178-187.

[9] 周志雄.网络叙事与文化建构[J].文学评论,2014(4):185-193.

[10] 马季.网络文学的三个变量[N].人民日报 2015-3-13(24).

[11] 马季.网络文学主流化是大势所趋[N].光明日报,2015-11-14(06).

[12] 黄鸣奋.女娲、维纳斯,抑或魔鬼终结者?[J].文学评论,2000(5):77-87.

[13] 邵燕君.面对网络文学:学院派的态度和方法[J].南方文坛,

2011（6）：12-18.

［14］陈崎嵘.呼吁建立网络文学的评价体系［N］.人民日报，2013-7-19（24）.

［15］南帆，等.网络时代的文学批评与人文学术［J］.上海文学，2003（1）：76-80.

［16］欧阳友权，吴英文.网络文学批评的价值和局限［J］.探索与争鸣，2010（11）：63-66.

［17］黄鸣奋.网络传媒革命与电子文学批评的嬗变［J］.探索与争鸣，2010（11）：58-62.

［18］禹建湘.空间转向：建构网络文学批评新范式［J］.探索与争鸣，2010（11）：67-70.

［19］白烨.文学批评的新境遇与新挑战［J］.文艺研究，2009（8）：5-11.

［20］康桥.网络文学批评标准刍议［N］.光明日报，2013-9-3（07）.

图书在版编目（CIP）数据

直面网络文学现场 / 周志雄著. — 宁波：宁波出版社；杭州：杭州出版社，2022.6
（中国网络文学研究名家论丛. 第一辑）
ISBN 978-7-5526-4434-0

Ⅰ.①直… Ⅱ.①周… Ⅲ.①网络文学 - 文学研究 - 中国 Ⅳ.① I207.999

中国版本图书馆 CIP 数据核字（2021）第 225517 号

中国网络文学研究名家论丛

直面网络文学现场
ZHIMIAN WANGLUO WENXUE XIANCHANG

▷ 周志雄 著

策　　划	袁志坚
责任编辑	陈姣姣　俞倩楠
责任校对	叶呈圆
装帧设计	金字斋　甘巧丽
出版发行	宁波出版社
	（宁波市甬江大道 1 号宁波书城 8 号楼 6 楼　315040）
	杭州出版社
	（杭州市拱墅区西湖文化广场 32 号 6 楼　310014）
印　　刷	宁波白云印刷有限公司
开　　本	710mm×1000mm　1/16
印　　张	22.75
字　　数	285 千
版　　次	2022 年 6 月第 1 版
印　　次	2022 年 6 月第 1 次印刷
标准书号	ISBN 978-7-5526-4434-0
定　　价	70.00 元

如发现印装质量问题，请与出版社联系调换，电话：0574-87248279
（版权所有　翻印必究）